Theresia Rathsmann

VERGESSEN
UND
VERZEIHEN

FSC
www.fsc.org
MIX
Papier aus ver-
antwortungsvollen
Quellen
Paper from
responsible sources
FSC® C105338

Theresia Rathsmann

VERGESSEN

UND

VERZEIHEN

Roman

Impressum

Bibliografische Information der Deutschen Nationalbibliothek: Die Deutsche Nationalbibliothek verzeichnet diese Publikation in der Deutschen Nationalbibliografie; detaillierte bibliografische Daten sind im Internet über dnb.dnb.de abrufbar.

© 2024 Theresia Rathsmann

Herstellung und Verlag:
BoD – Books on Demand, Norderstedt

Covergestaltung: Constanze Kramer, coverboutique.de-
Bildnachweise:
©Alek, ©creamfeeder – stock.adobe.com
freepik.com

Korrektorat: Lektorat Federliebe
www.lektorat-federliebe.com

ISBN: 9783759733634

Für Mama

Die beste Geschichtenerzählerin meiner Kindheitstage

1

Endlich konnten sie sich wiedersehen. Ein zufriedenes Lächeln zierte Toms Gesicht, als er den Wecker erneut zum Schweigen brachte und sich, die Hände locker hinter den Kopf gelegt, zurück in seinen süßen Traum versenkte. Sein Urlaub war vorüber und das Erste, woran er dachte, war Monica. Sie waren gestern im Kino gewesen. Ja, ins Kino gehen war längst überholt und eher etwas für Nostalgiker, aber er stand auf die guten alten Zeiten. Und dann und wann gönnte er sich solche extravaganten Unternehmungen, wie ins Kino zu gehen oder Bibliotheken mit noch aus Papier bedruckten Büchern zu besuchen. Das letzte verbliebene Kino in der Altstadt spielte einmal im Monat Filmklassiker aus den vergangenen einhundertfünfzig Jahren der Filmgeschichte. Dieses Mal spielten sie Inception, ein Film aus den Zehner-Jahren. Die Geschichte erzählte von Menschen, die in ihren Träumen beeinflusst wurden. Andere Menschen stiegen in ihre Träume ein und träumten mit ihnen gemeinsam, um ihnen dann eine Idee in den Kopf einzupflanzen, sie zu manipulieren. Ein gruseliger Gedanke, na ja, bei all den technischen Möglichkeiten, die es heutzutage bereits gab und die ständig neu entwickelt wurden, war es nicht auszuschließen, dass das irgendwann Wirklichkeit werden könnte.

Der Film hatte ihnen beiden äußerst gut gefallen, vergnügt und hungrig gingen sie danach in das Kebab-Haus bei ihr um die Ecke. Es war Monicas Lieblingslokal. Die angebotenen Speisen waren exquisit und das Restaurant wurde von einer armenischen Familie betrieben, die tatsächlich noch ihre Kunden selbst bediente und keine menschenähnlichen Roboter durch ihr Lokal schickte. Das war rar, man fand im Gastgewerbe kaum noch angestellte Menschen. Im hinteren Bereich luden Himmelbetten in einer orientalischen Lounge zum Relaxen ein. Auf einem dieser Betten räkelten sie sich gestern Abend. Es war eine verzauberte Nacht gewesen. Zusammen lagen sie, wie trunken (nicht nur vom Alkohol), Schulter an Schulter und bestaunten gemeinsam die mit Gold verzierten Hängelampen an der Decke, die so schön in Orange, Gelb und Rot leuchteten. Er hielt ihre Hand. Sie war warm und ihre Finger streichelten seine. Monica erzählte eine, zwei amüsante Geschichten aus ihrer Jugend und er spürte, wie ihre schöne Stimme in seinen Ohren vibrierte. Er konnte es nicht abstreiten: Diese Frau hatte es ihm angetan. Sie überraschte ihn mit ihrer quickfidelen Art immer wieder aufs Neue. Durch sie bekam er die Chance, die Welt neu zu entdecken und ihre Neugier und Freude am Leben waren für ihn wie ein Rauschmittel, das er in sich aufsaugte wie die Luft zum Atmen. Wahrscheinlich lag das an ihrem Altersunterschied, immerhin war er zehn Jahre älter als sie. Oder vielleicht lag es daran, dass er in *Frauen ausführen* eingerostet war. Zu lange hatte er keine Frau mehr an sich herangelassen und dabei konnte er nicht einmal beziffern, wie lange es her war. Jetzt, nachdem er sie zwei Wochen nicht gesehen hatte, war es ihm unerklärlich, warum er bei so einer atemberaubenden Frau wie Monica so lange gezögert hatte. All seine Zweifel und Gründe waren ihm rätselhaft. Diese Frau war sexy und ihr Mund schrie danach, geküsst zu werden. Was war eigentlich sein Problem? Diese immer wieder aufkommenden innerlichen Auseinandersetzungen mit sich selbst, er wollte sie unbedingt besiegen. Woher kam seine Skepsis? Er konnte es sich nicht erklären. Monica war eine fantastische Frau, sie war intelligent, weltoffen, humorvoll und wunderschön. Er war vernarrt in sie und wahrscheinlich noch viel mehr, als er sich eingestehen wollte. Tom seufzte. Was war gestern nur geschehen? Als sie auf dem Himmelbett lagen, wurde er furchtbar nervös. Er versuchte, sich krampfhaft an seine Gefühle für Monica vor dem Urlaub zu erinnern. Obwohl nur zwei Wochen vergangen waren, kam es ihm vor wie eine halbe Ewigkeit. Alles, was er wusste, war, dass sie es langsam angehen ließen. Verdammt langsam. Etwas stimmte nicht mit ihm. Immer wenn er mit Monica zusammen war, war er entweder verrückt nach ihr oder er wollte sie von sich stoßen. Dieses namenlose Gefühl saß tief in seinem Innern. Es wühlte ihn schrecklich auf und gestern, als sie sich endlich näherkamen, hatte er fieberhaft versucht, seine Unruhe vor ihr zu verbergen. Wie aus dem Nichts hatte es ihn erwischt. Es begann, an ihm zu nagen, es war lästig, es schwächte ihn und hinterließ eine Art von Befangenheit. Als wollte ihm sein Unterbewusstsein sagen, es sei nicht richtig gewesen, mit ihr zusammenzukommen. Warum nicht? Was war sein Problem? Worauf wartete er noch?

Durch die Ritzen seiner Jalousie drang das erste Tageslicht hinein und gab ihm das Signal, dass es Zeit wurde, endlich aufzustehen. Verschlafen knipste er seine Nachttischlampe an, setzte sich im Bett auf und schob sein Kopfkissen etwas höher. Seine Hormone waren gestern total durchgedreht, er fühlte sich wie ein pubertierender Jüngling und nicht wie ein Mann seines Alters!

Dieses unbeschreibliche Glücksgefühl, das ihn so herrlich von innen wärmte, er konnte es immer noch deutlich spüren. Ja, gestern war ein ganz besonderer Abend für ihre Beziehung gewesen. Beziehung. Konnte man es so bezeichnen?

Vor ungefähr einem Jahr war Monica in sein Team gekommen. Ihre ausgezeichneten Zeugnisse und ihr selbstbewusstes Auftreten hatten ihn sofort davon überzeugt, ihr eine Stelle in seinem Team anzubieten. Monicas langes mittelblondes Haar, das meistens zu einem Zopf gebunden war, und ihre kleine, zierliche Gestalt waren ihm bereits beim Vorstellungsgespräch aufgefallen, aber es wäre ihm bis dato nie in den Sinn gekommen, mit einer Mitarbeiterin auszugehen. Der entscheidende Abend, an dem sich alles änderte, kam schlussendlich bei der letzten Betriebsfeier. Die Stimmung war großartig gewesen, ein feucht-fröhliches Fest, möchte man fast sagen. An diesem Abend fühlte er sich wie losgelöst, er war zum Rumblödeln aufgelegt gewesen und schäkerte mit ihr herum. Jedoch, wenn er sich richtig erinnerte, nahm er sie an diesem Abend nicht mit zu sich nach Hause, nicht einmal geküsst hatten sie sich. Warum eigentlich nicht? Es war nichts dergleichen geschehen. Tom starrte an die Zimmerdecke. Da war sie wieder, diese Zerrissenheit. Seit sage und schreibe drei Monaten trafen sie sich nun regelmäßig, gingen spazieren, ins Museum, waren essen und quatschten, lachten und fühlten sich an der Seite des anderen wohl. Mehr nicht.

Der Retro-Digital-Wecker, eines der vielen antiken Gegenstände, die in seiner Wohnung ihren Platz gefunden hatten, ging inzwischen zum dritten Mal an. Widerwillig schlug er auf das Ding ein und quälte sich, von seinen Träumen herausgerissen, aus dem Bett. Ausgiebig gähnend, zog er sich sein T-Shirt über die kratzigen Bartstoppeln seines Dreitage-Bartes. Eine Rasur wäre wieder einmal fällig, nur blieb ihm beim besten Willen heute keine

Zeit dafür, er war schon jetzt viel zu spät dran. Mit der Anmut eines Basketballspielers warf er seine zerknüllte Kleidung im hohen Bogen in die Wäschebox, die Jalousien öffneten sich automatisch und während er das Bad betrat, fing seine Playlist aus den integrierten Boxen in den Zimmerwänden zu dudeln an. Langsam wurde der Raum von ein paar zarten Sonnenstrahlen erhellt. Verträumt strich er sich über seinen Flaum auf dem Kopf und schenkte sich einen ersten Blick im Spiegel. So eine beinahe Glatze hatte auch seine Vorteile, vor allem, wenn man morgens länger schlafen wollte.

Wie die Leute im Büro auf seine plötzliche Verwandlung reagieren würden?

»Guten Morgen, Tom! Hast du gut geschlafen? Wir haben heute Montag, den 01. März 2100, das Wetter wird heute bewölkt mit vereinzeltem Sonnenschein gemeldet. Wir haben aktuell vier Grad Außentemperatur.«

Der Badspiegel war in Plauderlaune und blendete auf einem kleinen Bildschirm, in der Ecke unten rechts, die aktuellen Nachrichten ein. Die Bilder des Nachrichtensenders zeigten von einem schrecklichen Autounfall, der sich gestern Abend auf der A2 Richtung Bellinzona ereignet hatte. Der Anblick aus der Drohnenperspektive, die der Sender immer wieder einblendete, stimmte ihn unruhig und er merkte, wie es in seinem Kopf zu hämmern begann.

»Du hast heute folgende Termine … «

Tom stützte sich auf dem Waschbecken ab und klopfte mit dem Kopf gegen den Spiegel. Da waren sie wieder, die sich immer wiederholenden Bilderfetzen, die er sich nicht erklären konnte.

»Ach, halt die Klappe! Spiegel, Benachrichtigungen abschalten«, sagte er gereizt.

Er stieg in die Dusche und schloss die Schiebetür. »Morgen-Dusche«, befahl er der Brause und im selben Augenblick rieselte das softe, temperierte Wasser des Rainshower-Duschkopfs auf seine Haut. Er fand das Wortspiel für den Befehl an die Dusche immer noch großartig. Es war eines von vielen sprachgesteuerten Haushaltsgeräten, das zum Glück, außer Musik abzuspielen, keine Antwort gab und nur das tat, wozu es befohlen wurde. Das angenehme Nass erfrischte seine müden Knochen, die gestrige durchzechte Nacht würde ihm bald wie weggefegt vorkommen.

Routiniert griff er nach seinem Becher, der schon fertig unter der Kaffeemaschine stand. Der frisch aufgebrühte Kaffee duftete herrlich, alles war so intensiv. Riechen, schmecken, fühlen, hören und sehen. Seit seiner Wiederkehr spielten die Sinnesorgane verrückt in seinem Körper. Er öffnete den Kühlschrank und stellte fest, dass die Milch fast leer war. »Kühlschrank, bestelle einen Liter Milch«, diktierte er und machte sich auf den Weg nach unten zu seinem Fahrrad.

Die klare, frische Luft, die ihm beim Öffnen der Haustür entgegenkam, belebte seinen Körper und er spürte, wie es ihn erhellte und ihm neue Energie schenkte. Diese dreißig Minuten jeden Morgen und Abend waren eine perfekte Trainingseinheit und nach einem langen Arbeitstag ausgezeichnet, um einen klaren Gedanken fassen zu können. Die Straßen waren zu dieser Uhrzeit fürchterlich verstopft, es gab einfach zu viele Menschen auf der Welt. Das Zürich, das die Generation seiner Eltern noch kannte, war lange Geschichte. Schon in den späten zwanziger Jahren des einundzwanzigsten Jahrhunderts hatte man begonnen, in die Höhe zu bauen. Natürlich gab es noch einige historische Gebäude, wie das Stadthaus, alte Kirchen, die Oper oder die Zentralbibliothek, aber der größte Teil der Stadt bestand nun aus Hochhäusern mit fünfzig und mehr Etagen.

Aufmerksam überquerte er die Straße und bog auf den Fahrradweg bei sich gegenüber ein. Die autonomen Fahrzeuge, die an ihm vorbeifuhren, waren mit Mitfahrern schwer überfüllt. Im Schneckentempo fuhren sie einer Tram hinterher, die immer wieder stoppte. Fahrgäste stiegen ein und aus. Die Stadt Zürich erlaubte nur noch öffentliche Verkehrsmittel oder Car-Sharing zur Beförderung. Das Fahrrad war somit seine einzige Alternative geworden, denn er hatte keine Lust, morgens von fremden Leuten angequatscht zu werden.

Kraftvoll trat er in die Pedale und versuchte, die Kreuzung, bevor die Ampel wieder auf Rot schalten würde, zu überqueren.

2

Heute machte Monica der Sonne beim Strahlen Konkurrenz. Sie fühlte sich unglaublich glücklich und selbst die Tatsache, dass Montag war, konnte sie nicht erschüttern. Schwungvoll fuhr sie mit ihrem E-Bike an ihrer alten Uni vorbei, bog links in die Rämistrasse ein und radelte Richtung Limmat. Auf der Münsterbrücke hielt sie kurz inne und atmete die kalte Luft tief ein. Ihr Blick wanderte auf den Fluss Richtung Zürich See. Zürich war ihre Stadt. Als amerikanische Diplomatentochter war sie in ihrem jungen Leben bereits viel herumgekommen. Paris, Neu-Delhi, Washington, Berlin und dann landete sie schließlich mit sechzehn in der Schweiz. Alles schien schon so lange her zu sein. Meistens blieb sie mit ihren Eltern nur drei bis vier Jahre an einem Ort und dann ging es weiter. Rückblickend konnte sie behaupten, dass die vielen Reisen eine Bereicherung für ihr Leben waren, aber Zuckerschlecken war es bestimmt nicht gewesen. Es fiel ihr heute wie damals schwer, echte Freundschaften zu schließen. Ständig auf der Suche nach einem Platz in ihrem Leben zu sein, hatte sie dazu veranlasst, als erwachsener Mensch Stabilität an erste Stelle zu setzen. Der letzte Umzug sollte nach ihren Vorstellungen der letzte gewesen sein. Sie hatte ihr Pensum an Kistenpacken und Umziehen im Leben erreicht.

Wahrhaftig, sie liebte dieses Land mit seinen vielen Seen, Wäldern und den Alpen, mit all seinen Bräuchen und Mythen, die man sich erzählte. Das war nicht immer so gewesen, als sie als junges Mädchen hier ankam, konnte sie gar nichts Positives an der Schweiz finden. Es hatte seine Zeit gebraucht, um zu erkennen, welch ein Glück sie gehabt hatte, hier zu landen. Dieses klitzekleine Land in Europa, das sich so unglaublich facettenreich präsentierte, hatte sie tief in ihr Herz geschlossen. Hier fühlte sie sich daheim, hier wollte sie bleiben.

Beiläufig schaute sie auf die Turmuhr der Fraumünster Kirche. Mist! Es war bereits halb neun. Zügig schob sie ihr Rad die letzten Meter und leerte den kleinen Schluck Kaffee aus ihrem Thermobecher. Wenig später lief sie vom Mitarbeiterparkplatz, bestens gelaunt, ins Gebäude. Beim Eintreten wurde ihr Gesicht gescannt, ein grünes Licht an der Seite signalisierte ihren Einlass. Monica lief durch die weitläufige Lobby mit ihrem spiegelglatt polierten Fußboden. Sie nickte dem Pförtner kurz und freundlich zu. Er winkte und grüßte wie immer zurück. Beinahe wäre sie gestolpert. Hatte er sie etwa angelächelt? Dieser Charmeur. Wie konnte das sein? Sie dachte, das ganze nette Gehabe würde ihn nicht interessieren. Was konnte einer wie er schon mit menschlichen Gefühlen anfangen? Konnte er so etwas wie Freundlichkeit überhaupt verstehen? Schließlich war er ein Androide, eine künstliche Intelligenz in Menschengestalt. Monica fand ihn so lebensecht, und ein richtiger Hingucker war er auch. Sie drehte sich ein weiteres Mal zu ihm um. Robbi lächelte sie tatsächlich an. Gänsehaut bedeckte ihre Haut. Sein Verhalten war einem Menschen verdammt ähnlich.

Als sich die Tür zum Aufzug öffnete, ertönte aus dem Lautsprecher eine freundliche, weibliche Stimme mit einem

»Guten Morgen, Monica Weiss« und fuhr sie ins siebzigste Stockwerk.

Nichts los im Großraumbüro, montags arbeiteten die meisten Leute von zu Hause. Der weitläufige Raum war hell und modern eingerichtet, drei Teams waren hier untergebracht. Beschwingt lief sie in Richtung ihres Schreibtisches. Ihre Arbeitskollegen Jonas und Ariana saßen bereits an ihren Plätzen und grüßten sie. Die beiden waren schon so lange im Team angestellt, dass man sie als Inventar hätte bezeichnen können. Jonas war kurz vor der Rente, aber immer noch innovativ und lernbegierig. Was man von Ariana nicht unbedingt behaupten konnte. Gewiss, sie hatte andere Stärken, wenn man sich den neusten Klatsch abholen wollte, dann unterhielt man sich am besten mit ihr. Monica hatte nichts gegen sie, Ariana tat keiner Fliege etwas zuleide, aber sie war nun mal nicht die Fleißigste bei der Arbeit.

Aus der Kaffeeküche kam lautes Gelächter. Wie immer nach dem Wochenende, war das der Ort, an dem man sich traf. Von Tom, noch keine Spur. Sie stöhnte leicht, ihre Mailbox quoll über. Per Netzhautsensor scrollte sie mit ihren Augen durch die E-Mails und ordnete sie nach Wichtigkeit ein. Hatten die Leute nichts Besseres zu tun, als am Wochenende zu arbeiten? Sie sollte sich nicht beklagen, ihr Job als Junior Analytikerin im Bereich Cybersecurity gefiel ihr hervorragend. Auch wenn sie nach ihrem Informatikstudium hundert zu eins gewettet hätte, einmal als Programmiererin zu enden. Die SNB, die Schweizer Nationalbank, sah ihre Stärken ganz woanders und bot ihr die jetzige Stelle an. In ihrem beruflichen Leben lief es gerade richtig gut. Was ihr privates Leben anging, gab es noch viele Baustellen. Ruhe bewahren, sie war erst vierundzwanzig, alles käme zu seiner Zeit. Wenigstens war sie seit gestern ganz offiziell kein Single mehr. Jedenfalls hatte sie das so für sich entschieden. Auch wenn sie hin und wieder zweifelte, ob Tom der Richtige für sie war. Er war ein wenig verkorkst, anders konnte sie es nicht beschreiben. Was beschwerte sie sich eigentlich? Mit Bedauern musste sie sich eingestehen, dass Tom der erste Mann war, der mit ihr ernsthaft ausging. Er war endlich keiner der Sorte, die sie nur durchs Bett ziehen wollte und sich dann auf Nimmerwiedersehen verdünnisierte. O Mann, er war das ganze Gegenteil. Total verklemmt. Jegliche körperliche Annäherung fand schier nicht statt. Alle Erklärungen, die sie sich dafür zurechtgelegt hatte, warum noch nichts zwischen ihnen geschehen war, verunsicherten sie am Ende noch mehr. Natürlich wollte sie ihn nicht drängen und vielleicht hatte er auch seine Gründe, aber eines war klar: Irgendwann würde der Zeitpunkt kommen, wo sie als gute Freunde endeten, und das wollte sie ganz bestimmt nicht. Wenn sie mit ihm zusammen war, dann fühlte sie sich so unglaublich gut, so komplett. Und gestern war endlich nach der langen Durststrecke etwas passiert. Nach seinem zweiwöchigen Urlaub kam er ihr wie ausgetauscht vor. Er verhielt sich unglaublich losgelöst, als hätte sie eine andere Person vor sich. Das gab ihr Zuversicht. Er war heiß auf sie, das konnte sie genau spüren. Wann würde er den nächsten Schritt wagen? Es lag an ihm, nicht an ihr, dass sie sich schon zu lange wie zwei Teenager verhielten. Viele Male hatte sie bereits versucht, sich ihm zu nähern, aber jedes Mal wich er ihr auf eine charmante Art aus. Warum musste sie sich auch in so eine verzwickte Lage bringen. Sie war selbst schuld! Liebe am Arbeitsplatz, das galt für sie stets als absolutes Tabuthema. Und dann kam Tom - dabei war Liebe am Arbeitsplatz gar nicht so ungewöhnlich. Nur war es wirklich klug, etwas mit ihrem Chef anzufangen?

Es war harte Arbeit mit ihm. Vor der Betriebsfeier war er noch steif wie ein Brett gewesen. Erst nach unzähligen Treffen wärmte er endlich auf. Jede andere Frau hätte ihn längst fallengelassen. Woher sie so viel Geduld nahm? Keine Ahnung. Irgendetwas schien er anscheinend an sich zu haben, was sie faszinierte. Wahrhaftig, er war ein verdammt gutaussehender Mann mit einem großen Herzen. Sie liebte seine Art, Dinge zu sehen, seine politische Denkweise und sein unglaublich süßes Lächeln. Nachdenklich stützte sie ihren Kopf ab und starrte Richtung Eingang. Es gab nur eine Sache, die konnte sie an ihm ganz und gar nicht leiden - seine Verschlossenheit. Es gab gewisse Themen, über die er einfach nicht sprach. Zum Beispiel über Frauen, die er vor ihr datete, nicht einmal Zukunftspläne teilte er mit ihr. Egal was und wie sie es versuchte, er blockte jedes Mal ab. Es ging irgendein Gerücht im Büro herum, dass er allen verboten hätte, ihn über sein Privatleben auszuquetschen. Ja, er war ein Sonderling. Ein geheimnisvoller, wunderlicher Kauz und dafür liebte sie ihn. Und seit gestern hatte sie den Eindruck, ihre Hartnäckigkeit wurde belohnt, denn sie hatte ihren ersten Kuss bekommen.

Als Tom das Büro betrat, trug er eine dicke Wollmütze. Das war für ihn ungewöhnlich, aber Monica wusste, er wollte mit seiner neuen Frisur kein Aufsehen erregen. Diese Glatze eine Frisur zu nennen, war schon fast übertrieben gesagt, denn seine äußerliche Veränderung war ziemlich schockierend, so empfand sie es jedenfalls. Unbegreiflich, wie man so eine Haarpracht, wie sie ihm geschenkt worden war, so mir nichts, dir nichts aufgeben konnte. Den Fahrradhelm hielt er in der linken Hand und er war wie eh und je gut gelaunt, wenn er morgens das Büro betrat. Er grüßte alle, wie üblich, mit einem »Goedemorgen«, das war holländisch, dann schmiss er seine Arbeitstasche auf den Schreibtisch und trottete zur Kaffeeküche. Schmetterlinge in ihrem Bauch –

Von ihrem Platz aus konnte sie genau zur Kaffeemaschine hinsehen, dieser Arbeitsplatz war Fluch und Segen zugleich. Er plauderte mit den Kolleginnen aus dem Netzwerker-Team. Stephanies laute Stimme schallte aus dem Pausenraum. Diese aufdringliche und selbstverliebte Frau konnte sie zum Tode nicht ausstehen. Es passte ihr nicht, dass Tom sich in Stephanies Nähe amüsierte, er war stets viel zu nett zu ihr. Eifersucht stieg in ihr auf, heimlich verfolgte sie jede noch so klitzekleine Szene, die sich in der Kaffeeküche abspielte. Was für ein Luder, sie schmiss sich förmlich an ihn ran. Ständig strich sie sich durch ihre Haare und tatschte ihn, affektiert lachend, am Arm an. Missmutig knurrte sie leicht vor sich hin. Gutaussehende Männer hatte man nie für sich allein. Aus dem Flurfunk wusste sie, dass Stephanie Ende dreißig war, sie hatte gerade eine Scheidung hinter sich. Sie war *Manager of Network Engineering* und somit mit Toms Position gleichgestellt. Es war zu eindeutig, wie intensiv sie auf Männersuche war. Von ihr aus konnte sie so viel suchen wie sie wollte, aber sie sollte gefälligst ihre Finger von Tom lassen.

Mit seiner Kaffeetasse in der Hand kam Tom zurück zum Schreibtisch und setzte sich an seinen Arbeitsplatz ihr gegenüber.

»Hey, Thomas!«, rief Jonas von seinem Tisch herüber. »Schön, dass du wieder da bist. Hattest du einen erholsamen Urlaub?«

Tom nickte ihm zu. »Sieht man das denn nicht?«, scherzte er.

»Coole Mütze«, sagte Ariana und bekam rote Wangen.

Monica schmachtete Tom an. Der Kuss kam ihr wieder in den Sinn. Hoffentlich würde dieser Arbeitstag wie im Fluge vergehen, damit er sie wieder schnell in seine Arme schließen könnte.

»Guten Morgen«, sagte er fröhlich zu ihr. »Sorry, ich bin spät, habe den Wecker ignoriert.« Er gluckste verschmitzt.

Monica begann, innerlich zu leuchten. Sie grinste ihn verschwörerisch an. Sie verstand genau, wovon er sprach. Es war ihnen gestern schwergefallen, sich voneinander zu trennen.

»Dann solltest du früher ins Bett gehen, Herr Verhoeven«, flüsterte sie zwischen den Bildschirmen hindurch. »Kannst du mit deiner jungen Freundin nicht mehr mithalten?« Sie kicherte verlegen.

Tom sah sie eindringlich an. Streng gab er ihr zu verstehen, sich mit ihren Kommentaren zurückzuhalten. Die Belegschaft hatte schließlich keinen blassen Schimmer davon, dass sie sich privat trafen, und so sollte es nach seinen Vorstellungen auch erst einmal bleiben. Monica verzog das Gesicht zu einer entschuldigenden Grimasse. Wie sollte das nur weitergehen? Irgendwann würden sie auffliegen. Sie schaute sich im Büro um. Alle waren in ihre tägliche Arbeit vertieft. War sie die Einzige, der es aufgefallen war, dass er sich optisch verändert hatte? Denn vor seinem Urlaub zog sich noch eine lange Narbe durch seine rechte Gesichtshälfte. Sie entstellte ihn nicht, aber der helle lange Strich war deutlich zu erkennen gewesen. Jetzt waren die Haare ab und die Narbe war verschwunden. Wahrscheinlich lag es daran, dass jeder im Büro wusste, dass es tabu war, mit Tom über sein Privatleben zu reden, deshalb würde sich keiner trauen, sich danach zu erkundigen. Nicht einmal sie hatte es bis jetzt fertiggebracht.

Es war schon beachtlich, wie sehr er die privaten Details, die er ihr preisgab, einteilte. Es gab Spielregeln. Wenn er erzählen wollte, dann erzählte er. Fragen stellen erwies sich meistens als schwierige Sache. Zum Beispiel wusste sie, dass er in Den Haag aufgewachsen war und auch wenn er hier in der Schweiz allen mit seinen ein Meter vierundneunzig wie ein Riese vorkam, war er in den Niederlanden nur ein durchschnittlich großer Mann. Vor der Glatze hatte er wunderschönes, kräftiges Haar in dunkelbrauner

Farbe, gewellt und in einem Undercut Haarschnitt gestylt. Dass jetzt eine Wollmütze seinen kahlen Kopf schmückte, war gewöhnungsbedürftig. Fragen, warum die Haare weg waren, sollte sie besser mit Vorsicht genießen.

Vieles hatte sie bereits bei ihren unzähligen Treffen selbst herausgefunden. Tom sprach, neben seiner Muttersprache, perfekt Deutsch und Englisch und etwas Italienisch, das hatte er sich als Student während eines Auslandssemesters in Rom angeeignet. Wenn er gut gelaunt war, witzelte er mit seinem holländischen Akzent und nahm sich dabei gerne selbst auf die Schippe. Er konnte trotz seiner besonnenen und zurückhaltenden Art unglaublich charmant sein. Sein Wesen war gutmütig und ausgeglichen, was, gepaart mit seinem Aussehen, die Herzen so einiger Damen höherschlagen ließ. Über seine Eltern sprach er gerne. Sie lebten nach wie vor in Den Haag und waren beide schon alt und gebrechlich. Laut Tom war seine Kindheit glücklich und erfüllt verlaufen, von Liebe und Geborgenheit geprägt. In seinem Elternhaus war immer etwas los gewesen, dafür sorgte seine Mutter, denn sie bekam ihn spät und ein zweites Kind war in ihrem Alter ausgeschlossen. Nach dem Abitur beschloss er, seinen eigenen Weg zu gehen, und befreite sich somit aus den Fittichen seiner Mutter. Sein Software-Engineering-Studium absolvierte er in London und dann arbeitete er einige Jahre in Luzern bei der Kantonalbank im IT-Bereich, bis er vor fünf Jahren hierher nach Zürich zur Schweizer Nationalbank kam.

So viel wusste sie über ihn. Oder man hätte auch sagen können: So viel war er bereit, ihr zu erzählen. Denn wenn er über etwas nicht reden wollte, dann schweifte er gerne ab oder erzählte überzogene Lügengeschichten, so dass es von vorneherein klar war, dass es eine Lüge war. Das war eine seltsame Art von Komik und anfänglich ganz witzig, aber so langsam begann es, sie zu

nerven. Früher oder später würde kein Weg daran vorbeiführen,
mit diesem Thema umzugehen.

3

»Ich sterbe vor Hunger«, sagte sie und bückte sich zu ihrem Fahrradschloss hinunter. Ein Blick auf den Iris-Scanner und ein Bügel, der das Rad festgehalten hatte, löste sich. Gemeinsam schoben sie ihre Räder Richtung Altstadt. Ein kalter Wind wehte ihnen entgegen, von meteorologischem Frühlingsanfang war noch keine Spur zu erkennen.

»Willst du dir nicht einmal ein anständiges Fahrrad kaufen? Ich kann mir beim besten Willen nicht vorstellen, wie du mit der alten Gurke vorwärtskommst«, sagte Monica belustigt.

»Wieso? Was hast du gegen mein schönes, gelbes Fiets? Es ist top.« Er stellte das Rad zur Ansicht wie bei einer Preisverleihung. »Achtundzwanzig Zoll, Shimano Nexus Drei-Gang Nabenschaltung mit Rücktrittbremse und Frontträger. Nostalgie pur. Und obendrein ein Stückchen Heimat für mich. Hollandräder sollten, meiner Meinung nach, auf die Liste fürs UNESCO Weltkulturerbe gestellt werden.«

Monica zog ungläubig eine Augenbraue nach oben. Seine kleine Rebellion gegen den alltäglichen Fortschritt. Man mochte kaum glauben, dass man einen IT-Manager vor sich hatte. *Wer weiß*, dachte sie, *vielleicht hatte er gar nicht so unrecht*. Wenn man verfolgte, wie abhängig der Fortschritt die Menschheit machte, weil sie künstlicher Intelligenz mehr Vertrauen schenkte als reellen Menschen. Und gestenbasiertes Computing, Nanotechnik, Virtual Reality und Co. die Leute zu anfälligen Marionetten machten. Ja, vielleicht konnte man Toms Vorliebe zu altertümlichen Gegenständen dann ein bisschen besser verstehen.

Als er ihr die Tür zum Restaurant aufhielt, kam ihnen ein herrlicher Pizza-Duft entgegen. Der immer gutgelaunte Robo-Kellner führte sie zu einem kleinen Tisch direkt am Fenster. Draußen begannen die Lichter der Stadt zu leuchten, die Kirchenglocken des Grossmünsters läuteten siebenmal. Durch das Fenster schien die Stadt so ruhig und friedlich zu sein, selbst die gehetzten Leute, die an der Glasscheibe vorbeiliefen, konnten der positiven Gemütslage der beiden nichts anhaben.

Seine Augen hatten diesen entzückenden Ausdruck, wenn er sie ansah. Es war ihr ein bisschen peinlich, wenn er das tat. Mit klopfendem Herzen griff sie nach ihrem gebundenen Zopf und drehte ihn verlegen durch ihre Finger. Der Schweiß lief ihm aus der Wollmütze die Schläfen entlang. Kurzerhand zog er sie vom Kopf und legte sie beiseite. Er atmete auf. Sein Anblick wirkte befremdlich auf Monica, die fehlenden Haare machten aus ihm einen ganz anderen Menschen. Aber das war nur das Äußerliche, redete sie sich ein, schon bald würde sie sich daran gewöhnen.

»Wirst du dieses Woll-Ding nun jeden Tag im Büro tragen? Oder ab wann stehst du zu deiner neuen Frisur?«, fragte sie neckisch.

Er grinste sie an, ohne ihr eine Antwort zu geben. Bestimmt hatte er damit gerechnet, dass diese Frage früher oder später fallen würde. Er reichte ihr den Brotkorb, sie griff hinein und tunkte ein Stück Baguette in ein Schälchen mit Olivenöl. Wie ein verliebter

Narr stützte er sich auf seinen Ellenbogen ab und schenkte ihr das süßeste vom süßesten Lächeln.

»Hättest du Lust, mit mir ein Wochenende am Vierwaldstättersee zu verbringen?«

Diese Frage traf sie unerwartet.

»Du meinst, du und ich? Wir beide?«, fragte sie. In ihrem Kopf spielte es verrückt. Tom und sie, ganz allein.

Sein Gesichtsausdruck wirkte etwas verunsichert. »Ähm, ja, so habe ich mir das vorgestellt.«

»Wo genau möchtest du hingehen?«

»Ich dachte, wir mieten uns ein kleines Chalet in Brunnen. Ich kenne mich da ganz gut aus, es wird dir gefallen.«

Er blickte sie flehend an. Natürlich wollte sie mit ihm dorthin. Zwischen ihnen lief es im Großen und Ganzen wunderbar. Sie teilten unzählige gemeinsame Interessen, unternahmen recht viel miteinander und der gestrige Kuss hatte ihr gezeigt, dass er es endlich wagte, ihr näherzukommen. Durchaus warfen diese unbeschreiblichen Gefühle, die er in ihr auslöste, auch viele Fragen auf. Waren sie nur eine kurze Verliebtheit, ein schwärmerisches Denken? Schließlich rührte er sie selbst nach drei Monaten immer noch nicht an. Was steckte dahinter? War es ausbaufähig?

»Brunnen, wie herrlich, ich habe schon viel gehört von diesem Ort. Gehst du da sonst zum Skifahren hin?«, fragte sie neugierig.

Tom überlegte scharf. Eine ganze Weile kam nichts. Als könnte er sich nicht entsinnen, wann er das letzte Mal an diesem Ort gewesen war.

»Ja, Skifahren kann ich auch«, sagte er stolpernd, »aber es gibt noch viele andere tolle Aktivitäten, die man dort im Winter unternehmen kann. Lass dich überraschen.« Sein Lächeln war warmherzig und er freute sich, das war ganz offensichtlich.

»Na, wenn das so ist, dann sage ich Ja!«

In Monica begann es zu kribbeln. Sicherlich gab es nichts, was sie sich mehr wünschte, als mit ihm ein Wochenende zu verbringen. Wie schnell es auf einmal mit ihnen voranging. Sein Verhalten war so anders. Genau so hatte sie sich ihn die ganze Zeit gewünscht. Vielleicht war nun der richtige Moment gekommen, ihn eine Frage zu stellen, die ihr brennend auf der Zunge lag.

»Tom?«

Er schaute sie sanftmütig an.

»Warum hast du dir eine Glatze rasieren lassen?«

Innerhalb von Sekunden veränderte sich sein Gesichtsausdruck zu einer Starre. Er wirkte verunsichert und strich gedankenverloren über seinen Kopf.

»Die Haare mussten weg«, sagte er kurz und knapp. »Im Ferienlager sind die Läuse herumgegangen«, ergänzte er und lachte verlegen, denn dieser Scherz war ein wirklich schlechter.

»Aha«, sagte Monica und an ihrem Gesichtsausdruck konnte man verfolgen, was sie dachte. Denn es war eine saublöde Antwort und da waren sie wieder, seine Anwandlungen zu scherzen, wenn er nicht reden wollte. Diese drastische Veränderung musste bestimmt einen Grund mit sich bringen. Es war unverkennbar, wie sehr er seine längeren Haare geliebt hatte. Warum wollte er nicht darüber reden?

»Also, deine vierzehn Tage Urlaub hast du im Ferienlager verbracht?« Machte sie sich über ihn lustig. Und dabei fiel ihr auf, dass er ihr bis jetzt nicht einmal erzählt hatte, wohin er überhaupt gefahren war.

»Ja, im Heidi-Land ganz oben auf der Alm. Inmitten von Ziegen, Tonnen von Schnee und steilen Bergen. Stell dir das mal vor! Wir bekamen jeden Tag Käse und trockenes Brot zu essen und mussten uns im kalten Bergbach waschen gehen.«

»Du bist ein Kindskopf«, sagte sie und wusste, die Frage, warum er sich seine Narbe hat entfernen lassen, bräuchte sie ihm erst gar nicht zu stellen.

Gegen halb neun verabschiedeten sie sich vor dem Restaurant, denn von hier aus musste jeder in eine andere Richtung fahren.

»Wir sehen uns. Und morgen komme ich nicht wieder zu spät. Ich verspreche es.« Tom lächelte, er hatte ein kleines Grübchen, wenn er das tat. Hungrig auf einen Kuss, schaute er auf ihren Mund. Entschlossen bückte er sich zu ihr hinunter und legte seine Lippen auf ihre. Sie waren warm und schmeckten nach Rotwein und Monica merkte, wie abgöttisch sie ihn begehrte.

»Du pikst«, quiekte sie.

Amüsiert fasste er sich ins Gesicht und rieb sein Kinn. »Sorry. Keine Zeit gehabt heute Morgen. Ich musste schnell ins Büro zu meiner Freundin.« Er gab ihr einen Kuss auf ihre Nasenspitze, stieg in die Pedale und fuhr davon.

Sehnsüchtig schaute Monica ihm noch eine Weile hinterher, bevor sie ihren Fahrradhelm anzog und sich selbst auf den Weg machte. Die Lichter der Straßenlaternen warfen bereits lange Schatten, zum Glück würden die Tage bald wieder länger werden. Der erste März war kalt, doch in ihrem Körper fühlte sich alles nach Frühling an. Gedankenversunken strich sie mit den Fingern über ihre Lippen. Wann würde er endlich beginnen, sich ihr zu öffnen? Manchmal fragte sie sich, ob es eventuell ernsthafte Gründe gäbe, warum er sich so verschlossen verhielt. Sie wusste immer noch viel zu wenig über ihn. So etwas hatte sie noch nie erlebt. Gott wusste, es war harte Arbeit mit ihm. Monica schnaufte. Warum musste sie sich auch immer auf schräge und kaputte Männer einlassen? Sie hatte ein wirkliches Händchen dafür. Und sie

wusste auch, dass so eine Liaison schnell kompliziert werden
könnte. Toms verschlossene Art kam sicherlich nicht von ungefähr. Manchmal fragte sie sich, welcher Mann wirklich hinter der
Fassade steckte. Ihr Instinkt sagte ihr, dass Thomas Verhoeven ein
schweres Päckchen an Seelenballast mit sich herumschleppte. Was
das Päckchen beinhaltete, wusste nur er allein.

4

Die Schlange am Schuhverleih der Bowling-Arena kam ihr unendlich lang vor. Mit gemischten Gefühlen nahm Monica ihre Bowlingschuhe in Empfang und setzte sich auf eine Bank, unweit von der Ausgabe entfernt. Der Gedanke, wer schon alles seine Füße in diese Schuhe gesteckt haben könnte, ließ sie erschaudern. Wenn sie eines anekelte, dann Schuhe auszuleihen. Aber es waren nicht nur die Schuhe, die sie beunruhigten, denn sie fragte sich, ob es eine weise Entscheidung gewesen war, mitzugehen. Sie hielt nicht viel davon, sich mit Arbeitskollegen privat zu treffen. Und schon gar nicht in ihrer Situation. Schließlich hatten sie eine wichtige Frage bis jetzt nicht geklärt. Wie wollten sie mit ihrer Liebesbeziehung vor den Kollegen umgehen? Es ärgerte sie, dass sie sich von Tom hatte mitschleppen lassen, ohne sich vorher abgesprochen zu haben. Dieses Versteckspiel roch förmlich nach Komplikation.

»Himmer donner toria! Sie haben Schuhgröße nünevierzig?«, hörte sie die Dame hinter der Theke fluchen. Und dann kam Tom mit seinen Schuhen fröhlich zur ihr an die Sitzbank gelaufen.

»Heute ist mein Glückstag«, sagte er. »Es gab genau noch ein Paar Schuhe in meiner Größe. Letztes Mal musste ich mich in zwei Nummern zu kleine Schuhe zwängen.«

Monica blickte neidisch auf den Karton. Nigelnagelneue Schuhe lachten sie an. Warum konnte ihr das nicht einmal passieren?

»Ach, da bist du ja. Ich hab dich schon überall gesucht«, rief eine Frauenstimme unweit von ihnen. Es war Stephanie. Tom schlüpfte in seine Schuhe und sah zu ihr hoch.

»Hi Stephanie, ja, wir sind etwas spät dran. Sorry«, entgegnete er und band seine Schuhe. »Ich habe Verstärkung mitgebracht, wie du siehst. Ihr kennt euch sicherlich, oder?«. Er legte seinen Arm freundschaftlich über Monicas Schultern.

Stephanie schaute zuerst Tom und dann Monica sprachlos an. Kein Hallo, kein freundliches Wort kam von ihren Lippen.

Ihr giftiger Blick brachte Monica in Unruhe. Abrupt drehte Stephanie sich um und lief voraus zum Bowlingplatz.

»Was war denn das?«, flüsterte Monica.

»Keine Ahnung«, erwiderte Tom. »Vielleicht hat sie etwas in den falschen Hals bekommen.«

»Was heißt *in den falschen Hals bekommen*? Hast du ihr etwa nicht erzählt, dass du mich mitbringst?«

»Warum sollte ich? Sie bringt doch auch zwei ihrer Kollegen mit«, erwiderte er gleichgültig.

Auf dem Weg zur Bahn erblickten sie bereits Alex und Karin. Stephanie schien stinksauer zu sein. Sie behandelte Monica wie Luft. Auf dem Tisch standen Fingerfood und ein Pitcher mit Bier.

»Bedient euch«, sagte Karin großzügig.

Tom griff freudig nach einem leeren Glas und schenkte sich ein.

»Super! Aber mit einem Pitcher werden wir heute Abend nicht weit kommen«, sagte er übermütig. Dann wandte er sich Monica zu. »Eine Weißwein-Schorle für dich?«, erkundigte er sich wissend. Sie nickte und er machte sich auf den Weg zur Theke.

»Wo geht er denn jetzt schon wieder hin?« Stephanie schien laut zu denken.

»Er holt mir etwas zu trinken«, antwortete Monica. »Ich bin kein großer Fan von Bier.«

Stephanies Antwort traf sie vernichtend. »O Gott Mädchen, bekommst du das nicht selbst hin?«

Ihre Kommentare nervten. Warum ließ sie ihren Frust an ihr aus? Monica spürte, es war etwas im Argen. Sie hätte es besser wissen müssen, als sie Tom zusagte, mit zu dem Spiel zu gehen. Was suchte sie hier eigentlich? Sie hatte keine Ahnung von Bowling. Was als Amerikanerin schon an ein Wunder grenzte. Natürlich wollte sie jede freie Minute mit ihm zusammen sein, aber zu jedem Preis? Jetzt, wo ihr klar wurde, dass Stephanie ganz eindeutig Gefallen an Tom gefunden hatte, fuchste es sie umso mehr, dass Tom einfach nicht seinen Mund aufmachte und im Büro sagte, was Sache war. Was für ein Fiasko, dass sie nicht offen zu ihrer Beziehung stehen durften. Oder doch? Sollte dieser Abend eventuell ein erster Versuch werden, als Paar aufzutreten? Dankend nahm sie das Glas von Tom entgegen. Welches Spiel wurde hier gespielt? Sie wusste, Tom wollte kein Getratsche bei der Arbeit. Das hatte er ihr nun schon oft genug eingeimpft. Manchmal konnte sie seinen Gedankengängen nicht folgen. Er verhielt sich so zwiespältig. Wenn er sein Privatleben aus der Firma halten wollte, warum traf er sich dann mit Arbeitskollegen nach Feierabend? Ganz gleich wie sie es drehte und wendete, es passte nicht.

Stephanie zwängte sich zwischen sie.

»Wollen wir loslegen?«, fragte sie auffordernd.

»Ich mache den Anfang«, sagte Karin und stellte sich an die schwarze Linie der Bowlingbahn. Sie ließ die Bowlingkugel schwingen und räumte acht Pins mit ihrem ersten Wurf ab. Der zweite Wurf ging ins Leere.

»Open Frame für Karin.« Tom versuchte, Monica die Regeln im Schnelldurchlauf beizubringen.

Alex vermasselte seinen ersten Wurf, der zweite schoss neun Pins um. Stephanie war geübt. Sie schaffte mit dem ersten Wurf einen Strike, alle zehn Pins kippten knallend um. Sie jubelte laut und klatschte siegesgewiss die Hände von Karin und Alex ab. Dann kam Tom an die Reihe und auch er warf alle zehn Pins um.

Spätestens jetzt verließ Monica jeglicher Mut. Kopfhängend lief sie los und schnappte sich eine Kugel. Sie fühlte sich miserabel und stieß innerliche Gebete für ihre Dummheit aus. Sie würde sich zum Affen machen.

»Mach dich nicht verrückt. Ist doch nur ein Spiel«, rief Tom ihr zu. Der hatte gut reden.

Die Bowlingkugel, die sie ausgewählt hatte, war ihr viel zu schwer, doch sie wollte sich nicht die Blöße geben und zurück zum Regal laufen.

»Hier, nimm lieber eine kleinere«, hörte sie Tom hinter ihr sagen. »Größe M ist viel besser für dich.« Tom sprach ruhig auf sie ein und reichte ihr die kleinere Kugel. Während Monica zu pendeln begann, stellte er sich hinter sie und korrigierte ihre Bewegungen. Sie konnte seinen warmen Atem auf ihrem Nacken spüren. Was für eine unglaubliche Wirkung seine sanften Berührungen hatten. Der Bass seiner männlichen Stimme beruhigte ihre Nerven. Mit ihm fühlte sie sich sicher.

»Sie hat tatsächlich keine Ahnung von Bowlen«, sagte Stephanie so laut, dass es alle hören konnten. »Ich dachte, das bekommt man in Amerika mit der Muttermilch eingetrichtert!« Sie lachte überheblich.

Monica schnaufte verärgert. »Stimmt. Genauso, wie alle Schweizer schon mit dem Wissen geboren werden, eine Kuh zu melken.« Am liebsten hätte sie dieser Hexe die Kugel an den Kopf geschmissen.

Tom fasste ihr beherrscht an die Schulter und drehte sie Richtung Bahn. »Durchzug«, flüsterte er in ihr Ohr. »Lass dich nicht verunsichern.«

Er hatte recht. Sie konzentrierte sich besser auf ihren Wurf und versuchte, Stephanies gehässige Sprüche auszublenden. Aufmerksam verfolgten sie ihre Bowlingkugel, der Wurf sah gar nicht so übel aus. Die Kugel rollte genau auf die Pins zu und …

»Strike! Jawohl. Du hast einen Strike geworfen!«, rief Tom.

Monica sprang ihm vor lauter Freude direkt in die Arme. Für den Bruchteil einer Sekunde war sie versucht ihn zu küssen, aber dann war sie sich nicht mehr sicher, ob es angebracht wäre. Unbeholfen ließen sie sich los und Tom tätschelte ihr anerkennend auf den Rücken.

»Anfängerglück«, zischte Stephanie.

Durstig nahm Monica einen Schluck aus ihrem Glas. Der Gedanke, dass Stephanie womöglich ein Doppeldate organisiert hatte, wollte ihr nicht aus dem Kopf gehen. Ihr unerwartetes Auftreten musste ihre kompletten Pläne kaputt gemacht haben. Kein Wunder, dass sie sauer war.

Tom schwang seine Bowlingkugel, er hatte seinen Sweater ausgezogen und stand im T-Shirt auf der Bahn. Was für ein Anblick. Sein Bizeps spannte sich beim Pendeln der Kugel. Stephanies gieriges Glotzen entging Monica keineswegs. Was sollte sie bloß tun? Sie war nicht darauf vorbereitet, mit einer Rivalin in den Ring zu steigen. Und außerdem, was würde es ihr bringen? Diese

Frau war eine angriffslustige Person. Es war nicht ihre Art, mit bösen Worten um sich zu schlagen. Im Gegensatz zu Stephanie vermied sie im Leben eher Konfrontationen. Jedenfalls so gut es ging.

Als sie wenig später gemeinsam am Tisch saßen, grübelte sie immer noch über den Grund nach, warum Tom sie mitgenommen hatte. Was wollte er damit bezwecken? Er konnte Stephanie spürbar nicht leiden. War das womöglich seine Art, ihr einen Korb zu geben? Dieses Rätselraten ging ihr auf die Nerven. Stephanie war eine gestandene Frau, eine Managerin wie Tom, sie könnte eine ehrliche Antwort sicher vertragen.

Der Platz neben Karin war noch frei, also ergriff sie die Chance, ihre Kollegin ein wenig besser kennenzulernen. Der bestellte Burger war fantastisch und mit Karin hatte sie eine gute Gesprächspartnerin gefunden. Ab und zu beobachtete sie Stephanie und Tom, die ihr gegenübersaßen. Sie gaben einen komischen Anblick ab. Das aufgetakelte Aussehen dieser Frau passte so gar nicht zu Toms saloppem T-Shirt und Jeans-Style.

»Tommi, sag mal, was hast du eigentlich mit deiner schönen Haarpracht angestellt?«, platzte es aus Stephanie heraus. Sie schaute ihn anzüglich an und begann, frech an seiner Kappe, die er gegen seine Wollmütze getauscht hatte, zu ziehen. Neckisch versuchte sie, ihm den Hut vom Kopf zu reißen. Im Gegensatz zu ihr fand er das überhaupt nicht lustig. »Nenne mich nicht Tommi!«, fuhr er sie wie aus dem Nichts an. »Dieser Spitzname ist nur für meine Freunde und Familie reserviert!« Er wehrte sie ab und richtete seine Mütze wieder auf. Ein bisschen geschockt, aber interessiert betrachtete Monica das Geschehen von der gegenüberliegenden Tischseite und fragte sich, ob er nun endlich aufwachte.

Ihre Armbanduhr zeigte 22:35 Uhr an. Tom steckte in einem geschäftlichen Gespräch mit Alex fest. Das war der Nachteil, wenn man sich privat mit Kollegen traf. Immer wieder fing einer damit an, über die Arbeit zu reden. Das langweilte sie. Viel lieber hätte sie mit Tom in ihrer Wohnung auf dem Sofa gesessen und wer-weiß-was angestellt. Mit einem verträumten Blick verfolgte sie jede seiner Gesten und schaute sehnsüchtig auf seine gepflegten Hände, mit denen er in der Luft gestikulierte. Wann würde er sie endlich einmal damit berühren? Wenn er nur wüsste: Sie verzehrte sich förmlich nach ihm. Ihr fielen Tausend Möglichkeiten ein, wie sie ihn verführen könnte, Tausend Wege, wie sie ihn in ihr Bett ziehen könnte und Tausend Gründe, warum es nicht dazu käme!

Plötzlich zuckte Tom zusammen, als hätte ihm jemand einen Schlag versetzt. Stephanies Arm war eindeutig zu nah an seinen Körper. Es war Monica nicht klar, was unter dem Tisch vor sich ging, aber es war definitiv unangebracht. Hatte diese respektlose Frau etwa ihre Hand auf seinem Oberschenkel liegen? Tom sah verwirrt aus, als ob er überlegte, wie er reagieren sollte. Er würde ihr keine Szene machen, das war nicht seine Art, also rückte er beherrscht von Stephanie ab und schob seinen Stuhl nach hinten. Sie grinste doof. Kopfschüttelnd stand er auf und lief ohne ein weiteres Wort vom Tisch weg.

War das etwa seine Antwort darauf? Jetzt reichte es Monica!

»Was hast du mit ihm angestellt?«, rief sie über den Tisch. »Tom ist aufgesprungen, als sei er auf der Flucht!«

Stephanie schaute selbstgefällig in ihre Richtung.

»Ich habe keine Ahnung, wovon du sprichst. Kümmere dich besser um deinen eigenen Kram!«

Der Abend war dem Untergang geweiht.

»Monica, lass uns gehen«, hörte sie Tom hinter sich sagen. Er hatte bereits ihren Mantel über dem Arm liegen und half ihr hinein.

»Gut«, sagte sie und schaute dabei Stephanie direkt an. »Ich hatte sowieso genug für heute Abend.«

»Oh, glaube mir, ich auch«, erwiderte er und schaute düster drein.

Die Luft war kalt. An der stark besuchten Haltestation zeigte das Display noch drei Minuten bis zum Eintreffen der nächsten Tram an. Monica rieb ihre steif gewordenen Hände. Fürsorglich nahm Tom sie zwischen seine und hauchte sie mit seinem Atem warm.

»Was für eine krasse Person, die Kollegin Stephanie. Keine Ahnung, was ich mir dabei dachte, mit den Netzwerkern Bowlen zu gehen.«

»Wirklich?«, erwiderte Monica ungläubig.

Tom reagierte verhalten. »Ich hoffe, sie ist dir nicht zu nahegetreten?«, fragte er in einem bedauernden Ton. Er hatte sichtbar ein schlechtes Gewissen. Dieser Abend war voll in die Hose gegangen. Monica schaute ihn fragend an.

»Meinst du, mir zu nahe? Oder dir?«, fragte sie halbwissend.

»Es tut mir leid«, erwiderte er. »Ich wollte einfach nur etwas in einer Gruppe unternehmen oder so.«

Die Tram kam an. Es war ein Gedrängel, bis alle eingestiegen waren. Der einzige freie Platz, der ihnen noch zur Verfügung stand, war ganz hinten im letzten Wagon. Eng aneinandergepresst, hielten sie sich an einer Stange fest.

»Ach, ich denke, sie ist eine frustrierte, geschiedene Frau. Sie kann mir nichts anhaben. Ich habe einen großen starken Mann an meiner Seite«, sagte Monica besänftigend. Wie gewohnt blieb er still. Konnte er nicht ein einziges Mal sagen, was er dachte? Sein Blick landete sehnsüchtig auf ihren Lippen. Trotz allem Unmut wollte sie den Moment nicht zerstören. Er war so attraktiv und wahnsinnig männlich. Endlich, Tom beugte sich zu ihr hinunter, zaghaft kam er ihrem Mund immer näher, sein warmer Atem hauchte erregt auf ihrer Haut. Vorsichtig biss er in ihre Unterlippe, begann, seine Nase an ihrer zu reiben. Monica spürte, wie es in ihrer Brust vor Aufregung pochte. Und dann, als sie das Verlangen kaum noch zu ertragen vermochte, begann er, sie innig zu küssen, flüsterte ihr verliebte Worte zu. Hitze stieg in ihr auf und Tom wurde fordernder, leidenschaftlicher und als sie schließlich seine Zunge begehrlich schmeckte, spürte sie Tausend kleine Explosionen in sich entfachen. Leute stiegen ein, Leute stiegen aus. Die Lichter der Stadt spiegelten sich in den Fenstern der Tram. Die Frage, ob er sie einladen würde, mit ihm in seine Wohnung zu kommen, hing in der Luft. Und kaum hatte sie zu Ende gedacht, wurde schon seine Haltestation durch den Lautsprecher angesagt. Es wurde Zeit auszusteigen. Der Takt ihres Herzens schlug erwartungsvoll, schneller und immer schneller.

»Schlaf gut«, sagte er, stupste ihr freundschaftlich mit seinem Zeigefinger auf die Nase und ließ sie, ohne sich noch ein weiteres Mal umzudrehen, allein zurück.

5

»Also, ich sage dir eins, Monica, dieses Wochenende wird es passieren. Er wird dich flachlegen«, gluckste Diane vergnügt. »Schön auf dem Sofa, nachdem er deine vom Wandern schmerzenden Füße massiert hat.«

Diane machte obszöne Orgasmus-Geräusche und lachte sich dabei schlapp.

»Oh, oooh, jaaa, Tom, nimm mich!«

»Diane! Schhh« Monica schaute beschämt um sich. Dieses Frauenbild. Sie war unverbesserlich, seit ihrem sechzehnten Lebensjahr kannten sie sich nun schon und mit Sicherheit konnte sie behaupten, dass sie ihre beste Freundin war, aber dieses Gehabe ging ihr gewaltig auf die Nerven.

»Was *schhh*? Es wird Zeit für euch. Mann! Wie lange wollt ihr noch herummachen? Ihr geht jetzt wie lange miteinander aus? Vier Monate?«

An den Wänden des Fitnessstudios tourten durchtrainierte Menschen mit ihren Mountainbikes durch steile Bergpfade oder joggten auf langen einsamen Waldwegen entlang. Kristallklare Bergseen und Wasserfälle, grüne Wälder und schneebedeckte Berggipfel verwandelten das Studio in ein Abenteuerland.

»Drei.« Sie korrigierte sie lautstark.

Ihre liebe, gute Freundin Diane. Alles begann, als Monica mit ihren Eltern in die Schweiz kam, weil ihr Vater nach Bern versetzt wurde. Um es auf den Punkt zu bringen: Dieser Umzug war eine Katastrophe gewesen, das bis dato Schlimmste, was ihr widerfahren war. Niemals wollte sie weg aus Berlin. Dieses Bergvolk in der Schweiz konnte ihr gestohlen bleiben. Die Menschen konnten nicht einmal ein ordentliches Deutsch sprechen. Aber es gab kein Entkommen, ihre Eltern bestanden darauf und sie hatte nichts zu melden. Damit sie ja nicht auf dumme Gedanken käme, steckten sie sie bis zur Matura in ein Internat nach Lausanne. Zurückblickend war es eine wilde, verrückte Zeit gewesen. Mit Diane an ihrer Seite kam man überall hin. Sie war schon damals bekannt wie ein bunter Hund. Sie teilten sich ein Zimmer und zum Glück war sie ein Mädchen, das ihr vom ersten Tag an freundlich gesonnen war. Zu viele Grausamkeiten hinter den Schulmauern. Diane gab ihr, dem Neuling, Halt und Trost. Ihre Schönheit weckte ihr Interesse, aber Monica konnte ihre Art von Liebe nicht erwidern. Ja, zugegeben, sie hatten sich einmal geküsst, aber das war reine Neugier, mehr war nie zwischen ihnen geschehen.

Gefühlt war das alles schon eine Ewigkeit her. Zwei unreife Mädchen mit großen Erwartungen. Und jetzt, mit Tom, unternahm Monica ganz andere Dinge. Mit ihm fühlte sie sich irgendwie schon so erwachsen. Oder war sie es von allein geworden, ohne es zu merken? Diane jedenfalls war es nicht, so kindisch, wie sie sich gerade benahm. Natürlich hatte sie recht, Tom rührte sie kaum an. Wie in einer Teenagerliebe hielten sie Händchen und ab und an knutschten sie herum. Sollte das alles sein? Diane war nicht gerade bekannt dafür, ihre Meinung hinter dem Berg zu halten, aber ihr aufrechtes Feedback schmerzte. Dabei wurde ihr gutes Benehmen von Kindheitsbeinen an eingetrichtert, so wie es sich für brave Aristokraten-Töchter gehörte. Als kümmerte sie sich um die Etikette, es war ihr ziemlich schnuppe, was andere von ihr dachten. Während ihrer Studienzeit setzten sie ihre Wohngemeinschaft fort und teilten sich eine Wohnung mit Blick auf den Zürichsee. Bis Kazumi, eine zierliche, anmutige Japanerin, ihren Platz einnahm. Aus Dianes Germanistikstudium wurde ein Job als freie Journalistin und aus ihrer großen Liebe eine Enttäuschung.

Diane schrieb gelegentlich Artikel für das Feuilleton der Neuen Zürcher Zeitung und natürlich war sie eine engagierte Bloggerin. Bei ihr bekam man Informationen über alles, was in und um Zürich herum passierte. Ihre Fangemeinde war treu und unterhaltungssüchtig. Man kannte sie in der Szene, sie war eine echte Lokalberühmtheit.

»Scheiße, dann halt drei Monate. Und alles, was du von diesem Mann bekommst, ist ein Kuss?« Diane redete sich wieder einmal in Rage. »Was soll das denn werden? Was stimmt nicht mit dem Kerl?« Sie nahm sich ihr um den Hals gewickeltes Handtuch und wischte sich den Schweiß von der Stirn ab. »Vielleicht solltest du es dir noch einmal überlegen, Süße. Ich bin wieder zu haben.«

Jetzt fing Monica laut zu schnaufen an.

»Du hast ja recht! Er ist äußerst zurückhaltend.«

»Zurückhaltend? Babe, mit dem Typ stimmt was nicht! Welcher Mann verhält sich so? Kriegt er keinen hoch?«

»Hör auf, mich ständig Babe zu nennen. Genug jetzt! Was hast du schon für eine Ahnung von Männern? Du hast noch nicht mal einen geküsst. Und nun willst du mir erklären, wie sie ticken?«

Ihre eigenen harschen Wörter erschraken sie. Sie sollte Diane nicht so hart anfechten, gerade jetzt, wo sie so viel Kummer mit ihrer Mutter hatte. Wie schon des Öfteren war Helène Dubois in eine

Entzugsklinik eingeliefert worden. Die Familie hielt es geheim. Offiziell wurde erzählt, sie sei zur Kur. Die arme Frau, sie kam mit ihrem Leben nicht mehr zurecht.

»Alles, was ich sagen will: Sei auf der Hut«, konterte Diane.

Monica wollte ihre Worte nicht mehr hören. Es wühlte sie innerlich auf. All diese wirren Gefühle, die dieser Mann in ihr auslöste. Verbissen wollte sie an das Gute in ihm glauben!

»Ich gebe nicht so schnell auf. In der Ruhe liegt die Kraft«, antwortete sie und versuchte, sich selbst Mut einzureden. All die verkorksten Liebeleien, die sie auf ihrem Konto zu verrechnen hatte. Woran sollte sie sich halten? Sie war nicht gut in der Wahl ihrer Männer. Noch nie. Das wusste sie ziemlich genau. Dabei stellte sie nicht einmal große Ansprüche. Alles, wonach sie sich sehnte, war, eine normale und gesunde Partnerschaft zu pflegen. Wo würde sie ihre Beziehung mit Tom hinführen? Hatte sie schon wieder ins Klo gegriffen? Daran wollte sie einfach nicht glauben. Er meinte es ernst mit ihr, daran hatte sie keine Zweifel. Und egal, was Diane sagte, sie würde nicht so schnell aufgeben. Dieses Mal wollte sie alles richtig machen. Sie würde nicht einfach davonrennen, wenn es Probleme gäbe. Dieses Mal würde sie kämpfen.

»Wie geht's eigentlich deiner Mutter?«, versuchte sie, vom Thema abzulenken.

»Den Umständen entsprechend«, antwortete Diane kurz und knapp und dieses Mal merkte sie, dass ihr Verhalten, welches sie an den Tag legte, eine Nummer zu viel für Monica war.

Heute war der Wurm drin, es schien schier unmöglich zu sein, eine normale Konversation unter Freundinnen zu führen.

»Was willst du hören? Sie ist depressiv. Weiß mit ihrem beschissenen Leben nichts mehr anzufangen. Und sie flüchtet sich, wie jedes Mal, in ihren Einkaufswahn, um alles zu verdrängen.«

Diane stellte per Sprachbefehl ihre Laufbandgeschwindigkeit eine Stufe höher, als könnte sie somit vor ihren Fragen entkommen. Der Schweiß kullerte auf ihrer Haut hinunter.

»Zum Glück geht das Geld nie aus. Stell dir vor, wir wären arm. Dann wäre sie eine arme, krüppelige Frau.«

Mit ihrem Sarkasmus konnte Monica nicht viel anfangen. Es fiel ihr schwer zu glauben, dass man keine Freude am Leben haben konnte, wenn man sich alles leisten konnte, was man sich wünschte. Die Dubois schwammen regelrecht in Geld.

Während sie leichtfüßig vor sich hin trabte, betrachtete sie still ihre Freundin. Wie unterschiedlich sie waren. Wenn man sie zusammen antraf, dann glaubten die wenigsten, dass sie beste Freundinnen waren. Diane glich schon immer einem Paradiesvogel. Alles an ihr war so rebellisch. Ihre Haare waren zurzeit grün, auf einer Seite Kinn lang und auf der anderen Seite kurz rasiert. Es gab kaum eine Farbe, die ihren Kopf noch nicht geschmückt hatte. In ihrem rechten Nasenflügel trug sie ein ringförmiges Piercing und ihre Ohren waren von oben bis unten mit Steckern zugetackert.

Monica war im Vergleich zu ihr eine graue Maus. Auffallen war nicht ihr Ding. Die meiste Zeit trug Monica Jeans und Turnschuhe. Klar, wenn sie wollte, dann konnte sie sich auch herausputzen, aber das war eher für besondere Anlässe. Im Leben hätte sie es sich nicht getraut, ihre langen Haare abzuschneiden. An Diane schrie alles nach Rebellion. Sie war eine ein Meter fünfundfünfzig kleine Person mit einem Ego so groß wie eins achtzig. Ihr war es unglaublich wichtig, unabhängig zu sein. Ein leichtes Spiel für sie, denn sie war in Reichtum und Luxus geboren. Und Monica wusste, wenn Diane mal knapp bei Kasse war, dann hing sie die Unabhängigkeit gerne an den Nagel.

Egal, wie unterschiedlich sie waren, die vielen unruhigen Jahre in Monicas Kindheit, die vielen Umzüge, die wenigen Freunde, die blieben, lösten eine Sehnsucht nach Stabilität in ihr aus. Eine Eigenschaft, die leider oft zu kurz in ihrem jungen Leben vorgekommen war, aber daran konnte man arbeiten und sie arbeitete hart. Manchmal wünschte sie sich ein bisschen mehr wie Diane zu sein, etwas mehr Kaltschnäuzigkeit an den Tag zu legen, mutiger zu sein, das täte oft ganz gut. Dann würde sie bestimmt der Frage, warum alles so langsam mit Tom voranging, schneller auf die Schliche kommen. Dann hätte sie keine drei Monate auf einen Kuss gewartet, sondern ihn sich selbst geholt! Und dann wäre sie nicht so furchtbar aufgeregt, mit ihm für ein Wochenende zu zweit in einem Chalet zu verbringen.

6

Die Scheinwerfer des Stadions wurden nacheinander abgeschaltet. Nur noch ein einzelner Strahler, der auf die Spielerbank leuchtete, schenkte ihm Licht. Tom spielte in der firmeneigenen Fußballmannschaft in der Position als Torwart. Die Schweizer Nationalbank war in den letzten Jahren zweimal hintereinander Meister in der Liga des schweizerischen Firmen und Freizeitsport geworden. Leider lief es diese Saison nicht ganz so gut für sie. Sie rechneten sich keine Chancen mehr aus, die Meisterschaft zu gewinnen. Es würde wohl eher zum dritten Platz reichen. Ihr stärkster Gegner, der FC UBS, hatte sie bereits punktemäßig weit überholt. Bei Wind und Wetter wurde trainiert, das hielt Tom fit und er hatte Abwehrkräfte wie ein Pferd. Heute war sein erstes Training nach dem Urlaub. Unglaublich, wie fantastisch er sich fühlte. Von seinem einst schmerzenden rechten Knie war nichts mehr zu spüren. Er hätte Bäume ausreißen können. Das Gefühl, wieder topfit wie ein Zwanzigjähriger zu sein, gab ihm die Bestätigung, alles richtig gemacht zu haben. Oder etwa nicht?

Während er sich zum Nachhausegehen umzog, konnte er nicht aufhören, an Monica zu denken. Er mochte es, mit ihr zusammen zu sein, sie war eine besondere Frau, das spürte er. Und das kommende Wochenende würde ihm hoffentlich eine Richtung weisen, wohin es sie beide führen sollte. Sie erinnerte ihn an eine verflossene Liebe, eine Frau, die wie sie, ein einfühlsamer und herzlicher Mensch, gewesen war. Zu schade, dass er sich nicht an ihren Namen entsinnen konnte. Da war nur ein Gefühl, das ihn ständig begleitete. Diese Frau, sie war in seinem Kopf. Es gab kein Gesicht, keinen Namen und keine Zeit. Aber sie war da und sie war der Grund, warum ihn ein ständig schlechtes Gewissen begleitete, wenn er mit Monica zusammen war. Seine Gefühlswelt war seit einiger Zeit so ungeordnet, verwirrend und unverständlich. Bevor er Monica in sein Leben gelassen hatte, gab es ewig keine Frau an seiner Seite. Er konnte sich nicht einmal erinnern, wie lange es her war. Seine vor kurzem eingetretene Vergesslichkeit verunsicherte ihn enorm. Er brauchte Antworten. Und er wusste, dass er dieses Problem nicht allein lösen könnte.

Die Nacht war kalt, bei jedem Atemstoß blies er weiße Wölkchen vor sich aus. Da war es wieder. Ein weibliches Lachen in seinen Ohren. Wurde er verrückt? Vorsichtig umfuhr er mit seinem Rad einige gefrorene Wasserstellen. Eisblumen waren auf den Scheiben der geparkten Fahrzeuge gewachsen. Besser, er versuchte, sich abzulenken. Monica. *Ihre wunderschönen fülligen Lippen,* dachte er und merkte, wie ein starkes Lustgefühl ihn übermannte. Wie weich und zart sie waren, wenn er sie schmeckte. Was war eigentlich so kompliziert daran, mit ihr zum nächsten Schritt überzugehen? Er hatte keine Antwort parat.

Kurz vor der Haustür tauchte die rot-getigerte Katze von Frau Mayer auf. Die Nachbarkatze war auf Nachtwanderung. Sie maunzte ihn an und strich, als er sein Fahrrad abstellte, um seine Beine herum. Als er sich zu ihr herunterkniete, um sie zu streicheln, fauchte sie ihn unerwartet an und verschwand in den

Büschen. Ihr Verhalten war ungewöhnlich, das Tier war ihm stets freundlich gesinnt. Wahrscheinlich konnte sie riechen, dass mit ihm etwas nicht stimmte. Man sagte, Tiere hätten einen sechsten Sinn.

Aus heiterem Himmel überkam ihn eine tiefe Traurigkeit, wie ein schlummerndes Monster, das in ihm wohnte und Schritt für Schritt seinen Lebensmut, seine Hoffnungen zu fressen begann und ihm keinen Platz für die schönen Dinge im Leben lassen wollte. Seine Therapeutin sagte, diese Phase ginge bald vorüber.

In Gedanken versunken drückte er seinen Daumen auf das Lesegerät des Türöffners und schritt in seine Wohnung hinein. Das war wohl die Kehrseite der Medaille. Keiner hatte ihn darauf vorbereitet, dass es so kompliziert werden würde.

Er schmiss seine Sporttasche in die Ecke und lief Richtung Badezimmer. Wie sollte er vor Monica mit diesem Thema umgehen? Würde ihr irgendetwas an ihm auffallen, wenn er es vor ihr verschwieg? Oder sollte er besser gleich mit offenen Karten spielen? Jedenfalls einen Teil der Geschichte könnte er erzählen. Nur welchen? Oder vielmehr, was war ihm erlaubt? Er wollte sie auf gar keinen Fall verängstigen.

Heißes Duschwasser verwandelte sein Bad in eine Dampfsauna. Mit dem Handtuch wischte er den Spiegel über dem Waschbecken trocken und betrachtete angespannt sein Gesicht. Sollte er sich eine weniger aufregende Geschichte einfallen lassen? Oder er könnte es auch einfach darauf ankommen lassen. Vielleicht merkte sie gar nichts. Aber hatte sie es nicht verdient, dass er ihr erzählte, wo er die letzten zwei Wochen verbracht hatte?

7

Vor einiger Zeit ...

Keith McGregor schloss die Bürotür hinter sich und lief zurück zum Labor. Der lange Klinikflur roch penetrant nach scharfem Desinfektionsmittel. Er rümpfte seine Nase und ging, ohne zu grüßen, an der Reinigungskraft vorbei. Der Boden vor ihm glänzte, er war noch feucht. Mit seinen Gedanken bei dem nächsten Arbeitsschritt setzte er vorsichtig einen Schritt vor den anderen. Noch wenige Wochen und er würde endlich mit seinen Versuchsarbeiten beginnen können. Ein Hochgefühl von Erfüllung durchströmte ihn, er war extrem mit sich und seinem Team zufrieden. Der Operationsbereich, Hightech-Geräte jeglicher Art, die sie benötigen würden, sowie eine Pflegestation, standen bereit. Die Klinik im Berner Oberland war exzellent ausgestattet. Das war vor allem seinem Verhandlungsgeschick zu verdanken. Anfänglich glaubten ihre Geldgeber tatsächlich, sie könnten sie mit einem Apfel und Ei abspeisen. *Immer dasselbe*, dachte Keith. Jedes Kind wusste, dass man nur mit guten Werkzeugen ein gutes Produkt herstellen konnte und das kostete eben seinen Preis.

Während er die Labortür öffnete, warf er einen begierigen Blick auf seine soeben neu eingetroffene Maschine. Voller Vorfreude strich er, schon fast ehrfürchtig, über die glatte Oberfläche, ließ einige Minuten vergehen, als könnte er mit dem Gerät kommunizieren. Dann lief er an dem langen Brutkasten-ähnelnden Gerät entlang, bis er am Kopfe stehen blieb und die Anschlüsse überprüfte. Alles war in bester Ordnung. Ein tief befriedigendes Gefühl, ja, das war es. Die Produktionsstätte in Tschechien hatte fantastische Arbeit geleistet, sowas erlebte man selten. Denn wenn er eines nicht ausstehen konnte, dann schlampige Arbeit. Jeder, der mit ihm zu tun hatte, wusste, dass er nicht nur an sich hohe Ansprüche stellte, sondern auch an jeden, der mit ihm zusammenarbeitete.

Nachdem der Prototyp schon fantastische Leistungen vorweisen konnte, waren sie zu dem Schritt übergegangen, ein verbessertes und größeres Model zu bauen. Beinahe ein Jahr war es her, als ihm das Musterbeispiel in einer Fabrik bei Lundenburg an der österreichischen Grenze vorgestellt wurde. Eine innovative, norwegische Ingenieurin arbeitete mit ihm seit Jahren Hand in Hand. Sie verstand Keith aufs Wort. Sie konnte seine laienhaften, technischen Entwürfe und Ideen umsetzen und hatte nun daraus diese fantastische Maschine bauen lassen. Er konnte es kaum erwarten, sie endlich in Betrieb zu nehmen.

Zufrieden lächelnd begab er sich an seinen Labortisch und schloss sein Tablet an den Hauptrechner an. Schlussendlich fehlten nur noch die Probanden. Die ersten beiden würden demnächst eintreffen. Unglaublich, wie die Zeit raste. Er hakte auf seiner Checkliste einen weiteren Punkt ab und fügte noch einige Informationen in seine Übersicht ein.

Unter den erstaunlich vielen Bewerbern hatte ein Gremium von Fachleuten zehn geeignete Kandidaten ausgewählt. Fünf Männer und fünf Frauen. Ihr Vorhaben würde die Medizinwelt revolutionieren! Zurzeit arbeiteten sie unter äußerst hohen Sicherheitsvorkehrungen, nichts sollte nach draußen gelangen. Das

Projekt würde sich viele Monate, eventuell sogar Jahre, hinausziehen. Neben der Tatsache, dass sich die meisten Bewerber von den Fünfzigtausend Schweizerfranken Aufwandsentschädigung angezogen fühlten, war es erschreckend zu sehen, wozu manche Menschen alles bereit waren. Ohne zu wissen, welches Wagnis sie eingingen, willigten sie ein. Wie viel war ein Menschenleben wert? Eine gute Frage. Bestimmt mehr als Fünfzigtausend. Jedoch, würden sie die Summe zu hoch setzen, fingen die Personen an, misstrauisch zu werden und dazu sollte es auf keinen Fall führen. Nur wenige bestanden das komplexe Auswahlverfahren. Für einige war es eine herbe Enttäuschung geworden, als man sie wieder nach Hause schickte. Wenige der Bewerber waren geeignet gewesen. Entweder waren sie zu alt oder zu jung oder laut ihrer DNA-Analyse unbrauchbar. Die Auswahlkriterien waren streng gesetzt worden und selbst die abgewählten Personen bekamen, nachdem sie eine Verschwiegenheitserklärung unterzeichnet hatten, eine kleine Entschädigungssumme von Eintausend Schweizerfranken ausbezahlt.

Nun durfte nichts mehr schiefgehen, sonst würde es sie um Monate zurückwerfen. Zeit war Geld, ihre Gläubiger scharten schon jetzt mit den Hufen, sie wollten Progress und bald Resultate sehen.

Einige der Apparate liefen bereits Tag und Nacht. Sie verschlangen Unmengen an Energie, die sie selbst auf ihrem Areal produzierten. Ein gewöhnliches Krankenhauskraftwerk, wie es die generellen Kliniken meistens auf ihren Dächern installiert hatten, reichte für sie nicht aus. Allein das neue DNA-Sequenziergerät fraß an einem Tag so viel Energie, wie ein Vier-Personen-Haushalt in einem Monat verbrauchte!

Die Zeit der Atomkraftwerke war lange Geschichte. Strom wurde nur noch aus erneuerbaren Energien produziert. Auf der

Weltklimakonferenz im Jahre 2050 gab es damals grünes Licht für die sogenannte *selbstverantwortliche Energieerzeugung*. Die Bürger bekamen die Möglichkeit, den überteuerten Strom aus der Dose zu kaufen oder sich eine eigene umweltfreundliche Energieversorgung für ihr Eigenheim zu installieren. Böse Zungen behaupteten, dass die Regierungen ihre Unfähigkeit, den Energieverbrauch klimaneutral zu gestalten, einfach auf die Bürger abschoben. Die Strompreise waren utopisch. Somit waren viele Menschen gezwungen, Energie zu sparen oder richtig tief in die Taschen zu greifen. Die Menschen wurden erfinderisch und nach einigen Jahrzehnten war durch neue Technologien und die pro-klimaneutrale Einstellung der Verbraucher das Thema *niedriger Energieverbrauch* in Fleisch und Blut übergegangen.

Das galt für die gewöhnlichen Bürger, denn hier im Klinikum spielte der Stromverbrauch keine Rolle. Das, was sie hier auf die Beine stellten, war viel zu wichtig, um sich mit Gedanken über den Energiebedarf aufhalten zu lassen.

Immerfort widmete sich Keith seinen gefühlt nie endenden Vorbereitungsarbeiten. Die Liste war lang. Ein Team von sieben Pflegern wurde zurzeit ausgebildet. Das Gesundheitswesen hatte heutzutage bis zu fünfundsiebzig Prozent Androiden in seinem Personalbestand, aber das käme für Keith nicht infrage. Seine abgrundtiefe Abneigung gegen diese menschenähnlichen Roboter saß tief. In seiner Klinik hatten diese Dinger keinen Platz.

Da sie unter allerhöchster Geheimhaltung arbeiteten, mussten sie jede neue Mitarbeiterin und jeden neuen Mitarbeiter genau unter die Lupe nehmen. Hier zählten nicht nur ihr Können und ihre psychische Stabilität, sondern auch die Fähigkeit zur Diskretion. Zwei engagierte Personalmitarbeiter wurden mit der Aufgabe betreut, die geeigneten Pflegekräfte bis ins Detail zu untersuchen. Man prüfte - neben dem beruflichen Werdegang - ihre politische

Orientierung, ihre Freizeitaktivitäten, Freundeskreise, familiäre Hintergründe, sowie die religiöse Zugehörigkeit, falls es eine gäbe. Bei den Vorstellungsgesprächen war eine Psychologin anwesend, sie analysierte die Aussagen der Bewerber und die psychische Belastbarkeit. Weitere Einzelgespräche würden auf einem wöchentlichen Niveau folgen.

Keith war Doktor der Molekularbiologie und arbeitete bei EPIC seit über fünfundzwanzig Jahren. Zurzeit fühlte er sich eher als *Mädchen für alles*. Er war, neben seiner eigentlichen Arbeit als Forscher, der Hauptorganisator der Klinik. Er war außerdem Geldeintreiber, Vertragsgestalter, Personalverantwortlicher und noch so vieles mehr, dass er eigentlich einen Sechsunddreißig-Stunden-Tag benötigt hätte. Es war schier unmöglich, jedem und allem gerecht zu werden! Eines stand fest: Wenn sie mit diesem Projekt einen Erfolg erzielten, würden sie alle steinreich und berühmt werden. An Geld waren andere interessiert. Er wollte den Ruhm und Erfolg.

Nun war endlich die Zeit gekommen, das Vorhaben an Menschen zu studieren. Bisher leitete er etliche biomedizinische Forschungen an Tieren. Keith war sich seiner Stärken überaus bewusst, er war ein Genie in seinem Fach, widmete sein ganzes Leben der Forschungsarbeit. Seine Familie war EPIC und EPIC war er. Sein ganzer Stolz galt dem kleinen, aber feinen Klinikkomplex im Berner Oberland, den er mit Schweiß und Blut aufgebaut hatte.

Das Gebäude war von außen schlicht und unscheinbar, ein weißes, fünfstöckiges Bauwerk mit verspiegelten Fenstern und einem gepflegten grünen Rasen. Selbst wenn sich jemand in dieser Gegend verfahren hätte, wäre das winzige Schild an der Einfahrt mit der Inschrift **EPIC HUMANE GENTECHNIK** kaum

aufgefallen. Es war dezent an einem weißen Lattenzaun, der das
gesamte Areal umzäunte, angebracht. Niemand schenkte dem
Wegweiser eine Beachtung. Um die Klinik zu erreichen, fuhr man
eine schmale, steile Allee hinauf, bis eine Lichtung die Sicht auf
das Gebäude freigab. Dichter Baumbewuchs umzingelte das etwa
ein Hektar große Gelände. Fichten, Tannen und Buchen dominier-
ten den Wald. Alles war ganz unspektakulär. Das Spektakuläre
beschränkte sich einzig und allein auf das, was sich im Gebäude
abspielte.

8

An der Seepromenade von Brunnen gab es ein reges Treiben. Es war immer noch Ski-Saison und die Meteorologen, von allen einfach nur freundlich *die Wettermacher* genannt, ließen es schon seit Dienstag kräftig schneien, so dass sich eine wunderschöne weiße Schneedecke im Ort und in den Bergen ausgebreitet hatte. Nachdem es in den letzten Jahrzehnten schwerwiegende Naturkatastrophen mit langanhaltenden Dürren und Überschwemmungen auf der Welt gegeben hatte, kam ein geowissenschaftliches Forscherteam aus Australien mit einer genialen Entwicklung an die Öffentlichkeit. Mit ihrer Erfindung gab es das Wetter ab sofort maßgeschneidert. Keiner wusste so genau, wie und was die Leute machten, aber die Naturkatastrophen schienen sich zu mindern. Das designte Klima wurde an die Region, die Jahreszeiten und je nach Bedarf angepasst. Für die Bevölkerung war das Wetter nach wie vor ein Diskussionsthema, ob vorhersehbar oder nicht. Denn über nichts lässt sich besser streiten als über das Wetter. Immerhin war es nun möglich, schon Wochen im Voraus nachzusehen, welches Wetter geplant wurde. Einziger Nachteil: Mutter Natur spielte nicht immer mit!

Nach einem langen Spaziergang durch den Ort gönnten sich Monica und Tom abends ein Käsefondue im benachbarten Gasthaus. Das kleine, liebevoll eingerichtete Restaurant hatte etwa fünfzehn Tische. Die Räume waren niedrig, urig und heimelig eingerichtet. Die Decken wurden von alten geschnitzten Säulen und Eichenbalken gestützt. Tom musste sich beim Eintreten bücken, damit er sich nicht den Kopf am Türrahmen stieß. Generell war alles aus rustikalem Holz gebaut, die rot-weiß-karierten Tischdecken und die roten Polster auf den Sitzbänken, der herrliche Käseduft, alles lud zu einem gemütlichen und herzhaften Abend ein.

»Sie können jederzeit Brot nachbestellen, geben Sie einfach Bescheid«, informierte die freundliche junge Bedienung.

Monica bestaunte ihr schönes Dirndl, denn die Angestellten trugen die typische Tracht der Gegend. Sie konnte sich beim besten Willen nicht vorstellen, den ganzen Tag in so einem Gewand zu arbeiten. Durch die vielen Fondue-Rechauds entwickelte sich eine Bullenhitze in dem Restaurant. Die arme Frau musste sich fast totschwitzen. Oder war sie etwa gar kein Mensch?

Während die Bedienung alle nötigen Utensilien für das Fondue auf ihrem Tisch platzierte, rieb sich Tom erwartungsvoll die Hände. »Also, wer ein Stück Brot in den Topf fallen lässt, muss zur Strafe einen Schnaps trinken!«

»Na, wenn das alles ist«, meinte Monica übermütig.

»Der Schnaps hilft gegen das Fett im Käse«, erwähnte die Bedienung mit einem Zwinkern. Sie lächelte Tom süß an und verweilte, für Monicas Geschmack, etwas länger als nötig an ihrem Tisch. Machte sie ihm etwa schöne Augen? Sie war definitiv ein Mensch!

»Danke, das wäre dann alles«, sagte Tom.

Die kurze aufkommende Eifersucht verschwand, als er sein Schnapsglas anhob und ihr verliebt zuprostete.

»Auf ein unvergessliches Wochenende«, sagte er und seine Worte klangen verheißungsvoll.

Es schüttelte sie regelrecht, so stark brannte der Schnaps in ihrer Nase und Kehle.

»Ich bin für ein kleines Spiel«, sagte sie.

»Meine Mama sagt immer, mit Essen spielt man nicht«, entgegnete er belustigt.

»Ich sage ja nicht, dass wir *mit* dem Essen spielen, sondern *während* wir essen spielen. Es ist ein altbekanntes Spiel und heißt Wahrheit oder Pflicht.« Sie griff nach der Schnapsflasche und schenkte beiden ein. »Ich nehme mal an, du kennst das Spiel?«

»Wenn es sein muss«, sagte er wenig begeistert.

»Komm schon. Das wird lustig!«

»Aber nur, wenn ich anfangen darf!«

»Von mir aus.« Monica zuckte mit den Achseln.

»Hast du schon einmal etwas geklaut?«, fragte er.

»Ich nehme Wahrheit. Und die Antwort ist: ja.« Sie lachte verlegen. »Es war eine Haarspange an einem Flohmarktstand in Berlin. Der Kerl wollte unverschämt viel Geld dafür, dabei war sie gebraucht und …«

»Du brauchst dich nicht zu entschuldigen«, entgegnete er großmütig. »Wir haben alle unsere Fehler. Niemand von uns ist davon befreit.«

Seine Antwort klang verworren.

»Obwohl ich dir so etwas gar nicht zugetraut hätte. Du steckst voller Überraschungen.«

Abwesend strich er mit seinem Zeigefinger auf dem Schnapsglas Kreise.

»Okay. Nun bin ich dran«, sagte Monica aufgeregt. »Wie hieß das erste Mädchen, das du geküsst hast und wie alt warst du?«

»Moment mal, das sind gleich zwei Fragen.«

»Komm schon!«

»Na gut. Sie hieß Bettina und ich war vierzehn.«

»Wow! Du warst ein Spätzünder.«

»Na und? Keine Verurteilungen heute Abend!«

Er steckte eine Gabel in den Topf und rührte in dem heißen Käse. Sein Blick wanderte durch das Lokal, dann wieder zu ihr zurück, als hecke er irgendetwas aus. Dann benetzte er seine Lippen und betrachtete sie neugierig. Langsam bückte er sich über den Tisch und sprach sie leise an.

»Hattest du schon einmal Sex in der Öffentlichkeit?« Sein Grinsen war frech.

Monica sog die Luft übertrieben laut zwischen ihren Zähnen ein. »So langsam wird der Abend richtig interessant«, erwiderte sie und versuchte, cool zu bleiben.

»Nein«, antwortete sie und spießte sich ein Stück Brot auf. Diese Frage hatte sie beim besten Willen nicht von ihm erwartet. In Thomas Verhoeven steckte mehr als gedacht.

»Mmh. Ich könnte in Käse baden«, meinte er und kaute mit vollen Backen.

Sie grunzte und unterdrückte ein lautes Lachen.

»Das liegt daran, weil du Holländer bist. Ihr esst wahrscheinlich genauso viel Käse wie die Schweizer.«

Ihre Wangen waren knallrot und ihr Gesicht glänzte von der Hitze.

»Du bist wunderschön«, stellte er fest. »Und gerade hast du dein Brot fallen lassen.«

»Ups, und da isses wech.« Sie kicherte wie ein kleines Mädchen.

»Schnaps trinken«, johlte Tom.

Monica jammerte. »Uuurgh, ich falle gleich vom Stuhl! Wie kann es sein, dass du noch so fit bist und ich so blau?« Forschend sah sie ihm ins Gesicht, er war immer noch so unglaublich frisch und nüchtern. Sollte sie es wagen? Sie hatte immer noch eine Frage offen, deren Antwort sie brennend interessierte. Wahrscheinlich war es der Alkohol, der ihr Mut zusprach.

»Warum ist eigentlich deine Narbe im Gesicht verschwunden?«, fragte sie so harmlos wie möglich. Und damit hatte sie ihn voll erwischt. Verunsicherung machte sich in ihr breit. Hatte er ihre Frage nicht verstanden? Oder wollte er sie nicht verstehen?

»Narbe? Was für eine Narbe?«, antwortete er und griff nach dem Schnapsglas.

Die Tür des Chalets wollte einfach nicht aufgehen, Tom versuchte, sie mit einer Hand zu öffnen und mit der anderen hielt er Monica in Schach. Wie zwei Kinder neckten und schubsten sie einander und versuchten, sich unbeholfen den Schnee von den Kleidern abzuklopfen. Als Tom sie mit Schwung aufs Bett hievte, fiel sie wie ein Sack Kartoffeln regungslos auf die Matratze und schlief sofort ein. Mühevoll versuchte er, sie zu entkleiden. Zuerst ihren nie zu endenden Schal vom Hals zu wickeln, dann streifte er angestrengt ihren Rollkragenpulli über den Kopf. Ihre runden Brüste, die durch den BH in Form gehalten wurden, lachten ihn einladend an. Er hielt für ein paar Sekunden inne und betrachtete sie entzückt. Sie war eine unglaublich reizvolle Frau. Völlig erschöpft rollte er sich über sie. Alles drehte sich. Sein Gehirn war gefüllt mit zu vielen Fragen. Nun war es geschehen. Monica hatte ihm eine Frage gestellt und er kannte die Antwort nicht. Zum Glück hatte ihn das Trinkspiel vor der unangenehmen Situation gerettet. Es war ihm äußerst unangenehm. Er fühlte sich aufgewühlt und verwirrt, wenngleich ihn seine Therapeutin darauf vorbereitet hatte.

»Gelegentlich treten nach der Behandlung Amnesien auf«, hatte ihre Erklärung gelautet. Das klang anfangs so simpel. Aber jetzt nicht mehr. Sie waren verschwunden. Seine Erinnerungen wiesen zu viele Lücken auf. Und er fragte sich, ob die Behandlung den Aufwand wert gewesen war.

9

Vor einiger Zeit ...

Draußen war es bereits finstere Nacht. Das störte Keith wenig. Es gab ganz andere Dinge, die ihn plagten. Denn er saß zu seinem Missmut, wie zu oft, an seinem Schreibtisch und suchte krampfhaft nach einer älteren Aufzeichnung einer zurückliegenden Forschungsstudie. Verärgert durchkämmte er auf seinem Glas-Pad sein chaotisches Ablagesystem. Er hasste Büroarbeit. Die ihm seit neuestem zur Seite gestellte Androiden-Assistentin war ihm zuwider. Welcher Idiot gab einem Androiden den Namen Donna Leone? Sie war ein Geschenk der Geschäftsleitung. Was für ein Nonsens.

Wartend saß Donna auf einem Stuhl. Ihre Augenlider waren fest verschlossen, als schliefe sie. Ihre Handflächen lagen brav, wie bei einer Geisha, auf ihrem Schoß, sie saß kerzengerade. Kein Mensch saß so gerade. Nur ein Sprachbefehl und sie würde erwachen. Verstohlen blickte er auf sie - oder es - herüber, als könnte das Ding seine Gedanken lesen. Was für ein Quatsch. Was sollte schon passieren, er hatte sie abgestellt, dieses widerwärtige, unerwünschte Requisit und so staubte es langsam vor sich hin.

Seine abgelegten Ordner bestanden aus einem Wirrwarr von Jahreszahlen und Projektnamen. Es war zum Verzweifeln, wie sollte er da noch durchblicken können? Mürrisch wischte er mit seinem Zeigefinger die Ordner hin und her, bis er auf die Idee kam, per Sprachbefehl stichwortartig auf die Suche zu gehen. Warum war er nicht gleich darauf gekommen!

Vor einiger Zeit war es ihnen gelungen, das Schimpansen-Weibchen mit dem Namen RATNA aus dem Berner Zoo erfolgreich zu klonen. Der Affenhorde war es nicht aufgefallen, als sie RATNA I mit RATNA II austauschten!

Das Klonen von Tieren wurde schon seit über hundert Jahren ausgeführt. Eines Tages kam man auf die glorreiche Idee, zahlungswilligen Menschen anzubieten, eine DNA-Probe ihrer geliebten Haustiere zu entnehmen und wenn sie verstarben, mit einem Klon zu ersetzen. Was für eine geniale Geschäftsidee! Jeder, der sich in der Geschichte der Molekularbiologie auskannte, wusste, dass alles mit dem Hausschaf Dolly begann. Die herkömmliche Methode war viel zu umständlich. In ihrer wissenschaftlichen Studie würde es nicht um das Klonen gehen wie vor hundert Jahren. Das Forscher-Team unter der Leitung von McGregor hatte das Klonen perfektioniert. Es war nicht mehr nötig, Stammzellen des Spenders in eine Eizelle einzupflanzen und wachsen zu lassen. Seit Jahrzehnten arbeitete man bereits mit der Methode, induzierte pluripotente Stammzellen von erwachsenen Probanden zurückzuverwandeln, um dann daraus unterschiedliche Zelltypen entwickeln zu können. Auch das war nichts Neues für Keith und sein Team. Nein, sie hatten etwas viel Großartigeres entwickelt. Etwas Revolutionäres! Es würde das Leben der Menschheit komplett auf den Kopf stellen. Er konnte es manchmal selbst nicht begreifen, aber sie hatten es tatsächlich geschafft, die herkömmliche Herstellung von Stammzellen in einer rekordverdächtigen Zeit zu kopieren und wie zu einem 3D-Puzzle zusammenzusetzen. In kürzester Zeit konnte man ein Lebewesen reproduzieren. Er wusste, seine Kritiker würden auch diese Methode infrage stellen. Für sie spielte es keine Rolle, ob sie mit diesem Verfahren Embryonen benötigten oder nicht. Sie wollten polarisieren, mehr nicht. Er könnte ihnen erzählen, was er wollte, in den Köpfen der Menschen war es schwer vorstellbar, wie man Leben entstehen lassen konnte, ohne eine einzige Eizelle dafür zu verwenden. Das veraltete allgemeine reproduktive Klonen, bei dem man viele Embryonen benötigte, bis schlussendlich ein lebensfähiges Exemplar entstand, hatte sich zu tief in die Köpfe der Menschheit eingebrannt.

Wie könnte er ihnen erklären, dass RATNA II nicht erst entbunden und aufgezogen werden musste? Sie wurde fix und fertig als vollausgewachsene Äffin geboren. Ganz ohne Geburtsschmerzen und monatelanger Wartezeit.

Eine Herkulesaufgabe stand ihm bevor.

Keith warf einen Blick auf seinen Kalender. Der Sommer neigte sich dem Ende zu. Wenn nur die neuen Pflegekräfte ein wenig mehr Hingabe zeigen würden. Der Gedanke, dass es ein Fehler gewesen war, sich für Menschen anstatt für Androiden-Pflegekräfte zu entscheiden, schob er beiseite. Umso mehr ärgerte es ihn, dass die Angestellten es nicht wertschätzten. Diese Leute bekamen eine exzellente Zusatzausbildung und, wenn sie sich geschickt anstellten, einen über Jahre gesicherten Arbeitsplatz. Wie sollte es anders sein? Diese dummen Bediensteten hielten hauptsächlich auf den fulminanten Lohn Ausschau. Es waren eben nur gewöhnliche, unbedeutende Menschen. Was hatten sie schon für eine Ahnung, was sich bald in dieser Klinik abspielen würde? Wer wusste es? Vielleicht würde der eine oder andere noch aufwachen, wenn sie mit den Patienten zu arbeiten beginnen. Es war schwer zu begreifen, was hier vor Ort geschah. Man musste es selbst erlebt haben.

Endlich, er hatte gefunden, wonach er suchte. Wie immer, nachdem er Stunden mit Suchen verbracht hatte, gelobte er sich Besserung. Lästiger Schriftverkehr und Aktenablage konnten ihm gestohlen bleiben. Er hatte Wichtigeres zu tun. Was für eine Meinung Donna dazu hatte?

Die Verträge mit den Testpersonen waren zum Glück schon unter Dach und Fach. Es war ein jahrelanges, schwieriges Unterfangen gewesen. Ihre Verträge waren lupenrein, von den besten Anwälten des Landes aufgesetzt, die eines vor allem nicht konnten - gebrochen werden. Alles musste auf einem stabilen Fundament aufgebaut werden, darauf legte Keith besonderen Wert. Welcher Geldgeber gab schon mehrere Millionen für Forschungszwecke her, ohne eine Aussicht auf Profit zu haben? Ihr größtes Problem war noch nicht gelöst, sie brauchten nicht nur den Erfolg, sie brauchten vor allem die Legalisierung. Ihre zukünftige Kundschaft wäre womöglich bereit, gewisse Risiken einzugehen, aber sicher nicht, wenn sie dafür mit einem Bein im Gefängnis stünden.

10

Der nächste Vormittag war eisig und wunderschön sonnig zugleich. Arm in Arm spazierten sie zur Kanu-Station am See entlang. Für heute stand eine Winter-Kanu-Tour auf dem Plan - Tom war ein passionierter Kanufahrer. Gedanken an die gestrige Nacht ließen ihn nicht los. Vieles, was er hier in Brunnen mit Monica unternahm, kam ihm wie eine Reise in die Vergangenheit vor. Sein Unterbewusstsein redete ihm immer wieder ein, dass er diese Gegend kannte. Auch wenn dieser Ort starke Emotionen in ihm hervorrief, wusste sein rationaler Verstand, dass es nicht der Realität entsprach. Trotz aller Anstrengung kam keine einzige Erinnerung zum Vorschein. Er wusste nur, jetzt, wo er hier war, hatte er ein bittersüßes Gefühl.

In aller Ruhe wies er Monica in die Regeln des Kanufahrens ein. Seine Ernsthaftigkeit und lehrerhafte Art, wie er ihr den Aufbau des Kanus erklärte und sie das Paddel zu halten hatte, schien ihr zu gefallen. Ihm fiel auf, wie sie ihn musterte, unbewusst spannte er seine Muskeln an, wie in Trance verfolgte sie jedes von ihm gesprochene Wort. Mit einer tiefen Sehnsucht dachte er über den heutigen Morgen nach. Zum allerersten Mal waren sie nebeneinander erwacht. Fast zeitgleich öffneten sie ihre Augen,

tauschten lächelnde Guten-Morgen-Wünsche aus, dann ein zarter
Kuss. Einladend hatte er die Bettdecke angehoben und Monica an
sich gezogen. Sein Verlangen nach ihr war stärker denn je zuvor
und doch war er nicht fähig gewesen, ihr mehr als seine warme,
nackte Brust zu schenken. Es war nicht sein Körper, der nicht
funktionierte, oh nein, daran lag es ganz bestimmt nicht und er
war sich sicher, dass es Monica aufgefallen sein musste, wie heiß
er auf sie war. Er war ein Trottel. Wie konnte er diese wunderschöne Frau einfach unberührt in seinem Bett liegen lassen? Aufgesprungen war er, als er merkte, sie wollte mehr. Aufgesprungen
unter dem Vorwand, er wolle Kaffee kochen. Was für eine dämli-
che Ausrede. Er bräuchte Hilfe. So konnte das nicht weitergehen.

Eine traumhafte Bergkulisse eröffnete sich vor ihnen während der Tour. Schwerbehangene Bäume ächzten von der Last des
Schnees, Eiskristalle glitzerten an den Felswänden entlang des
Ufers. Weit oben am Himmel zogen Raubvögel ihre Kreise. Ruhig
glitten Monica und Tom auf dem Gewässer und vergaßen all den
Alltagsstress. In weiter Ferne drehte das Ausflugsschiff seine Runden. Sie hätten um kein Geld der Welt tauschen wollen.

Gemeinsam zogen sie das Kanu ans Ufer und holten ihre
wasserdichten Taschen aus dem Innenraum. Es war Zeit für eine
Rast - vielleicht gäbe es auch Gelegenheit für ein offenes Gespräch.
Es war bedauernswert, dass er ihr nicht jedes Detail erzählen
könnte, aber er wollte ihr zumindest einen kleinen Teil von seinem
zweiwöchigen Aufenthalt berichten. Warum sollte er noch lange
darüber nachdenken, ob Monica die Richtige war? Sie hatte längst
sein Herz erobert. Keine Frage, er konnte ihr vertrauen. Aus seiner
Tasche zog er eine Thermoskanne und zwei Becher. Der heiße Tee
dampfte und wärmte sie auf. So langsam kamen die Erinnerungen
von gestern Abend zurück.

»Na? Was macht der Kopf?«, fragte er spitzbübisch.

»Machst du dich etwa über mich lustig? Frage mich lieber, was mein Po macht. Ich habe einen riesigen blauen Fleck am Oberschenkel.« Sie zeigte übertrieben die Größe des Fleckes an. »Bin ich gestern gestürzt?«

»Ha ha, ob du gefallen bist?« Er lachte höhnisch. »Du bist wie eine besoffene Drossel nach Hause getaumelt! Keine Ahnung, wie oft ich dir wieder aufgeholfen hatte.«

Monica hielt sich peinlich gerührt ihre Hände vor das Gesicht. »Och nee, ich kann mich an nichts erinnern. Das wird wohl an dem Käsefondue gelegen haben.« Sie zwinkerte ihm zu.

»Ja-aa, ganz bestimmt! Ich habe auch schon von dem gemeingefährlichen Verzehr von Schweizer Käse gehört. Besonders der Greyerzer hat es in sich … Aua!«, jaulte er und rieb seinen Oberarm, den Monica boxte.

»Und geschnarcht hast du!« Tom fand Gefallen daran, sie aufzuziehen. Es war so schön, sie lachen zu sehen. Mit Monica fühlte er sich wie ein anderer Mensch. Vielleicht sollte er mit seinem Gespräch noch etwas warten, es würde die Situation zerstören.

»Du bist ein hinterhältiger Kerl, machst Frauen mit Kirschschnaps betrunken und kidnappst sie dann in deine Berghütte, um sie … «

»… schnarchend in mein Bett zu legen!« Er vollendete frech ihren Satz.

»Ich schnarche gar nicht.«

»Oh, doch!«, neckte er sie und mit einem Mal waren all seine Sorgen wie weggewischt. Das Gespräch müsste warten.

An der Rezeption des nahegelegenen Wellnesscenters war um diese Uhrzeit nicht mehr viel los. Beeindruckt von der Vielfalt der angebotenen Programme durchsuchten sie auf einem großen Display die verfügbaren Optionen. Schweißüberströmt öffnete Tom seine Winterjacke. Nachdem sie ihre Kanutour auf dem eiskalten See beendet hatten, kam ihm dieser Ort wie ein Tropenwald vor.

»Ist zufällig noch das *Genießen zu zweit* verfügbar?«, fragte Monica den Herren am Schalter.

Tom suchte nach Antworten auf der Anzeigetafel. »Romantische Behandlung für Paare im privaten Steam-Room, Relax-Massage mit anschließendem Baden im Rosenessenz-Whirlpool, eine Flasche Champagner, sowie unsere verführerisch duftende Honey-Packung zum gegenseitigen Einmassieren.« Er zerbrach sich beim Lautvorlesen fast die Zunge. »Oh, lá, lá!«, rutschte es ihm heraus. Verblüfft hob er seine Augenbrauen und ihm war klar, auf was Monica hinauswollte.

Eine nette brünette Dame in einem Massagekittel und einem leichten französischen Akzent führte sie zu den Umkleidekabinen.

»Sie können iier Ihre Kleider ablegen, Bademäntel befinden sich in der Umkleide.«

Beeindruckt sah sie zu Tom herauf, als müsse sie einen Berg erklimmen. »Isch denke für Ihre Größe sollten wir auch Mäntel aaben.«

Das gedämmte Licht des Raumes, die brennenden Duftkerzen auf der Anrichte und die esoterische Musik im Hintergrund luden zur Entspannung ein. Leider schien das auf Tom keine Wirkung zu haben. Mehr verkrampft als bequem hatte er seine Beine übereinandergeschlagen und stützte sein Kinn auf seiner Faust ab. Völlig starr blickte er ins Leere. Zweifel begannen, erneut an ihm zu nagen. Hatte er wirklich alles gut durchdacht? War er dazu bereit? Mit ihr im Kanu zu paddeln, war die eine Sache, aber mit ihr einen Whirlpool teilen? Hätte eine einfache schwedische Massage nicht ausgereicht? Seine innerlichen Duelle machten ihn fertig, er musste endlich lockerer werden.

Monica räusperte sich, als sie den Raum betrat. »Alles okay?«, fragte sie.

Er wollte die Stimmung nicht trüben, richtete sich gerade auf und schenkte ihr ein kurzes, gezwungenes Lächeln. Sie sollte von seiner Unruhe nichts bemerken. »Alles gut«, log er. Entschlossen stellte sich Monica vor ihn. Ob sie ihn durchschaute? »Ich habe dich gar nicht gefragt, auf was für ein Programm du Lust hast. Ist es okay, was ich ausgewählt habe?«

»Ich habe keine Ahnung«, erwiderte er verhalten.

Für weitere Diskussionen gab es keine Zeit. Ein kurzes Klopfen an der Tür und zwei Personen in türkisfarbenen Kasacks kamen hinein.

»Grüezi mitenand,« grüßte eine kräftige, untersetzte Frau höflich. »Wir sind die Mariana und der Toni. Noch einmal kurz zu dem heutigen Ablauf. Wir werden Ihnen gleich eine unvergessliche Ganzkörpermassage verabreichen, danach steht Ihnen der Whirlpool mit Rosenessenz zur Verfügung. Die Flasche Champagner haben wir im Eis-Chübeli schon bereitgestellt und dort drüben auf dem Tischchen finden Sie es Töpfli mit unserer verführerischen Honigcreme, damit können Sie sich anschließend einreiben. Gibt es noch Fragen?«

Sie schaute beide freundlich an. »Okay, dann legen Sie bitte die Bademäntel ab und begeben sich zu den Massageliegen. Wir sind dann gleich für sie da.« Die beiden Angestellten verließen den Raum.

Alles oder nichts, dachte Tom, stand auf und, während er an Monica vorbeilief, streifte er seinen Bademantel achtlos ab. »Mach dir keinen Kopf, du hast das richtige Programm gewählt. Es wird mir bestimmt gefallen«, antwortete er, und man wusste nicht genau, wen er damit zu überzeugen versuchte. Von seiner Nacktheit eingeschüchtert, verhielt sich Monica ungewöhnlich zurückhaltend, wusste nicht, wohin mit ihren Augen. Wenn sie wüsste, das hier war nur sein Äußeres, nicht mehr und nicht weniger. Ihre Wangen erröteten leicht. Wie lieblich und anziehend ihre kleine Gestalt auf ihn wirkte. Er war ein Hunne gegen sie. Und paradoxerweise war er derjenige, dem es Furcht einflößte, mit ihr allein zu sein. Tom hatte Angst, furchtbare Angst, sie könnte in ihn hineinsehen, seine verwirrte, traurige und verlorene Seele erblicken, für die er keine Heilung fand.

Die Muskeln seines breiten Rückens spannten sich kurz an, bis er sie lockerte und langsam seinen Kopf in der Massageliege versenkte. Neben sich bemerkte er, wie sich Monica niederlegte. Tom war nicht von gestern, er wusste sehr wohl, dass er so mancher Frau den Kopf verdrehte, man brauchte ihm nicht zu erklären, dass sein Körper für die Liebe geschaffen war. Und trotzdem blockierte ihn etwas. Warum fühlte er sich ständig, als würde er fremdgehen?

»Man sollte sich viel öfter eine Massage gönnen«, sagte Tom zufrieden. Die Massage hatte ihm tatsächlich geholfen, seine Anspannungen zu lösen. Schwungvoll stand er auf und lief splitternackt auf den Whirlpool zu. Die Unterwasserlampen gaben ein warmes Licht von sich. Dynamisch schritt er die drei kleinen Stufen hoch und setzte sich in das wohltuende Wasser. Als er zur Seite sah, erhaschte er einen kurzen Blick auf Monicas Körper. Ihre Beine waren durchtrainiert, ihr Hintern rund und ihre Haut glänzte von dem Massageöl.

»Champagner?« Er griff im Kühler nach der Flasche und ließ den Korken knallen. Ein Schaumhäubchen floss am Flaschenhals entlang. Gekonnt schenkte er ein und reichte ihr ein Glas. Während er ihr zuprostete, rückte er näher an sie heran und gab ihr einen kurzen Kuss auf den Mund. Wie wunderschön ihre Augen im Licht des Kerzenscheins leuchteten. Er wollte sie nehmen, hier und jetzt in dieser riesigen Badewanne. Das Blut begann in seinen Adern zu pulsieren. Langsam, erst ganz schwach und dann deutlich zu spüren, kam sie auf. Panik. *Es gibt keine andere Frau in meinem Leben, es gibt keine andere Frau in meinem Leben,* redete er sich ein. Versuchte, die dunklen Gedanken aus seinem Gehirn zu verbannen. Verzweifelt stellte er sein Glas am Seitenrand ab und ließ seinen Körper tiefer in das blubbernde Wasser hineingleiten. Schmerzhaft stellte er fest, dass Monica ihn beobachtete. Sie kam ihm näher, berührte seine Schultern und begann vorsichtig, schon fast scheu, durch seine Haare zu streichen. Sachte betastete sie seine muskulöse Brust. Ihre Berührungen entfachten tiefverborgene Gefühle in ihm, die er beinahe zu vergessen geglaubt hatte. Ihre zarten Hände waren alles, an was er noch denken konnte. Es ging nicht. Sein starker Wunsch, ihre Zuneigung zu erwidern, wurde von seinen Zweifeln zunichte gemacht. Etwas in ihm ließ ihn vor Angst erstarren. Woher und warum das so war, konnte er sich nicht erklären. Es war schrecklich, aber er brachte es einfach nicht fertig, Monicas Liebe zu erwidern. Ganze zwanzig Minuten hielt er es mit ihr aus. Aufgelöst und emotionsgeladen stieg er aus dem Whirlpool und wickelte seine Hüften ein. Er fühlte sich wie ein Versager. Still folgte sie ihm aus dem Wasser. Bestimmt hatte er sie enttäuscht. Da stand sie, diese wahnsinnig verführerische Frau, ihr Handtuch geschickt über ihren Brüsten verknotet und hielt ihm erwartungsvoll die Cremedose entgegen.

»Hm, rieche mal«, sagte sie, während sie ihm den Topf reichte.

Der süßliche Duft drang in seine Nase. Wäre er an ihrer Stelle gewesen, dann hätte er längst aufgegeben. Er war sich nicht sicher, ob er der Richtige für sie war. Warum hielt sie an ihm fest? Er machte alles falsch, was man nur falsch machen konnte. Auffordernd drehte sie ihm den Rücken zu, so dass er freie Sicht auf ihre hochgesteckten Haare bis hinunter zu ihrem graziösen Hals und weiter zu ihren schmalen Schultern bekam. Verträumt strich er mit zwei Fingern ihre Wirbelsäule entlang, nahm etwas Creme und fing an, ihren Nacken und ihre Schultern zu massieren. Monica reagierte auf jede seiner Berührungen. Und als er sie sachte mit seinen Küssen am Hals entlang verwöhnte, stöhnte sie leise auf. In seinem Kopf wuselten die Gedanken. Er musste unbedingt lockerer werden. Was auch immer ihn von dem nächsten Schritt abhielt, er musste es verbannen. Es fühlte sich so gut an, *sie* fühlte sich gut an. Wollte er sich tatsächlich so eine attraktive und verführerische Frau entgehen lassen? Vorsichtig schmiegte sich Monica an seine Brust. Er spürte, sie wollte mehr von ihm. Und Gott wusste, er auch! Er war schließlich kein Eunuch. Als könnte Monica seine Gedanken lesen, zog sie mit Daumen und Zeigefinger an ihrem Handtuch und ließ es auf den Boden fallen. Entschlossen nahm er die Herausforderung an. Sein Atem auf ihren Schultern gab ihr ein Schauer und ließ ihre Brustwarzen erhärten. Zaghaft führte er seine Hände an ihrer schmalen Taille entlang, strich gemächlich aufwärts über ihre zarte Haut, bis er ihre runden Brüste umgriff. Lustvoll biss er in ihr Ohrläppchen und drückte sie fest an sich. Es war ihm nicht mehr möglich, seine Erregung durch das Handtuch vor ihr zu verbergen. Begierig drehte sie sich zu ihm herum, er umgriff ihren Kopf mit seinen Händen und nahm sie stürmisch. Seine immer größer werdende Lust führte ihn in Versuchung, sein Handtuch zu lösen. Nichts konnte ihn jetzt noch aufhalten.

11

»Ich kann Ihre Beunruhigung nicht gänzlich verstehen, Herr Verhoeven. Bitte beschreiben Sie mir Ihre Gefühle präziser.«

Tom saß mit verschränkten Beinen in seinem Ohrensessel und schaute starr auf das Hologramm-Bild seines Gegenübers.

»Angst! Es fühlt sich an wie gehetzt zu werden. Ich habe Albträume, fühle mich manchmal, wie aus dem Nichts, während des Tages verwirrt.«

»Können Sie mir sagen, von wem Sie sich gehetzt fühlen?«

Tom schüttelte den Kopf. »Nein, ich weiß es nicht. Es kommt urplötzlich und verschwindet wieder. Dann wiederum habe ich große Zweifel, die in mir aufkommen, als würde mir mein Inneres versuchen zu sagen, dass es nicht richtig sei, eine feste Beziehung mit Monica einzugehen.«

»Warum nur?«

»Ich frage es mich immer wieder und bleibe ratlos.«

»Sie sind seit etwa drei Monaten zusammen. Korrekt?«

»Ja. Na ja, bis zum letzten Wochenende nur platonisch.«

»Und nun sind Sie sich nähergekommen?«, fragte sie neugierig.

Toms Mundwinkel verformte sich zu einem beschwingten Lächeln. »Ja. Es war ein schwieriger Start, doch ich habe die Stimmen in meinem Kopf verdrängt und mich gehenlassen.« Dieses Wochenende war in der Tat ein voller Erfolg gewesen. Der Sex mit ihr war außergewöhnlich. Lustvoll erinnerte er sich an Monicas Körper, wie er sie unzählige Male genommen hatte, bis sie vor Erschöpfung nebeneinander eingeschlafen waren.

»Das ist wunderbar! Darauf sollten Sie stolz sein, das ist ein riesiger Fortschritt.«

Tom fühlte sich kurz geschmeichelt. »Das kann man so sagen. Nur meine Fragen sind leider dadurch nicht beantwortet.« Er ließ den Kopf wieder hängen. »Was ist nur los mit mir? Warum habe ich das Gefühl, schon öfter am Vierwaldstättersee gewesen zu sein, ohne mich daran zu erinnern, mit wem ich dort je war? Und warum habe ich diese Blockade in mir, die mich zweifeln lässt, eine Verbindung zu einer tollen Frau wie Monica einzugehen? Ich fühle mich manchmal, als würde ich fremdgehen, mit meiner eigenen Freundin. Können Sie sich das vorstellen? Meine innere Stimme redet mir ein schlechtes Gewissen ein. Dabei gibt es gar keine andere Frau in meinem Leben. Es gibt nur sie. Werde ich verrückt?«

Die Ärztin beugte sich nach vorne. Verschaffte sich somit, wenngleich nur virtuell, ein besseres Bild ihres Patienten.

»Herr Verhoeven, Sie werden und sind nicht verrückt. Die Gefühle, die Sie beschreiben, sind die denn wirklich so außergewöhnlich? Wer von uns ist befreit von Bedenken, ob es richtig sei, sich an eine Person zu binden? Geben Sie sich Zeit. Alles wird wieder gut.«

Er nickte und atmete tief durch.

»Man erzählte mir, ich hatte eine lange Narbe in meinem Gesicht. Sie haben nicht zufällig Aufzeichnungen, woher sie stammte?«

12

Graue Wolken zogen schleichend aus dem Westen heran und begannen, die zarten Sonnenstrahlen und den azurblauen Himmel mit einer dunklen Decke zu verkleiden. Es war Mittagszeit und Monica und ihre Kollegin Ariana schlenderten gemütlich mit einer Thai-Nudelbox Richtung Arboretum. Im Yachtclub des Zürichsees ankerten die Segelboote der gutbetuchten Stadtbewohner und schaukelten im Takt der kleinen Wellen.

Das unheilvolle Wetter, das sich am Himmel zusammenbraute, konnte Monica nichts anhaben. Sie schwebte förmlich über die Gehwege. Sie freute sich über die blühenden Schneeglöckchen, begeisterte sich für die am Ufer stehenden Weidenkätzchen und sie wusste nicht, ob sie es sich einbildete, aber das Gras sah heute irgendwie grüner aus. Am liebsten wollte sie die ganze Welt umarmen!

Als Tom am Morgen das Team zusammengerufen hatte, um ihre private Situation bekanntzugeben, waren die meisten der Kollegen ahnungslos gewesen. Sie nahmen es freundlich zur Kenntnis und gingen zurück an die Arbeit. Außer Ariana, sie reagierte anders. Sie war aufgewühlt und vielleicht täuschte Monica sich, aber sie glaubte, einige Tränen in den Augen ihrer Arbeitskollegin gesehen zu haben. Dieses Verhalten machte Monica stutzig. War Ariana ein derartiger Gefühlsmensch, der sich für seine Mitmenschen übertrieben freute, dass ihr die Tränen kamen? Oder was steckte dahinter? Umso mehr erstaunte es sie, als Ariana anbot, die Mittagspause gemeinsam zu verbringen.

»Ich freue mich wahnsinnig für euch beide. Ihr scheint gut zusammenzupassen«, gratulierte sie. Die Art, wie sie sie betrachtete, kam Monica wunderlich vor. Irgendetwas stimmte nicht mit ihr. Freute sie sich tatsächlich?

»Danke, das ist sehr nett von dir«, erwiderte Monica. Langsam wurde ihr mulmig. Aus welchem Grund hatte sich Ariana mit ihr verabredet? Hatte sie den letzten Klatsch verpasst?

Ariana stocherte mit ihrer Gabel in der Thai-Box und pickte die Hähnchenstücke zuerst heraus. Sie druckste herum, nahm mehrmals Anlauf, und sprach dann endlich direkt drauflos.

»Es ist dir vielleicht nicht bewusst, doch es hat mich immer wieder gewundert, wie lange Tom allein geblieben ist.« Sie machte eine kleine künstlerische Pause und beobachtete Monicas Reaktion. »Ich will dir nicht zu nahetreten, aber er ist nun mal ein äußerst attraktiver Mann.« Ihr Gesicht zeigte ein wissendes Lächeln. »Wahrscheinlich hat er die Zeit gebraucht«, mutmaßte sie.

Monica schaute Ariana verwundert an. Worauf wollte sie hinaus? Angeblich kannte sie Tom besser als ihr bewusst war. Ahnungslos versuchte sie, sich nichts anmerken zu lassen und ließ sie einfach weiterreden.

»Es ist jetzt immerhin über zwei Jahre her seit dem Geschehen.« Ariana wandte den Blick ab und wirkte betroffen. »Wir waren damals alle geschockt. Und Tom kam meiner Meinung nach viel zu früh wieder zurück zur Arbeit. Er hätte das alles erst einmal verarbeiten müssen.«

Ariana schüttelte dramatisch, aufgeregt den Kopf. Als hätte sie eine enge, persönliche Beziehung zu der ganzen Geschichte. Monica verging das Lachen. Sie wusste, sie musste vorsichtig sein. Selbst wenn Ariana Tom seit mehreren Jahren kannte, hieß es noch lange nicht, dass man ihrer Geschichte trauen könnte.

Ariana räusperte sich, schluckte und dann floss es nur noch so aus ihr heraus. »Wir waren alle bei der Beerdigung«, sagte sie und in ihrer Stimme lag eine Melancholie.

»Die kleine Marie, seine Tochter, sie war damals erst drei. Wie durch ein Wunder hatte sie keine einzige Schramme bei dem Autounfall abbekommen. Man sagte, sie schlief, als der LKW in ihr Auto raste. Ein Falschfahrer, nachts auf der Autobahn! Wer ist schon auf so etwas gefasst?«

Erschrocken holte Monica so tief Luft, dass ihr aus Versehen eine Nudel in der Luftröhre stecken blieb. Sie hustete und keuchte heftig. Das konnte nur ein schlechter Scherz sein. Sie war zwischen Wahrheit oder Lüge hin- und hergerissen. Die Geschichte hörte sich furchtbar an. Monicas überschwängliche Verliebtheit zu Tom bekam einen Schluckauf. Was hatte sie verpasst? Ihre Kollegin bemerkte nichts von alledem und sprach wie ein Wasserfall weiter. »Oh, es war furchtbar, der Falschfahrer kam aus dem Nichts, sie hatten keine Chance. Die ganze Beifahrerseite war von dem Vierzigtonner eingedrückt worden. Silvia war auf der Stelle tot. Es muss unbeschreiblich grausam am Unfallort gewesen sein. Die Feuerwehr benötigte mehrere Stunden, um seine Frau aus dem Fahrzeug herauszuschneiden!«

Selbstversunken warf Ariana beim Vorbeigehen ihre Box in einen Mülleimer. Wenn sie nur einmal zu Monica gesehen hätte, dann wäre ihr klargeworden, was sie gerade anrichtete. Oder wollte sie genau das erreichen?

»Und Tom, er hatte mehrere Knochenbrüche, scheußliche Quetschungen und eine lange Schnittwunde in seinem Gesicht.«

Die Narbe, dachte Monica. Sie brach innerlich in sich zusammen. Diese Geschichte konnte nicht erfunden sein. Welcher Mensch würde sich so eine kranke Story einfallen lassen?

»Ja, und seitdem redet er nicht mehr über sein Privatleben. Vielleicht, weil er auch keins mehr hatte …«, mutmaßte Ariana. »Kannst du mir bestätigen, dass er deshalb seine Narbe entfernen lassen hat?«

Monica glotzte ihre Kollegin wortlos an.

»Also, ich meine, um sich nicht mehr erinnern zu müssen und so weiter …«

Millionen von Nadeln stichelten in ihr. Unzählige Fragen hämmerten ununterbrochen auf sie ein. Warum hatte er ihr bis jetzt noch nichts davon erzählt? Sie verstand die Welt nicht mehr. Dabei hatten sie im Chalet so viele gute und tiefgründige Gespräche geführt. Wäre das nicht ein perfekter Moment für ihn gewesen, sich ihr anzuvertrauen und ihr von seinem schlimmen Schicksal zu erzählen? Warum vertraute er ihr nicht? Ihr wurde vor Wut übel. Sie rannte zum Mülleimer und pfefferte ihre halbleere Box hinein.

»Monica, alles gut mit dir?«, fragte Ariana aufmerksam.

Auf keinen Fall wollte sich Monica die Blöße geben. Ariana sollte nicht erfahren, dass sie keine Ahnung von all dem gehabt hatte. Mit Sicherheit wäre das ein gefundenes Fressen für sie gewesen. Sie hörte schon jetzt die Gerüchte im Büro umhergehen.

»Ich habe scheinbar mein Essen nicht vertragen«, log sie. »Lass uns zurück ins Büro gehen, mir geht's nicht gut.«

Wie ein ferngesteuerter Roboter lief Monica zurück an ihren Arbeitsplatz. Ihr Puls schlug auf hundertachtzig. Sie war nicht mehr fähig, geradeaus zu denken.

»Ich gehe nach Hause. Mir geht's nicht gut!«, rief sie zum anderen Schreibtisch hinüber.

»Bitte erzähle Tom nichts von unserem Gespräch. Du weißt, er mag es nicht, wenn man über sein Privatleben spricht«, bettelte Ariana.

»Das ist mir nun bewusster denn je«, murmelte Monica vor sich hin. Kurzentschlossen packte sie ihre Sachen und verließ das Büro fluchtartig.

13

Immer noch fassungslos stieg Monica auf ihr Rad. Ausgerechnet jetzt fing es an zu nieseln. Ein eisiger Windstoß fegte ihr hart ins Gesicht. Der Weg nach Hause war beschwerlich, jeder Tritt in ihre Pedale fühlte sich an, als müsse sie einen steilen Gebirgspass erklimmen. Sie war so tief enttäuscht, dass sie nicht einmal die Tränen, die ihre Wangen entlang rangen, bemerkte. War sie es nicht wert, dass er ihr vertraute? Viele persönliche Dinge aus ihrem Leben hatte sie ihm erzählt und er wollte ein so wichtiges Ereignis nicht mit ihr teilen. Was für einen Grund könnte es dafür geben?

Das letzte Stück zu ihrer Wohnung stieg sie ab und begann, ihr Fahrrad zu schieben. Dass sie diese Sache nicht einfach auf sich beruhen lassen könnte, stand fest. Aufgelöst warf sie einen Blick auf ihr vibrierendes Telefon.

HABE GEHÖRT, DIR GEHT'S NICHT GUT? KANN ICH ETWAS FÜR DICH TUN?

Die Textnachricht von Tom kam ihr wie blanker Hohn vor. Und ob! Er könnte einiges für sie tun. Wie wäre es, mit der Wahrheit anzufangen? Von ihrem tiefen Kummer bedrückt, stand sie vor dem Aufzug. Wer könnte sie trösten? Ihre Mutter war weit weg. Seit dem Tod ihres Vaters lebte Heather wieder in Florida am Cape Coral. Sie war erst einmal dagewesen. Fliegen war nach der Null-CO2-Politik unerschwinglich geworden. Ob Diane zu Hause erreichbar wäre? Diane war ihr Fels in der Brandung. Niemand außer sie käme sonst infrage.

»Hi«, grüßte Monica energielos und schaute mit einer bedrückten Miene auf Dianes Hologramm-Bild. Dianes Haare waren zerzaust und ihr Pyjama zerknittert und schief zugeknöpft. Ob sie noch geschlafen hatte?

»Was ist denn mit dir los? Was hat dir so zugesetzt? Du siehst furchtbar aus«, sagte Diane und knetete dabei ihre Frisur in Form.

Mutlos fing Monica an zu erzählen. All ihre Wut und ihren Zorn auf Tom, sie ließ alles heraus. Und es tat so gut.

»Bitte sage mir jetzt nicht, dass du mich gewarnt hast oder so 'n Mist.« Sie schnäuzte ihre Nase und warf das Taschentuch auf den Boden vor sich. »Ich bin so durcheinander. Wie soll ich mit dieser Situation fertigwerden?«

Mitfühlend deutete Diane eine Umarmung an. Leider konnten ihre Arme sie nicht berühren. Die reflektierende Lichtquelle ihres Hologramm-Bildes, die aus der auf dem Barhocker liegenden mobilen Glasplatte strahlte, zuckte etwas, als sich Monica näherte.

»Willst du nicht lieber vorbeikommen? Dann kann ich dich richtig in den Arm nehmen.«

»Das ist lieb, aber ich will mich gerade nur verkriechen.«

Besorgte Blicke kamen ihr entgegen.

»Was soll ich dazu sagen, Liebes? Wie gut kennst du diese Ariana?«

»Geht so. Na ja, sollte ich ihr nicht dankbar sein, dass sie als einzige den Mumm hatte, den Mund aufzumachen?«

»Was für Beweggründe könnte sie haben, dir diese Geschichte zu erzählen?«

»Die Frage habe ich mir zu Anfang auch gestellt«, gab sie zu. »Aber Ariana klang aufrichtig.«

»Ist sie nicht die Schwätzerin in deinem Büro?« Diane nahm wie immer kein Blatt vor den Mund. »Vielleicht solltest du, bevor du ihr Glauben schenkst, Tom selbst ansprechen«, erklärte sie bestimmend.

Monica schnaufte.

»Und du meinst, wenn er mir die ganze Zeit nichts erzählt hat, dann plaudert er, ohne zu zögern, aus dem Nähkästchen?«

»Soll ich mit ihm reden?«

»Quatsch!«

»Es tut mir leid, aber wenn du gar nichts machst, wird es auch nicht besser. Du hast es schon viel zu lange hingenommen, dass er ständig um den heißen Brei redet.«

»Willst du mir jetzt 'ne Standpauke halten?«

»Ja. Wach auf! Wenn dir der Typ so wichtig ist, dann rede mit ihm. Frag ihn verdammt noch mal alles, was du wissen willst. Sei nicht so schüchtern. Er wird schon keine Leichen im Keller liegen haben.«

»Okay, ich werde mit ihm reden.« Sie nahm sich ein weiteres Taschentuch aus der Box und tupfte sich die Tränen ab.

»Es ist eigentlich ganz einfach«, sagte Diane. »Entweder hat diese Ariana gelogen oder dein Tom ist nicht aufrichtig zu dir.«

»Ich weiß nicht, ob er noch mein Tom ist«, erwiderte sie trotzig. »Wenn er meint, mir so wichtige Informationen vorzuenthalten, dann frage ich mich, was er sonst noch zu verbergen hat« Sie fing wieder an zu schluchzen.

»Herrgott noch mal, Moni! Hör auf 'rumzuheulen. Dann hole sie dir. Hole dir deine Informationen. Du bist keine sechzehn mehr.«

»Die Nacht mit ihm im Chalet … Ich kann nicht aufhören, darüber nachzudenken. Er war so wahnsinnig einfühlsam. Soll ich das alles aufgeben?«

»Wer sagt, du musst ihn aufgeben? Warum so pessimistisch? Vielleicht regelt sich alles. Und wenn er ein Arschloch ist, dann nützt es dir auch nichts, wenn er eine Maschine im Bett ist. Hörte ich dich nicht noch vor kurzem sagen, dass du endlich eine ernsthafte Beziehung führen willst?«

Ob es ihr gefiel oder nicht: Monica musste handeln. Denn sie wollte mehr als ein paar abenteuerliche Nächte im Bett mit ihm. Er war all die Zeit immer gut zu ihr gewesen. Aber war er auch aufrichtig?

»Ich werde ihn zur Rede stellen«, sagte sie erneut.

Diane wirkte misstrauisch, als wäre sie von ihrer Aussage immer noch nicht überzeugt.

»Du brauchst mich gar nicht so anzusehen. Seine dusseligen Ausweichmanöver werde ich nicht mehr akzeptieren. Vielleicht war ich zu naiv, zu glauben, dass er sich irgendwann von selbst öffnet.«

Ihr fiel die Frage am Kamin im Chalet wieder ein.

»Magst du Kinder?«, hatte sie ihn gefragt. Darauf hatte er so zögerlich geantwortet. Wahrscheinlich hatte er bereits ein Kind. Eine fünfjährige Tochter! Wo lebte sie? Lebte das Kind etwa bei ihm? War das der Grund, warum er sie noch nie mit zu sich nach Hause genommen hatte? Wer wusste, was er sonst noch vor ihr verheimlichte?

Es klingelte an der Tür.

»Und da kommt er schon angeschlichen«, sagte Diane überzogen. »Bleib stark. Ich lege jetzt auf.«

CALL-END, zeigte das 3D-Hologramm-Schriftbild, das über dem Glas-Pad schwebte. Schleppend machte sich Monica auf den Weg Richtung Flur.

14

Vor einiger Zeit …

Christine Macron stand müde vor ihrem Waschbecken und betrachtete ihre aufgedunsene, gerötete Haut. Ausgerechnet an ihrem einzigen freien Tag hatte sie sich einen schrecklichen Sonnenbrand geholt. Es war nicht zu bestreiten, dass sie zu hart arbeitete, das musste man ihr nicht erklären. In einer Position wie ihrer, bei der man weit oben auf der Erfolgsleiter stand, fühlte man den ständigen Druck, sich zu beweisen. Als renommierte und mehrfach ausgezeichnete Neurowissenschaftlerin hatte Macron einen bemerkenswerten Durchbruch erzielt. Sie war die Erste, die es schaffte, direkt in die Synapsen eines Affen einzugreifen und dessen gesamte Gedächtnisinhalte auf einem Speichermedium zu sichern. Macron hatte große Visionen und ihr Ehrgeiz war stark genug, um sie noch weiter nach oben zu bringen.

Schmerzverzehrt trug sie das Aloe-Vera-Gel auf ihre Wangen und Nase. Was für ein Mist. Sobald sich die Haut erholt hätte, würde sie sich direkt anfangen zu schälen. Es gab Dinge, die konnte man nicht ändern. Ihr Hauttyp war für die starke Sonne einfach nicht geeignet. Träge schmiss sie die Tube in die Schublade zurück und warf einen flüchtigen Blick in den Spiegel.

Warum sollte sie sich über ihren Sonnenbrand ärgern. Zurzeit gab es allen Grund zu feiern, denn sie und ihr Team waren fähig gewesen, die gespeicherten Gedächtnisinhalte der Äffin abzubilden und zu überarbeiten, so dass der Versuch des Klonprozesses von ihrem Kollegen McGregor vollendet und erfolgreich abgeschlossen werden konnte. Die Inhalte des Gehirns wurden von RATNA I auf RATNA II ohne große Komplikationen übertragen. All ihre Erinnerungen, ihre Lebenserfahrungen und erlerntes Wissen konnten von der originalen Schimpansin auf ihre geklonte Version mit ein paar Klicks übermittelt werden. Somit waren ihr Körper und Geist zu hundert Prozent kopiert worden. Als RATNA I ihre Horde verließ und einige Zeit später als RATNA II zurück ins Affenhaus gebracht wurde, war für die Horde RATNA einfach nur eine Zeit lang fort gewesen. Man hätte sagen können, sie war im Erholungsurlaub. Die Gruppe brauchte natürlich keine Erklärung, selbst RATNA war sich nicht darüber bewusst, dass sich ihr Geist nicht mehr in ihrem alten Körper befand. Seitdem wurde sie regelmäßig observiert und ihr Verhalten studiert und dokumentiert. Es lief alles zu ihrer tiefsten Zufriedenheit. Die fünfzehnjährige Affendame war zurzeit trächtig und man erwartete im Berner Zoo die Geburt ihres ersten Junges mit Spannung.

Mit zwei Fingern zog sie die Haut ihrer Stirn nach hinten. Es war nicht mehr aufzuhalten, der Alterungsprozess machte auch nicht vor ihr halt. Es war schon grotesk, dass ausgerechnet sie ihren Alterungsprozess nicht aufzuhalten versuchte. Dabei stand sie voll und ganz hinter ihrem Projekt. Sie war davon mehr als überzeugt, das Richtige zu tun. Aber sie war eben auch nur ein Mensch. Sie war wie ein Zahnarzt mit schlechten Zähnen oder ein übergewichtiger Arzt, der seinem Patienten zur Diät riet. Immerhin war sie ihrem jungen Assistenzarzt noch attraktiv genug.

Männer seines Alters konnte man als erfahrene Frau noch beeindrucken. Irgendwann würde er weiterziehen, sich eine junge Krankenschwester oder Medizinstudentin zur Frau nehmen. Das war ihr im Grunde genommen egal. Sie liebte nur einen Mann und das war ganz bestimmt nicht Alan. Er war gut fürs Bett, ein netter Zeitvertreib, wenn sie abgekämpft von der Arbeit nach Hause kam. Aber ihrem geliebten Cyril würde er niemals das Wasser reichen können. Ihn gab es nur einmal. Nur leider war er gerade nicht erreichbar und sobald er wieder an ihrer Seite wäre, müsste er von ihren nebensächlichen Eskapaden nichts erfahren.

15

Tropfend, bis auf die Haut durchnässt, stand Tom im Flur. Auf dem Weg zu Monica hatte es angefangen, heftig zu regnen. Unsicher, ob er willkommen war, entledigte er sich seiner Jacke und starrte zur Garderobe. Seine Hände wussten nicht, wohin. Aus Verlegenheit strich er sich durch seine feuchten, stoppeligen Haare. Er machte eine Bewegung in ihre Richtung, wollte sie zur Begrüßung küssen. Monica wich ihm aus. Spätestens jetzt merkte er, etwas war im Argen. Es gab kein Wort von ihr. Mit verschränkten Armen stand sie vor ihm. Eisig und erwartungsvoll starrte sie ihn an. Er hatte keine Ahnung, was sie von ihm wollte. Ihr Gesicht sah verquollen aus. Und schon wieder stiegen ihr Tränen auf. Mitfühlend zog er sie an sich. Versuchte, sie in seine Arme zu schließen. Monica wehrte sich, stieß ihn von sich, boxte gegen seine Brust und wurde gereizt.

»Warum machst du so etwas mit mir? Das habe ich nicht verdient«, blaffte sie ihn wie aus dem Nichts an.

Im Wohnzimmer angekommen, schmiss sie sich auf die Couch und suchte Schutz hinter einem Kissen. Verunsichert nahm er neben ihr Platz. Er fragte sich, was passiert war. Warum hatte sie das Büro früher verlassen? Aus Ariana war kaum etwas herauszubekommen.

»Was ist los, Monica? Kann ich dir helfen?« Er nahm eine lange Strähne ihres Haars zwischen seine Finger und steckte sie fürsorglich hinter ihr Ohr. »Ariana kam zu mir und erzählte besorgt, dass es dir nicht gut gehe und du wahrscheinlich das Essen nicht vertragen hast.«

»Oh, ich habe so einiges nicht vertragen!« Sie schnaufte beleidigt.

Er sah sie fragend an. »Warum schaust du so finster? Habe ich irgendetwas verbrochen?«

»Wie wäre es mit einer Entschuldigung?«

»Einer was?«

»Warum hast du mir verheimlicht, verheiratet gewesen zu sein?« Sie kam direkt zur Sache.

Tom fiel fast aus allen Wolken.

»Verheiratet? Wer? Ich?«

»Ariana hat mir alles erzählt!«

»Wie, Ariana hat dir alles erzählt?«

»Du brauchst nicht jeden Satz von mir zu wiederholen«, schnauzte sie ihn an. »Warum hast du mir nicht erzählt, was dir Schlimmes widerfahren ist? Vertraust du mir nicht?«

»Was ist mir denn schlimmes widerfahren?«, fragte er ahnungslos.

»Na, deine Frau. Sie ist tot«, sagte sie erbost. Ihre eigenen Worte schienen sie zu erschrecken. »Entschuldige mein Benehmen«, sagte sie kleinlaut. »Das war unangebracht von mir. Es ist bestimmt nicht einfach, eine kleine Tochter ohne Mutter aufzuziehen.«

Tom hob seine Augenbrauen. Er verstand nur Bahnhof.

»Monica, wovon redest du? Kannst du mir bitte sagen, warum du so einem Unsinn Glauben schenkst?«

»Für mich ist das kein Unsinn«, erwiderte sie.

»Diese Ariana«, knurrte er, »diese furchtbare Klatschbase.«

»Ja, Ariana. Ohne sie stünde ich nach wie vor im Dunkeln.«

»Jetzt mal halblang. Was soll das?«

»Ja, Ariana redet gerne, das wissen wir alle. Aber ihr habe ich es zu verdanken, dass ich endlich weiß, was Sache ist. Sie hat mir alles in der Mittagspause erzählt. Dinge, wozu du nicht fähig warst!«

»Wieso macht sie so etwas?«, fragte er mehr sich selbst als Monica.

Die Luft war dick. Tom wusste nicht, welcher Teufel Ariana geritten hatte. Irgendetwas stank gewaltig zum Himmel.

»Tom, bitte lüge mich nicht an.«

»Ich lüge dich nicht an. Warum sollte ich das alles vor dir verheimlichen? Was für einen Grund gäbe es dafür?«

»Woher soll ich das wissen? Du redest so gut wie nie über dich.«

»Natürlich rede ich über mich.«

»Aber nicht über deine Vergangenheit, über verflossene Beziehungen, dein Leben, bevor du mich kennengelernt hast.«

»Weil es nichts Interessantes zu erzählen gibt! Ich bin Einzelkind, habe ein liebevolles Elternhaus, einen Haufen Cousinen. Punkt. Bei mir ist alles in Ordnung. Es gibt nichts vor dir zu verstecken.«

Monica schmollte. Dieser Weg führte in eine Sackgasse.

»Ich mache mir jetzt einen Tee.« Abrupt stand sie auf und lief in die Küche.

Verwirrt haftete sich Toms Blick an Monica, als sie aus dem Wohnzimmer herüber zum Küchentresen lief. Diese verflixte

Ariana, sie würde ihm noch den letzten Nerv kosten. Konnte sie sich nicht um ihre eigenen Angelegenheiten kümmern? Reichte es nicht aus, dass sie ihm ständig hinterherspionierte? Überall steckte sie ihre Nase hinein. Unruhig stand er auf und setzte sich, gegenüber von Monica, auf einen Barhocker. Verzweifelt suchte er nach den richtigen Worten. Wie könnte er das Problem wieder fixen?

»Ich kann dir beim besten Willen nicht erklären, was das Ganze auf sich hat. Monica, bitte, glaube mir, ich bin und war nicht verheiratet und ich habe auch keine Tochter. Ich kann mir nicht erklären, warum Ariana sich so eine krasse Geschichte ausgedacht hat. Du weißt auch, sie hatte schon immer eine ausgeprägte Fantasie. Nur dieses Mal ist sie definitiv zu weit gegangen.«

Was hatte sich Ariana dabei gedacht, ihn in eine so schwierige Lage zu bringen? Dieses Geschwätz musste er ein für alle Mal unterbinden.

»Also willst du mir sagen, Ariana hat mich angelogen?«, erwiderte Monica und verärgerte ihn damit noch mehr.

Wie konnte sie ihm solch eine Frage stellen? »Du meinst also, *ich* lüge dich an und Ariana nicht?«

»Keine Ahnung, wer hier lügt. Aber so eine Geschichte erfindet man nicht einfach!«

Was war nur los mit Monica? So kannte er sie gar nicht. Sie hatte ihr ganzes erlerntes Diplomatisch-sein abgelegt.

»ALSO, DU VERTRAUST ARIANA MEHR ALS MIR?!« Tom konnte es nicht fassen. »Bitte schön, wenn du meinst! Wenn du dir deine Meinung bereits gebildet hast, dann brauche ich auch gar nicht mehr versuchen, mich zu verteidigen. Was habe ich dann noch entgegenzubringen?« Tom kochte. Er wollte am liebsten auf etwas eindreschen! Stattdessen griff er nach dem vor ihm stehenden Teebecher und knallte ihn heftig auf den Tresen. Er zerbrach.

»SCHEISSE!«, jaulte er und starrte auf seine blutende Hand.

Monica zuckte zusammen. Warum musste sie ihn auch so wütend machen? In Windeseile kam sie um den Küchentresen herumgelaufen und begann, seine blutende Wunde abzutupfen.

»Lass mich!«, sagte er barsch und zog seine Hand abrupt zurück.

Energisch riss sie an seinem Arm und durchsuchte, ihn akribisch nach Splittern, griff nach dem Pflasterspray und sprühte zwei, dreimal auf seine Wunde, bis sie sich endgültig schloss. Ihre Gesichtszüge entspannten sich allmählich. Gefühlvoll schaute sie ihn an.

»Es tut mir leid, aber ich bin total durcheinander. Ich habe keine Ahnung, wem ich noch Glauben schenken soll. Und ich habe das Gefühl, du bist nicht aufrichtig zu mir. Es gab schon zu viele Situationen, in denen du mir ausgewichen bist.«

»Welche Situationen?«

Monica schaute ihn genervt an. »Fangen wir einmal mit der Frage an, wo du im Urlaub gewesen bist. Du kommst nach zwei Wochen mit einer geschorenen Glatze zurück, erzählst wirres Zeug über das Heidiland und meinst, das sei witzig. Jede zu persönliche Frage wandelst du zu einer blödsinnigen Antwort um.«

Beide schwiegen.

»Und das ist dein Problem? Weil ich dir nicht jedes klitzekleine Detail aus meinem Leben erzähle, glaubst du einer Kollegin mehr als mir?«

»Und schon wieder spielst du alles herunter. Warum machst du das?«

»Ich spiele nichts herunter. Es gibt nun mal Dinge, über die rede ich nicht sofort mit jedem.«

»Mit jedem? Wer bin ich eigentlich für dich? Wenn du so mit mir sprichst, dann verunsicherst du mich noch mehr. Ich kann dir so nicht vertrauen.«

»Verflixt und zugenäht! Vertrauen muss man sich in einer Beziehung erarbeiten«, sagte er laut.

Monica ging voller Entsetzen einen Schritt zurück.

Es tat ihm leid. Er wollte nicht böse zu ihr sein. Es war alles zu viel und es ging alles zu schnell. Er war nicht gut für sie. Nicht gut genug. »Vielleicht war es ein Fehler.«

»Wie meinst du das?«, fragte sie. »Was für ein Fehler?«

Er winkte ab. »Wenn du so schlecht über mich denkst, was hat dann unsere Beziehung noch für einen Sinn? Vielleicht wäre es gut, wenn wir uns erst einmal eine Weile aus dem Weg gehen. Ich brauche ein wenig Abstand. Ich muss einen klaren Gedanken fassen können«, sagte er matt.

Monica wurde unruhig. »Ehrlich?«, entgegnete sie ungläubig. »Das ist deine Lösung?«

Traurigkeit durchströmte seine Gedanken. War diese Lappalie Grund genug, um eine sonst gutlaufende Beziehung zu beenden? Es quälte ihn, dass er es bis jetzt nicht fertiggebracht hatte, mit Monica über seinen gesundheitlichen Zustand zu sprechen. Sicherlich würde es für mehr Verständnis beitragen, denn sie hatte keine Ahnung, was er durchmachte. Aber was spielte das jetzt noch für eine Rolle? Sie vertraute ihm nicht. Wehmütig nahm er den Duft ihres Parfums wahr. Konnte sie denn nicht sehen, dass er sie liebte?

»Wahrscheinlich ist eine Pause gut. Du hast recht, es gibt einiges aufzuarbeiten«, sagte sie abrupt.

Also eine Pause, wie auch immer das funktionieren sollte. Er hatte keine Ahnung. Es hatte gerade so richtig gut zwischen ihnen angefangen und jetzt sollte schon wieder Schluss sein? Sein Leben stand Kopf. Es war ein Desaster und er wusste nicht, wo er anfangen sollte, um wieder Klarheit hineinzubringen.

Gemeinsam liefen sie zur Wohnungstür. Aus Gewohnheit nahm er sie in seine Arme und küsste sie sehnsüchtig zum Abschied. Unter Tränen ließ ihn Monica gewähren. Warum konnte alles nicht einfach nur ein blödes Missverständnis gewesen sein? Er hatte Angst, wenn er jetzt ginge, dass er nie wieder zurückkäme.

16

»Ich hatte wieder diese Déjà-vus. Ich frage mich ständig, ob es Erinnerungen oder irgendwelche Fantasien sind, die mir mein Gehirn vorspielt.«

»Was genau sehen Sie, Herr Verhoeven? Beschreiben Sie mir Ihre Bilder.«

»Eigentlich sind es ganz wenige Bilder, eher Gefühle und manchmal Bildfetzen. Als ich zum Beispiel am Vierwaldstättersee war, da kam das Gefühl auf, schon einmal etwas Ähnliches erlebt zu haben oder an einem ähnlichen Ort gewesen zu sein. Es fühlt sich so vertraut an. Wenn ich mich doch nur erinnern könnte.«

»Das wird schon wieder, machen Sie sich nicht zu viele Sorgen, Sie verhalten sich ganz normal. Immerhin sind erst wenige Wochen vergangen, seitdem wir Sie behandelt haben. Geben Sie sich noch etwas Zeit.«

»Ja, ich weiß, aber das haben Sie mir nun schon zu oft gesagt. Diese Gedächtnislücken sind eine Belastung für mich, ich will endlich wieder unbeschwert leben können!«

»Ich kann Sie gut verstehen, aber in der Geduld liegt die Kraft.«

»Sie haben gut reden«, sagte er beklommen, »davon gehen meine Alpträume leider nicht weg.«

Seine Ärztin lehnte sich gelassen nach hinten und verschränkte ihre langen schlanken Beine. Sie war für eine Frau ihres Alters extrem aufreizend gekleidet. Ihre seidene Bluse war einen Tick zu weit aufgeknöpft und ihre falschen Wimpern ließen ihre Augen größer erscheinen. Ungeachtet dessen, dass sie sicherlich nicht sein Typ war, wunderte er sich über ihre kokettierende Körpersprache.

»Und wie kommen Sie mit Ihrer Partnerin zurecht?«

»Es läuft gerade nicht so gut mit uns«, antwortete Tom wahrheitsgetreu. »Eine meiner Mitarbeiterinnen hat Monica eine verrückte Geschichte über mich erzählt und sie dazu veranlasst, mir zu misstrauen.« Tom wirkte tieftraurig. »Wir haben uns dazu entschieden, unsere Beziehung auf Eis zu legen.«

»Warum so eine drastische Entscheidung?«

»Ich brauche Zeit zum Nachdenken. Es ist mir gerade alles zu viel.«

»Diese Frau, was bedeutet sie Ihnen?«

»Alles. Sie ist alles, was ich mir wünsche.« Toms Stimme begann zu zittern.

»Und könnte ein wenig Wahrheit in der Geschichte stecken oder woher nimmt sich Ihre Mitarbeiterin das Recht dazu?«

»I wo! Alles frei erfunden. Stellen Sie sich vor, sie hat Monica erzählt, ich sei schon einmal verheiratet gewesen und habe meine Frau bei einem tragischen Unfall verloren.« Er schüttelte ungläubig den Kopf. »Ich weiß gar nicht, woher diese Frau all diese Spinnereien hernimmt. Aber im Endeffekt bin ich selbst daran schuld.«

»Inwiefern?«

»Sagen wir es so: Ariana hat ein Auge auf mich geworfen. Ich kann nicht genau sagen, wann es begann, aber seit einiger Zeit verfolgt sie mich auf Schritt und Tritt. Auch privat, nach Feierabend, habe ich sie schon um meinen Wohnblock herumschleichen gesehen.«

»Sie ist also eine Stalkerin?«

»So direkt würde ich es nicht ausdrücken, aber …«

»Herr Verhoeven, das müssen Sie ernst nehmen. Ich empfehle Ihnen, unbedingt zu handeln. In Ihrem Zustand ist das wie Gift. Lassen Sie sich keinen Blödsinn von dieser Person einreden.«

»Ja, ja. Ich werde damit schon fertig. Sie ist eigentlich eine harmlose Frau. Sie ist einfach nur unglücklich verheiratet und schwärmt für den falschen Mann.«

»Na gut. Aber Sie sollten sich überlegen, wie Sie das Geschwätz unterbinden.«

»Das werde ich.«

»Prima, Thomas. Darf ich Sie so nennen? Schon bald werden Sie wieder zurück in Ihr altes Leben finden, da bin ich mir ganz sicher. Aber dazu brauchen Sie eine stabile Grundlage, Ruhe und Zeit.«

»Verstanden. Ich werde mir etwas einfallen lassen.«

Tom starrte an die LED-Tapete. Sie war auf Nachtmodus eingestellt und zeigte die Skyline von New York City. Auch das noch. Um was sollte er sich sonst noch alles kümmern? Im Büro wurde er gerade mit Arbeit überhäuft, Monica entfernte sich ihm jeden Tag mehr und jetzt musste er sich, ob er wollte oder nicht, auch noch um das Problem Ariana kümmern. Seine Ärztin hatte recht, wenn sie sagte, er dürfe dieses Verhalten nicht dulden, aber bis jetzt war er dem Motto des geringeren Widerstandes gefolgt und damit war er ganz gut gefahren. Wer konnte schon erahnen, dass Ariana so weit gehen würde? Sie war stets eine zuvorkommende und freundliche Mitarbeiterin. Natürlich nervte ihre Neugierde ein wenig, aber als hinterhältig oder gar bösartig würde er sie niemals bezeichnen. Also, was könnte er tun? Er würde sie am besten zur Rede stellen und ihr raten, ihre Nase in ihre eigenen Angelegenheiten zu stecken. Hoffentlich würde sie sich den Rat zu Herzen nehmen!

17

Thomas Verhoeven

»Also, Silvia, meinst du, es gibt in Italien keine Windeln?« Ich schaute genervt in die Dachbox und versuchte, Raum zu schaffen. »Wir haben nur ein Kind, aber du packst, als hätten wir fünf!«

Silvia reagierte nicht, sie war mit ihren Gedanken bereits beim nächsten Schritt. Ich spürte ihre Angespanntheit, unsere erste längere Reise mit Kleinkind. Die Nacht war erstaunlich mild. Die Fahrt nach Siena würde circa sieben Stunden dauern. Endlich wieder einmal nach Italien. Als weise Eltern entschieden wir uns, durch die Nacht zu fahren, dann würde die Kleine hoffentlich durchschlafen und alle wären entspannter.

»Hast du die Tasche mit den Schuhen schon verstaut? Ich habe vergessen, Maries Gummistiefel mit einzupacken«, rief mir Silvia zu. Der Kofferraum des Minivans war groß, eigentlich groß genug für eine vierköpfige Familie. Zwischen dem Buggy und unserem Reisekoffer fand ich schlussendlich eine IKEA-Tasche, die mit Schuhen befüllt war. Ich stopfte die Stiefel dazu und schloss die Lade.

Während der gesamten Fahrt schliefen Marie und Silvia, auch ich hatte noch einmal versucht, ein Nickerchen zu machen. Kurz vor der Ankunft in unserer Ferienwohnung weckte uns der Bordcomputer mit einer Melodie und der Ansage, wir hätten unser Ziel erreicht. Verträumt sah ich nach draußen. Die Landschaft um uns herum gab das typische Bild, das man aus der Toskana kannte, wieder. Die malerische Kulisse der hohen Pinienbäume, die weiten Felder und Wiesen erfrischten mich und ich konnte es kaum erwarten, den Urlaub zu beginnen. Es war Mai, zum Verreisen meiner Meinung nach der schönste Monat, wenn alles grünt und blüht. In der Ferienanlage gäbe es einen solarbeheizten Pool, Kinderbetreuung ab drei Jahren, verschiedene Restaurants und einen Spa-Bereich zur Auswahl.

»Du sollst doch nicht so schwer tragen.« Maßregelte ich Silvia. Dass sie auch immer meinte, sich die schwersten Taschen wie ein Gewichtheber auszusuchen.

»Du solltest dich ab jetzt schonen. Lass mich das machen«, sagte ich und nahm ihr eine Tragetasche aus der Hand.

»Du brauchst mich nicht zu behandeln, als ob ich krank wäre. Ich schaffe das schon.«

»Silvi, bitte. Sei vernünftig und denke an das ungeborene Baby.«

»Schatz, jetzt mache nicht so einen riesigen Wirbel. Ich bin erst im vierten Monat. Und wir wissen noch nicht einmal, ob es bleibt.«

»Natürlich wird es das. Du bist eine gesunde junge Frau.« Wie kam sie nur auf so eine Idee? Bei Marie hatte auch alles ohne Probleme funktioniert.

Sie stellte sich auf ihre Zehenspitzen und küsste mich auf die Wange.

»Du hast recht. Alles wird gut.«

»Papi, guck mal, was für eine grooooße Autsch wir haben«, sagte Marie und zeigte auf die Couch im Wohnzimmer. Freudig kletterte sie mit ihren kurzen Beinen darauf und begann zu hüpfen. Ihr süßes kindliche Lachen schallte durch die gesamte Wohnung.

Was für eine herrliche Stadt! Ich kannte mich hier ein wenig aus. Während meines Auslandssemesters in Rom nutzte ich die Zeit und reiste so viel wie möglich durch Italien. Die Sonne wärmte meine müden Knochen, Silvia sah glücklich aus. Eine Bö erfasste ihr strohblondes Haar und wirbelte es durcheinander.

»Mist, ich habe meinen Haargummi vergessen«, fluchte sie und versuchte, ihre Frisur zu richten.

Ich nahm meine AC-Florenz-Kappe und setzte sie ihr auf den Kopf. Die blonden Haare hatte sie von ihren schwedischen Vorfahren geerbt und die wasserblaue Augenfarbe von ihrem Vater. Silvia war ziemlich groß. Nicht so groß wie ich, aber mit ihren beinahe ein Meter achtzig überragte sie die meisten Frauen und sogar einige Männer aus unserem Kollegenkreis.

Sie war eine Naturschönheit, trug fast nie Make-up. Das gefiel mir an ihr, denn wenn ich eines abstoßend fand, dann aufgetakelte Frauenbilder.

Wir kamen gerade aus der Kathedrale von Siena heraus und machten uns auf die Suche nach einem Lokal, als wir bemerkten, dass Marie eingeschlafen war. Ihre immer noch vom Babyspeck dicken Beinchen baumelten schlaff aus dem Buggy heraus. Der lange Spaziergang hatte uns hungrig gemacht. Ich hoffte, Marie würde noch ein kleines bisschen länger schlafen, dann bekämen Silvia und ich endlich einmal wieder die Chance, Erwachsenengespräche zu führen. Es war schön mit dem kleinen Knopf, aber an manchen Tagen so anstrengend, dass ich mich fragte, ob wir es uns gut überlegt hatten, ein zweites Kind in die Welt zu setzen.

Unweit von dem Dom entfernt, mit seiner weltberühmten grau-weiß-gestreiften Fassade, fanden wir eine L´Osteria. Es gab noch genau einen freien Tisch und den angelten wir uns.

»So, Herr Verhoeven, dann lass mal deine Italienischkenntnisse walten«, sagte Silvia lächelnd und zeigte auf die Menükarte, die unsere Tischplatte projektierte.

»Non problema«, antwortete ich und hoffte, mich nicht zu blamieren.

Sie schaute mich dankend an, mit diesem süßen Lächeln. O Gott, ich liebte diese Frau! Genau in diesem Augenblick wäre ich gerne mit ihr in einem geheimen Hinterhof verschwunden und hätte sie mit Haut und Haaren verschlungen. Sie schien, meine Gedanken zu lesen. Begierig strich sie mir über die Innenseite meines Oberschenkels und kam mir dabei so nahe, dass ich merkte, wie es in mir zu brennen begann. Ich lehnte mich zu ihr hinüber und wir küssten uns.

Das Essen wurde serviert. Es war köstlich. Und während ich meinen ersten Bissen nahm, begann meine Smartwatch aufzuleuchten.

»Haben wir nicht abgemacht, dass du während des Urlaubs für das Büro nicht erreichbar bist?«, fragte Silvia leicht gereizt.

»Ich weiß, aber ich habe ihnen erlaubt, sie dürfen sich im Notfall melden.«

»Notfall, was denn für ein Notfall? Was soll schon passieren? Können deine Angestellten nicht einmal vierzehn Tage ohne dich auskommen?«

Als ich zu meinem Standardspruch ausholte: »JEDEN TAG STEHT EIN NEUER HACKER AUF«, plapperte sie eins zu eins meine Worte nach.

Sie grinste. »Ja, ja. Tausendmal gehört. Wie schmeckt deine Focaccia?«

Dieses lockere Verhalten und dass sie mir nichts lange Übel nahm, waren etwas ganz besonders an ihr. In den vergangenen Jahren waren wir so eng zusammengewachsen und was auch immer geschah, wir meisterten es. Ich war ihr unendlich dankbar, dass sie oft darüber hinwegsah, wenn ich nach einem langen Meeting nach Hause kam und nichts anderes zustande brachte, als auf der Couch die Beine hochzulegen. Zum Glück war Silvia nie allein. Die Nähe zu ihren Eltern hatten wir bewusst gewählt, weil wir ahnten, mein Job bei der SNB würde mich herausfordern. Ihr Verhältnis war innig, wir verbrachten beinahe jedes Wochenende bei meinen Schwiegereltern.

Laura und David hatten ein Haus mit Blick auf den Vierwaldstättersee, was groß genug war, so dass wir manchmal über Nacht blieben. Es war wunderschön dort. Das dunkle Blau des Sees und seine saftigen grünen Wiesen mit ihren Steilhängen versetzten mich jedes Mal in Urlaubsstimmung. Und unserer Marie gefiel es so gut dort, sie ging bei Opa und Oma ein und aus, als wäre es ihr zweites Zuhause.

»Ich will es Glace!« Marie zeigte auf die einladende Eisdiele mit einer gelben Markise und ihren gefühlt hundert Sorten Eiscreme.

»Abr nur ei Bolle«, antwortete Silvia mit einem schweizerdeutschen Akzent.

»Ich will Schoggi!«

Es war okay, dass Silvia mit ihr auf Schweizerdeutsch sprach, solange sie es nicht von mir erwartete. Ich sprach die meiste Zeit Hochdeutsch oder Holländisch mit der Kleinen. Zu meinem Bedauern nicht oft genug, denn in den vielen Jahren, in denen ich Den Haag bereits verlassen hatte, musste ich feststellen, dass meine Muttersprache einzurosten begann. Marie war einfach niedlich, ihr Gesicht war komplett mit Eis verschmiert. Wir wollten alles so locker wie möglich angehen. Unsere Tochter würde ihren eigenen Weg gehen, so viel stand fest, denn sie besaß schon jetzt eine starke Persönlichkeit, das war nicht zu übersehen.

18

Sommer 2098

»Wenn ich es nicht mit meinen eigenen Augen gesehen hätte, könnte ich es für eine Lügengeschichte halten!«

Die Tierpflegerin des Berner Zoos war total aus dem Häuschen. Ihre lollipop-rot-gefärbten Haare waren kurz und standen zu Berge. Nervös strich sie durch ihre störrische Frisur, während sie an ihrem Arbeitstisch stand und in die Kamera sah. »Wir haben natürlich alles aufgenommen. Sie werden das Video noch heute Nachmittag von uns erhalten. Es ist eine Sensation!«

Christine Macron merkte, wie ihre anfängliche Anspannung endlich losließ. Als der Anruf einging, hatte sie mit allem gerechnet, auch mit dem Schlimmsten. Es war nicht auszuschließen, dass die Tiere irgendwann bemerkten, dass RATNA II nicht mehr das Original-Familienmitglied war.

Ein schmales Lächeln überzog ihre sonst so ernst aussehenden Gesichtszüge, sie freute sich über die gute Nachricht. Nun war es so weit: Sie hatte einen weiteren Meilenstein in ihrer Forschungsarbeit erreicht.

»Und nun erzählen Sie mir noch einmal genau, was RATNA im Außengehege gemacht hat.« Gebannt saß sie auf ihrem

Schreibtischstuhl und verfolgte das Gespräch mit der aufgeweckten Tierpflegerin.

Es war bereits halb neun Uhr abends, wieder einmal war ein Tag an ihr vorbeigerast. Es fühlte sich nicht an wie Arbeit, denn sie liebte, was sie tat. Sie konnte sich nichts Besseres vorstellen. Sie arbeitete sechs Tage die Woche, wenn notwendig auch sonntags. Ihre Forschungsarbeit hatte Besitz von ihr ergriffen. Sie hatte ein Ziel und das verfolgte sie Tag und Nacht.

»Also, wir haben RATNA und ihre Mitbewohnerinnen heute Morgen um zehn Uhr ins Außengehege gelassen. Anfänglich war sie natürlich nur auf das Futter im Gehege fixiert. Ich hatte eine neue Idee entwickelt, damit die Horde etwas mehr Spaß und Abwechslung bei der Futteraufnahme angeboten bekommt. Ich habe mir eine gebundene Weidenkugel genommen und darin Äpfel und ein paar Datteln und Feigen gesteckt. Etwas zum Naschen für die Mädels.« Sie kicherte fröhlich. Als sie erneut zu sprechen begann, klang ihre Stimme nervöser. »RATNA hat sich also eine Kugel geschnappt, ist in die Nähe des Ufers gelaufen und hat sie vor sich gelegt. Noch bevor sie bemerkte, was vor sich ging, ist ihr die Kugel davon gekullert und landete im Wassergraben!«

Christine wurde hellhörig. RATNA I war als Junges beim Herumtollen mit ihren Geschwistern in genau diesem Wassergraben gestürzt und fast ertrunken. Seitdem verfolgte sie eine panische Angst vor dem Graben und sie war nicht mehr in die Nähe des Ufers zu bewegen gewesen.

»Und nun kommt das Beste«, sagte die Pflegerin ganz euphorisch. »Sie ist in das Wasser, ich wiederhole, in das Wasser getreten und hat die Kugel wieder herausgefischt! Ohne mit der Wimper zu zucken. Ist das nicht der Hammer?«

Christine nickte beeindruckt und faltete ihre Hände wie zu einem Gebet. Nun war ihr klar, ihr war der Durchbruch gelungen.

Sie hatte es geschafft, ihr selbstentwickeltes Programm funktionierte einwandfrei.

Die Äffin war der lebende Beweis dafür, dass sie fähig war, Erinnerungen zu manipulieren. Dank ihr konnte RATNA II ihre schlimme Kindheitserinnerung nicht mehr abrufen. Sie waren an einem Platz in ihrem Gehirn verborgen, an dem sie niemals auf die Suche gehen würde. RATNA hatte keine Angst mehr vor Wasser. Das musste gefeiert werden!

19

Frühling war nun überall im Lande. Die Leute gingen wieder vermehrt ins Freie und nutzten ihre Elektro-Bikes für den Arbeitsweg. Von dem azurblauen Himmel beflügelt, nahm Tom heute einen kleinen Umweg. Kraftvoll trat er in die Pedale und fuhr die Fahrradschnellstraße immerfort am See entlang. Die unzähligen Segelboote erstreckten sich bis zum anderen Ufer und entfachten in ihm ein Fernweh. Urlaub. Wieder einmal weiter wegfahren. Momentan bei all der vielen Arbeit nur ein Traum.

»Älter werden muss kein Übel sein«, hörte er über die Lautsprecherboxen an einem der Werbeplakate, die am Rande des Weges aufgestellt waren. Der Videoclip zeigte fröhliche aktive Menschen, die Golf spielten, Ski fuhren oder gesellig an einem reichlich gedeckten Tisch saßen. Alle schienen glücklich und zufrieden mit ihrem Leben zu sein. Diese Werbung war eindeutig für wohlhabende Menschen gemacht und es war nicht erkennbar, für was die Firma exakt warb. »Kommen Sie zu EPIC, wir beraten Sie gerne. Bleiben Sie leistungsfähig, gesund und vital. Mit uns sehen Sie einer blühenden Zukunft entgegen!«

Tom fragte sich, wo diese Firma sonst noch überall ihre Finger im Spiel hatte. Beinahe an jeder Ecke wurde man von ihren Werbeslogans berauscht. EPIC hatte einen Plan, das war spürbar, und ein Vorbeikommen an ihren teilweise schon aufdringlichen und ständig wiederholenden Werbeblöcken war fast unmöglich.

Wenige Zeit später betrat er das Großraumbüro. Die angenehme Raumtemperatur verschaffte ihm Abkühlung. Er kam im Grunde genommen gerne hierher, das Büro war etwas Besonderes. Und nicht nur, weil es wundervoll designt worden war, nein, es waren auch die Kollegen, denen er gerne von Montag bis Freitag begegnete.

»Brauchst du Hilfe, Luca?« Ariana lehnte sich engagiert über den Schreibtisch zu ihrem neuen Arbeitskollegen. Luca schaute angestrengt auf seinen Bildschirm.

»Ich könnte tatsächlich etwas Hilfe gebrauchen …«

Mit Stolz beobachtete Tom das tägliche Geschehen seines Teams von seinem Arbeitsplatz aus. Die neue Sitzordnung fruchtete und offensichtlich verstand sich Ariana mit dem neu eingestellten Unternehmensberater hervorragend. Luca würde das kommende halbe Jahr in seinem Team arbeiten. Wenn er sich geschickt anstellte, vielleicht sogar mit Verlängerung. Der Mann war ein wenig jünger als er und gliederte sich gut in sein Team ein. Auch die Kolleginnen und Kollegen lernten nach und nach seine Fähigkeiten zu schätzen. Er schien ein guter Troubleshooter zu sein. Wie er bemerkte, brachte Luca bereits effektive Lösungen in Teamsitzungen mit ein, was angesichts seiner kurzen Anstellungsdauer eine bemerkenswerte Leistung darstellte. Tom atmete zufrieden aus. Es war eine gute Entscheidung gewesen, Verstärkung zu holen, denn er brauchte etwas Luft. Ihm war bewusst, dass er zu lange gezögert hatte, Hilfe anzufordern. Die letzten Wochen hatten ihn viel Kraft gekostet, das Projekt war schlagartig eine große Nummer für die SNB geworden. Speziell nachdem wieder vermehrt Hackerangriffe im Anmarsch waren und eine neuartige Schadsoftware die Server einiger namenhaften Firmen versucht hatte anzugreifen.

Doch da war noch mehr. Es war nicht nur die Arbeit, die ihn anstrengte. Sein Privatleben glich einer verwüsteten Stadt, die von einem Tornado durchfegt worden war. Nichts schien mehr wie früher zu sein, ein ständiger Kampf zwischen dem alltäglichen Wahnsinn und dem Zurückerlangen des Normalzustandes ermüdete ihn. Seine Therapie, mit der er keinen Schritt weiterkam, die schlaflosen Nächte und eine Frau, die er nicht aufhören konnte zu lieben.

Am Tisch neben ihm lachte Ariana laut auf. Sie blödelte mit Luca herum. Es war nicht zu übersehen, wie sie seine Aufmerksamkeit genoss. Was Tom überaus zufrieden stimmte, denn seit ihrem Gespräch hatte es keine weiteren Vorkommnisse gegeben. Zum Glück hatte sie begriffen, dass sie es sein lassen sollte, Geschichten über ihren Chef oder irgendwen zu verbreiten. Diese Frau hatte einfach viel zu viel Fantasie und ein loses Mundwerk. Ja, es hatte ein paar Tage dicke Luft gegeben, aber dann verstand sie: Privat ist privat. Das galt für sie und den Rest der Belegschaft.

Es gab noch eine weitere Sache, die ihn nicht begeisterte. Ihm war aufgefallen, dass sein neuer Angestellter nicht nur mit Ariana flirtete. Zu oft warf er Monica verstohlene Blicke zu. Ob sie darauf reagierte, konnte er nicht sagen. Wenn er mit ihr sprach, umgarnte er sie regelrecht und er hielt sich, für Toms Geschmack, viel zu oft in ihrer Nähe auf. Aber was sollte er dagegen unternehmen? Er konnte es ihm nicht verbieten. Mit großem Bedauern musste er sich eingestehen, noch nicht den Mumm gehabt zu haben, Monica zu einem klärenden Gespräch aufzufordern. Sie und er waren immer noch in ihrer verflixten Beziehungspause gefangen.

Viel zu viel Zeit war ohne Handeln verstrichen und er überlegte, ob er sie vielleicht zu einem Mittagessen einladen sollte. Das könnte zu mindestens ein Anfang sein. Auf keinen Fall würde er Luca eine Chance geben, sich in Monicas Herz einzuschleichen.

Wenn er ihn beobachtete, dann sah er sich, wie er vor langer Zeit einmal gewesen war. Was war nur geschehen, dass er sich so verändert hatte? Er konnte es sich nicht erklären. Immer wenn er mit Monica zusammen war, erinnerte sie ihn an eine verflossene Liebe. Eine Liebe, die schon länger zurücklag. Er konnte sich nicht an ihren Namen erinnern, aber sie hatte die gleiche jugendliche Frische wie Monica in sich getragen.

Könnten er und Monica noch einmal von vorne beginnen? Das hing mit Sicherheit davon ab, ob er es schaffen würde, ihr Vertrauen zurückzugewinnen.

»Luca, Monica, ich möchte euch bitte kurz im Kaffeeraum sprechen.« Tom stand mitten im Büro und winkte sie zu sich heran.

Ein flüchtiges Lächeln, er sollte nicht zu viel hineininterpretieren, dann stellte sie sich abwartend ihm gegenüber.

Toms Haar war länger geworden, bald hätte er wieder seinen alten Look zurück. Ihre schweigenden Blicke streiften die Tischplatte, glitten über sein lässig hochgekrempeltes Anzughemd und ruhten kurz auf seiner Brust, bevor sie in seinem Gesicht verharrten. Einen Penny dafür, ihre Gedanken lesen zu können. Verlegen räusperte er sich.

»Wenn ich es richtig im Überblick habe, werden wir bis Freitag unsere Pre-Studies für das SEC-PRO-3-Projekt abgeschlossen haben.« Er schaute beide prüfend an und wartete darauf, eine

Bestätigung zu erhalten. »Die Direktion hat uns am kommenden Dienstag nach Genf eingeladen. Und ich möchte euch beide dabeihaben.«

Monica wirkte überrascht. Er hatte sie noch nie auf eine Geschäftsreise mitgenommen.

In ihm spielte ein leises Klagelied. Sie war ihm so nah und doch so fern.

»Monica, du wirst mit mir die Präsentation leiten. Du bist viel mehr im Detail als ich«, sagte er lobend.

Er schaltete den Hologramm-Projektor an. Ein 3D-Bild einer Datei wurde aus dem Stehtisch in die Höhe gestrahlt, so dass alle einen Blick darauf werfen konnten.

»Schaut noch einmal in die Datei Strategy and Execution, da habe ich noch ein paar gute Inputs von Digital Marketing abgelegt. Luca, du wirst den Teil übernehmen, der Direktion die neuen Features der geplanten Software zu erläutern.«

Tom tippte auf das Bild und zoomte in die Präsentation hinein. »Gehe nicht zu arg in die Details. Präsentiere ihnen drei, vier Sheets mit den wichtigsten Punkten, die wir verändern wollen und gerne auch eine kurze Animation. Wir werden ihnen die Sachen schon gut verkaufen, das sollte für dich ein Kinderspiel sein.«

Luca nickte selbstbewusst.

Während Tom sich auf den Weg zurück zu seinem Arbeitsplatz machte, fiel ihm sein bevorstehendes Treffen mit Stephanie ein. Er brauchte dringend einige Netzwerkinformationen für seine Ansprache. Sie hatte vorgeschlagen, alles bei einem Mittagessen zu besprechen und obwohl der Vorfall auf der Bowlingbahn nach wie vor an ihm haftete, musste er in den sauren Apfel beißen und das Angebot annehmen.

Ganz entzückt von Monicas Aussehen beobachtete er, wie sie vertieft in ihre Arbeit wirkte. Ihre Beine waren übereinandergeschlagen und der verführerische Ausschnitt ihrer Bluse weckte Erinnerungen an ihre aufregende Nacht im Chalet. *Jetzt oder nie,* dachte er und nahm Kurs auf ihren Schreibtisch.

»Ich habe nach der Mittagspause eine halbe Stunde Zeit. Wollen wir die Präsentation für Genf zusammen durchgehen?«, fragte er freundlich. Sie öffnete ihren Kalender.

»Ich kann mein Meeting mit Peter etwas nach hinten verschieben, das sollte gehen«, erwiderte sie. Ihre Lippen glänzten, so wie ihre gesamte Erscheinung, die Tom wie eine Droge in sich aufsog.

»Prima, ich kümmere mich um das Sitzungszimmer«, antwortete er und tätschelte anerkennend ihre Schulter. Sie strahlte ihn an, ihre Augen waren wunderschön, so blau wie das Meer.

20

Stephanie rückte ihren Stuhl penetrant nah an Tom heran, jeder anderen Kollegin wäre es bewusst gewesen, dass sie damit eine Grenze überschritt. Das galt nicht für Stephanie.

Sehr wohl war ihr Verhalten reines Kalkül, ihre Absichten für Tom vorhersehbar und doch wusste er sich nicht zu helfen. So studierten und recherchierten sie Seite an Seite die fehlenden Informationen für seine Projektarbeit und Stephanie verfolgte nebenbei ihr Ziel, vor Tom in einem guten Licht dazustehen. Sie war dermaßen damit beschäftigt, ihm zu gefallen, dass es ihr überhaupt nicht auffiel, dass er sie nicht anziehend fand. Ihr Verhalten verursachte genau das Gegenteil, denn ihr schweres Parfum brachte Toms Atem zum Stocken und der viel zu tiefe Ausschnitt ihres Kostüms, der ihren üppigen Busen in den Vordergrund rückte, der pinke Lippenstift, die ekelhaften langen lackierten Krallen und das blöde, affektierte Lachen fand er zutiefst abstoßend.

»Danke, Stephanie, für die gute Zusammenarbeit«, hörte er sich sagen. »Und übrigens freut es mich zu hören, dass du die neue Stelle im Medien- und Kommunikationsdesign angenommen hast.« Freute es ihn tatsächlich? Oder war er einfach nur erleichtert darüber, dass sie bald in eine andere Abteilung wechseln würde?

»Oh, danke, ja, ich glaube, ich habe diese Stelle mehr als verdient! Ach, und falls du für die Präsentation noch weitere Fragen hast, kannst du mich gerne anrufen. Möchtest du meine Privatnummer?«

Er schüttelte heftig den Kopf.

»Danke dir, aber nach Feierabend werde ich dich bestimmt nicht mit der Arbeit belästigen.«

Wie gelähmt starrte er auf ihre Hand, die unerwartet auf seinem Arm landete.

»Was für ein Quatsch, du belästigst mich nicht. Und falls doch, vielleicht lasse ich mich gerne von dir belästigen.«

Tom meinte, sich verhört zu haben. Was für eine Dreistigkeit von ihr.

Und als wäre das nicht schon genug, tauchte unweit von ihnen entfernt Monica auf. Vor der Terrasse des Rathaus Cafés wuselte es nur so von Menschenmassen. Mit einem Sandwich in beiden Händen schlenderte sie durch die Fußgängerzone. Weit weg, er wünschte sich an einen anderen Ort. Sehnsüchtig verfolgte er jede noch so kleine Bewegung Monicas. Wie sie ihr Haar aus dem Gesicht strich, um störungsfrei in ihr Brötchen zu beißen, ihr glücklicher Gesichtsausdruck war einfach unwiderstehlich. Es war schwer zu erkennen, was für ein Sandwich sie gewählt hatte, aber mit Sicherheit war es ein Salami Ciabatta. Sie liebte Salami. Und er wusste, sie ließ sich das Sandwich an der Theke immer frisch zubereiten. Eine Schicht Salami, dann Mozzarella und drei Tomatenscheiben. Ihr war es besonders wichtig, dass die Tomaten erst zum Schluss auf das Brot gelegt wurden, damit die obere Hälfte das saftige Fruchtfleisch aufsaugen konnte. Es war erstaunlich, wie viel er über sie wusste, so viele Einzelheiten, als wäre sie schon immer ein Teil von seinem Leben gewesen. Selbst ihre kleinen Macken liebte er an ihr. Tief im Innern verspürte er den Drang, etwas zu ändern, denn das Alleinsein machte ihn unglücklich. Die Zeit war gekommen, sich ihr zu öffnen, die Details aus seinem Leben mit Monica zu teilen. Aber das schien sich schwieriger zu gestalten als gedacht.

Um jeden Preis wollte er es verhindern, dass man ihn hier mit Stephanie an seiner Seite entdeckte. Die zarten Netzmaschen, die den Bereich umspannten, vermittelten den Restaurantgästen das Gefühl, draußen im Grünen zu sitzen. Es war eine virtuelle Illusion, die den Restaurantbesuchern, sowie den vorbeigehenden Passanten, einen wunderschönen Garten voller Kastanienbäumen vorgaukelte. Eine Illusion, die verdammt echt wirkte, es war ein wunderschöner Ort zum Verweilen, nur die falsche Frau an seiner Seite.

Ein Ruck durchfuhr ihn, als Stephanie übertrieben laut lachte.

»Schau sie dir an, das Mauerblümchen.« Dreist winkte sie Monica zu.

Natürlich war die Netzhaube nicht hundert Prozent blickdicht. Innerlich fluchend beobachtete er, wie Monica nur Sekunden später in ihre Richtung schaute. Alles verkrampfte sich in ihm, dieser Anblick musste für sie verstörend wirken, wie zwei Turteltäubchen saßen er und Stephanie eng beieinander. Zwei Kollegen, die sich in der Mittagspause in den Kastaniengarten zurückzogen und sich vergnügten. Wie sollte er ihr dieses Schauspiel erklären? Zorn und Verbitterung breiteten sich in ihm aus. Er musste diese reißerische und abstoßende Frau loswerden. Mit Verärgerung fiel ihm erneut Stephanies weit geöffnete Bluse auf, die Spitzen ihres BHs, die prallen Brüste, die in das viel zu enge Oberteil hineingezwängt worden waren. Sie widerte ihn einfach nur an. Ausgerechnet jetzt musste das passieren, wo er endlich spürte, dass sich Monica ihm wieder annäherte. Ihr entzückendes Lächeln am Schreibtisch hatte so vielversprechend gewirkt. Er wollte sie nicht verletzen und ihm wurde klar, dass er genau das gerade tat. Verzweifelt sah er in ihre Richtung, nur um dann verlegen seinen Kopf zu senken und resigniert den mit Tellern und Gläsern überladenen Tisch zu betrachten. Als er wieder aufsah, war sie bereits verschwunden.

»Du hast so wunderschöne, zarte Haut. Gib es zu, du badest jeden Tag in Eselsmilch wie Kleopatra«, scherzte Tom.

Sie giggelte und schmiss ihm den rosa Plüschbären an den Kopf, den er ihr zum Valentinstag vor einem Jahr geschenkt hatte. »Tommi, du musst schon zugeben, dass deine Komplimente ein wenig abgedroschen klingen.«

»Wieso?«, fragte er gespielt unwissend und streichelte über ihre nackten Waden. »Du bist bezaubernd, reizvoll und … « Er beugte sich zu ihr und biss ihr übermütig in die Pobacke. »Sooo sexy …«

»Tommi! Nicht!«

Als Monica hereinkam, nahm er sie zunächst nicht wahr, erst als sie lautstark ihre Arbeitssachen auf den Tisch knallen ließ, schaute er zu ihr auf. In tranceartiger Versunkenheit grübelte er immer noch nach, wer diese Frau war, von der er träumte. Es war ihm, als durchlebte er die Geschichte eines anderen Mannes.

»Können wir dann loslegen?«, fragte Monica leicht gereizt.

Immer noch benommen von seinem Tagtraum, schaute er Monica geistesabwesend an. Diese Frau aus seinen Träumen, zum ersten Mal war sie ihm ganz deutlich erschienen. Sie hatte strohblondes Haar, sie war großgewachsen, hatte wasserblaue Augen. Trotz aller Bemühungen, er konnte sich einfach nicht an ihren Namen erinnern. Woher kannte er sie?

»Sorry, ja, natürlich«, entschuldigte er sich aufrichtig und schaltete eilig den Projektor an. Monica würdigte ihn keines Blickes. Er hatte es sich mit ihr verscherzt. Auf den erhofften Small Talk würde er besser verzichten. Die Präsentation, die noch in einer Rohversion vorlag, entfaltete sich vor ihnen.

»Also, hier auf diesem Slide«, legte er direkt darauf los, »möchte ich, dass du die Keyfigures vom letzten Monat einträgst und dann in Vergleich setzt mit den Zahlen, die wir erreichen werden, sobald die neue Software ausgerollt ist.«

Er schielte verstohlen in ihre Richtung. Sie reagierte nicht. Was könnte er tun? Was sollte er sagen?

»Ist das soweit klar?«, fragte er vorsichtig.

Ihre Stirn zog sich in Falten.

»Soll das ein Scherz sein? Dafür holst du mich in dieses Sitzungszimmer? Das hättest du mir auch per Chat mitteilen können«, sagte sie überheblich. Sie stand zum Gehen auf.

»Halt! Ich bin noch nicht fertig!«, rief er ihr hinterher. Auf dem Weg zurück ins Büro hatte er sich die Worte, die er an sie richten wollte, zurechtgelegt. Er wollte sich bei ihr für das falsche Zeichen, das sein Treffen mit Stephanie signalisierte, entschuldigen und dann wollte er sie fragen, ob sie mit ihm ausgehen würde. Zu ihrem Lieblingsitaliener, der guten alten Zeiten willen. Ein bohrender Schmerz durchzog seine Magengrube und mit jeder ablehnenden Geste, die sie zeigte, schmolz der letzte winzige Funken Hoffnung dahin.

»Was denn noch?« Ihre Stimme klang fast weinerlich, sie war verletzt. Ihr feindliches Verhalten, mit ihm zu sprechen, frustrierte ihn. Es hätte nicht so weit kommen dürfen, es war alles nur ein blöder Zufall, eigentlich sollte es eine Kleinigkeit sein, alles aufzuklären. Er hatte sich nichts zu Schulden kommen lassen. Warum behandelte sie ihn wie einen Verbrecher?

»Was zum Teufel ist los mit dir? Habe ich dir etwas angetan?«, griff er sie an, auch wenn er wusste, dass das genau die falsche Herangehensweise war. »Willst du mir etwas sagen?« Er war bereit. Sie konnte ihm alles an den Kopf schmeißen, sie konnte ihn anbrüllen, ihn beschimpfen, alles wäre ihm recht, nur bitte nicht diese Gleichgültigkeit. Er wollte ein Zeichen von ihr, eine einzige Emotion, damit er wüsste, ob sie ihn noch liebte oder wenigstens noch ein Hauch von Interesse für ihn da war.

Sie stand bereits im Türrahmen, als sie sich zu ihm umdrehte. »Nichts«, erwiderte sie. »Ich habe dir nichts zu sagen.«

21

Winteranfang 2099

Am Standort der EPIC-Hauptzentrale war die Hölle los! Schon seit einer Stunde kam es vor dem Eingang zu einer Ansammlung von Aktivisten, welche den sofortigen Stopp der Genforschung am Menschen forderten. Weder das bitterkalte Wetter noch der seit drei Tagen anhaltende Schneefall konnten die wildgewordene Horde von ihrem Plan abhalten.

»ZOMBIE-ZÜCHTER! ZOMBIE-ZÜCHTER!«, schrien die Demonstranten aus vollem Halse. Die kleine Gruppe hatte sich auf dem Boulevard Helvétique mit Plakaten positioniert, auf denen sie: HUMANE GENFORSCHUNG KILLT DIE NATÜRLICHKEIT und

ROTE GENTECHNIK FÖRDERT ZWEIKLASSEN-MEDIZIN geschrieben hatten. Immer mehr vorbeilaufende Passanten blieben stehen und beobachteten das Geschehen. Eingewickelt in ihren Wintermänteln, ihre Mützen tief ins Gesicht gezogen, warfen die Fußgänger einen fragenden Blick auf die lautstarken Frauen und Männer. Wenn sie das Gebäude betrachteten, konnten sie keinen Zusammenhang zu dem Ereignis herstellen, denn EPIC war für den gewöhnlichen Bürger völlig unbekannt.

Nichtsdestotrotz: Humane Gentechnik ist, wie schon seit eh und je, ein kontroverses Thema in der Bevölkerung gewesen. Es löste Ängste, Hoffnungen und emotionale Debatten aus. Die Pro- und Kontra-Lager standen sich ständig unversöhnlich gegenüber, dadurch war es so gut wie unmöglich, mit so einem Fachgebiet auf einem neutralen Territorium publik zu gehen. Darüber brauchte man mit dem Managementteam von EPIC nicht diskutieren. Befragte man hingegen Biotechniker zu dem Thema, wiesen sie auf unzählige positive Möglichkeiten der Gentechnik hin. Allein das Potential, das in der Medizin steckte, um schwere Krankheiten zu bekämpfen, war noch lange nicht ausgeschöpft. Den Menschen musste die Angst genommen und ihnen gezeigt werden, dass das Positive überragte. Bis dahin war es noch ein langer Weg und so lange mussten sie bei EPIC stillhalten.

Diese Demonstranten unten auf der Straße störten und sie mussten weg, soviel stand fest. Ungeachtet dessen, wie störend sie für sie waren, konnten sie sie nicht einfach unüberlegt vertreiben. Um sich möglichst geschickt und fehlerfrei aus der Situation zu befreien, benötigten sie jemanden mit Taktgefühl, jemanden, der in der Lage war, EPIC unauffällig und diskret aus dem Rampenlicht zu entfernen.

Zornig kommentierte John Scotland die Lage. »Damit muss jetzt Schluss sein. Diese Bagage soll sich zum Teufel scheren!«

Sein androidischer Assistent nickte förmlich.

»Wie bekommen wir sie nur los? Und woher, verflixt und zugenäht, wussten sie, wo sich unsere Zentrale befindet?«

Von dem Mann im Designer-Anzug, der vor ihm stand, brauchte er keine Antwort zu erwarten, dazu war er, zum Leid des CEOs, nicht konzipiert worden.

»Simon, bitte schicken Sie mir unsere Pressesprecherin ins Büro. Frau …, Frau Schröder? Oder wie war noch einmal ihr Name?«

»Jawohl, Doktor Scotland. Ihr Name ist Manuela Schröder, sie hat heute Morgen das Gebäude um 07:22 Uhr betreten und laut ihrem Kalender hat sie gerade keine Meetings. Übrigens hatte sie gestern ihr fünfjähriges Firmenjubiläum.«

John fuhr sich schnaufend durchs Gesicht und gab Simon ein Zeichen zu verschwinden. »Simon, bitte machen Sie sich auf den Weg und halten Sie mich nicht mit belanglosem Geschwätz auf.«

»Wird erledigt«, erwiderte der jungaussehende Mann und schloss langsam die Tür, während er rückwärts das Zimmer verließ.

Auch das noch. Angesichts der kurz bevorstehenden Forschungsarbeiten, die sie in der Klinik demnächst starten wollten, konnte diese Demonstration eine verheerende Auswirkung auf ihre Pläne haben. John fragte sich, welches Vögelchen den draußen stehenden Leuten diese Information zu gezwitschert hatte. Nur die engsten ihrer Kunden oder Partnerfirmen, mit denen sie in Kontakt getreten waren, wussten über das Gebiet, in dem sich EPIC bewegte, Bescheid. Also, wie in Gottes Namen konnte das passieren? Er hatte eine Vermutung. In der Hoffnung auf weitere Hinweise wählte er die Nummer eines ihm vertrauten und geschätzten Mitarbeiters des EPIC-Klinikums im Berner Oberland.

Das Anrufsignal ertönte und nach einer gefühlten Ewigkeit nahm Keith McGregor endlich den Anruf entgegen. Keith blickte verdrießlich in die Kamera, was John nicht besonders verwunderte, denn McGregor war am Telefon bekanntlich nie gut gelaunt. Schon gar nicht zu dieser Tageszeit.

»John.« Seine Begrüßung war wie immer kurz und knapp, also kam er direkt auf den Punkt.

»Hallo, Keith. Vor unserem Gebäude spielt sich gerade ein Schauspiel ab, das ich so schon lange nicht mehr erlebt habe! Du hast nicht zufällig eine Idee, wie es dazu kam?«

»Ich habe da so eine Vorahnung«, begann Keith mit seinem Geständnis. »Heute haben wir einem Mitarbeiter aus unserer Pflegeabteilung gekündigt. Er hat sich in den letzten Tagen auf Aktivistenseiten im Internet aufgehalten.« Er räusperte sich verlegen.

»Was?! Warum erfahre ich erst jetzt davon?« John konnte sein Entsetzen nicht mehr hinterm Berg halten.

»Ehrlich gesagt, John, wir sind ihm erst heute Morgen auf die Schliche gekommen. Einer unserer Recruiter hat ihn ein zweites Mal überprüft, nachdem er auffällige Bemerkungen zu seinen Arbeitsabläufen gemacht hatte. Es gab keinerlei Vorzeichen, der Mitarbeiter war astrein. Wir vermuten, dass er die Arbeiten mit seinem Gewissen nicht mehr vereinbaren konnte.«

»Gewissen. Was für ein Gewissen?!«, schimpfte John vor sich hin. »Und wo befindet sich der Mann jetzt?«, fragte er, während er durch die Glasscheibe seines Büros hinab auf den wütenden Mob blickte.

»Er hat noch ein Abschlussgespräch mit unserem Anwalt. Wir klären ihn über mögliche Folgen auf, die er zu tragen hat, falls er vorhat, EPIC Schaden zuzufügen.«

»Kommt das nicht ein bisschen zu spät? Ich dachte, alle Mitarbeiter wurden aufgeklärt, bevor sie die Stelle antraten?«

»Ja, so ist es, aber wir können ihm bis jetzt nichts anhängen. Wir haben schlicht keine Beweise, dass er Informationen hinausgetragen hat. Ich kann dir versichern, wir arbeiten daran. Und bis dahin werden wir ihn über seine Rechte und Pflichten noch einmal gründlich aufklären, falls du verstehst, was ich meine.«

John konnte sich nicht beruhigen. Er war außer sich.

»Das ist unfassbar! Keine Beweise. Was ist das denn für eine Antwort? Ein Blick aus meinem Fenster und du hast Beweis genug. Er steht direkt vor der Tür! Keith, ich rate dir, diesen Mann mehr als nur gründlich aufzuklären. So etwas ist ein Unding. Wir bezahlen diesen Leuten einen übertariflichen Lohn. Und das ist deren Dankbarkeit? Ich habe dir gleich gesagt, dass ist ein Job für Androiden. Aber du wusstest es wieder einmal besser.«

Er schnaufte empört, ungeduldig tippte er mit den Fingern auf den Schreibtisch. »Ich werde jetzt unsere Pressesprecherin zu den Demonstranten schicken. Jemand muss handeln. Und zwar schnell.« In seinem Geiste bereits einen Plan schmiedend, lief er durch sein großräumiges Büro. »Die Frau ist gut«, sagte er. Damit schien er mehr sich selbst zu beruhigen als irgendjemand anderen. »Ihr werden schon die richtigen Worte einfallen.«

Ohne eine Verabschiedung drückte er den roten Knopf und beendete das Gespräch.

22

Mit der MAGBA zu fahren, war eine äußerst angenehme Art zu reisen. Die Magnetbahn, kurz MAGBA genannt, ging durch ein mehrere hunderte von Kilometern gebautes Tunnelsystem und konnte eine Höchstgeschwindigkeit von 500 km/h erreichen. In kürzester Zeit kam man von A nach B. Die Schweizer waren schon immer als Meister im Tunnelbauen bekannt und da sie ihr schönes Landschaftsbild nicht mit weiteren Auto- oder Schwebebahnen verunstalten wollten, bauten sie die MAGBA einfach unterirdisch. Es gab drei ausgebaute Strecken. Basel-Bern, Zürich-Genf - mit Zwischenstopp in Bern - und Zürich-Lugano. Nichts war zu Land komfortabler und schneller, als mit dieser Fortbewegungsart zu reisen.

Montagnachmittags saß Tom mit Luca und Monica im ersten Waggon der Magnetbahn. Die silbergrauen Sitze mit Anschnall-gurten passten sich jedem Fahrgast ergonomisch an. Sobald sie den Bahnhof verlassen hatten, wechselten die Fensterscheiben von normalem durchsichtigem Glas zu einer Bildschirmfläche. Um den Eindruck einer gewöhnlichen Zugfahrt zu erzeugen, wurden den Passagieren abwechselnd Werbung und Bilder von vorbei schnellenden Schweizer Landschaften präsentiert.

»Nur weil Sie älter werden, heißt das noch lange nicht, dass Sie altern«, hörte man jemanden sagen. Diese wohlklingende Tonlage erfüllte den Zug und hinterließ ein angenehmes Gefühl bei den Fahrgästen. Wie aus dem Nichts trat eine künstlich erschaffene Person in Erscheinung, die sich in die Köpfe der Fahrgäste zu drängen versuchte. Man projektierte sie auf dem Fensterglas, auf den Rückseiten der Sitzplätze, man übertrug sie auf den Virtual Reality Brillen, sogar auf allen selbst mitgebrachten Displays mobiler Geräte. Und als wäre das noch nicht genug gewesen, lief sie in jedem Abteil als Hologramm-Person durch die Gänge. Es gab kein Entkommen. Sie war weder Frau noch Mann. In allem, was sie tat, fand man sie äußerst attraktiv. Man wollte ihrer süßlich klingenden Stimme zuhören, sie bewundern und ließ dafür alles stehen und liegen.

»Kommen Sie zu EPIC«, sagte sie und lächelte lieblich. »Wir beraten Sie gerne und zeigen Ihnen den Weg in eine vielversprechende Zukunft.«

»Hey, wie wäre es, heute Abend im Le Cirque essen zu gehen? Ich denke, Monica wird es lieben«, unterbrach Luca das Geschehen. »Ich kenne den Sommelier, er wird uns bestimmt einen Tisch mit Blick auf den See reservieren«, vervollständigte er seinen Satz.

»Wirklich?«, antwortete Monica überschwänglich begeistert. »Ist das Le Cirque nicht normalerweise ein Jahr im Voraus ausgebucht?«

»Lasst mich mal machen. Es wird euch gefallen. Man hat dort einen superschönen Ausblick auf den Genfer See«, schwärmte Luca prahlerisch und sprach, als würde er in diesem Lokal aus- und eingehen wie ein Stammgast.

Das hitzige Gespräch mit Monica, lag Tom noch unangenehm in Erinnerung und nun stellte er mit Bedauern fest, dass sie voll auf Lucas Gehabe ansprang. So naiv konnte sie doch nicht sein?

»Das wäre der Hammer. Oh, Luca! Ich muss unbedingt meiner Freundin Diane davon berichten!« Sie nahm ihr Telefon und knipste ein Bild von sich und Luca und diktierte dem Gerät eine Nachricht. »Rate mal, wer heute Abend im Le Cirque essen geht.«

Diese Euphorie, wenn sie mit ihm sprach, die Vertrautheit, die sich beide schenkten. Was sollte das? War sie immer noch wegen des Vorfalls im Rathaus Café auf ihn sauer?

»Einverstanden«, antwortete er resigniert. »Sagen wir 19:00 Uhr? Ich habe vorher noch etwas Wichtiges in der Stadt zu erledigen.«

Wie zu erwarten, erntete er fragende Blicke, die er geschickt überging, indem er geschäftig auf seinen Laptop sah. Nervosität stieg in ihm auf, das bevorstehende Ereignis stand unter keinem guten Stern. Dennoch war dies die einzige Möglichkeit, wichtige Informationen über seine Vergangenheit zu erhalten. Zu viel Zeit hatte er verstreichen lassen, sich mit oberflächlichen Antworten seiner Therapeutin zufriedengegeben. Jetzt würde er handeln.

Kurz nach sieben betrat er das Restaurant. Wenige Meter von ihm entfernt saß Monica. Sein Sonnenschein, die einzige Hoffnung, seinem verkorksten Leben wieder Licht zu schenken. Das Treffen in der Zentrale hatte katastrophal geendet. Er brauchte Ablenkung.

Im Le Cirque schien die Zeit stehengeblieben zu sein. Vor vielen Jahren war er hier einmal zu Gast gewesen. Das hochgewertete

Restaurant mit seiner extravaganten Einrichtung war ihm noch in Erinnerung geblieben. Es tat ihm gut, endlich abschalten zu können, den desaströsen Nachmittag wollte er so schnell wie möglich vergessen. Im Nachhinein erschien ihm seine ganze Operation als waghalsige Dummheit. Er war ein Narr. Was hatte er sich dabei gedacht? Meinte er tatsächlich, er könne aus dieser ganzen Sache als Gewinner gehen?

Über was sich Luca und Monica unterhielten? Was für ein Anblick sie gab, dort auf diesem Barhocker, mit ihren Beinen verschränkt. Eifersucht stieg in ihm auf. Luca hatte das, was er nicht bekam - Monicas Aufmerksamkeit. Wenigstens einen kurzen Moment wollte er sie einfach nur betrachten, Stoff für seine Träume, für eine gemeinsame Zukunft mit ihr, sammeln.

Während er sich diskret im hinteren Teil des Lokals verbarg, bedauerte er, dass er den Nachmittag nicht besser genutzt hatte. Nachdem er seinen Koffer auf dem Zimmer deponiert hatte, war sie ihm noch einmal in der Hotellobby begegnet. Er hatte ihr zugenickt und war ohne ein Wort aus dem Hoteleingang auf die Straße hinausgelaufen. Er wusste, sie wollte durch die Straßen schlendern und ein bisschen bummeln gehen. Sie liebte es, das zu tun. In der MAGBA hatte sie freudestrahlend von den Schaufenstern bei H&M erzählt. Wenn man an ihnen vorbeilief, wurde der Körper der vorbeilaufenden Person gescannt, mit der aktuellen Mode virtuell angekleidet und auf das Schaufensterglas projiziert. Das wollte sie unbedingt ausprobieren.

Luca spielte Alleinunterhalter. Teilnahmslos nippte Monica an ihrem Cocktailglas und folgte seinem Geschwafel. *Sie ist atemberaubend schön,* dachte Tom. Er könnte sie stundenlang von hier aus der Ferne betrachten.

Den Stil der Einrichtung nannte man Art Déco Ihm gefielen die starken Farben, die Formen der Einrichtung strahlten eine Eleganz und Kostbarkeit aus. Noch einmal tief durchatmen und dann lief er langsam auf die beiden zu. Lucas Stimme übertönte alles, als er ihr mit Begeisterung von irgendwelchem aufgeschnappten Halbwissen über die Zeit des Art Décos und der Zusammenführung mit dem Jugendstil zu einer Stilrichtung erklärte.

»Drehe dich einmal auf deinem Barhocker herum«, sagte er und zeigte auf eine etwa einen Meter hohe Bronzestatue. Während Monica seiner Aufforderung folgte, näherte sich Tom Schritt für Schritt und Lucas Geplapper erblasste im Hintergrund. Gefesselt blickte sie ihn an und begann, ihn zu mustern. Sein dunkelblauer Anzug saß an seinem großen und sportlichen Körper wie angegossen. Er wirkte wie ein Gentleman aus vergangenen Zeiten. Sein weißes Hemd mit passender Krawatte in gleicher Farbe und das Einstecktuch in seiner oberen linken Jacketttasche vollendeten sein elegantes Aussehen.

Der vertraute Duft ihres Parfums stieg in seine Nase und erweckte verborgene Sehnsüchte in ihm. Seine Begierde nach ihr war unverkennbar. Er war bereit, ihr alles zu geben, sie brauchte nur danach zu fragen.

»Guten Abend«, sagte er mit seiner männlichen Bassstimme. Mit einem Fingerzeig bestellte er sich ein Bier und prostete den beiden zu.

»Ich hoffe, dein Vorhaben war erfolgreich?«, erkundigte sich Monica neugierig.

Warum ausgerechnet diese Frage? Er wollte nicht mehr daran erinnert werden, nicht mehr darüber reden und schon gar nicht vor Luca. Eine Welle der Frustration durchzog ihn, unbewusst nahm er eine abweisende Haltung ein. »Das ist wirklich nicht der richtige Ort für diese Angelegenheit«, antwortete er schroff.

»Oha, Herr Verhoeven, haben Sie schlechte Laune?«

»Monica, bitte«, versuchte er, sich zu erklären, aber er war zu spät.

»Tom ist ein ziemlich geheimnisvoller Mann, findest du nicht auch, Luca?«, stichelte Monica weiter. Luca blieb wortkarg, er schien intelligent genug zu sein, um sich nicht einmischen zu wollen.

»Wie es aussieht, vertraut er niemandem in seinem Leben.«

So viel Verbitterung in Monicas Stimme.

»Vertrauen ist so eine Sache. Es soll Leute geben, die fremden Menschen mehr Glauben schenken als ihrem eigenen Partner.«

So viel Wut und Frustration, dachte Tom und merkte, wie alles erneut ihn ihm aufkochte.

Die Direktionsassistentin des Instituts hatte ihn dermaßen abfällig behandelt, ihn mehr oder weniger als Trottel dargestellt, ihn anmaßend gefragt, ob er nicht fähig wäre, Verträge zu lesen. Sie gab ihm ganze fünf Minuten Redezeit und der Rest des Gesprächs beinhaltete irgendwelche Rechtsbelehrungen. Genau genommen konnte man es auch als eine Drohung ansehen, falls er versuchen sollte, den abgeschlossenen Vertrag zu brechen. Die kaltblütige Frau hatte kein Interesse an seiner persönlichen Geschichte gehabt. Er war gezwungen, das Spiel mitzuspielen, durfte sich keine zweite Meinung einholen und hatte keinerlei Rechte, in seine Patientenakte Einblick gewährt zu bekommen.

»Herr Verhoeven, was denken Sie eigentlich, mit wem Sie es hier zu tun haben? Wir sind Profis«, hatte sie ihm überheblich geantwortet. »Sie sind von einer Psychologin untersucht worden und man hat Sie für das Projekt als geeignet erklärt. Wir bedauern, dass Sie noch keine Antworten auf Ihre Amnesie gefunden haben. Nun ja, nennen wir es einmal so: Es ist ein unangenehmer

Nebeneffekt. Trotz alledem sollten Sie alles andere positiv sehen. Schauen Sie sich an, Sie sehen blendend aus.« Dabei schaute sie ihn wollüstig an und grinste dämlich.

»Aber darum geht es mir doch gar nicht. Ich habe an einem Versuch teilgenommen, den ich mir nicht erklären kann. Was waren meine Beweggründe, warum habe ich mich für dieses Programm beworben? Es scheint mir nicht schlüssig zu sein. Alles ist so verwirrend und undurchsichtig. Ich denke, weitere Informationen würden mir für mein Verständnis verhelfen. Irgendwo müssen Sie doch Akten von mir aufbewahren?«

»Akten? Welche Akten?« Sie stellte sich unwissend.

»Meine Krankenakte. Verdammt noch mal!«

»Herr Verhoeven, das hier ist die Zentrale. Wir haben hier keine Krankenakten. Sie müssen sich an den Grund für Ihre Bewerbung schon selbst erinnern können.«

»Aber das ist ja genau das Problem. Ich kann mich nicht erinnern. Weil ich eine Scheiß-Amnesie habe!«, brüllte er sie an. Seine Geduld war am Ende.

Die Dame blieb geschult ruhig und gelassen.

»Sie sind über all diese Themen aufgeklärt worden. Reden Sie mit ihrer Psychologin darüber. Machen Sie das Beste daraus. Auf Wiedersehen!«

Wutentbrannt hatte er das Gebäude verlassen. Das war nicht das letzte gesprochene Wort. Er war entschlossen, nicht aufzugeben.

»Wollen wir zum Tisch gehen?«, fragte er die beiden formell und versuchte dabei, von seinem schlechten Benehmen abzulenken.

Monicas Enttäuschung war ihr ins Gesicht geschrieben. Wahrscheinlich hatte sie sich nach Lucas langem Monolog einen netten Plausch mit ihm erhofft. Tom biss sich vor Wut auf die Zunge. Es sollte der Abend der Versöhnung werden, der Abend, an dem er ihr zeigen wollte, dass sie ihm immer noch wichtig war. Das Ereignis vor dem Rathaus Café war nicht nur für sie schwer zu verdauen. Selbstzweifel kamen in ihm hoch. Hatte er sie bereits verloren? Gab sie ihre Liebe zu ihm auf? Sein Herz wurde schwer. Mit gesenktem Blick schaute er auf sie hinab. Sie trug ein kobaltblaues Bleistiftkleid mit einem quadratischen Ausschnitt und Ärmeln, die bis zum Ellenbogen gingen. Ihr Gang war stolz und verführerisch. Ihre Hüften schwangen beim Gehen. Die schwarzen seidenen Strümpfe mit Naht gaben ihren schlanken Beinen einen besonderen Reiz. Warum musste alles so kompliziert sein? Während er neben Luca voranschritt, fielen ihm seine lüsternen Blicke auf, wie er seinen Durst, auf Monicas hübsche Kehrseite gerichtet, stillte. Toms Faust ballte sich vor Wut.

Die Lichter der Stadt spiegelten sich im schwarzen Genfer See wider. Die Reflexionen der buntblinkenden Reklameschilder an den Wänden und Dächern der Hochhäuser strahlten wie Regenbogenfarben und vermischten sich in langen Bahnen zu einer. Alles wirkte so ruhig und friedlich. Das Restaurant war totschick, im Guide Michelin mit drei Sternen ausgezeichnet. Während die herausgeputzten Gäste entspannt an ihren festlich gedeckten Tischen saßen, liefen im Saal unzählige Servierkräfte umher. In so einem noblen Etablissement leistete man sich noch, Menschen einzustellen. Seltsamerweise glichen sie einer kleinen Armee. Die Menschheit war so sehr daran gewöhnt, dass Androiden alltägliche Aufgaben erledigten, dass sie fast überfordert waren, wenn sie mit menschlichen Mitarbeitern konfrontiert wurden. Um viele Arbeitsplätze gab es mittlerweile einen regelrechten Kampf zwischen Menschen und Androiden. Wie lange würde es noch dauern, bis er vor diese Wahl gestellt werden würde? Nachdenklich beäugte er Luca und fragte sich, ob es eine Fehlentscheidung gewesen war, diesen Mann einzustellen.

Während er über den Rand seiner Menükarte spähte, fiel ihm das teure Geschmeide der umliegenden Gäste auf. Und dann sah er zu Monica und erkannte, dass alles andere nur wie ein verblasstes Abziehbild wirkte, wenn man einen einzigen Blick auf sie warf. Viel zu bescheiden war sie, sich über ihre Schönheit und Eleganz nicht bewusst. Ihre langen wallenden Haare wurden von einer kleinen roten Blütenspange an der Seite gehalten. Für den Anlass hatte sie dezentes Make-up aufgetragen und einen dunkelroten Lippenstift ausgewählt, der ihrer Lippenform schmeichelte. Sie war unglaublich verführerisch. Es kränkte ihn zutiefst, dass sie ihm die kalte Schulter zeigte, aber er hatte es mit seinem Benehmen herausgefordert.

Wenigstens das Essen war vorzüglich, der Rotwein floss für einen Montagabend reichlich. Und er war nicht gewillt, sich zu bremsen, denn der Alkohol begann, seine Nerven zu beruhigen und genau das brauchte er jetzt. Matteo, der befreundete Sommelier, war zum Leidwesen von Tom ein äußerst gesprächiger Kerl. Je später der Abend wurde, desto unerträglicher fand es Tom, Lucas Masche, Monica zu umgarnen, hinzunehmen. Er hätte besser beim Bier bleiben sollen. Den ganzen Abend sprach er nicht viel, dafür gingen Luca die Worte niemals aus. Immer wieder versuchte er, den Blickkontakt zu Monica aufzunehmen, sie ließ ihn nicht gewähren. Hatte er es wirklich nötig, sich so vorführen zu lassen? Die Monica, die er kannte, fände keinen Gefallen daran, sich von diesem Kerl schöne Augen machen zu lassen. Schweiß sammelte sich zwischen seinen Schulterblättern und begann, sein Hemd zu durchnässen. Warum konnte er nicht so cool bleiben wie die abgebrühte Dame von der Direktion?

Luca und Monica lachten laut, irgendeine blöde Anekdote, die der Sommelier aus seiner Jugend ausplauderte. Als hätten sich die beiden Männer vorher abgesprochen, damit Luca vor Monica in einem guten Licht glänzte. Es war zu offensichtlich, was hier gespielt wurde. Wie lächerlich, Tom kannte all diese Mätzchen. Er hatte sie alle schon selbst gespielt, um hübsche Mädchen aufzureißen. Aber genau genommen war das hier keine Freitagabend-Afterwork-Party, sondern ein Geschäftsessen. Und genau das würde er dem Möchtegern-Schürzenjäger nun vor die Nase halten.

»Matteo, ich schätze Ihre Entertainment-Qualitäten sehr, aber es ist bereits nach zweiundzwanzig Uhr und wir haben morgen ein wichtiges Meeting«, sprach er den Sommelier bestimmend an. »Bringen Sie uns bitte die Rechnung.«

Das Gelächter verstummte, er erntete verdrießliche Blicke.

»Zweiundzwanzig Uhr, das ist noch früher Abend«, scherzte Luca. »Wollen wir noch ein bisschen das Tanzbein schwingen gehen?«

Stille. Die Enttäuschung war ihm ins Gesicht geschrieben, Luca hatte eine positive Reaktion erwartet und sie kam nicht. Er wirkte irritiert. »Wirklich nicht? Auch nicht auf einen kleinen Absacker an die Bar?«, bettelte er.

»Ich denke, für heute reicht es, Luca. Wir müssen morgen vor der Direktion sprechen«, erwiderte Tom. »Wir sollten hier und jetzt den Abend beenden. Oder willst du, dass wir morgen unser Projekt an die Wand fahren und uns blamieren?«

Tom machte eine kurze Pause und schaute ihn scharf an. »Wir gehen jetzt«, befahl er. Er sprang auf, leerte im Stehen sein Rotweinglas und verließ den Tisch.

23

Als sich die Fahrstuhltür schloss, sah er ihr an, dass sie betrunken war. An diesem Abend war viel zu viel Alkohol geflossen. Auch er hatte sich übernommen, jedoch benahm er sich nicht wie eine pubertierende Sechzehnjährige bei ihrem ersten Rausch. Sie war unglaublich kindisch, pfiff albern die dudelnde Fahrstuhlmusik mit.

Luca räusperte sich und grinste doof. Sie tauschten verschwörerische Blicke aus und dann legte Luca den Zeigefinger auf seine Lippen und prustete ein *Schhh*. Sie verstummte, um sogleich wieder loszukichern.

»Sorry, Moni, aber dein Pfeifen klingt ganz schön schief.«

Jetzt nannte er sie schon Moni! Was hatte er verpasst? Und schon wieder lachten sie laut. Tom kam sich vor wie im falschen Film, deplatziert und am liebsten wollte er nur noch flüchten, am besten durchsichtig werden, sich auflösen oder noch besser, den ganzen Abend ungeschehen machen.

Zusammen verfolgten sie die Anzeige des Fahrstuhl-Displays. 51, 52, 53 … Der Weg nach oben kam ihm unendlich lang vor. Endlich in der vierundfünfzigsten Etage angekommen, stieg Luca aus und verabschiedete sich höflich und mit einem tiefen, übertriebenen Diener bei Monica. Die Fahrstuhltür verriegelte sich langsam, ihr Gekicher schallte durch den Schacht.

»Was für ein verrückter Kerl«, flachste sie herum.

Toms böse Blicke durchbohrten sie. Ein paar Etagen weiter oben angekommen, stolperte sie aus dem Aufzug. Nur noch wenige Schritte und er hätte sein Zimmer erreicht. Dieser Abend, der gesamte Tag war durchweg von morgens bis abends eine Katastrophe gewesen. Er hörte sie kleine Stoßgebete von sich geben, dann zog sie sich ihre hochhackigen Schuhe aus und lief den restlichen Weg bis zum Ende des Flurs barfuß. Das ganze Hin und Her führte zu gar nichts. Er hörte sie über ihre brennenden Fußsohlen jammern.

»Naaacht!«, rief sie ihm unschuldig zu.

Sie war ihm peinlich. »Nacht!«, bellte er verächtlich zurück, ohne sich umzudrehen. Seine Stimme klang wie ein Fluchen.

Mit einer knallenden Tür betrat er den Innenraum seines Zimmers. Gefrustet pfefferte er sein Jackett aufs Bett. Das konnte so nicht weitergehen! Er hatte viel zu lange zugesehen. Wütend riss er an seiner Krawatte, versuchte, den Knoten zu lösen. Seine Finger umgriffen den Schlips, er zerrte und rüttelte an dem Windsor Knoten, zog die Schleife über seinen Kopf und schmiss sie auf den Stuhl. In Selbstgespräche vertieft, öffnete er die ersten Knöpfe seines Hemds. Er verbrannte innerlich. Er brauchte Luft! Während er an den Ärmel zog, wallte der Ärger immer mehr in ihm auf. Fluchend und schimpfend lief er im Zimmer auf und ab. Was fand Monica an Luca so interessant? Wollte sie einen Clown zum Freund? Was sollte dieses ganze Gehabe? Voller Zorn boxte er gegen die Zwischenwand. Sie hatte überhaupt keine Ahnung, was sie mit ihrem kindischen Auftreten anrichtete.

Kurzentschlossen öffnete er, nur noch in einem Unterhemd bekleidet, seine Zimmertür und stürmte hinaus. Es war genug. Er brauchte Antworten. Und zwar sofort!

24

Plötzlich brach die Hölle los. Vor Monicas Zimmer schimpfte und schlug jemand wie von Sinnen gegen die Tür. Es war eindeutig Tom. Er war außer sich! Ignorieren, sie versuchte, ihn einfach zu ignorieren. Falsche Entscheidung. Seine Reaktion wurde dadurch nur noch heftiger. Brüllend hörte sie ihn immer wieder ihren Namen rufen und irgendwelche nicht zusammenhängenden Sätze. Seine Stimme war aggressiv, schon fast bedrohlich und eindeutig klang Verzweiflung in ihr.

»MONICA. Mach auf!«

Vielleicht sollte sie ihm besser nicht öffnen. Hin- und hergerissen war sie zwischen Verbitterung, Verdrängung und Reue für ihr Fehlverhalten. Was würde geschehen, wenn sie ihn hineinließe? Schließlich hatte sie keine Erklärung für ihr Auftreten vorhin im Restaurant. Jedenfalls keine plausible und ehrlich gesagt, sie hatte keine Lust sich zu erklären. Er war an allem selbst schuld. War es nicht er, der sich nicht öffnen wollte? Er, der sich von anderen Frauen schöne Augen machen ließ? Warum musste dieser Kerl auch so unverschämt gut aussehen? Und warum war er immer so nett zu allen? Er war viel zu nett! Das konnte man missverstehen.

Unentschlossen trat sie aus der Dusche und wickelte sich mit einem Handtuch einen Turban. Sie hatte es heute Abend definitiv übertrieben. Natürlich hatte sie ihn mit ihrer Missachtung verletzt, ihr übertrieben gespieltes Interesse an Luca, den sie eigentlich nicht ausstehen konnte, was für ein Schauspiel. Gnade ihr Gott, sie hatte ihm zugesetzt und das nicht zu knapp. Es gab Momente, in denen er ihr leidtat. Besonders dann, wenn er versucht hatte, mit ihr Blickkontakt aufzunehmen und sie ihm ein arrogantes Lächeln schenkte. Was hatte sie nur getan? Ihr kleiner Rachefeldzug würde ihr nun schwer zu stehen kommen. Aber er hatte es verdient. Jedes kleine Messer, das sie während des Abendessens symbolisch in ihn stach, hatte er sich verdient. Oh ja! Sie war immer noch wütend auf ihn und ihre Botschaft schien angekommen zu sein.

Wieder ein Schlagen an der Tür, diesmal mit der flachen Hand. Ihr wurde heiß und kalt zugleich. Es gab zwei Möglichkeiten. Entweder, sie stellte sich stumm und wartete, bis jemand die Rezeption wegen Ruhestörung anrief oder sie öffnete ihm. Wenn es nur so einfach wäre.

»Mo! Ich weiß, du bist da drinnen. Verdammt nochmal, mache endlich auf!«

Scheiß drauf, sie hatte ihm längst verziehen. Und sie wusste auch, es war nicht richtig gewesen, Arianas Geschichte mehr Glauben zu schenken als seiner. All die Zeit, die sie hatte verstreichen lassen, nur um es ihm heimzuzahlen. Wohin hatte es sie geführt? Ihr Herz fing heftig zu schlagen an, sie konnte es in ihren Ohren rauschen hören.

»So ein Mist!«, fluchte sie vor sich hin. Zögerlich verließ sie das Badezimmer.

»Okay, Monica, keine Ausweichmanöver mehr, keine blöden Ausreden«, redete sie sich ein. »Du musst dich ihm stellen, es ist schnuppe, wie schlimm es wird. Du musst dich durchbeißen!«

Nur in einem Bademantel bekleidet, öffnete sie die Tür einen Spalt weit, als sie ihr mit einem heftigen Ruck entgegen knallte. Tom platzte hinein. Er überrannte sie beinahe.

»Wäschst du dir gerade deine ganzen schmutzigen Spielchen des Tages ab?!«, brüllte er gehässig und betrachtete sie von oben bis unten. »Glaubst du im Ernst, dass ich dir dein Geflirte mit diesem Gockel abnehme?« Er war so wütend, dass er ihr überhaupt keine Gelegenheit zum Antworten gab. »Fällt dir nichts Besseres ein, um mich zu massakrieren?«

Monica war entsetzt. Mit so einer heftigen Reaktion hatte sie nicht gerechnet.

»Hast du es wirklich nötig, dich so, so BESCHEUERT und KINDISCH zu benehmen?«

»Schhh, Tom, nicht so laut«, versuchte sie, ihn zu beschwichtigen, während sie vorsichtig die Zimmertür schloss.

»Schhh mich nicht!« Er bäumte sich vor ihr auf und kam ihr bedrohlich nahe. Sein Kopf hochrot vor Zorn, tippte er ihr mit seinem Zeigefinger auf ihr Brustbein. Seine Drohgebärden schockten sie, so hatte sie ihn noch nie erlebt. Er war tatsächlich auf Luca eifersüchtig!

»Du bist betrunken. Lass es gut sein. Das ist alles nur ein blödes Missverständnis gewesen.« Unsicher ging sie einen Schritt rückwärts. Toms Gesicht verzog sich zu einer verzweifelten Grimasse. »Missverständnis? So nennst du das also?« Abrupt fasste er nach ihren beiden Oberarmen und zog sie dicht an sich heran. Monica quiekte. Zitternd stand sie auf ihren Zehenspitzen und traute sich keinen Muckser mehr zu machen.

»Sag mir einfach, du willst mich nicht mehr und gut ist!«, knurrte er sie an.

Was war nur in ihn gefahren? Was wollte er von ihr?

»Au! Du tust mir weh«, schrie sie ihn an.

Vor Schreck löste er seine Hände.

»Entschuldige. Ich habe mich nicht im Griff«, sagte er erschrocken.

»Ich, ich … «, druckste sie herum und rieb ihre Arme. »Es tut mir leid! Ich habe es mit Luca übertrieben.«

Tom schaute sie fragend an. Er hatte keinen blassen Schimmer, worauf sie hinauswollte.

»Kapierst du es denn nicht? Das war eine Show!«

Er reagierte immer noch nicht.

»Ich will dich doch«, gab sie endlich zu.

Für eine kurze Weile versuchte sein träges Gehirn, die Worte zu verarbeiten. Dann, ganz augenscheinlich wurden seine Gesichtszüge weicher und von einer Sekunde auf die nächste zog er sie temperamentvoll an sich heran.

»Monica«, hauchte er. Sinnlich schaute er sie an, umfasste ihr Gesicht und dann küsste er sie ohne ein weiteres Wort, heftig und besitzergreifend. Ungeduldig streifte er ihr den Bademantel ab und drückte ihren nackten Körper fest an sich. Mit übersprudelnder Leidenschaft schmeckten seine Lippen und Zunge ihre Haut. Monica bäumte sich vor Verlangen auf.

In ihrer beider Körper kochte es. Impulsiv hob er sie in die Luft, so dass ihre Beine seine Hüften umschlungen und legte sie sachte in das weiche Hotelbett.

25

»Meine sehr verehrten Damen und Herren, was für eine atemberaubende Location! Was für ein wunderbares Publikum! Ich fühle mich geehrt, heute vor Ihnen sprechen zu dürfen«, sagte ein leicht untersetzter Mann mit rotblonden Haaren. Auf der Bühnenleinwand hinter ihm lief ein Werbevideo von fröhlichen und zufriedenen Menschen. Sie alle schienen vor Kraft und Energie zu strotzen.

Es war wieder einmal so weit, ihre jährliche Pflicht, die sie für das Wohlwollen ihrer Familie zu verrichten hatte, brachte sie an diesen Ort. Applaus. Diane klatschte gelangweilt in ihre Hände. Sie war nicht wiederzuerkennen. Ihre sonst buntgefärbten Haare waren in ein Blauschwarz verwandelt worden, sogar von ihren vielen Piercings hatte sie sich zähneknirschend getrennt und gegen zwei schwer hängende Diamantohrringe ausgetauscht. Sie waren ein Erbstück ihrer Großmutter. Die dazu passende Kette mit ihrem schweren Klunker fühlte sich an, als hätte ihr jemand eine Eisenkugel umgelegt. Was man nicht alles tat, um der Familie zu gefallen. Sie trug ein weißes Kokonkleid von Hermès Paris für schlappe fünfzehntausend Schweizerfranken, dazu passende hohe Stiefel und eine kleine weiße lederne Clutch.

Charity-Galas oder in Dianes Worten, *reiche Leute um Geld anbetteln*, waren Veranstaltungen, die ihr gerne gestohlen bleiben konnten. Das interessierte ihre Familie wenig. Als privilegierter Mensch der Oberschicht hatte auch sie ihren Teil beizutragen. Besonders dann, wenn sie die Gnade ihrer Eltern beibehalten wollte. Sie hasste diese Art von Treffen. Die Reichen und Schönen, alle geballt an einem Ort. Die meisten stanken förmlich nach Geld, wussten mit sich und ihrem ganzen Hab und Gut nichts mehr anzufangen, sie waren übersättigt, gleichgültig und abgestumpft. Niemals wollte sie so enden.

»Wer von Ihnen träumt nicht davon, ein langes und unbeschwertes Leben zu leben? Ein Leben ohne Reue, ein Leben, ohne etwas zu verpassen. Ein Leben, das verlängert werden kann, wenn sie noch nicht genug haben. Oder wie wäre es, wenn Sie Ihr Leben noch einmal ganz von vorne starten könnten?«, fragte der Redner.

Ein Raunen ging durch den Spiegelsaal des Züricher Opernhauses. Hatte dieser Mann das tatsächlich gerade gesagt? Nun bekam John Scotland ihre volle Aufmerksamkeit.

Verwerflich betrachtete Diane die Gesichter der Zuhörer, die an den festlich gedeckten Tischen saßen. Viele von ihnen schlürften Champagner oder kostspieligen Rotwein, die Flasche so teuer wie von manch einem Normalsterblichen das Monatsgehalt. Über was sprach dieser Mann? Bot er allen Ernstes die Unsterblichkeit an? Was für ein Scharlatan! Die Leute würden hoffentlich nicht auf ihn hereinfallen? Bestürzt betrachtete sie ihre Mutter. Sie sah seit langem wieder einmal interessiert aus. Der Aufenthalt in der Betty Ford Klinik hatte ihr gutgetan. Hoffentlich würde sie dieses Mal standhaft bleiben. Wie viele Rückfälle könnte ihr Körper noch überstehen? Sie wäre psychisch labil, sagten die Ärzte. Sie war unfähig, mit Stress umzugehen und ihr Pessimismus war manchmal

nicht zum Aushalten. Leider verstärkten sich diese negativen
Symptome im Alter mehr und mehr und Diane wusste, dass ihre
Mutter nie wieder die Alte werden würde. Wenn sie bloß aufhören könnte, die vielen Tabletten zu schlucken. Für jedes Wehwehchen hatte sie ein Mittel. Und dann kam noch die Flucht vorm Älterwerden dazu, ein weiterer Nebeneffekt des Berühmtseins.
Helène Dubois war eine begnadete Künstlerin, leider war sie seit
einigen Jahren unfähig, ihr Handwerk auszuüben. Zu viele Nächte
ohne Schlaf, zu viele Partys und zu viel Scheinwerferlicht hatten
sie altern lassen. Zum Glück nur von innen, denn äußerlich sah
man es ihr nicht an, dafür sorgten ihre Chirurgen. Zweifellos, die
letzte Schönheits-OP war hervorragend gelungen, aber es war
nicht gut für sie, nicht gut für ihre Seele. Sie sollte damit schlussmachen. Wollte sie allen Ernstes demnächst jünger als ihre eigene
Tochter aussehen? Es war eine Sucht. Die Sucht auf der Suche
nach der ewigen Jugend, die Sucht nach Bestätigung und Aufmerksamkeit in der Gesellschaft.

Es erschien ein Hologramm-Bild einer glücklich aussehenden
androgynen Person. Sie lächelte alle an und lief auf John Scotland
zu. Dann legte sie freundschaftlich ihren Arm um seine Hüften
und sprach in einer verführerischen, angenehmen Stimme.

»Bleiben Sie leistungsfähig, gesund und vital«, sagte sie in
das Publikum. »Mit uns sehen Sie einer blühenden Zukunft entgegen!«

Die Leute klatschten kurz Beifall und als der Redner erneut
das Wort ergriff, hätte man eine Stecknadel fallen hören können.

»Mit unserer Erfindung wird die rekonstruktive Chirurgie,
wenn Sie so wollen, bedeutungslos werden. Vergessen Sie Ihre
Ängste vor dem Älterwerden, gewinnen Sie Ihre jugendliche
Stärke zurück! Wir schenken Ihnen, wenn Sie wollen, einen

jüngeren, besseren und gesünderen Körper«, sagte der Mann in einer aufbrausenden Stimme.

Zu was für einer Veranstaltung hatten sie ihre Eltern mitgenommen? Diane bekam es mit der Angst zu tun, sie blickte an sich hinunter. Sie war ihrer Mutter auf einer gewissen Weise gar nicht so unähnlich. Auch sie stellte ihr Äußeres gerne zur Schau. Gewiss, sie verfolgte andere Ziele als Helène, denn sie wollte nicht auffallen, um zu gefallen. Sie wollte rebellieren. Sie wollte anders sein als das langweilige Volk, mit dem sie sich tagtäglich umgab. Aber im Grunde genommen war sie genauso süchtig nach Aufmerksamkeit wie ihre Mutter.

Eine junge Frau mit langen Beinen und einem verführerischen Dekolletee lief an ihr vorbei. Diane konnte es sofort erkennen, diese Frau gehörte genauso wenig wie sie in diesen Saal. Im Gegensatz zu ihr war sie sich selbst treu geblieben und trug ihre Art der Rebellion vor allen zur Schau. Ihre Haut war in einem zarten Grün eingefärbt. Eine neuartige Modeerscheinung, bei der man sich eine Substanz spritzen ließ. Die Farbpigmente der Haut wurden somit manipuliert. Sie war eine echte Rarität. Nicht jeder war so mutig und traute sich mit einer blau, grün oder manchmal sogar pink gefärbten Haut auf die Straße. Außerdem war diese Behandlung noch nicht komplett erforscht. Nach einigen Monaten verblasste zwar die Farbe und man verwandelte sich wieder in sein altes Ich zurück, aber was die Substanzen langzeitig mit dem Organismus anrichteten, darüber gab es keinerlei Erfahrungswerte.

Fasziniert stand sie auf und folgte der Frau zur Damentoilette.

»Du siehst umwerfend aus«, sagte Diane ohne Umschweife.

»Das nennt man Sur-facing«, antwortete die Schönheit und lächelte sie breit an, während sie sich über das Waschbecken Richtung Spiegel beugte, um sich ihre Lippen nachzuschminken.

»Ich weiß, ist gerade der letzte Shit«, erwiderte Diane und schaute der gutaussehenden Frau schamlos über den Spiegel in den Ausschnitt. Ihre runden Brüste waren so prall wie zwei Pampelmusen. Sie war eine echte Augenweide, alles an ihr war so wunderbar rund und üppig. Diane konnte sich nicht an ihr sattsehen.

»Was hat dich hierher verschlagen? Familiäre Verpflichtung oder persönliches Interesse?«, fragte sie und lächelte Diane süßlich an.

Diane war entzückt von ihrer leicht kratzigen, heiseren Stimme.

»Ich würde mal behaupten, das Erste«, antwortete sie, während sie sich lässig am Waschbeckenrand anlehnte.

»Ich bin Lala.« Freundlich kam ihr eine Hand entgegen.

»Lala? Ist das dein Spitzname?«

»Ja, eigentlich heiße ich Wladyslawa.« Sie grinste verschmitzt. »Ich weiß, das klingt furchtbar! Nicht wahr?«

»Klingt irgendwie slawisch.«

»Ist von Wladza abgeleitet und bedeutet Herrschaft, Macht und Ruhm. Aber auch Gewalt. Ist das nicht ein wunderbarer Name für eine Frau meiner Herkunft?«

»Diane Dubois«, sagte Diane schmunzelnd.

»Dubois? Bist du eine von *den* Dubois?«

»Jawohl, in Fleisch und Blut. Du siehst, wir sind beide was gaaanz Besonderes«, lästerte Diane.

Sie kicherten beide.

»Krasse Rede von dem kleinen Schotten auf der Bühne. Ich bin gespannt, wer dazu bereit sein wird, Geld zu spenden«, sagte Diane.

»Na, unsere Eltern natürlich! Was denkst du denn? Schau sie dir an, all die glattgezogenen und nimmersatten Gestalten, die da draußen herumsitzen!«

Wie recht sie hatte. Diane starrte nachdenklich zu Boden.

»Ich muss gestehen, ich fühle mich zwiegespalten zu diesem Thema.«

»Wie soll ich das verstehen?«, fragte Lala.

»Meine Mutter hat bei einem Unfall ihren rechten Fuß verloren.«

Es wurde still im Waschraum.

»Das tut mir leid,« antwortete Lala.

»Du brauchst dich nicht zu entschuldigen. Sie trägt eine Prothese. Aber na ja, wie soll ich es sagen? Sie leidet natürlich darunter. Sie lässt ständig an sich herum schnippeln, als könnte sie damit etwas verbessern. Ich weiß, sie hasst ihren verstümmelten Körper und manchmal machen wir uns Sorgen, dass sie womöglich so nicht weiterleben möchte.«

Diane merkte, wie ihre Stimme zu zittern begann. Jetzt, wo sie darüber sprach, wurde ihr wieder einmal bewusst, wie sehr sie das Schicksal ihrer Mutter belastete.

»Meine Mutter war einmal eine wunderschöne Frau.«

»Ich weiß«, erwiderte Lala. »Sie ist ein Filmstar. Ich liebe ihre Filme!«

»Stell dir vor, sie bekäme die eben genannten Möglichkeiten zur Verfügung gestellt.«

»Und dann?«, erwiderte Lala skeptisch.

»Ich weiß auch nicht. Es ist schwer zu verstehen. Sie hat immerhin das Glück, in einer reichen Familie zu leben. Ihre Prothese sitzt perfekt. Man sieht keinen Unterschied zu einem echten Fuß, aber es ist in ihrem Kopf, ständig und die ganze Zeit. Und von den Narben, die sie auf ihrer Seele trägt, fangen wir gar nicht erst zu sprechen an.«

Dianes Brustkorb hob sich und senkte sich wieder und während sie ein- und ausatmete, begannen ihre Gedanken zu kreisen. So offen hatte sie, außer mit Monica, noch mit niemandem über ihre Mutter gesprochen. War sie zu weit gegangen? Was, wenn diese Lala nun mit den Informationen hausieren ginge? Lala fasste gerührt nach ihrer Hand. Diane wusste nicht, warum, aber sie ließ sie gewähren.

»Sorry. Du kennst mich gar nicht und ich quatsche dich mit meinen Familienproblemen voll«, entschuldigte sie sich.

»Das ist in Ordnung. Mache dir keinen Kopf, bei mir sind deine Worte gut aufgehoben.«

Ohne Vorwarnung zog diese gutriechende Person Diane an sich heran und nahm sie fest in ihre Arme. Sie war so weich und warm, sie strahlte so viel Herzlichkeit aus und so ließ sie es geschehen. Es war ein komisches Gefühl, bei einer wildfremden Frau in den Armen zu liegen, aber Lalas große Gestalt hatte etwas Tröstendes, etwas Beschützendes an sich. Diane merkte, wie sich ihre Nerven beruhigten und als sie sich wieder voneinander lösten, ging es ihr tatsächlich ein wenig besser.

»Das ist wirklich furchtbar mit deiner Mutter«, erwiderte Lala nach einer halben Ewigkeit. »Aber ich bin mir nicht sicher, ob wir Menschen fähig sein sollten, alles zu fixen. Wir sind keine Götter!«

26

»Hast du etwas zu trinken? Ich verdurste«, sagte sie.

Er ging zum Kühlschrank und reichte ihr ein Getränk. Monica blieb zurückhaltend mit einer Hand in der Hosentasche am Eingang der Küche stehen.

»Fühl dich wie zu Hause«, sagte er. »Mi casa es tu casa.«

Sie lächelte verlegen und trat einen Schritt in Richtung Küchenzeile. Durstig setzte sie die Flasche an ihre Lippen.

Ohne ein Wort ging sie auf ihn zu und strich ihm verliebt über seine Wange. Er legte seine Arme um sie und begann, sie zu liebkosen. Sachte berührten seine Lippen ihre Stirn, dann drückte er verträumt seine Nase auf ihren Scheitel und atmete tief den blumigen Duft ihres Shampoos ein.

»Also, das ist mein Salon«, begann er seine Wohnungsführung.

»Aha.« Monica löste sich von ihm und lief auf eine breite Kommode zu. »So nennst du dein Wohnzimmer also.«

Die Lade war voll mit elektronischen Fotorahmen zugestellt.

»Darf ich vorstellen? Marta und Harald, meine Eltern«, sagte er und zeigte auf den größten aller Rahmen.

»Und lass mich raten: Das hier sind alles deine Ex-Freundinnen?«, scherzte sie.

»I wo!«, erwiderte er lachend. »Das sind meine Cousinen. Ich habe einen ganzen Stall voll damit. Alles nur Mädels in meiner Familie, ich bin der einzige Junge.«

»So, so …«

»Du glaubst mir also nicht? Schau mal«, sagte er und nahm eines der Bilder in die Hand. »Das sind Elli und Antje und sie haben ganz eindeutig die Verhoevener Nase. Das sieht man ganz deutlich. Hier, schau!«

Monica nahm vergnügt das Bild aus seiner Hand.

»Ich glaube es dir. Lass gut sein.« Sachte gab sie es ihm zurück. Ihr Blick wanderte weiter bis zu seiner Couch. Es sah gemütlich aus bei ihm, sein Einrichtungsgeschmack war vorzüglich.

»Gefällt sie dir? Sie ist aus einhundert Prozent recycelten Materialien hergestellt worden.«

»Ist sie bequem?«

»Wenn du wüsstest! Man kann auf ihr so einiges anstellen«, erwiderte er liebestoll und versuchte, sie zu umarmen.

Monica wich ihm aus. Es war viel Zeit vergangen, nachdem sie sich im Streit getrennt hatten. Und dann die wilde Nacht im Hotelzimmer. Sie hatten sich beinahe aufgefressen vor Leidenschaft. So viele Gedanken waren ihr seitdem durch den Kopf gegangen. Und auch wenn alles nach einer zweiten Chance roch, konnte sie ihr Misstrauen gegenüber ihm nicht komplett ablegen. Arianas Geschichte war nach wie vor präsent. Es war ihr unangenehm, sie sollte es ablegen und ihm endlich vertrauen.

Unbewusst durchforstete sie seine Wohnung. Ständig auf der Suche nach einem Indiz für ein Kind, von dem sie nicht einmal wusste, ob es existierte. Wenigstens einen kleinen Anhaltspunkt. Ein Foto, ein Spielzeug … nichts.

Dann, ganz unverhofft, entdeckte sie etwas Untypisches auf seinem Sofa. Es passte so gar nicht zu seinem Stil.

»Lass mich raten, von dem rosa Teddybären bekommst du deine Kuscheleinheiten?« Sie zeigte auf einen wuscheligen Plüschbären, der mitten auf dem Sofa saß.

»Du kannst gerne seinen Platz einnehmen«, entgegnete er und zog sie weiter Richtung Schlafzimmer.

»In diesem Zimmer«, sagte er verheißungsvoll, »werden alle deine Wünsche erfüllt!«

»Alle? Bist du dir sicher?«, neckte sie ihn.

»Absolut sicher.«

»Du bist ganz schön von dir überzeugt.«

»Willst du dich etwa beschweren?«

Sie grinste wissend, man konnte so einiges von Tom behaupten, aber sicherlich nicht, dass er ein schlechter Liebhaber war. Gelassen kam er ihr näher, schlang seine Arme um sie und lief mit ihr Schritt für Schritt rückwärts Richtung Bett. Mit einer unglaublichen Zärtlichkeit liebkoste er ihren Hals. Er war ein Verführer, einer, der sein Handwerk beherrschte. Nie mehr sollte er aufhören, sie durch seinen Zauber in den Bann zu ziehen.

»Wo ist deine Toilette?«, fragte sie und ärgerte sich für die Unterbrechung. »Ich muss mal für kleine Prinzessinnen.«

»Den Gang hinunter und dann links. Mach nicht zu lange. Ich warte auf dich«, sagte er und schaute ihr vernarrt hinterher.

Als sie ihre Hände an dem Handtuch trocknete, hörte sie einen dumpfen Schlag im Zimmer nebenan. Es klirrte und dann war es auf einmal still. Aufgeschreckt lief sie aus dem Gäste-WC.

Die Tür war leicht angelehnt, langsam drückte sie sie auf und starrte ins Schlafzimmer hinein. Wo war er? Unruhig trat sie in den Raum, als sie vor Schreck seine Füße hinter dem Bett entdeckte! Angsterfüllt rannte sie zu ihm hin. Der ihr dargebotene

Anblick versetzte sie in einen Schockzustand. Tom lag auf dem Schlafzimmerboden und zuckte. Seine Gliedmaßen waren verkrampft, sein Blick der Welt entrückt. Sie konnte nicht klar denken, konnte das Gesehene nicht verarbeiten. Sie hatte keine Ahnung, was vor ihr geschah. Dann, als stieße sie jemand an, kam aus dem Nichts eine Eingebung. Es könnte ein epileptischer Anfall sein. Verunsichert kniete sie sich auf den Boden, beobachtete seinen zuckenden Körper und wusste sich nicht zu helfen. Irgendwo hatte sie einmal gelesen, dass man den Menschen nicht festhalten sollte. Hastig schob sie alles, was ihn verletzen könnte, beiseite und versuchte, seinen Kopf zu schützen.

Es schien vorbei zu sein. Sie griff nach seiner Hand.

»Tom?« Besorgt blickte sie ihn an. »Tom, kannst du mich hören?«

Seine Worte waren unverständlich, er war bemüht, sich aufzurichten.

»Was ist geschehen? Warum liege ich auf dem Boden?«, fragte er mit einer verwirrten, leisen Stimme.

»Langsam.« Sie hielt seine Schultern fest und hinderte ihn daran aufzustehen.

Tom stöhnte, rieb seine Stirn und lehnte sich an den Schlafzimmerschrank hinter sich.

»Lass mich.« Unsanft stieß er sie von sich weg.

»Bin ich gestürzt?«

Monica schaute ihn mitfühlend an.

»Ich weiß nicht so genau. Aber ich denke, du hattest einen Anfall.«

»Einen was?«, fragte er ungläubig. »Das kann nicht sein.«

»Du kannst dich nicht erinnern, du hast das Bewusstsein verloren.«

»Was für ein Nonsens! Warum sollte ich ohnmächtig werden? Ich bin nicht aus Zuckerwatte.«

Angestrengt stellte er sich auf die Beine und taumelte zur Küche. Man merkte, die Situation war ihm unangenehm.

»Du solltest vielleicht besser einen Arzt konsultieren«, meinte sie fürsorglich.

»Es ist alles gut. Du machst dir viel zu viele Sorgen«, versuchte er, sie zu beruhigen. Monica reagierte nicht, wie er es sich wünschte.

»Fühlst du dich krank?«, fragte sie. »War das dein erster Anfall?«

»Ich fühle mich okay.« Er setzte sich an seinen Küchentisch und trank ein Glas Wasser. »Es ist wahrscheinlich besser, wenn du jetzt gehst«, sagte er grob.

»Ich soll was?«

»Geh nach Hause, ich brauche ein wenig Zeit für mich.«

»Du hattest gerade einen epileptischen Anfall. Ich lasse dich jetzt bestimmt nicht allein in deiner Wohnung zurück!«

»Bist du meine Ärztin oder was soll das?« Sein Blick war abwehrend.

»Also bist du in Behandlung?«, schlussfolgerte sie.

»Das habe ich nicht gesagt.«

»Was ist hier eigentlich los? Gibt es etwas, was ich wissen sollte?«

Er schwieg.

»Du solltest jetzt besser mit mir reden, falls du etwas zu sagen hast«, sagte Monica scharf. »Oder vertraust du mir immer noch nicht?«

Er schnaufte und hielt schützend seine Handballen vor das Gesicht.

»Was für eine bescheuerte Frage!« Er wurde laut. »Du bist der wichtigste Mensch in meinem Leben.«

»Dann rede mit mir. Was ist los mit dir?«

»Ich kann nicht.«

»Wieso kannst du nicht? Bitte, ich möchte es verstehen. Bitte rede mit mir«, flehte sie ihn an.

»Wenn ich mit dir darüber rede, mache ich mich strafbar.«

Monica verstand kein Wort.

»Ich kann dir nur so viel sagen: Ich habe keine unheilbare Krankheit. Und ich bin weder verrückt noch schizophren. Beim Letzteren bin ich mir manchmal nicht so sicher.«

»Okay«, sagte sie nachdenklich. Gespannt, was jetzt folgen würde, setzte sie sich ihm gegenüber auf den Stuhl. Ihre Glieder fühlten sich schwer wie Blei an. Alles in ihr rumorte. Wollte sie wirklich wissen, was er ihr zu erzählen hatte? Sie hatte keine Ahnung, was als Nächstes käme. Wie viele böse Überraschungen konnte eine Beziehung überstehen?

»Hat das irgendetwas mit deinen zwei Wochen Urlaub im Februar zu tun?«, mutmaßte sie.

Er zuckte mit den Achseln.

»Du hast mir bis heute nicht erzählt, wo du warst. Skiferien werden es wohl nicht gewesen sein.«

»Nein, es waren keine Ferien«, gab er zu.

»Du hattest dir die Haare scheren lassen und als du zurückkamst, war deine Narbe im Gesicht verschwunden.«

Es schüttelte ihn innerlich, dann fasste er sich an die Wange, da, wo einmal die Narbe war.

»Warum hast du sie wegmachen lassen? Erinnerte sie dich an etwas?«

»Ich weiß es nicht.« Er ließ den Kopf hängen. »Es gibt so vieles, an was ich mich nicht mehr erinnere, seit …«

»Was ist mit dir geschehen? Wo warst du diese zwei Wochen?«, fragte Monica beunruhigt. »Bitte, ich möchte dir helfen. Lass mich an deinem Leben teilhaben.«

»Ich weiß das sehr zu schätzen, aber glaube mir, du kannst mir nicht helfen.« Er verschränkte die Arme vor seiner Brust. »Ich habe es verbockt. Ich hätte da nie hingedurft. Es war ein Fehler, den ich bis zum Ende meines Lebens bereuen werde.«

»Was hast du getan? Hat das mit deiner Frau zu tun?«

Tom schaute sie fragend an.

»Was denn für eine Frau? Warum fängst du schon wieder mit diesem Schwachsinn an? Ich habe oder hatte keine Frau. Ich habe einzig und allein bei einem Versuch mitgemacht. Sonst nichts.«

Jetzt war es heraus.

»Einem Versuch? Was für ein Versuch?«

»Ich sagte doch, ich darf darüber mit niemandem sprechen.«

»Aber so geht das nicht! Du kannst nicht vor mir einen Anfall bekommen und dann meinen, ich schaue darüber hinweg. Ich habe eine Antwort verdient!«

Er stand auf und lief unruhig durch die Küche. Bis zur Türschwelle, ein Stückchen in den dunklen Flur hinein und dann wieder zurück zu ihr.

»Ich sagte bereits, du brauchst dir keine Sorgen zu machen. Sie haben mich dort nicht gequält. Es war ein einfacher Versuch, den man Frischzellenkur nennt.« Er schnaufte. »Glaub mir, ich war aus freien Stücken da.«

Monica begann zu grübeln.

»Du hattest mich zu dir nach Hause eingeladen«, fing sie ihren Satz an. »Weißt du noch? Am letzten Abend, bevor du in den Urlaub – oder wo auch immer – gehen wolltest. Du hattest mir getextet, du wolltest unbedingt mit mir über etwas reden.«

Sie begann, in ihrem Telefon zu suchen. In der Hoffnung, die alte Nachricht wiederzufinden. »Du wolltest nicht mit mir am Telefon darüber sprechen, nur unter vier Augen.«

Sie wussten beide, es kam nie zu diesem Gespräch. Denn an diesem Abend wütete ein fürchterlicher Schneesturm über Zürich. Die Tram kam nicht, die Straßen waren vereist und wie ausgestorben gewesen.

»Was wolltest du mir erzählen? Erinnerst du dich? Du hast nie auf meine Textnachricht geantwortet.«

Endlich, sie fand sie.

»Hier, schau.« Sie hielt ihm das Display vor die Nase. »Ich hatte mich entschuldigt, weil ich nicht vorbeikommen konnte.«

»Ich habe keine Ahnung«, erwiderte er matt.

»Erinnerst du dich denn nicht mehr? Ich sagte, dass ich verhindert sei.« Monica schaute ihn sorgenvoll an. Er schüttelte den Kopf. Warum konnte er sich nicht erinnern?

Er murmelte vor sich hin. »Ein Türklingeln, ich erinnere mich an ein Türklingeln.« Seine Stimme klang verwirrt.

»Was haben sie mit dir gemacht? Und warum waren deine Haare ab?«

Tom fasste aufgewühlt zum Kopf.

»Sag mir wenigstens die Dinge, die du noch weißt.« Sie stand auf und legte besorgt ihre Handflächen auf seine Brust.

Er zögerte. »Hör zu, ich vertraue dir. Also bitte, was ich dir jetzt erzähle, behalte es für dich!«

Vorsichtig formulierte er seine Rede. Es würde verrückt klingen, lächerlich.

27

Thomas Verhoeven

Den Rückreiseverkehr hatten wir hinter uns gelassen. Trotz Autopiloten kam mir die Fahrt anstrengend vor. Der Stau durch Mailand hatte uns zwei Extrastunden gekostet. Währenddessen sahen wir uns Filme an. Einen Animationsfilm für Marie und nachdem sie eingeschlafen war, einen Filmklassiker für uns beide. Eine schöne Gemeinsamkeit zwischen mir und Silvi. Wir mochten beide Filme aus den Anfängen des einundzwanzigsten Jahrhunderts. Diese Filme waren technisch noch nicht so weit entwickelt wie die jetzigen Filme, aber immerhin wusste man, dass vor der Kamera noch echte Schauspieler aus Fleisch und Blut standen. Da war man sich heutzutage nicht immer so sicher. Außer es war zu deutlich, weil man meinte, für lang tot erklärte Stars als Avatar auf die Bühne zurückzuholen. Ich sollte es nicht verteufeln. Aber sind wir einmal ehrlich, sollten wir es nicht einfach akzeptieren, dass unsere Leben endlich waren? Und es gab Milliarden von Menschen, die bereits gestorben waren und niemand machte sich die Mühe, sie noch einmal ins Leben zurückzuholen. War das fair?

Ein lautes Geräusch von außen versetzte mich in Schrecken. Ein Schnellzug rauschte an uns vorbei. Silvia atmete einmal laut auf, sie schlief tief und fest. Sie hatte diese süße Stupsnase und ich bemerkte, dass ihre Augen unter ihren geschlossenen Lidern stark zuckten. Was sie wohl träumte? Ich seufzte. Warum konnte ich nicht endlich einschlafen?

Es war bereits kurz vor zwei Uhr nachts und wenn die Fahrt weiter so gut voranging, wären wir in maximal einer Stunde zu Hause. Aus den üblichen sieben Stunden Fahrt wären dann neun geworden, mit dem Zwischenstopp fürs Abendessen sogar zehn. Es fuchste mich ein wenig, dass ich mich von Silvia hatte überreden lassen, den Nachmittag vor der Heimfahrt noch am Strand zu verbringen. Wir könnten schon längst daheim sein. Sie hatte immer diese spontanen Ideen. Okay, meistens war es viel spaßiger als meine konservative Art und Weise, Dinge anzugehen. Wäre es nur nicht stets mit Umwegen verbunden. Wir mussten eine Extratasche mit Handtüchern und Wechselkleidung packen, damit wir auf gar keinen Fall den Koffer noch einmal am Strand würden öffnen müssen. Und zum Glück hatten wir unser eigenes Sonnenzelt dabei (das ich dann wieder aufbauen durfte!). Dieses Scheißding. »Und wo waren noch einmal der Eimer und die Schaufel für Marie? Die Sonnencreme, Schatz, wohin haben wir die Sonnencreme gepackt? Ist sie im Koffer???«

Ja, der Strand war schön. Silvia hatte wieder einmal recht gehabt. Es gab einen Melonenverkäufer und Marie konnte noch einmal ihre Füßchen im Meer baden. Sie quiekte wie ein Schweinchen, als wir sie an die Hand nahmen. Silvi rechts und ich links und dann haben wir sie in die Luft gezogen und hinunter in das seichte Wasser gleiten lassen. Schön war es. Wirklich schön. Meine zwei Frauen. Könnte es etwas Besseres geben, als sie glücklich zu machen?

Das Display des Bordcomputers zeigte eine Nachricht für mich an.

FEHLERMELDUNG SERVERRAUM III, las ich.

Geschwind wählte ich mich in das Firmennetzwerk ein und prüfte den Rest der Meldung. Es war nichts Seriöses und wäre schnell zu beheben.

»Des isch meins!« Marie sprach schon wieder im Traum. Ich drehte mich zu ihr um und deckte sie vorsichtig mit ihrer heruntergerutschten Kuscheldecke zu.

ERINNERUNG:

MAKLER KONTAKTIEREN

Die nächste Meldung erschien auf dem Display. Mein Armband am Handgelenk schien dem Bordcomputer mitzuteilen, dass ich aktiv war. Warum also nicht die selbstgesetzten Erinnerungen abarbeiten? Danke schön, liebe Technik.

Makler kontaktieren … Das hatte ich ganz vergessen. Oder eher verdrängt. Ich hatte keinen Bock auf Häuser ansehen, weil ich keins kaufen wollte. Silvia und ihre Familie bearbeiteten mich schon seit Monaten. Was für ein Aberwitz! Wir würden uns für den Rest unseres Lebens verschulden und Marie gleich mit dazu. Wir hatten eine wunderschöne Wohnung. Und warum könnten sich die Kinder nicht ein Zimmer teilen? Marie schlief sowieso die Hälfte der Nacht bei uns.

Was, wenn es ein Junge sein würde? War Silvias Argumentation. All diese Fragen.

Die Nacht war finster. Einige Sterne schimmerten durch das Panoramadach.

David sagte, er und Laura würden uns großzügig Kapital dazu steuern, wir bräuchten uns keine Sorgen zu machen. Das gefiel mir nicht. Ich wollte von niemandem abhängig sein. Auch nicht von meinen Schwiegereltern. Niemals wollte ich mich an ein Haus binden. Ich wollte abends die Tür hinter mir schließen, ohne mir Gedanken zu machen, ob ich die Zinsen und Zinseszinsen am

Ende des Monats würde noch begleichen können. Ich wollte meinen Frieden. Silvia würde nicht klein beigeben. So viel stand fest.

Mein Puls stieg an.

VERBESSERN DER ATMUNG, schlug mir mein Armband vor. Das Ding hatte gut reden. Aufgebracht tippte ich mit meinem Zeigefinger auf das Display und versuchte, die Meldung zu deaktivieren, als ich ein grelles Licht auf unser Auto zukommen sah …

Es war ein großes Fahrzeug. Ein Lastwagen. Die Lichtstrahlen waren so intensiv, ich konnte nichts sehen. Warum machte das Arschloch das Fernlicht nicht aus? Ich zog meinen Arm vors Gesicht, versuchte, mich zu schützen. Dann ein lauter Knall. Ein hässliches Geräusch, als zerquetschte jemand Metall. Glassplitter kamen mir entgegen. Marie! Während sich mein Blick nach hinten bewegte, schossen Silvias Haare von der Wucht des Aufpralls in die Höhe, ihr Kopf und ihre Arme bewegten sich für mich wie in Zeitlupe in einem luftleeren Raum. Ihre Augen. Ihre wunderschönen blauen Augen.

28

Anfang Februar 2100

In den vergangenen Wochen hatten die Forschungsarbeiten bei EPIC bedeutende Fortschritte gemacht. Von den zehn geplanten Versuchspersonen waren bereits acht in Behandlung gewesen.

Mit ihrer brühend heißen Teetasse in der Hand betrachtete Christine die weiße Landschaft, die sich vor ihrem Bürofenster darbot. Der Winter war dieses Jahr kalt und der ständige Schneefall gestaltete die Auffahrt zu der Klinik immer schwieriger. Die meterhohen Schneeberge, die die Schneefräse bereits an den Straßenrand geschüttet hatte, beengten die Allee so sehr, dass man nur noch einspurig auf das Gelände fahren konnte.

Der Tee dampfte. Vorsichtig nahm sie einen Schluck aus der Tasse und setzte sich an ihren Schreibtisch. Am Ende war alles noch einmal gut gegangen. Es war dem Geschick der Pressesprecherin und einer großzügigen Abfindung für den ehemaligen Pfleger zu verdanken, dass dieses Projekt ohne weitere Störungen durchgeführt werden konnte.

Was hatte das gemeine Volk schon für eine Ahnung, welchen Fortschritt und vehemente Veränderungen ihre Entwicklung mit sich brachten? Alles, was diese Leute konnten, war, ihre Arbeit zu verteufeln, anstatt wenigstens einmal nach vorne zu blicken und die vielen Vorteile, die sie für die Menschheit mit sich bringen würde, zu sehen.

Die Pressesprecherin, die von John Scotland vorgeschickt wurde, konnte man nur bedauern. Sie war auf das Übelste beschimpft und mit unschönen und aus der Luft gegriffenen Behauptungen bombardiert worden. Inmitten des wütenden Mobs hatte sie, professionell wie sie war, klargestellt, dass EPIC keine Embryonen zum Klonen verwendete. Auf die Frage, was genau in der Klinik vor sich ging, gab sie keine Antwort. Geübt lenkte sie von dem Thema ab und hinterließ die Botschaft, dass die Demonstranten einer Falschinformation gefolgt wären. Natürlich war das nur die halbe Wahrheit, aber wer von diesen primitiven Aufständischen würde die Details schon verstehen? Als genüge es nicht, dass sie ständig die Ethikkommission am Hals hatten. Jetzt wurden sie mit schwachsinnigen Vorwürfen konfrontiert, wie zum Beispiel, dass Gehirn-Organoide womöglich ein Bewusstsein entwickeln könnten! Zu viel Nonsens wurde in den Medien verbreitet. Wann käme die Zeit der Akzeptanz für die Biomedizin? Ihre Gegner waren immer noch übermächtig. Ständig wurde gewettert, aber wehe, es ging um ihre eigene Haut. Dann kam sich jeder am nächsten. Sobald man in der eigenen Familie oder im engsten Freundeskreis miterlebte, wie jemand an einer schlimmen Krankheit langsam krepierte, dann wurde auf einmal alles anders. Dann war es nicht mehr wichtig, mit welchen Mitteln man um das Überleben kämpfte.

Manchmal entstanden aus einer Misere auch positive Dinge, denn aus all dem Trouble heraus kam der Geschäftsleitung urplötzlich eine geniale Idee. Warum sollten sie nicht den Verursacher allen Übels, den Ex-Mitarbeiter, für ihre Zwecke nutzen? Gegen eine Extra-Bonusauszahlung schoben sie ihn vor die Kameras.

Und wie gefordert gab er ein offizielles Statement ab. Er besaß ein ausgezeichnetes schauspielerisches Talent, soviel konnte man sagen. Boris Stefanowitz entschuldigte sich für sein Fehlverhalten, nahm alle Behauptungen zurück, steckte eine mächtige Summe Geld ein und bekam seine fünfzehn Minuten Ruhm. Was wollte er mehr? Christine konnte ihm ansehen, dass es ihm nie darum gegangen war, die Menschheit vor ihrer Erfindung zu beschützen. Es interessierte ihn nicht im Geringsten, ob man die Einzigartigkeit eines Individuums bewahren sollte oder nicht. Wie gesagt, am Ende waren alle Beteiligten zufrieden und schließlich kehrte wieder Ruhe ein.

Mittlerweile war das Klinikteam komplett auf die täglichen Routinen eingespielt. Jeder war so versiert in seinen Aufgaben, dass sie die Patienten und Patientinnen mit einer natürlichen Geschicklichkeit durch den gesamten Prozess führten. Vom Tag der Aufnahme bis zur Entlassung vergingen vierzehn Tage. Christine war jedes Mal wie berauscht, wenn sie Zeugin davon wurde, wie die Lebensgeister der Frauen und Männer erwachten. Wenn der erste Herzton erklang, wenn die neuen Menschen ihren ersten Atemzug nahmen, zum ersten Mal zu ihr aufsahen und ihre ersten Worte sprachen. Ja, dann fühlte sie sich wunderbar, schon fast gottesgleich! Denn das alles hatten sie und Keith McGregor erschaffen. Ihre Vision war Wirklichkeit geworden. Sie waren zwei Pioniere, die bereit waren, alles zu riskieren und sich ihrer Arbeit total hinzugeben. Wenn sie es fertigbrächten, ihre Erfindung der Öffentlichkeit zugänglich zu machen, gäbe es bald kaum noch Ängste vor Krankheiten. Durch schlechten Lebenswandel oder Umwelteinflüsse geschädigte Menschen könnten sich von ihnen behandeln lassen. Alles Ungewollte, Krankhafte könnte man einfach wegradieren und ersetzen. Die Menschen wären gesünder, würden vor Energie strotzen und wären zufriedener und glücklicher. Zugegebenermaßen, nicht alle. Natürlich musste man einen gewissen Status mit sich bringen und viel Geld, aber Christine konnte daran nichts Verwerfliches erkennen. War es nicht die Elite der Menschheit, die die Welt nach vorne brachte?

Vital und fit zu bleiben, war noch lange nicht alles. Womöglich könnten sie bald noch einen Schritt weitergehen und Patienten anbieten, sich ein Alter ihres eigenen Ichs auszuwählen. Man könnte sich entscheiden, noch einmal Kind zu sein. Oder wie wäre es, noch einmal zwanzig zu sein, mit der Lebenserfahrung einer Vierzigjährigen?

Alles zu seiner Zeit. Bis jetzt waren sie nur in der Lage, den Körper der Patienten 1:1 zu reproduzieren, doch die Zukunft hätte noch so viel mehr zu bieten.

Das Klonen der Bevölkerung schmackhaft zu machen, würde eine Menge Arbeit mit sich bringen, denn die Euphorie des Klonens wurde im letzten Jahrhundert ausgebremst. Man konnte heutzutage maßgeschneiderte Organe für Patienten entwickeln und transplantieren, dazu brauchte man nur noch die Zellen des Patienten und ab gings in die Produktion damit. Dieses Verfahren war in seiner Anfangszeit auf viel Gegenwind gestoßen und nun krähte kein Hahn mehr danach. Alle schätzten es, dass man bei der Ausweisverlängerung dieser lästigen Frage aus dem Wege gehen konnte, ob man zum Organspenden bereit wäre. Denn es war schlicht und einfach nicht mehr nötig.

Niemand hatte mehr Angst vor AIDS, Parkinson oder Bauchspeicheldrüsenkrebs. Die Heilung dieser fürchterlichen Krankheiten wurde als selbstverständlich gesehen. Und irgendwann wäre es das Klonen von Lebewesen.

Für den Klonprinter brauchte man keine Embryonen mehr. Es waren nur noch ein paar Zellentnahmen des Patienten nötig, sowie die Entschlüsselung der DNA. Vielleicht könnte das ein Argument sein, das Klonen in ein besseres Licht zu rücken?

Nachdem ein neuer Mensch entstanden war, war die Aufgabe nicht erledigt, denn was Christine immer noch Kopfzerbrechen bereitete, war die geistige und emotionale Stabilität ihrer Patienten. Ihre Technik, den Inhalt des originalen Gehirns auf das neue Gehirn zu übertragen, klang zwar phänomenal, war aber noch lange nicht ausgereift. Es war noch nicht erforscht, wie ein Mensch darauf reagierte, wenn er bei seinem vollen Bewusstsein in einem anderen Körper erwachte. Was würde dieser Eingriff mit der Psyche des Menschen anstellen? Personen, die gefühlt in genau demselben Körper erwachten, aber mit dem Wissen, dass sie geklont worden waren, würden verschieden darauf antworten. Wie könnten sie auf Dauer damit leben? Konnte man einen Menschen darauf vorbereiten? Konnte man ihm ein starkes Selbstbewusstsein, Selbstbeherrschung und innerliches Gleichgewicht antrainieren? Welche Feinheiten, die sie bis jetzt noch nicht erkennen konnten, wären von essenzieller Notwendigkeit?

Um genau diesen Reaktionen auf den Grund zu gehen, hatten sie sich entschieden, ihre Forschungsarbeit in zwei Studienbereiche aufzuteilen. Acht von zehn Probanden würden nicht über ihren geklonten Körper aufgeklärt werden. Man würde sie beobachten, sie studieren und sie mit einer Lüge leben lassen. Bei zweien würden sie es wagen und sie informieren. Eine Frau und ein Mann hatten sie dafür ausgewählt. Alle anderen Versuchspersonen nahmen offiziell an einer Studie zu dem Thema *Ästhetische Wiederherstellungs-Chirurgie* teil. Das ganze Szenario tauften sie *Frischzellenkur*, das klang simpel und wäre für die Patienten einfacher zu verstehen. Mit diesem Namen würde sich das erholte Aussehen und das neue Gefühlserlebnis, keine Gliederschmerzen oder sonstigen Wehwehchen mehr zu verspüren, auf eine für den Patienten logische Weise erklären.

Die ersten Patientenaussagen waren phänomenal. Man berichtete ihr von jugendlicher Ausdauer und nach langem Leiden weggenommene Schmerzen. Manche nahmen sogar das Wort Wiedergeburt in den Mund, ohne sich darüber im Klaren zu sein, wie nah sie an der Wahrheit vorbeisprachen.

Angestrengt kramte Christine in ihrer Handtasche und suchte nach ihrem Lippenstift. Gleich würde sie Alan in der Mittagspause treffen. Trotz Anspannung gäbe es einen Grund zu feiern. Die ersten Auswertungen würden laut Plan in Kürze präsentiert werden können. Sie fühlte sich großartig und kämpfte gleichzeitig gegen ihre Ungeduld an. Sie konnte es kaum erwarten ihre Patienten zurück in ihr altes Leben zu schicken. Würden sie bestehen? Obgleich es noch viel spannender werden würde, sobald sie der ersten Versuchsperson mitteilten, was tatsächlich mit ihr geschehen war. Christine war begierig darauf zu erfahren, wie das Gehirn dieser Menschen versuchen würde, es sich selbst begreiflich zu machen, eventuell sogar sich selbst zu belügen, um das neue Dasein verarbeiten zu können. Eine Persönlichkeitsspaltung konnte sie nicht ausschließen. Im schlimmsten Fall könnte das menschliche Gehirn den Prozess nicht verarbeiten und die Patienten in den Wahnsinn treiben. Sie war bereit, all diese Risiken auf sich zu nehmen, ungeachtet der möglichen Kosten. Diese Art und Weise des Reproduzierens hatte es bis jetzt nirgendwo auf der Welt gegeben. Ihr Fleiß hatte sich wie immer ausbezahlt. Und ihr nächstes Projekt stand bereits in den Startlöchern. Nicht mehr lange und sie würde einen weiteren Versuch wagen. Es wäre riskant, aber spannend. Seit langem arbeitete sie daran, die Hardcopy eines Gehirns von einem Menschen auf einen Fremden zu übertragen. Quasi den

Verstand eines Menschen mit einem fremden Körper zu verkuppeln.

Christine war sich durchaus darüber im Klaren, was als Nächstes geschehen würde, wenn sie erfolgreich abgeschnitten hätten. Fantastische Eingriffe wären dann möglich. Menschen könnten ihre DNA und ihr geistiges Wissen einfrieren lassen und zu einer unbestimmten Zeit wieder zurück ins Leben treten. Wenn sie wollten, in zwanzig, fünfzig oder hundert Jahren nach ihrem Ableben zurückkommen!

Ihre Unternehmung war das Spannendste, was man sich über die Wende zum zweiundzwanzigsten Jahrhundert berichten würde.

29

Sonntagmorgen um neun wählte Tom die Nummer seiner Psychologin. Die vergangene Nacht war geprägt von Alpträumen. Schweißgebadet war er in den frühen Morgenstunden erwacht und zählte die Minuten ab, bis er seine Ärztin sprechen könnte. Er hatte die Worte, die er an sie richten wollte, immer wieder in Gedanken durchgespielt. Auf keinen Fall wollte er sich verraten. Besser, er verplapperte sich nicht. Es durfte aus dem Gespräch nicht ersichtlich sein, dass er Monica in sein Geheimnis eingeweiht hatte. Tom wollte, dass die Ärztin ihn anhörte, sie sollte seine Gründe verstehen, warum er mit ihrer Therapie nicht zufrieden war. Ihm war bewusst, dass er mit großem Fingerspitzengefühl an die Sache herangehen musste, aber so konnte es nicht weitergehen. Hoffentlich würde sie ihm seinen außerterminlichen Anruf verzeihen. Es gab zu viele Ungereimtheiten, Monica hatte recht.

Und dann hatte er noch diesen Traum in der letzten Nacht. Er war so real, so greifbar, dass er ihm Angst einflößte. In seinem Traum wachte er auf, schaltete träge das Licht ein und lief vom Schlafzimmer Richtung Bad. Er hatte den ganzen Tag verschlafen, gab sich erst gar keine Mühe die Rollläden seiner Fenster hochzufahren. Es hatte die ganze Nacht ununterbrochen geschneit. Sein ganzer Körper fühlte sich schwer und geschwächt an. Draußen wehte ein rauer Wind, er konnte den Sturm wüten hören. Benommen schmiss er seine Boxershorts auf den Boden und stellte sich unter die warme Dusche. Nachdenklich schaute er auf sich hinab. Er nahm seinen Körper wie noch nie zuvor wahr. Während er sich einschäumte, spreizte er seine Finger, drehte seine Hand vor und zurück und betrachtete sie, als wäre sie ein Fremdkörper. Wenig später, als er sich seine Zähne am Waschbecken putzte, musterte er sich im Badspiegel. Seine Augen hafteten sich auf seine rechte Gesichtshälfte. Was er sah, versetzte ihm einen tiefen Schrecken! Eine lange Narbe zog sich unter seinem Auge bis beinahe zu seinem Kinn hinab. Sie sollte ihn an etwas erinnern, eine Geschichte, die ihm widerfahren war. Doch der Spiegel sprach nicht mit ihm.

Müde und zermartert nahm er sich frische Kleidung aus seinem Schrank. Er schlüpfte in eine Trainingshose und zog sich einen warmen Kapuzenpullover über. Mit einem Handtuch rubbelte er sich die Haare trocken, als es an der Tür klingelte. Das musste Monica sein. Seine Anspannung kam zurück. Es gab etwas, das er ihr erzählen wollte. Er hatte sie aus einem ganz bestimmten Grund zu sich eingeladen.

Ohne auf das Display der Türsprechanlage zu achten, drückte er den Knopf und öffnete die Wohnungstür einen Spalt weit. Hungrig ging er zurück in seine Küche, er hatte zwei Mahlzeiten verschlafen. Aus dem Wohnzimmer ertönte Musik seiner Playlist fürs Wochenende. Kaum hörbar kam jemand zur Tür herein.

»Ich bin im Wohnzimmer!«, rief er Richtung Flur.

»Guten Abend, Herr Verhoeven«, sprach ihn eine ruhige Stimme an. Sein Schweizer Akzent war trotz der Anstrengung, hochdeutsch zu sprechen, herauszuhören.

Erschrocken nahm Tom den weißgekleideten Mann mit kräftiger Statur wahr und einen weiteren am Türrahmen stehend.

»Was machen Sie hier in meiner Wohnung?«, fragte er, obwohl er bereits die Antwort kannte.

»Wir holen Sie ab. Sie haben sicherlich das Anschreiben gelesen? Sind Ihre Koffer gepackt?«

Tom schüttelte den Kopf und ging wie ein in die Enge getriebenes Tier, mit den Handflächen nach vorne gerichtet, einige Schritte rückwärts.

»Halt! So läuft das hier nicht. Ich werde gar nichts machen! Haben Sie meine E-Mail nicht erhalten?!«, rief er bedrängt.

»Seien Sie vernünftig, Herr Verhoeven.«

Fliehen war keine Option, also ging Tom zum Angriff über. Er checkte die Lage, er musste hier irgendwie herauskommen. Hinter ihm war nur noch die Ecke des Wohnzimmers. Kurzerhand beschloss er, nach vorne zu preschen. Er nahm Anlauf und rammte mit all seiner Kraft den stämmigen Mann, der sich vor ihm positioniert hatte. Tom war mindestens einen Kopf größer, doch der Mann war durchtrainiert.

»Roger. Sto nid so blöd umme und hilf mir!«, schnauzte er seinen Kollegen in Schweizerdeutsch an. Der Mann verlor durch den Stoß das Gleichgewicht und stürzte rückwärts zwischen die Stühle des Esszimmertisches. Verbissen krallte er sich an Toms Hosenbein fest. Er verlor den Boden unter den Füßen, der Mann begann ihn hinabzuziehen. Mit einem wahnsinnigen Kraftaufwand rappelte er sich wieder auf und lief Richtung Ausgangstür.

»Roger, halt ihn fest!«, forderte Michel ihn auf.

Schnell zog er sich an der Tischplatte hoch, schmiss dabei einen Stuhl um und sprang Tom hinterher. Er war eindeutig im Kampfsport daheim. Geschult trat er ihm von hinten in die Kniekehlen, riss an seinen Armen und hielt sie mit einem gekonnten Polizeigriff hinter seinem Rücken fest. All sein Zappeln und seine Versuche, sich loszureißen, waren wirkungslos. Er hatte keine Chance, der Mann hatte ihn in seiner Gewalt. Blitzartig spürte er einen Stich in seinen Hals und er verlor sein Bewusstsein …

Als könnte er den Schmerz noch fühlen, strich sich Tom über die Stelle an seinem Hals, an der die Hauptschlagader durchlief. War es wirklich nur ein Traum gewesen?

»Hallo?«, fragte eine müde Stimme.

»Hallo. Guten Morgen. Hier spricht Tom, Thomas Verhoeven.«

»Thomas. Wo brennt's?« Sie klang nicht besonders erfreut.

»Ich hatte einen fürchterlichen Traum. Ich weiß nicht mehr, was echt und was unecht ist. Ich brauche Ihre Hilfe. Was passiert mit mir?«, fragte er ungehalten.

»Jetzt beruhigen Sie sich erst einmal und dann erzählen Sie mir von Ihrem Traum«, sagte die Psychologin. »Glauben Sie mir, Sie haben ein klares Verständnis dafür, was echt und was unecht ist, sonst hätten Sie nicht diese Nummer gewählt. Stimmt's?« Sie unterdrückte ein Gähnen.

»Ich komme so nicht weiter. Meine Erinnerungen, sie sind immer noch lückenhaft. Ich möchte meiner Partnerin endlich erklären können, warum ich früher eine Narbe in meinem Gesicht hatte. Ständig habe ich dieses Gefühl, etwas aus meinem Leben zu vermissen. Aber wie kann ich etwas vermissen, wenn ich nicht weiß, was es ist?«

Ein gereiztes Schnauben ertönte auf der anderen Seite der Leitung. Tom fühlte sich wie ein Störenfried. War sie seine Therapeutin oder nicht? Es war sein Recht, sie anzurufen. Er brauchte Antworten, verdammte Antworten! Und kein Augenverdrehen und kein lautes, empörtes Schnaufen.

»Meine Freundin erwähnte, ich wollte mit ihr, bevor ich zu Ihnen in die Klinik kam, noch dringend etwas besprechen. Was könnte ich mit ihr zu besprechen gehabt haben?«

Seine Stimme begann, vor Unruhe zu zittern. Sollte er ihr von dem Anfall berichten? Oder besser nicht? Er wollte auf keinen Fall in dieses Klinikum zurückgebracht werden.

»Ich will mich endlich erinnern. So kann das nicht weitergehen. Und dann dieser Traum. Dieser fürchterliche Traum. Mir platzt noch der Schädel«, klagte er und wurde von Minute zu Minute lauter und nervöser.

»Thomas. Beruhigen Sie sich. Und nun erzählen Sie mir Schritt für Schritt, was Sie geträumt haben.«

Tom begann zu erzählen. Wort für Wort genau so, wie er es geträumt hatte. Ohne Verschönerung, ohne Filter.

»Herr Verhoeven, ich kann Sie verstehen, das klingt nach einem verrückten Traum. Aber können Sie mir bitte Ihr Problem ein bisschen präziser beschreiben?«, antwortete sie unbeeindruckt.

»Wie bitte? Haben Sie mir nicht zugehört?«

Wie konnte sie ihm so eine unverschämte Antwort darauf geben?! Er hatte ihr gerade von einem schlimmen Albtraum erzählt und diese Person meinte es, herunterspielen zu können. Was war nur los mit ihr? Monica hatte recht, wenn sie meinte, seine Geschichte war nicht schlüssig. Seit wann war er so ein sozial engagierter Mensch, dass er sich für so einen verrückten Versuch freiwillig meldete? Warum sollte es ihn interessieren, einem Institut zu helfen, das sich für plastische Chirurgie einsetzte? War seine

Narbe so grässlich gewesen? Eitelkeit war gewiss keiner seiner Charakterzüge.

»Herr Verhoeven. Lassen Sie mich meine Frage umformulieren«, begann sie, seinen Temperamentsausbruch zu beschwichtigen. »Sollten Sie sich nicht besser fragen, warum Sie Ihrer Partnerin nicht schon viel früher erzählten, woher Ihre Narbe stammte? Wenn ich richtigliege, dann kannten Sie die Frau bereits vor dem Eingriff. Korrekt? Sie hatten alle Zeit der Welt. Warum haben Sie es ihr nicht erzählt?«

Tom meinte, sich verhört zu haben.

»Was wollen Sie damit sagen? Dass ich ein Geheimnis daraus gemacht habe?«

Mittlerweile bedauerte er es, die Ärztin kontaktiert zu haben, die gesamte Therapie war für nichts zugute.

»Jetzt machen Sie mal einen Punkt. Herr Verhoeven, mir gefällt es einfach nicht, dass Sie die Amnesie für etwas verantwortlich machen, wofür Sie keinerlei Belege haben.«

Im Hintergrund hörte Tom das Räuspern eines Mannes. Natürlich war sie nicht allein. Es war Sonntagmorgen.

»Warum haben Sie mich für den Versuch ausgewählt? Was für Beweggründe hatte ich, mich bei Ihnen zu melden?« Er versuchte erneut, Antworten zu finden. Er hatte keine Lust mehr auf Versteckspiele.

»Was soll diese ganze Fragerei?«, fuhr sie ihn an. Zerknirscht senkte sie ihre Stimme und versuchte, ihre Fassung zurückzugewinnen. »Herr Verhoeven, so leid es mir tut, aber ich habe keine Ahnung, was Sie Ihrer Partnerin erzählen wollten. Wahrscheinlich haben Sie es vergessen, weil es nicht von Bedeutung war. Also, ich kann daran nichts Ungewöhnliches entdecken. Du meine Güte! Menschen vergessen ständig Dinge. Was meinen Sie, wie oft ich mich an etwas nicht erinnern kann? Ich kann beim besten Willen keine Verbindung zu Ihrem eigentlichen Problem, der Amnesie, herstellen. Wir sollten uns auf das Wesentliche fokussieren.«

Ständig wurde er abgespeist wie ein lästiger Gast, den man so schnell wie möglich wieder loswerden wollte. Diese Frau, sie hatte eine Gabe, alles, was er sagte, kleinzureden.

Anscheinend bemerkte sie seinen Unmut, gespielt zog sie eine freundlichere Miene auf. Als durchschaute er sie nicht, dieses Biest.

»Es tut mir leid, aber ich kann Ihnen nicht im Detail erklären, warum wir uns für Sie entschieden haben. Jedenfalls haben Sie unseren Ansprüchen entsprochen und Sie waren bereit, das Wagnis einzugehen. Bitte machen Sie sich nicht so viele Sorgen. Irgendwann, Sie werden sehen, sollte alles wieder beim Alten sein. Haben Sie Geduld.«

Haben Sie Geduld, haben Sie Geduld … Wie oft hatte er das bereits gehört? Immer blieb sie ihm eine Antwort schuldig. Ständig rangelte sie sich wie eine Schlange durch das Gewirr seiner unerklärbaren Gedächtnislücken, ohne Hilfe zu verschaffen. Warum brachte er es nicht fertig, ihr ins Gesicht zu sagen, dass er ihre Therapie für gescheitert hielt? Diese Beklemmung, dass er irgendwelche Regeln des Vertrages brechen könnte, hemmte ihn zu sehr. Natürlich hatte man ihn darüber aufgeklärt, dass die Behandlung Risiken mit sich bringen könnte. Aber eine Amnesie?

Er war von sich und allem genervt, er wollte diese Episode aus seinem Leben vergessen, endlich abschließen können. Aber es ging nicht. Er war vertraglich an sie gebunden. Folglich müsste er gute Miene zum bösen Spiel machen.

Gedanklich begann er, Pläne zu schmieden. Von nun an würde er nur noch das Nötigste von sich preisgeben, niemand konnte ihn dazu zwingen, ein Meisterschüler zu sein. Er war fertig mit ihr!

»Soll ich Ihnen ein Rezept für Beruhigungstabletten ausstellen?«, meinte sie gönnerhaft.

»Danke, nein«, sagte er. Wie so oft wurde er mit seinem Problem alleingelassen. Tabletten. Das würde ihm gerade noch fehlen, sich mit Tabletten zuzudröhnen! Vielleicht war es Zeit, das Ungewisse zu begraben und nach vorne zu blicken.

»Entschuldigung für den Anruf«, reagierte er formell und legte auf.

⌇

Christine schaute zu Alan hinüber und bemerkte, dass er wach war.

»Das war unser Patient Verhoeven«, erklärte sie ihm. »Er stellt zu viele Fragen. Was für eine Nervensäge.«

Alan rieb sich den Schlaf aus den Augen.

»Machst du dir Sorgen, dass seine Behandlung nicht hundertprozentig verlaufen ist?«

Knurrend klopfte sie ihr Kopfkissen aus.

»Ich habe keine Ahnung. Er versucht, sich an ein Gespräch mit seiner Partnerin zu erinnern.« Sie überlegte scharf.

»Sein Traum hingegen, der war erschreckend echt. Ich kann mir nicht erklären, wie, aber womöglich hat der Traum mit dem Vorfall des Abends zu tun. Du weißt schon, der Besuch der zwei Herren.«

»Du meinst, als er von unseren Leuten gekidnappt wurde?« Alan schaute sie unmissverständlich an. »Sprich es ruhig aus, Christine. Was anderes war es nicht. Das wissen wir beide.«

Seine offene Art, über dieses heikle Thema zu sprechen, gefiel ihr ganz und gar nicht. »Das bleibt unter uns! Hast du das verstanden?«, keifte sie ihn an.

Alan gab nicht klein bei. Eigentlich mischte er sich nie in betriebsinnere Angelegenheiten ein. Doch irgendetwas war heute anders. Das fehlte ihr gerade noch. Sie hatte ihn gewiss nicht in ihr Bett geholt, um sich von ihm kritisieren zu lassen. »Wieso musste er auch seine Meinung ändern und kurz vor dem Experiment einen Absprung inszenieren? Was denkt er, wer er ist? Wir haben jahrelang darauf hingearbeitet. Er hat zugesagt, er war bereit, alle Konsequenzen zu tragen. Und dann das.«

Aufmerksam verfolgte Alan Christines Anfall von Verärgerung.

»Na, können wir froh sein, dass Keith so skrupellos war und für uns alle mitgedacht hat«, erwiderte er zynisch.

»*Du* wärest mit Sicherheit nicht auf so eine grandiose Idee gekommen«, sagte Christine gehässig.

»Also, ich kann beim besten Willen nicht verstehen, wie man auf so eine Idee kommen kann«, konterte er. »So viel Aufwand zu betreiben, um einen einzelnen Patienten nicht zu verlieren. Das erscheint mir sehr übertrieben. Gab es keinen Ersatzkandidaten?«

Seine Frage wurde mit Ignoranz bestraft. Christine verschränkte eingeschnappt ihre Arme und starrte aus dem Schlafzimmerfenster.

»Ich will mit alldem nichts zu tun haben«, sagte sie abweisend und versuchte, vom Thema abzulenken. Mit Glück konnte sie sagen, dass Alan keine Ahnung hatte, dass Keith nicht der einzige skrupellose Mitarbeiter bei EPIC war. Denn die eigentliche Veranlassung, warum sie auf diesen einen Patienten Namens Thomas Verhoeven nicht verzichten wollte, hatte einen viel tiefsinnigeren Grund. Aber dies würde sie ihm niemals erzählen können.

30

Thomas Verhoeven

Ich wusste, es führte kein Weg daran vorbei. Der Haushalt musste aufgelöst werden. Aber ich fühlte mich nicht in der Lage, nach meinem Krankenhausaufenthalt noch einen einzigen Fuß in unsere alte Wohnung zu setzen. Es ging nicht. Zu viele Erinnerungen. Ich hatte Angst, ihr Geist würde noch in den Zimmern herumirren.

Also wohnte ich zuerst in einem Hotelzimmer außerhalb der Stadt. Den Namen Hotel hatte diese Absteige sicherlich nicht verdient, mich interessierte das allerdings wenig. Denn ich war und bin innerlich tot. Abgestorben, ausgebrannt, für immer erledigt und ohne jegliche Illusionen.

Ich schäme mich, dass ich mich so habe gehen lassen. Der Scham frisst mich auf. Genauso wie der Verlust, die Hilflosigkeit und die Panik, keinen Ausweg zu finden.

Marie wohnt jetzt permanent bei meinen Schwiegereltern. Laura und David sagen, es gehe ihr gut. Das letzte Mal sah ich sie bei der Beerdigung. Laura hatte sie hübsch zurechtgemacht, ihr zwei Zöpfe geflochten und ein blassblaues Kleid angezogen. Sie glich einem Engel.

Ich bekomme es nicht mehr aus meinem Kopf, dieses grässliche Ereignis. Es verfolgt mich Tag und Nacht.

Ich werde sie nie wiedersehen, nie wieder ihre Hand halten können oder ihr meine Liebe gestehen und mein Bedauern ausdrücken, dass ich, anstatt das Lenkrad herumzureißen, auf meiner verfluchten Uhr herumgetippt hatte!

Der Bestatter riet mir ab, einen letzten Blick auf sie zu werfen.

»Behalten Sie Silvia besser in guter Erinnerung«, meinte er.

Ihr Körper wurde zertrümmert. Wieder und wieder sehe ich ihre blonden Haare, wie sie in die Luft fliegen, als würden sie beim Schaukeln emporgehoben werden.

All die Kondolenzkarten, ich habe sie alle gelöscht genauso wie alles andere. Ein Umzugsunternehmen bekam den Auftrag, die Wohnung leerzuräumen, Laura und David teilte ich mit, dass sie sich alles nehmen konnten, was sie wollten. Nur noch der rosa Plüschbär erinnert mich an sie. Er sitzt jetzt wie ein Relikt aus vergangenen Zeiten auf meiner Couch im Wohnzimmer. Er wird mit mir altern. Nur nicht Silvia, sie wird in meinen Erinnerungen immer jung bleiben, für immer einunddreißig, mit einem ungeborenen Baby in ihrem Bauch.

Es wäre ein Junge geworden, sagte man mir, also hatte Silvia am Ende gewonnen. Wir hätten früher oder später ein zweites Kinderzimmer benötigt, der Hauskauf wäre unausweichlich geworden. Niklas wollten wir ihn nennen, so wie ihren Urgroßvater. Marie und Niklas.

Diese kleinen Geschöpfe, ihre Liebe ist bedingungslos, was für ein schlechter Vater ich bin, Marie hat etwas Besseres verdient als mich. Ich kann ihr nicht geben, was sie braucht. Ich kann sie nicht ansehen, nicht in den Arm nehmen, ihr keinen Trost spenden. Doch was kann sie dafür, dass sie ihrer Mutter wie aus dem Gesicht geschnitten ist? Jedes Mal, wenn ich sie sehe, bringt sie mich zum Weinen. Deshalb musste ich gehen. Ich habe Laura und David mitgeteilt, dass ich mich aus ihrem Leben zurückziehen müsse, sonst zerbreche ich daran.

Meine neue Wohnung in Zürich ist schick. Sie ist noch leer, aber irgendwann werde ich sie füllen, mit neuen Möbelstücken, neuen Bildern und neuen Erinnerungen. Ich muss nach vorne sehen, nicht zurück, das rede ich mir zumindest ein.

Die Arbeit hält mich am Leben. Bevor ich ins Büro zurückkam, hatte ich allen eine E-Mail geschrieben. Keine aufmunternden Kommentare wolle ich hören und ich bräuchte auch kein Hand-auf-die-Schulter-legen oder traurige Blicke. Alles Private hat an meinem Arbeitsplatz nichts zu suchen. Das gilt ab sofort und für immer!

Jeden Morgen und Abend, wenn ich in den Spiegel sehe, werde ich an mein Scheitern erinnert, wie ein Mahnmal zieht sie sich durch mein Gesicht, die lange Wunde auf meiner rechten Gesichtshälfte. Das ist meine Strafe, diese Narbe wird mich bis ans Ende meiner Tage zeichnen.

Ich esse, trinke, schlafe und gehe zur Arbeit, mehr bringe ich nicht zustande.

Thomas Verhoeven,
IT-Manager,
Rabenvater,
Witwer,
Looser.

Ich muss Silvia vergessen, es ist nicht gut für mich, ständig über sie, mich und uns nachzudenken. Hätten wir das Haus bekommen, mit dem sie geliebäugelt hatte? Würde Niklas mehr ihr oder mir ähneln? Wie wären wir als altes Ehepaar geworden? Ich muss es loswerden. Warum kann ich sie nicht loslassen? Sie erdrückt mich. Ich ersticke! Warum bin nicht ich an ihrer Stelle gestorben? Ein Kind braucht seine Mutter. Es ist nicht fair, ich konnte mich nicht von ihr verabschieden. Unsere letzten Worte, wie lauteten unsere letzten Worte? Wann habe ich sie das letzte Mal geküsst, ihr gesagt, dass ich sie liebe? Sie kommt nicht mehr zurück. Nie wieder.

Manchmal meine ich, ihre Stimme in meinen Ohren zu hören. Sie flüstert mir zu: »Tommi. Ich warte auf dich.«

Ich bin zu feige, ich kann nicht schlussmachen. Und außerdem, wie soll ich es anstellen? Mich aufhängen? Mich mit Tabletten vergiften? Aus dem Fenster springen? Das kann ich nicht. Wenn ich sie nur aus meinen Gedanken herausschneiden könnte, dann wären all meine Schmerzen wie ausgelöscht. Viel besser als diese Scheiß-Antidepressiva zu schlucken. Dieses Zeug macht mich müde und ich werde fett und träge. Es muss einen anderen Weg geben, ich kann so nicht weitermachen. Der Therapeut hat gesagt, ich solle mich einer Selbsthilfegruppe anschließen. Bloß nicht! Auf keinen Fall werde ich mich mit zwanzig anderen Leuten in einen Stuhlkreis setzen und mir die heulenden Gesichter ansehen, während sie vom Verlust eines geliebten Menschen erzählen. Welcher Wahnsinniger tut so etwas? Alte Wunden immer und immer wieder aufreißen.

Vergessen. Ich muss alles vergessen.

31

Beim Eintreten in das Haus seiner Eltern umarmte Tom seine Mutter herzlich und küsste ihre Wange. Dackel Piet kläffte und sprang wie wild an seinen Beinen hoch. Als Tom sich zu ihm hinunterkniete, legte er sich auf den Rücken und ließ sich am Bauch kraulen.

»Bist du noch einmal gewachsen, Junge, oder bin ich geschrumpft?«, scherzte Toms Vater. Dabei war er höchstens einen halben Kopf kleiner als sein Sohn.

»Wer weiß, Vater, so gut wie mich Mama immer gefüttert hat, würde es mich nicht wundern.«

Er ging einen Schritt zur Seite und zog Monica in seine Arme.

»Und das ist meine Monica«, stellte er sie liebevoll vor und wechselte ins Deutsch. Harald Verhoeven schüttelte ihr höflich die Hand.

»Herzlich willkommen, Monica, fühl dich wie daheim«, sagte er munter. Sein Deutsch war einwandfrei und er hatte den gleichen niedlichen Akzent, den Tom, wenn ihm zum Spaßen zumute war, aus seiner Trickkiste holte.

Marta nahm Monica ohne zu zögern in ihre Arme und begrüßte sie warmherzig. Wenn sie lächelte, dann hatte sie kleine Grübchen in ihrem hübschen, faltigen Gesicht.

»Kommt erst mal rein«, sagte sie beherzt und ging etwas schleppend in die Küche. Sie begann, den Kuchen anzuschneiden.

Während Monica in die Küche schritt, gab es anerkennende Bekundungen seitens Harald. Er knuffte seinem Sohn in die Rippen. Sein Blick verriet alles. Tom grinste breit. Sein Vater, der Charmeur, fand in seinem Alter immer noch einen Gefallen an jungen Frauen.

Hungrig griff sich Tom einen Keks aus einer Schale und steckte ihn in seinen Mund. Wenn er nach Hause kam, hatte er stets das Gefühl, er wäre nie fort gewesen. Die Zeit stand still im Haus seiner Eltern, alles glich noch wie aus seinen Kindheitserinnerungen. Vielleicht wurden hier und da ein paar Elektrogeräte ausgetauscht, aber die Möbel und die Bilder an den Wänden waren immer noch dieselben. Die weiße Holzverkleidung um die Eckbank herum, das Geschirr, von dem er schon Tausende Male gespeist hatte, die Wanduhr, ein Familienstück aus dem zwanzigsten Jahrhundert, alles zusammen gab ihm das Gefühl, zu Hause zu sein.

Seine Mutter hatte einen Apfelkuchen gebacken, so wie ihn Tom am liebsten mochte, mit Rosinen und Streuseln obendrauf. Er war innen immer noch warm und duftete herrlich. Sie schenkte jedem eine Tasse Kaffee ein und reichte Tom eine Schüssel mit Schlagsahne.

Harald löffelte mehrere Stücke Zucker in seine Tasse.

»Wie ich sehe, Vater, bist du immer noch dem Zucker verfallen«, sagte er belustigt und reichte Monica die Milch.

»Höre nicht auf den ganzen Gesundheitsfirlefanz. Zucker versüßt das Leben. Schau mich an. Zweiundachtzig und ich schlucke noch keine einzige Pille.«

»Du hast eine interessante Art, die Wahrheit zu verdrängen«, konterte Marta. Er blieb ruhig, sah von seinem Kuchenteller nicht einmal auf. »Die Tabletten, die dir Doktor Sanders letztens mitgab, hast du einfach in den Müll geworfen«, entgegnete sie wütend.

Die täglichen harmlosen Reibereien zwischen seinen Eltern, wie er sie vermisst hatte. Tom schob sich seine erste Gabel Kuchen in den Mund und kaute genüsslich.

»Und?«, murrte Harald. »Ich lebe immer noch. Oder?«
Marta verzog ärgerlich das Gesicht.

Seite an Seite spazierte Tom mit seinem Vater auf den Dünen entlang. In der Ferne konnte man den hohen Schutzwall erkennen, den man bereits vor vielen Jahrzehnten ins Meer gebaut hatte, um Den Haag vor dem steigenden Meeresspiegel zu schützen. Eine lauwarme Brise säuselte ihnen entgegen, es herrschte Ebbe. Wie gut es tat, sich in der Sonne zu wärmen. Zu schade, dass es nur von kurzer Dauer wäre, denn weit draußen vom Meer schritt bereits eine dunkle, verräterische Wetterfront landeinwärts. Morgen würde es Regen geben. In den Dünen schwang das Gras hin und her und die Watvögel fischten nach Krebsen und Schnecken. Es hatte sich kaum etwas verändert.

Am Strand ließen Kinder Drachen steigen, das Lachen der Kleinen hallte den Deich hinauf. Wie herrlich salzig die Luft roch, schweigend sah Tom zu seinem Vater. Das Alter hatte es gut mit ihm gemeint, er strahlte eine Zufriedenheit aus. Seine Gedanken schweiften ab.

»Bald wird sie sechs Jahre alt«, sagte Harald und richtete seinen Blick betroffen zu Boden. »Und sie kennt ihren eigenen Vater nicht …«

Tom hörte nur mit halbem Ohr zu. Er hatte keine Ahnung, von wem sein Vater sprach.

»Sie hat uns zu ihrer Geburtstagsparty eingeladen. Laura und David haben mir versichert, es gehe ihr blendend.«

Geistesabwesend verfolgte er die Möwen, wie sie durch die Luft flogen und sich von den Böen auf und nieder treiben ließen. Er hatte ganz vergessen, wie schön es in seiner alten Heimat war. Kindheitserinnerungen wurden wach. Seine Cousinen und er, wie sie im Sommer mit dem Fahrrad, vollbepackt mit Handtüchern und Proviant, hierherfuhren und erst wenn die Sonne unterging, für die Heimfahrt zusammenpackten. Er kannte diese Leute nicht, von denen Harald erzählte. Was nicht besonders wunderlich war. Seine Eltern erzählten ihm ständig von irgendwelchen Leuten, die er angeblich kennen sollte. Aus Höflichkeit würde er stets nicken und geduldig zuhören.

32

»Die Männer haben wieder einmal kein Sitzfleisch«, sagte
Marta, während sie Monica eine weitere Tasse Kaffee einschenkte.
»Ich kann leider nicht mehr so weit laufen. Besonders an solchen
Tagen, bevor das Wetter umschlägt.«

»Warum lässt du dich nicht operieren? So eine Hüft-Opera-
tion ist keine große Sache.«

»Wahrscheinlich hast du recht, aber ich kann Krankenhäuser
nicht ausstehen. In meinem Alter ist man froh, wenn man sich von
solchen Institutionen fernhalten kann.« Sie grinste.

Monica betrachtete Marta. Sie war trotz ihrer Gebrechen eine
wunderschöne Frau. Ihr silbergraues Haar war kräftig und gewellt, kinnlang und sie trug es, genauso wie Tom, verwuschelt
und offen. Die Männer mussten ihr in ihren jungen Jahren haufen-
weise hinterhergelaufen sein. Es war erstaunlich, wie Gene weitergegeben worden waren. Tom glich ihr unglaublich. Monica blieb
gar nichts anderes übrig, sie musste diese Frau einfach liebhaben.
Ihre Mimik, jede kleine Geste, die sie an ihr beobachtete, erinnerte
sie an Tom. Sie hatten beide die gleiche geschwungene Oberlippe
und ihre moosgrünen Augen leuchteten stets neugierig und sinnlich zugleich.

»Ich bin froh, dass Tom wieder zurück ins Leben gefunden hat.«

Was meinte sie damit? Monica zog verwundert ihre Stirn in Falten.

Dezent legte Marta ihre Hand auf Monicas Arm. Ihre Haut war warm und ihre Nägel kurz geschnitten.

»Ich bin kein Mensch, der in der Vergangenheit verweilt. Ich lebe im Hier und Jetzt. Aber Tommi hat in seinem jungen Leben schon viel durchgemacht. Als Mutter ist es furchtbar, sein eigenes Kind leiden zu sehen. Ich hätte ihm gerne den Schmerz genommen, aber manche Dinge muss man sie allein durchstehen lassen. Leider sehen wir uns nicht häufig. Und er war schon als Junge einer der Sorte, der sich zurückzog, wenn es ihm nicht gut ging, anstatt um Hilfe zu bitten.«

Sie ließ von Monica ab und betrachtete sie wohlgesinnt. »In dir sehe ich Kraft und Ausdauer. Du tust ihm gut. Das sehe ich ganz deutlich.«

Auf was wollte Marta hinaus? Wusste sie von seinem gesundheitlichen Zustand? Hatte Tom mit seinen Eltern bereits über seinen Anfall gesprochen? Sie wollte ihm das Gespräch auf keinen Fall vorwegnehmen. Also wich sie ihr aus.

»Danke für deine lieben Worte. Ich gebe dir recht, es ist manchmal schwierig mit ihm. Er meint, immer alles mit sich selbst ausmachen zu können.«

Marta lachte wissend. »Er kann ein richtiger Dickschädel sein. Mach dir keine Sorgen. Ihr seid beide noch jung. Ihr werdet euren Weg finden.«

»Er hat ein gutes Herz und das ist alles, was zählt«, sagte Monica und sie spürte, wie es warm in ihrem Inneren wurde, wenn sie an Tom dachte. Noch nie hatte sie solch tiefe Gefühle der Liebe empfunden.

»Und vielleicht bist du die Erste, die es schafft, ihn zu überreden, zu Maries Kindergeburtstag zu gehen.«

Die Worte trafen sie wie ein Schlag. Monica erstarrte. Hilflos griff sie nach ihrer Kaffeetasse und versteckte sich darin.

»Sie ist solch ein süßes Mädchen. Du wirst sie mögen.«

Martas gesamtes Gesicht strahlte Freude aus.

»Wenn ihr kurzsichtiger Vater nur endlich ein Einsehen bekäme. Er tut dem Kind nichts Gutes. In Herrgottsnamen! Warum ist er nur so starrsinnig? Allen verbietet er, über sie zu reden. Er darf sie nicht ablehnen, nur weil sie ihrer verstorbenen Mutter ähnelt. Was kann das Mädel dafür?«

»Gib mir gerne ihre Adresse und dann arrangiere ich etwas«, hörte sich Monica überstürzt sagen. Sie hatte keine Ahnung, woher ihre Courage kam und ob sie tatsächlich in Aktion treten wollte.

»Das wäre wunderbar! Warte ich hole mein Telefon.«

Während Marta zur Küchenzeile lief, presste sie ihre bibbernden Lippen zusammen. Sie wollte laut losschreien. Ihre gerade noch liebevollen Gefühle gegenüber Tom schienen ins Wanken zu geraten. Ariana hatte nicht gelogen. Wieso hatte er ihr Unrecht angetan? Was war nur in ihn gefahren? Nach alldem, was bereits geschehen war, müsste er damit rechnen - wenn er sie zu seinen Eltern mitnahm -, dass seine Tochter ein Gesprächsthema werden würde. Der Fall schien immer verzwickter zu werden. Viele Male hatte er ihr beteuert, nicht verheiratet gewesen zu sein. War er ein Lügner? Oder wollte er das Erlebte verdrängen? Seine Amnesie kam ihr in den Sinn. Konnte er sich tatsächlich nicht erinnern?

Es musste so sein, denn nach den vielen Gesprächen mit ihm war sie sich sicher: Er war sich seiner Vergangenheit nicht bewusst. Er hatte ihr erklärt, dass es nach dem Versuch begonnen hatte, dass er merkte, ihm fehlten gewisse Eckdaten aus seinem

Leben. Wie furchtbar. Er hatte keine Ahnung, dass er Vater war.
Tausende Fragen prasselten auf sie ein. Was sollte sie tun? Ihn ein
weiteres Mal darauf ansprechen? Was war mit ihm geschehen?
Was für einem verheerenden Versuch hatte er sich unterzogen?

33

Die Nacht verbrachte Tom in seinem alten Kinderzimmer so gut wie schlaflos. Er wälzte sich hin und her. Irgendwann gegen vier Uhr morgens gab er auf. Er hatte einen seltsamen Traum von einem kleinen Mädchen.

Er stand am Strand, das Meer rauschte in seinen Ohren. Die Kleine rannte mit ausgebreiteten Armen auf ihn zu.

»Papi, Papi!«, rief sie und ihre blonden Haare wehten im Wind. Ihr blaues Sommerkleid war voller Sand. Sie lief barfuß und lachte, nein, sie jauchzte vor Freude! Was geschah nun? Unerwartet wechselte sie den Kurs und rannte an ihm vorbei. Sein Blick folgte ihren Schritten. Mit Erschrecken fiel ihm auf, dass er gar nicht gemeint war. Sie rief nach ihrem Vater, sie rannte zu einem anderen Mann. Der Mann kniete sich zu ihr hinunter und sie sprang in seine Arme. Ihre kleinen Hände umfassten sein Gesicht liebevoll, sie drückten ihre Nasen aneinander und das Mädchen quietschte glücklich.

»Papi, ich will Flugi spiele!« Sie sprach Schweizerdeutsch und der Mann stand auf und drehte und schleuderte sie wie ein Flugzeug in der Luft. Dann, für eine kurze Weile, sah der Mann in

seine Richtung. Tom erschrak. Es kam ihm so vor, als blickte er in
sein eigenes Spiegelbild!

Tränen liefen ihm am Gesicht entlang, als er erwachte. Kaum
kam er zur Besinnung, war der Traum wieder wie weggewischt.
Die Figuren glichen einer Illusion. Sie waren nur noch verblasste
Geister, die wie Rauch gen Himmel verpufften. Das Einzige, was
blieb, war eine tiefe Traurigkeit und er konnte sich nicht erklären,
woher sie kam. Mitgenommen schaltete er das Licht auf seinem
Nachttisch an und drehte den Lichtstrahl vorsichtig von Monica
weg. Sie schlief tief und fest.

Er suchte nach Ablenkung. Sein Blick ging durch das Zimmer, der Lichterkegel leuchtete bis zu seiner alten Kommode. Sie
stand noch wie gestern da. Sie war von oben bis unten mit Sti-
ckern vollgeklebt. ABT Sportsline und ENERGIE GRAZ. Diesen
Aufkleber hatte er damals in einem ihrer Familienurlaube in Ös-
terreich an einer Tankstelle geschenkt bekommen.
PLAYSTATION, vor sechs Jahren hatten sie ihr hundertjähriges
Jubiläum gefeiert! Und FIA FORMULA E las er, früher gab es kein
Rennen, dessen Übertragung er verpasste. Es tat gut, in alten Erinnerungen zu schwelgen. Vorsichtig zog er die unterste Schublade
auf. Er kramte in ihr und entdeckte seinen alten Schuhkarton. Dieser war früher seine Schatzkiste gewesen. Neugierig, als gäbe es
tatsächlich einen Schatz zu finden, wühlte er darin herum und
fand alte Sammelkarten, seine Steinschleuder und verbeulte Spiel-
zeugautos. Einen Oldtimer - sein Lieblingsauto -, ein VISION
AVTR von Mercedes. Es hatte blauleuchtende Felgen und es
machte Geräusche, wenn man auf das Autodach tippte. Er war erstaunt, dass es immer noch funktionierte. Ein alter Brief fiel ihm in
die Hände. Er war in einer schnörkeligen Handschrift geschrieben.
Langsam faltete er ihn auf und begann zu lesen. Er war von Bettina, seiner ersten Freundin in der Schule. Sie machte ihm klar,

dass sie mit ihm nicht weiter zusammen sein könnte, da sie vorhatte, Politikerin im Europaparlament zu werden und dann keine Zeit mehr für ihn hätte. Tom schmunzelte, soweit er wusste war Bettina nun Zahnärztin, lebte auf dem Land nicht weit von hier entfernt und war verheiratet mit vier Kindern.

Von draußen schallten die Morgengesänge der Vögel durch die Balkontür. Heute war Monicas fünfundzwanzigster Geburtstag. Verliebt warf er einen Blick auf sie. Nichts sollte die Reinheit ihrer Gefühle beeinträchtigen können. Für immer wollte er sie beschützen, ihr beiseitestehen, für sie da sein.

Leise schlich er zurück ins Bett.

Monica nahm von ihm Notiz und legte ihren Kopf auf seine Brust. Die weißen Laken umhüllten ihre nackten Körper. Der Wind bauschte die langen Gardinen der Balkontür auf wie ein Segel. Verträumt streichelte er mit seinen Fingern über ihre Schulterblätter. Monica war seine Sonne, ihr Optimismus war ansteckend und löste viele seiner Sorgen einfach im Nichts auf. Er wollte nur noch nach vorne blicken. Versunken berührten seine Lippen ihren Schopf. Wie bezaubernd sie aussah, wenn sie schlief. Diese schönen langen Haare mit ihren hellblonden Strähnen, das kleine Muttermal hinter ihrem linken Ohr und ihre zarte Haut, er konnte sich nicht sattsehen. Sie gab ihm so viel und verlangte so wenig. In ihrer Nähe fühlte er sich ausgeglichen und unglaublich zuversichtlich. Es gefiel ihm so gut mit ihr, dass er die letzte Zeit kaum noch in seiner eigenen Wohnung gewesen war, er war quasi bei Monica eingezogen. Die Zeit war reif, seine Wohnung aufzugeben, das wusste er, das wusste Monica. Er wollte abends nicht mehr allein auf dem Sofa sitzen, Essen unaufmerksam in sich hineinschaufeln und dabei irgendwelche Serien ansehen oder Musik laufen lassen, damit er sich nicht einsam fühlte. Er wollte mit ihr einschlafen, ihren Atem neben seinem Kopfkissen hören und morgens mit ihr gemeinsam im Badezimmer Zähne putzen. Sie war alles, was er brauchte, um glücklich zu sein. Wäre da nur nicht das Problem mit der immer noch laufenden Therapie. Seine überschäumende Fröhlichkeit verdunkelte sich, als erneut die Frage in ihm aufkam, wie er mit seiner Psychologin weiter verfahren sollte. Er hatte ihr gesagt, er wolle die Therapie abbrechen, aber sie erlaubte es nicht. Dabei brachte sie ihn keinen Schritt weiter, also was sollte der ganze Schwachsinn? Er wollte das alles endlich als erledigt ansehen, es abschließen, sein neues Leben genießen. Irgendwann fände er die fehlenden Antworten von allein. Das Thema wäre einfach vergessen, vergraben und nie geschehen. Langsam strich er Monicas Rücken entlang, zärtlich massierte er ihre Wirbelsäule. Sie hob verträumt ihren Kopf und blinzelte ihn an. Ein paar zarte Sonnenstrahlen erreichten sein Bett und ließen seinen gebräunten Oberkörper schimmern. Entspannt legte sie ihr Ohr zurück auf seine Brust und kreiste mit ihrem Zeigefinger im weichen Flaum seines Bauchnabels. Ihre Aktion erregte ihn. Allmählich glitt ihre Hand weiter unter das Laken, bis sie zwischen seinen Beinen landete. Ihre Körper waren mittlerweile miteinander vertraut. Für jede Bewegung und Handlung gab es eine Antwort wie bei einem einstudierten Tanz.

Dann, als er es kaum noch auszuhalten vermochte, rollte er sich auf sie und blickte ihr tief in die Augen.

»Happy Birthday, Süße«, hauchte er ihr heiser zu und küsste sie.

34

Das ausgedehnte Frühstück hatte sich bereits weit in den Mittag hineingezogen. Die Zusammenkunft mit seinen Eltern war ein voller Erfolg. Die beiden hatten Monica bereits ins Herz geschlossen und die Rückreise nach Zürich würde schmerzvoll sein.

»Ich gehe mal eine Runde mit Piet drehen«, sagte Harald und schon war er auf dem Weg in die Diele. Als er nach der Leine griff, horchte Piet auf. Sein Schwanz wedelte so heftig, dass sein ganzer Körper wackelte.

»Ja-a, Piet, wir gehen Gassi«, versuchte er, den verrückt gewordenen Dackel zu beruhigen.

»Nehmt ihr mich mit?«, fragte Monica. »Ich muss mir meine Geburtstagstorte abarbeiten.« Sie fasste sich an den Bauch und blähte ihn übertrieben wie einen Ballon auf.

Ein unerklärlich auftretender Ruck durchstieß Toms Brust. Unruhig spähte er auf Monicas Bauch. Was geschah mit ihm? Es erfasste ihn eine tiefe Schwermut, ein Gefühl von Verlust, Trauer. Er fühlte sich, als drehe sich sein Magen um. Wo auch immer es herkam, es hing wie ein Kloß im Hals und er wollte es wegräuspern. Der Auslöser musste der wenige Schlaf der letzten Nacht sein, seine Sinne waren komplett durcheinandergeraten.

Während sie die Haustür öffneten, schoss ihnen der Regen in feinen Bindfäden entgegen. Dackel Piets anfängliche Begeisterung schlug in Sekunden in eine regelrechte Abneigung um. Was für ein Mistwetter! Die Tür schnappte ein und die Drei waren fort.

Nur das Ticken der alten Standuhr war zu vernehmen, inzwischen hatten es sich Tom und Marta im Wohnzimmer gemütlich gemacht. Sie strickte einen Kinderpullover und er saß bequem, die Beine auf dem Hocker hochgelegt, in Vaters Ohrensessel. Nebensächlich checkte Tom seine E-Mails, mit seinen Gedanken war er ganz woanders. Er musste mit seinen Eltern reden. Sie sollten wissen, was mit ihm geschehen war. Und obwohl sie die Wahrheit verdient hatten, fühlte er sich unsicher, wie er von seinem Problem der Amnesie berichten sollte. Und was dann? Was würde sich ändern? Seine Eltern waren schon alt. Womöglich würde es ihnen gar nicht auffallen, dass er sich an manche Dinge nicht erinnerte.

»Tom.« Marta legte ihr Strickzeug auf den Schoß und sah ernst zu ihm herüber. In ihrem Gesicht spiegelte sich Besorgnis wider.

»Ich möchte, dass du weißt, dass dein Vater nicht gesund ist.«

»Was hat er, Mama?«

Marta klang weinerlich. »Krebs, er hat Krebs.«

»Die Pillen, die er weggeschmissen hat? Waren die dafür vorgesehen?«

»Ja, Tom. Er will sie nicht nehmen.« Sie schüttelte resigniert den Kopf. »Dein Vater denkt, er brauche sie nicht. Er war schon immer ein Meister der Verdrängung!«

»Was können wir tun?«

Marta zuckte mit den Schultern.

»Nichts. Ich habe bereits mit Doktor Sanders darüber gesprochen. Der Krebs wächst langsam in seinem Alter. Er kann womöglich die Neunzig erreichen. Schmerzen hat er zum Glück keine.

Man sagt, der Tumor habe bis jetzt keine lebenswichtigen Bereiche seines Gehirns befallen.«

»Wie kommst du damit klar? Kann ich euch irgendetwas Gutes tun?« Betroffen legte er sein Tablet zur Seite, stand vom Sessel auf und setzte sich neben seine Mutter. Er nahm ihre Hand. »Soll ich mit Vater sprechen?«

Sie winkte ab. »Ach, du weißt doch, das würde zu nichts führen.«

Liebevoll nahm er sie in die Arme und drückte sie.

»Kommt uns einfach etwas öfter besuchen.« Sie lächelte tapfer und tupfte sich ein paar Tränen weg.

Durch das Wohnzimmerfenster konnten sie die Spaziergänger zurückkommen sehen. Die Haustür ging auf und schon hörte man Piets Krallen auf den Fliesen klackern. Seine Ohren klatschten, als er sich schüttelte.

»Oh nein, er schüttelt sich!« Marta stand auf.

»Bleib sitzen!«, rief Monica aus dem Flur. »Wir haben alles unter Kontrolle.«

»Ich habe Jakob auf dem Deich getroffen. Stell dir vor, Marta, er wird zum siebten Mal Großvater!«, erzählte Harald.

Tom schaute seinen Eltern liebevoll hinterher, wie sie Arm in Arm durch die Diele schlenderten und in der Küche verschwanden. Er wünschte ihnen noch ein paar gute Jahre. Wäre es wirklich eine gute Idee, seine alten Eltern mit seinem Anliegen zu belasten? Gerade jetzt, wo er wusste, wie es um seinen Vater stand? Hin- und hergerissen entschied er sich dafür, nichts zu erzählen. Es würde schon alles gut werden, wenigstens einmal musste er Vertrauen haben.

35

Februar 2100

Da lag er, der Körper des letzten Patienten. Ein wiedergeborener Körper und doch nicht derselbe. Sein Herz-Kreislauf-System, seine Atmung: Der ganze Organismus hatte zu arbeiten begonnen. In vierundzwanzig Stunden war das Wunder vollbracht worden. Die Maschinen surrten leise. Zelle für Zelle hatte die Klon-Maschine einen männlichen Körper ins Leben gerufen. Knochen, Muskeln, Sehnen, Blutgefäße, Nervenstränge, Organe und Haut. Wie schon die anderen Testpersonen vor ihm lag er in dem Glas-Brutkasten und wartete darauf, geweckt zu werden. Was würden seine ersten Worte sein? Die Wellen der Herzfrequenzen schlugen auf dem Elektrokardiogramm gleichmäßig auf und ab. Noch war es nicht so weit, er müsste sich noch ein wenig gedulden, bis er die Augen öffnen durfte. Denn nun käme die eigentliche Arbeit zum Einsatz. Nachdem das Team bereits neun Menschen erfolgreich durch die ganze Prozedur gebracht hatte, kam er an die Reihe. Er kam bewusst als Letzter dran, denn er war etwas ganz Besonderes. Mit Spannung würden sie seinen Entwicklungsverlauf verfolgen und seine Reaktionen studieren. Ihr allererster Patient, bei dem die Gedanken manipuliert werden würden. Sie konnten nicht mit Sicherheit voraussagen, dass sich sein Leben dadurch verbessern würde, doch wer nicht wagt, der nicht gewinnt!

Hochkonzentriert ging Christine ein weiteres Mal ihren Plan durch. Sie befasste sich gerade mit der Datenauslesung seines originalen Gehirns. Das neue Gehirn schlief noch, es wartete darauf, mit Erinnerungen gefüllt zu werden. Alles, was die leere Hülle brauchte, um zu dem Menschen zu werden, der er einmal war. Mit einem kleinen Unterschied: Der neue Mann würde weniger seelischen Ballast mit sich herumschleppen.

Alles lief wie am Schnürchen. Sie war mit dem bisherigen Ablauf äußerst zufrieden. Mit dieser Testperson würde sie ihr Meisterwerk absolvieren! Mit ihm würde sie einen ganz neuen und anderen Weg gehen als bei den vorherigen Patienten.

Übermüdet rieb sie ihre Augen. Sie hatte seit dreißig Stunden nicht mehr geschlafen. Wenn es ihr tatsächlich gelang, seine überarbeiteten Gedanken in sein Gehirn einzuspielen, wenn sie tatsächlich ihre entwickelte Gedächtnisschere erfolgreich einsetzte, dann würde sie dafür einen Nobelpreis verdienen.

Eigentlich war es keine richtige Schere, sondern eher ein Cold Storage seiner Erinnerungen. Den Begriff benutzte man in der IT. In größeren Unternehmen wurde diese Art von Datenablage gerne angewandt. Es waren Daten, von denen die Unternehmungsleitung ausging, dass sie über Jahre oder vielleicht sogar niemals mehr benötigt werden würden. Man lagerte sie sozusagen an einem weit entfernten Ort aus.

In ihrem Fall würde es dem Patienten schwerfallen, an diese Erinnerungen heranzukommen, ein Teil seiner Memoiren würden wie abgeschnitten und weggeschlossen sein.

Christine schwelgte in Selbstzufriedenheit. Kaum auszumalen, was für eine wunderbare Zukunft es für die Menschheit gäbe! Traumatisierte Patienten wie er könnten sich, anstelle unzählige

Stunden auf dem Sofa eines Psychiaters zu verweilen, für ihr entwickeltes Instrument entscheiden und wären im Nu geheilt. Jeder,
der sie kannte, wusste, dass sie kein großer Fan von Psychotherapien war. Während ihres Studiums hatte sie schnell begriffen, dass
es sie in eine besondere Richtung ziehen würde. Sie wollte forschen, sie wollte eine Revolution!

Vor ihr lag ein neuer Mensch, das Abbild eines gesunden und
kraftvollen Mannes. Keinerlei Anzeichen ließen darauf schließen,
dass das Original ein seelisches Wrack gewesen war. Bei einem
Unfall seine Frau zu verlieren, wer konnte das mit Gesprächen
schon verarbeiten? Sie hatte ihn selbst erlebt, als er ihr sein Herz
ausschüttete. Er war ein stiller und liebenswerter Mensch, leider
schlummerte tief in seinem Innern dieser ständige Schmerz. Mit
wie vielen Therapiestunden hätte man ihm erklären sollen, dass er
an dem Tod seiner Frau nicht schuld war? Wie viele Medikamente
hätte man ihm verabreichen sollen, um ihn dabei zu unterstützen,
seinen Verlust zu ertragen? Nein. Das war alles Humbug. Er
brauchte etwas ganz anderes. Und bei ihr war er genau richtig.
Verärgerung stieg in Christine hoch. Denn seine tote Frau aus seinen Erinnerungen zu entfernen, war so gesehen ihr kleinstes Problem. Ihr Projekt war ins Wanken geraten. Die großartige Vision,
die sie verfolgte und umzusetzen versuchte, wurde von einem auf
den anderen Tag beschnitten.

Man hatte die Versuchspersonen in zwei Gruppen aufgeteilt.
Acht der Patienten waren bereit gewesen, ein Experiment einzugehen, das sie Frischzellenkur getauft hatten. Ahnungslos, dass sie
geklont worden waren und der Körper, in dem sie sich nun befanden, nicht mehr der Eigentliche war, gingen sie zurück in ihr altes
Leben. Man würde an ihnen studieren und es war noch nicht entschieden worden, wann der Tag der Aufklärung käme. Vielleicht
käme er niemals.

Der Mann vor ihr, und eine weitere Frau, sollten mit dem Wissen leben, dass sie Klone waren. Beide waren damit einverstanden und gaben ihr mündliches Einverständnis. Dem Mann war es total gleichgültig, sogar recht, als sie ihm erklärte, was sie mit ihm vorhabe. Und dann, nach wochenlanger Vorbereitung, musste dieser blöde Kerl seine Meinung ändern. Was war geschehen? Er wollte tatsächlich abspringen. Was hatte ihn dazu veranlasst? Natürlich eine Frau. Eine neue Partnerin, mit der er sich eine Zukunft erhoffte. Glaubte er etwa, dass sich dadurch seine Depressionen in Luft auflösten? Männer! Wenngleich er sein neues Glück gefunden zu haben schien, so einfach ging das nicht. Sie hatten einen Vertrag abgeschlossen. Er war ihr wichtigster Patient!

Sie müsste ihn vergessen machen. Seine Frau, sein Kind, den Unfall, alle bösen Erinnerungen würde sie ihm nehmen. So war die Abmachung. Leider war das jetzt nicht mehr genug, denn nach seinen Androhungen, einen Anwalt gegen sie einzusetzen, war er zu gefährlich geworden. Also durfte er sich nun zusätzlich nicht mehr daran erinnern, dass er unfreiwillig hier war und auf gar keinen Fall, dass er ein Klon war. Es war bedauernswert, ihr ganzes Vorhaben mit ihm war nur noch halb so viel wert. All die Studien, die sie mit ihm als geklonter Mensch - der sich darüber bewusst gewesen wäre, ein Klon zu sein – machen wollte, konnte sie in die Tonne werfen! Jetzt blieb ihr nur noch die geklonte Frau. Auf diese eine Probandin musste sie nun alles setzen. Ein weiteres Mal ergötzte sie sich an dem Anblick des äußerst attraktiven Mannes. Sexuell erregt lief sie am Glaskasten entlang und genoss den nackten Körper. Sein Kopf war kahl, das war weiter nicht schlimm, denn in wenigen Wochen hätte seine Körperbehaarung wieder ihren Normalzustand angenommen. *Was für ein reizvoller Mann er* ist, dachte sie und wischte gedankenverloren mit ihren Fingern auf der

Fläche entlang, als konnte sie damit seine Haut streicheln. Alles an ihm war perfekt proportioniert. Wirklich alles!

Geschult überprüfte sie die Haube, die mit den Kabeln auf dem Kopf des Klons angelegt war. Sie erinnerte sich, als wäre es gestern gewesen, als er, das Original, vor dem Gremium sprach. Dieser hochgewachsene und gutgebaute Mann fiel ihr damals schon ins Auge. Mehr denn je war sie sich sicher, absolut sicher, dass sie das Original nicht hergeben wollte. Wie lange hatte sie auf so eine Situation gewartet? Sein ausgedienter Korpus war ein Schmuckstück, ein Geschenk, das vom Himmel gesandt wurde. Nach wie vor rätselte sie, was es an ihm war, dass er sie so stark an ihren verstorbenen Mann erinnerte, aber Gefühle ließen sich nicht einfach kontrollieren. Und so schlummerte nun das Original einige Zimmer weiter in einem tiefen, traumlosen Schlaf. Irgendwann würde sie ihn wieder aufwecken. Sie hatte große Pläne mit ihm.

Erschöpft verließ sie ihren Arbeitsplatz und machte sich auf den Weg zu ihrem Büro. Dort angekommen, legte sie ihren Arztkittel ab, setzte sich ächzend auf die Couch und zog ihre Schuhe aus. Ihre Füße schmerzten, vorsichtig massierte sie ihre Ballen und legte einen Fuß nach dem anderen hoch.

Es klopfte an der Tür.

»Ja, bitte?«, fragte sie.

Alan kam herein und schloss die Tür hinter sich. Schulter hängend und total aufgelöst schritt er auf sie zu.

»Was ist passiert, Al? Du siehst aus wie sieben Tage Regenwetter.«

Er schob ihre Beine zur Seite und setzte sich zu ihr auf die Couch. »Ich bin es einfach leid. Keith schüttet mich mit Schriftverkehr und Datenablage zu. Was soll das? Ich bin nicht sein Sekretär.«

»Sieh es positiv, Al. Dadurch kannst du viel lernen.«

»Eigentlich dachte ich, dass ich hier, in der biomedizinischen Technik, Wissen anreichern kann und nicht im Ordnen von Dateien meines Chefs.«

»Du bist heute so negativ, Al. Du solltest dich etwas ausruhen. Ich kann gerade keine Aufregung gebrauchen. Ich bin selbst am Limit.« Christine wirkte genervt. Dieser Mann, er benahm sich immer noch so naiv wie ein Schuljunge. Er war zu weich für dieses Unternehmen. Diese Art von Arbeit war nichts für ihn. Das konnte sie, nachdem sie mit ihm nun einige Monate verweilt hatte, mit Sicherheit behaupten. Sie hätte ihn schon längst abschießen sollen. Wenn er nur nicht so verdammt gut im Bett wäre!

»Rede mit Keith. Es gibt für alles eine Lösung.« Christine war zu müde. Sie hatte keine Lust, sich mit dem Thema intensiver zu beschäftigen. Im Grunde genommen war es ihr egal. Er war für sich selbst verantwortlich.

Alan schaute sie jammernd an. »Hast du eine Idee, wie ich mit ihm reden kann, ohne ihm zu nahe zu treten?«

Christine lächelte verschwörerisch und öffnete ihre streng nach hinten gebundenen Haare.

»Ich habe eine Idee, wie du mir *nahe-kommen* kannst«, sagte sie und schüttelte ihren pechschwarzen Lockenschopf.

Dann bückte sie sich zu ihm herüber und zog ihn am Kragen an sich heran. Sie schloss ihre Augen und vor ihr spielten sich die Bilder ihres attraktiven Patienten aus dem Glaskasten ab. Wollüstig griff sie Alan an die Hose und holte sich, was sie brauchte.

36

Mit einem leisen Surren verschwand die Drohne hinter der Hauswand gegenüber. Tom schloss sein Fenster und begutachtete den kleinen gepolsterten Umschlag, der ihm soeben ausgehändigt worden war. Der Absender, das EPIC-Klinikum, ließ ihn unruhig werden. Was wollten sie von ihm? Leicht überreizt riss er ihn auf und fand darin eine edel aussehende Schatulle in blau-metallic mit einem kurzen Anschreiben. Damit hatte er nicht gerechnet.

Im Wohnzimmer angekommen, setzte er sich auf seine Couch und legte das elektronisch gesicherte Schreiben fragend vor sich. Was konnte es sein? Nach dem Streit in Genf hatte EPIC so gut wie nichts mehr von sich hören lassen und das war ihm ganz recht so. Per Face-ID aktivierte er den Empfang und begann, voller Neugierde zu lesen.

Sehr geehrter Herr Verhoeven,

Gratulation! Sie haben es geschafft. Heute ist der 150. Tag seit Ihrer Behandlung in unserer Klinik im Berner Oberland. Eine der modernsten Kliniken Europas.

…

Anbei erhalten Sie Ihre erste Auszahlung über CHF 10.000,-

…

Gerne möchten wir Sie noch einmal ausdrücklich darauf hinweisen, dass Sie eine Verschwiegenheitserklärung bei der Firma EPIC unterzeichnet haben. Ihnen wird untersagt, mit dem Verlauf und/oder jeglichen Informationen über den Versuch an die Öffentlichkeit zu treten.

…

Wow! Zehntausend Schweizerfranken! Diesen Betrag hatte er gar nicht mehr auf dem Schirm gehabt. Kaum hatte er den Brief gelesen, erschien schon eine Push-Up-Nachricht auf seinem Telefon und die Summe wurde ihm gutgeschrieben. Was war in der Schatulle? Er klappte sie auf und fand darin einen gläsernen Datenstift mit der Aufschrift:

THOMAS VERHOEVEN, Vertragsunterlagen/Lebenslauf

Tief im Dunkeln erinnerte er sich. Das Video hatte er vor langer Zeit aufgenommen. Aufregung machte sich in ihm breit. Es war verdammt lange her. Würde er endlich seine offenen Fragen klären können? Vielleicht wäre das der passende Schlüssel zu seiner Amnesie.

Auf keinen Fall wollte er sich dieses Video allein ansehen. Wenige Zeit später saßen er und Monica vor einem Bildschirm. Angespannt umklammerte er ihre Hand. Das Video startete. Darin saß Tom vor einer weißen Wand, seine Haare waren länger und zu einem Man-Bun am Hinterkopf gebunden. Sein dunkelgrünes Hemd war locker aufgeknöpft, so dass es einen Teil seiner Brust entblößte. Die Ärmel wie gewohnt hochgerollt, schaute er konzentriert in die Kamera. Und schon wenige Sekunden später begann er, seinen vollen Vor- und Zunamen aufzusagen, sein Geburtsdatum, Wohnort und Berufsstand.

Monica lehnte sich nach vorne, rückte näher an den Bildschirm. Irgendetwas schien sie zu beunruhigen. Aber sie sagte nichts. Sie schielte einige Male zu der Bildfläche und danach musterte sie ihn.

Sein Ich aus der Vergangenheit erzählte einige Geschichten aus seiner Kindheit, Anekdoten aus der Studentenzeit in London, seine Arbeit, seine Hobbys, sein Leben in Zürich. Alles chronologisch aufgezählt. Wichtige Stationen in seinem Leben.

Für ihn klang alles plausibel. Außer für Monica, sie glotzte weiterhin wie gebannt den Bildschirm an und schon wieder zu ihm. Jetzt wurde ihm klar, was los war. Sie deutete auf die Stelle in seinem Gesicht, an der sich, wie sie ihm bereits erzählt hatte, die Narbe befinden sollte. Nun begann er, genauer hinzusehen. Tatsächlich, da war sie, kaum sichtbar auf der Haut unter dem rechten Auge. Wenn das sein Problem gewesen sein sollte, dann fragte er sich, warum man so einen Hehl daraus machte. Es war lediglich ein kleiner weißer Strich.

Im Großen und Ganzen war er mit dem Video zufrieden. Es zeigte ihm, dass seine Erinnerungen so gut wie zurück waren. Hoffentlich bedeutete es, dass es zu einem baldigen Ende mit seinen Therapiestunden führen würde. Er konnte nur Positives darin sehen, dass er sich an alles genauso erinnerte, wie es in dem Video erzählt wurde. Erleichtert zog Tom den Memorystick aus dem Gerät und lächelte Monica zufrieden an. Er bekam kein Lächeln zurück.

Nichtsahnend schossen ihm Bilderfetzen in den Kopf. Zusammenhanglos, chaotisch und ohne jeglichen Sinn schmetterten sie auf ihn ein. Verwirrt fasste er sich an die Schläfen. Er sah sich selbst mit einem ähnlichen Datenstick in der Hand. Dann ein neues Bild, wie er - sein Telefon auf sich gerichtet - versuchte, etwas aufzunehmen. Was war es? Seine Lippen bewegten sich stumm. Ihm wurde unwohl, sein Magen rebellierte. Nervöse,

verwirrende Gefühle, die er nicht zuordnen konnte, kamen in ihm
auf.

»Stimmt etwas nicht?«, fragte Monica besorgt.

»Mein Kopf hämmert wie verrückt. Keine Ahnung, was mit
mir los ist.«

»Ich hole dir ein Glas Wasser.« Sie sprang auf und betrachtete
ihn mitfühlend.

Die Amnesie war eine fürchterliche Sache. Wie sollte Monica
mit dieser ganzen verrückten Geschichte umgehen? Und warum
ließ man einen Patienten, der sich für einen Versuch in der plasti-
schen Chirurgie freiwillig meldete, ein Video des eigenen Lebens-
laufs aufnehmen? Niemand konnte voraussehen, dass Tom einen
Gedächtnisverlust erleiden würde. Oder doch? Und warum erwähnte er zu keiner Zeit, dass er einmal verheiratet gewesen war,
seine Tochter bei den Großeltern lebte und woher seine Narbe
stammte? Etwas stimmte nicht mit dem Video. Die kleine
Schramme in der Aufnahme war nicht vergleichbar mit ihren Erinnerungen. Ratlosigkeit machte sich in ihr breit. Sie nahm ein
Trinkglas aus dem Küchenschrank und drehte den Wasserhahn
auf. Sollte sie etwas unternehmen? Ihn aufklären? Wäre es richtig,
ihm die wahre Geschichte zu erzählen? Durfte man überhaupt
Menschen, die eine Amnesie erlitten hatten, so brutal mit der
Wahrheit konfrontieren? Sie hatte panische Angst davor, in ihm
etwas zu zerstören. Seine bereits kranke Seele noch mehr zu verletzen, als sie es eh schon war. Warum sagte seine Therapeutin
nichts? Warum sprach sie ihn nicht auf seine tote Frau an?

Zaghaft reichte sie ihm das Glas. Er trank und lächelte gequält. Sie wollte, dass er glücklich war. Und verdammt noch mal,
sie hatte es auch verdient, glücklich zu sein!

37

Das Projekt ging in seine nächste Phase. Sobald das Video von den Probanden gesichtet worden war, gab es eine Sondersitzung. Natürlich war Tom neugierig geworden und Christine Macron merkte, ihr Patient wollte und brauchte Antworten. Eine lästige Aufgabe, die sie gerne von sich geschoben hätte, stattdessen hörte sie sich an, wie er seine Déjà-vus thematisierte, Dinge, die er nicht begreifen konnte, ansprach. Vorsicht war ab jetzt ihr ständiger Begleiter. Unter keinen Umständen wollte sie in die Falle tappen und ihm zu viel preisgeben. Wie einfach alles hätte sein können, wenn er sich damals nicht gegen sie gestellt hätte. Dieses Mal war sie gut vorbereitet. Was nutzte es ihr, wenn sie sich grämte, dass er ihre einstmaligen Pläne zerschlagen hatte, indem er sich weigerte, an dem Projekt teilzunehmen? Ja, es wäre so viel einfacher gewesen, mit ihm offen und ehrlich über alles reden zu können. Es sollte nicht sein, also wählte sie geschickt ihre Worte, sodass er verstand, worüber sie sprach, benutzte Erklärungen, die ihn beruhigen würden und ihn dazu veranlassten, keine Hintergedanken zu entwickeln.

»Es tut mir leid, dass ich Ihnen keine perfekte Antwort darauf geben kann. Aber unser Gehirn ist ausgesprochen komplex. Es ist ein unberechenbares Organ. Manchmal spielt es uns etwas vor, was es nie gegeben hat!« Sie machte eine kurze Pause, um dem Gesagten eine besondere Tiefe zu geben. »Es kann sein, dass Ihr Gehirn Dinge, die es sich nicht erklären kann, mit Bildern zu füllen versucht. Kurz gesagt: Es versucht, es für Sie besser greifbar zu machen.«

Er nickte.

»Warum erinnere ich mich nicht an den Tag, an dem ich in Ihre Klinik gebracht wurde?«

Genau diese Frage hatte sie gehofft, umgehen zu können. Hoffentlich würde es nicht zu kompliziert werden. Ihre Patientin RATNA stellte damals keine Fragen. Wer hätte vorausahnen können, dass das alles so hinderlich werden könnte? Inständig hoffte sie, dass keine weiteren Déjà-vus auftauchen würden. Dabei war der Bildertest während des Entlassungsgespräches in der Klinik glänzend verlaufen. Sie erinnerte sich: Als sie ihm ein Bild von seiner toten Frau vorgelegt hatte, zeigte er keinerlei Reaktion. Es gab lediglich einen fragenden Blick seinerseits.

»Keine Ahnung! Ist sie vielleicht eine Schauspielerin?«, hatte er ratlos geantwortet.

Auch wenn Christine damals hätte jubeln können, sie musste Ruhe bewahren, ihr Patient sollte nicht verunsichert werden.

»Finden Sie, ja? Ich stimme Ihnen zu, die Frau sieht tatsächlich so hübsch aus wie ein Filmstar.« Sie grinste breit. »Aber Herr Verhoeven, keine Bange, ich wollte Sie nur prüfen. Natürlich ist sie nur eine KI-generierte Person, die wir aus unserer Datenbank gegriffen haben. Das war nur ein Test!« Diese Lüge saß perfekt.

»Professor Macron! Sie sind mir eine. Sie wollen mich also hinters Licht führen«, hatte er gescherzt.

Eine passende Antwort musste her. Nun waren sie, wie es aussah, an einen Punkt geraten, an dem es kniffelig wurde.

»Warum Sie sich nicht erinnern? Das ist eigenartig, denn wir hatten Ihnen alles vorher erklärt.«

Macron war sich keiner Lüge zu schade. »Sie wurden von unserem Pflegeteam zu Hause besucht, man hatte Sie für die Behandlung vorbereitet und in die Klinik mitgenommen, alles wie besprochen. Alle unsere Patienten haben das so durchlaufen«, schwindelte sie. »Herr Verhoeven, daran ist nichts ungewöhnlich. Alles läuft nach Plan.«

Mit wenigen Worten viel gesagt, dachte sie und freute sich innerlich über ihren genialen Einfall.

Nun nahm sie einen vertrauenswürdigen Blick an und schaute ihm in die Augen. Er war konzentriert, aber nicht weit davon entfernt, geknackt zu werden. Gleich hätte sie ihn so weit.

»Herr Verhoeven. Thomas. All unsere Patienten freuen sich über die positiven Eigenschaften der Frischzellenkur. Sie doch bestimmt auch?«

Tom lächelte verhalten. Na also, nun hatte sie ihn an der richtigen Stelle erwischt.

»Jugendliche Frische, keine Gliederschmerzen, wie geht es Ihrem Knie?«

»Prima«, antwortete er.

»Sehen Sie. Und wenn Sie einmal zu wenig geschlafen haben oder eine Nacht durchfeiern, wie fühlen Sie sich am nächsten Morgen?«

»Fantastisch! Wie ein Achtzehnjähriger.«

»Genau. Wie ein Achtzehnjähriger. Das haben Sie alles diesem Eingriff zu verdanken. Ist das nicht wunderbar?«

»Das ist es. In der Tat.«

»Dass Sie anschließend eine Amnesie erlitten, konnten wir nicht voraussehen. Aber Sie wissen, in der Medizin läuft nicht immer alles glatt. Nun haben Sie Ihr Video gesehen. Und haben Sie immer noch das Gefühl, dass Ihnen viele Erinnerungen verloren gegangen sind?«

Tom überlegte eine Weile. »Ich denke, es ist fast alles wieder zurück. Das Video war äußerst hilfreich für mich. Danke. Das war eine fantastische Idee.«

Er bedankte sich. Nun hatte sie ihn für sich gewonnen.

»Herr Verhoeven, genießen Sie Ihr Leben! Genießen Sie es mit dem Wissen, etwas Großartiges für die Forschung getan zu haben. Dank Ihrer Teilnahme und die der anderen Testpersonen können wir Gutes tun. Wir können hilfsbedürftigen Menschen eine Chance auf ein besseres Leben bieten.«

Sein angespanntes Gesicht verwandelte sich und er schenkte ihr ein Lächeln.

»Und deshalb, Herr Verhoeven, haben nicht Sie zu danken, sondern wir! Die Firma EPIC dankt Ihnen für Ihren tatkräftigen Einsatz.«

38

Seit Stunden saß sie vor ihrem Bildschirm und grübelte darüber, wie sie das Gedankengut ihres verstorbenen Mannes in das Gehirn des Spenderkörpers einspeisen könnte, ohne zu großen Schaden anzurichten. Ihr Vorhaben musste geheim bleiben. Niemand brauchte davon erfahren, dass sie sich ein Original unter den Nagel gerissen hatte. Denn der Projektplan besagte, dass die Probanden, nachdem sie ihre DNA abgegeben hatten und ihr Gedankengut vollständig an den Klon übertragen worden war, ins künstliche Koma versetzt werden mussten. Man behielt sie aus Sicherheitsgründen, für den Fall, dass unvorhersehbare Komplikationen bei den Klonen auftreten könnten. Es gab nichts zu beschönigen, die weitere Lebenszeit der Originale war begrenzt, es war ihre Endstation.

Christine war auf der Suche. Sie brauchte eine Idee. Eine Formel, damit sie fähig wäre, Platz in dem Gehirn des Patienten für sein neues Ich zu schaffen.

Gefühlvoll betrachtete sie Cyrils Gehirn, das konserviert in einem Glas neben ihr auf dem Schreibtisch schwamm. Ihr geliebter Ehemann, was würde er ihr raten? Sie vermisste ihn so sehr. Nachdem seine Autoimmunerkrankung aufgetreten war, war sie zutiefst erschüttert, lange nicht bereit gewesen ihn aufzugeben. Bis der Zeitpunkt gekommen war, dass ihr klar wurde, sie würde den Kampf, ihn zu retten, verlieren. Es gab Anzeichen, schon lange vor dem Ausbruch. Cyril wollte es nicht wahrhaben, sie wollten es beide nicht wahrhaben. Was für eine Tragik, dass ihnen schlussendlich die Zeit davonlief und die Chemotherapie ihm den Rest gab. Dabei sah es für eine kurze Zeit ganz danach aus, dass ihr noch vor seinem Tod der Durchbruch gelänge. Wie niederschmetternd, als sie an seinem Totenbett saß und ihm nichts anzubieten hatte. Noch bevor er seinen letzten Atemzug tätigte, sicherte sie sein Gedankengut. Nie wieder würde sie in seine Augen sehen können, nie wieder seine ruhige und warmherzige Stimme hören. Nur eines war ihr geblieben: sein Geist, abgespeichert auf einem Datenträger.

Nun wartete er, die Liebe ihres Lebens, auf eine neue Chance.

»Dors bien ma chérie«, sagte sie sanft. »Bald werde ich dich wieder aufwecken. Ich verspreche es.«

Das Gespräch mit Thomas Verhoeven war außergewöhnlich gut verlaufen. Sie war sich sicher, dass sie ihn nun so weit hatte. Endlich hörte die Fragerei auf. Alle Weichen waren gestellt, er war bereit, sein manipuliertes Bewusstsein zu akzeptieren.

Unzählige Stunden hatte sie sich einst den Kopf zerbrochen, mit ihrem Programmierer stets auf der Suche, einen Weg zu finden, die gespeicherten Erinnerungen eines Menschen zu modifizieren. Als sich damals dieser hochgewachsene Holländer als Versuchsperson anbot, war sie wie elektrisiert. Eine gewisse Ähnlichkeit mit Cyril in seinen jungen Jahren war nicht abzustreiten. Dabei war sie sich nicht einmal sicher, ob es am Aussehen lag oder an seinem ruhigen und zurückhaltenden Wesen.

Damals, als er sich bei ihr vorstellte, arbeitete sie gerade an der Gedankenschere für die Schimpansin. Im Leben hatte sie nicht damit gerechnet, in so kurzer Zeit und ohne große Probleme einen Menschen zu finden, der sich ihr als Patient anbot. Nachdem sie ihm den Prozess des Klonens erklärt hatte, sprach er sie aus heiterem Himmel an. Er bettelte förmlich danach: »Können Sie mir, neben einem neuen Körper, auch zufällig neue Erinnerungen anbieten?«, fragte er laienhaft.

War das ein Zeichen? Kaum zu fassen, sie musste diese Chance ergreifen, ihr wurde eine Gelegenheit geboten, die sie einfach nicht abschlagen konnte. Und wie wunderbar, dieser Mann wollte sich ganz freiwillig zur Verfügung stellen. Er war bereit, alle Risiken einzugehen, sogar dann, wenn der Versuch fehlschlagen sollte.

Für alles andere war Christine blind. Hochgradig in Euphorie ausgebrochen, verschwendete sie keinen Gedanken daran, dass dieser Mann aus Verzweiflung handeln könnte. Gerade sie, mit ihrem geschulten Auge, hätte erkennen müssen, dass dieser Mann todesmüde war, dass er sich augenscheinlich in einer schweren Depression befand und einen Ausweg für sein Dilemma suchte. Skrupellose Christine Macron, Professorin der Neurologie, sie hinterfragte nichts. Seine Geschichte berührte sie wenig, eigentlich gar nicht. Der Weg war das Ziel.

39

In den Medien ging eine mysteriöse Meldung um. Eine Frau hatte sich auf spektakuläre Weise das Leben genommen. Die Bilder wirkten verstörend, denn sie filmte sich dabei, während sie sich selbst tötete. In einem fünfminütigen Monolog behauptete sie, sie sei geklont worden und man hätte ihr ihren Körper gestohlen. Die Schlagzeilen nahmen kein Ende und die Begutachter des Videos hielten sie für eine psychisch kranke Frau. Sie war seit einiger Zeit in ärztlicher Behandlung, so sagte man.

Monica blieb erschüttert vor ihrem Bildschirm stehen und schaute auf die eingeblendeten Bilder der Selbstmörderin. Auf einem der Fotos hatte die Frau stoppeliges kurzes Haar, beinahe eine Glatze. Ihre Gedanken kreisten.

Tom war noch bei der Arbeit. Sie wollte ihren freien Tag nutzen. Die Wohnung musste unbedingt ausgemistet werden.

Als er ihr an ihrem Geburtstag verkündete, er möchte mit ihr zusammenziehen, konnte sie ihr Glück kaum fassen. Es würde wundervoll werden, wenn er hier ganz und gar einzöge.

Sie mochte seinen Wohnstil und die vielen alten Dinge, die er sammelte, sie würden perfekt hier hineinpassen. Auch sie hatte ein Faible für Antikes. Verträumt spähte sie zu ihrem Schminktisch. Dort stand ein kleines Spieluhrenkarussell. Es war ein bisschen kitschig, aber sie liebte es, denn Tom hatte es ihr geschenkt. Man konnte es an der Seite mit einer kleinen Kurbel aufdrehen, dann spielte es Bolero und die Pferdchen im Karussell bewegten sich auf und ab.

Nicht mehr lange und Tom würde ganz offiziell seine eigene Seite des Schrankes bekommen. Nach und nach schaffte sie Platz, sortierte alte T-Shirts und Hosen aus, um sie dann in einer großen Tüte verschwinden zu lassen. Viele Kleidungsstücke würde er nicht mehr mitbringen, der größte Teil hing sowieso schon hier. Auf der Suche nach einem weiteren Müllsack stolperte sie ungeschickt über eine offenstehende Kommodenschublade und stieß sich das Schienbein. Das selbstgeschaffene Chaos übermannte sie. Wie sollte sie das nur bis abends wieder in den Griff bekommen? Und wie blauäugig von ihr, sich für einen einzigen freien Tag so viel vorzunehmen.

Es klingelte an der Tür. Das fehlte ihr gerade noch, sie hatte genug um die Ohren. Verärgert ließ sie alles stehen und liegen und griff nach ihrem Telefon.

»Ja, bitte?!«, rief sie in ihre Ring-App.

Eine jugendliche Stimme erklang auf der Videotürklingel.

»Hallo. Ich komme vom Notariat Schenker. Ich habe Ihnen einen Umschlag zu überbringen.«

»Legen Sie ihn in den Briefkasten. Ich hole ihn später«, sagte sie knapp. Sie wollte den Jungen abwimmeln. Warum schickten sie die Post nicht per Drohne, so wie es üblich war?

»Das geht nicht«, widersprach der junge Mann. »Sie müssen mir den Empfang des Briefes persönlich bestätigen. Dieser Umschlag ist von äußerster Wichtigkeit, hat mein Chef gesagt.«

»Okay, kommen Sie rauf.« Monica schnaufte leicht gereizt und öffnete ihre Wohnungstür einen Spalt.

Wenige Zeit später stand ein blonder junger Kerl mit einem DIN-A4-Umschlag vor ihr. Monica begutachtete ihn misstrauisch.

»Darf ich?«, erkundigte sich der Junge und hielt ihr sein Telefon vor die Nase. Es ertönte ein leises *Bing* und der Iris-Scan für die Empfangsbestätigung war erledigt. Der Überbringer schien etwas eingeschüchtert von ihrem Auftreten zu sein. Das war ihr egal, sie hatte keine Zeit für nettes Geplänkel.

»Ich soll Ihnen von meinem Chef ausrichten, dass wir uns bei Ihnen aufrichtig entschuldigen«, stotterte er vor sich hin. »Es gab Ungereimtheiten in unserer Versandabteilung und deshalb kommt dieser Umschlag erst so spät bei Ihnen an.«

»Ja, ja-a-a«, entgegnete Monica ungeduldig. »Geben Sie ihn schon her. Es wird nicht die Welt untergehen.«

Auf dem Weg zurück in ihre Küche schaute sie forschend auf den Absender. Ungeduldig öffnete sie den Umschlag und las das Anschreiben.

Sehr geehrte Frau Weiss,
unser Klient Thomas Verhoeven hat uns den Auftrag erteilt, Ihnen zu folgendem Datum, 15. März 2100, diesen Umschlag auszuhändigen, sowie den beigefügten Memorystick.

Unfassbar! Das Auslieferungsdatum war für März datiert gewesen? Von wegen Ungereimtheiten, selbst mit der Schneckenpost wäre der Umschlag schneller ausgeliefert worden. Sie griff hinein, darin befand sich ein weiteres Anschreiben. Es war per Hand geschrieben …

Monica,

gewisse Umstände haben mich dazu veranlasst, dir diesen Brief von einem Notariat aushändigen zu lassen. Ich habe dieses Datum mit bestem Gewissen gewählt und hoffe, dass du, wenn du das hier liest, noch an meiner Seite sein wirst …

Monica fragte sich, wie Tom das meinte.

…

Alle weiteren Erklärungen findest du auf dem beigelegten Memorystick. Ich möchte dich um äußerste Diskretion bitten! Erzähle niemanden, dem du nicht vertraust, von dem Inhalt des Datenträgers und gebe ihn auf keinen Fall weiter.

Dein Tom

Erschrocken ließ sie den Brief aus ihren Händen gleiten. Was hatte das zu bedeuten? Und was konnte auf dem Datenstick sein? Unentschlossen legte sie ihn auf ihre Küchenzeile. Nach all den bösen Überraschungen, die sie mit Tom erlebt hatte, war sie sich nicht sicher, ob sie noch mehr davon ertragen könnte. Das Misstrauen gegenüber EPICs Video und Toms Reaktion, als er glaubte, endlich nicht mehr im Dunklen zu tappen. Alles war äußerst suspekt. Eigentlich wäre es längst überfällig gewesen, mit ihm zu reden. Wäre sie nur nicht zu feige. Sie wollte am liebsten alles vergessen und die unangenehmen Dinge ganz weit unten in einer Grube vergraben. Es war nicht richtig, das wusste sie. Aber sie war auch nur ein Mensch. Der Kindergeburtstag rückte immer näher, ob sie wollte oder nicht, und zu allem Unheil war Toms Mutter gewissermaßen in Erwartungshaltung. Wie sollte sie ihm das Ganze beibringen? Das war schlicht und einfach zu viel verlangt. Wie sollte sie das alles bewältigen?

Ängstlich steckte sie den Memorystick in ihr Lesegerät. Sie fand mehrere Dateien und ein Video. Sie klickte auf das Video-Symbol. Der Film begann abzuspielen.

»Mein Name ist Thomas Verhoeven, ich wurde am 29. August 2066 in Den Haag geboren ...«

Monica erkannte Toms Esszimmerwand im Hintergrund.

»Das Video nehme ich auf, damit ich mich erinnere und um Dinge klarzustellen. Dieser Film ist meine Lebensversicherung.«

Genau wie schon in dem Video, das von EPIC versendet worden war, zählte Tom chronologisch seinen Lebenslauf auf. Die Aufnahmen glichen anfänglich einander sehr. Bis Tom über seine Hochzeit zu erzählen begann. Er sprach über die Geburt seiner Tochter, die glücklichen Jahre miteinander. Als er tapfer von dem tragischen Unfall seiner Frau und dem ungeborenen Baby berichtete, fühlte sich Monica furchtbar schwer. Er erzählte so sachlich wie möglich, dass er nach dem Tod seiner Frau Marie zu ihren Großeltern brachte, wie sehr er das Mädchen liebte und wie verloren er sich fühlte. Kopfhängend kamen verzweifelte Worte aus ihm heraus. Seine Stimme war schmerzerfüllt, beschämt erklärte er sich als einen Feigling. Einer, der sich nicht traute, sich seiner Vergangenheit zu stellen. Dann ganz unverhofft erhob er seinen Kopf und ermutigte sich selbst, den Kontakt zu ihr wieder aufzunehmen. Zum Ende des Videos sprach er direkt zu Monica.

»Mo, ich hoffe, dir geht es gut? Wenn du das siehst, habe ich versagt.« Schnaufend strich er sich mit den Händen übers Gesicht. »Ich habe einen großen Fehler begangen. Lange bevor wir uns

kannten, schrieb ich mich als Versuchsperson für ein Forschungsprojekt ein. Ich kann es mir nicht erklären, was ich mir daraus erhoffte. Nachdem Silvia gestorben war, bekam ich eine schwere Depression. Keine Ahnung, wie oft ich ans Schlussmachen dachte.«
Er zuckte mit den Achseln. »Als ich von den Möglichkeiten, die
EPIC anbot, erfuhr, kam es mir wie eine Offenbarung vor. Im
Nachhinein kann ich behaupten: Sie haben mich genau zum richtigen Zeitpunkt erwischt, denn ich war an einen Punkt geraten, an
dem ich mir nicht mehr zu helfen wusste. Ich hätte alles gemacht,
um nur eine Nacht ohne Alpträume zu verbringen. Diese Firma
bot mir die Chance für einen Neuanfang. Einmal Reset und Neu-
start. Ich dachte, in einem neuen Körper, mit einem frischen Geist,
könnte ich all die alte Last abstreifen. Als mir Professor Macron
auch noch das Angebot machte, mich von den schlimmen Erinnerungen des Unfalls zu befreien, war ich davon überzeugt, den
richtigen Weg zu gehen.« Er atmete tief aus, als würde es ihn er-
leichtern, endlich alles von sich zu geben.

Monica grübelte. Was meinte er damit, sich von seinen
schlimmen Erinnerungen zu befreien? Wie sollte das gehen?

»Wenn ich ehrlich bin, habe ich, als ich für den Versuch ein-
schrieb, einen Scheiß darauf gegeben, ob ich dabei Hops gehe oder
nicht. Ich gab meinem Leben keine Bedeutung mehr. Dann kamst
du. Monica, bitte denke nicht schlecht über mich. Ich bereue es,
dass ich dich im Ungewissen gelassen habe. Du hast die Wahrheit
verdient.
Ehrlich, ich war hin- und hergerissen. Silvia wurde mir viel
zu früh genommen. Ich war lebensunfähig. Als ich gemerkt hatte,
wie wichtig du mir bist und ich lernte, mit meiner Vergangenheit
umzugehen und damit abzuschließen, habe ich EPIC informiert.

Ich habe ihnen mitgeteilt, dass ich kein Interesse mehr als Versuchsperson habe. Diese fiesen Ratten ignorierten meine Wünsche und Forderungen, gingen auf meine Absage nicht ein. Ich habe ihnen sogar mit dem Anwalt gedroht. Das interessiert sie wenig, sie bestehen weiterhin darauf, dass ich zu dem Versuch erscheine, und pochen auf den abgeschlossenen Vertrag. Ich habe eine wahnsinnige Angst! Ich weiß gar nicht, wie ich dir das erklären soll.«

Monica schaute aufgelöst auf den Bildschirm. Auf einmal fielen ihr die Nachrichten über die Selbstmörderin wieder ein. Gab es hierzu eine Parallele? Kannte Tom diese Frau?

»Ich habe keine Ahnung, was als Nächstes passiert. Und ich mache mir Vorwürfe, warum ich mit dir bis jetzt nicht darüber gesprochen habe. Es tut mir leid, dass ich dich so enttäuscht habe. Aber ich habe die Hoffnung, dass es klappt, mit dir heute Abend über alles zu reden.«

»So ein Scheiß!«, schrie Monica den Bildschirm an.

Sie hatte ihn vor seinem Urlaub nicht mehr gesehen. Dieser bescheuerte Schneesturm war ihnen in die Quere gekommen. Warum war sie nicht zu Fuß gelaufen?

»Ich kann nicht in die Zukunft blicken. Falls es eingetroffen ist und ich gegen meinen Willen behandelt wurde, möchte ich dich bitten mir zu helfen, diese Firma zu Fall zu bringen. Ich habe all meine E-Mails von EPIC und sonstige Informationen auf diesem Datenstift abgespeichert. Mach dich auf das Schlimmste gefasst. Gehe davon aus, dass EPIC alles abstreiten wird. Außerdem lege ich dir den Schlüssel meines Schließfaches in der Kantonalbank bei. Dort bewahre ich weitere wichtige Gegenstände von mir auf. Ich hoffe, die Dinge werden uns helfen zu beweisen, dass diese Firma korrupt und skrupellos ist. Sei auf der Hut! Sie haben überall ihre Augen und Ohren.«

Flehend blickte er ein weiteres Mal in die Kamera.

»Bitte helfe mir! Finde mich. Ich liebe dich.«

Monica steckte wie paralysiert den Stick in ihre Hosentasche. Verstört lief sie in ihrer Wohnung auf und ab.

»Ich wusste es. Diese Schweine! Sie haben das erste Video gefaked.« Fluchend kickte sie gegen den Altkleidersack. Aber was meinte Tom, als er über einen frischen Geist sprach? Konnte er sich nicht wenigstens einmal richtig ausdrücken? Hatten sie etwa seine Gedanken manipuliert? Ging so etwas überhaupt? Ihr Herz schlug bis zum Hals. Verzweiflung und Furcht waren übermächtig. Instinktiv hatte sie es die ganze Zeit geahnt. Er war verändert, nachdem er aus den Ferien zurückgekommen war. Nun hatte sie den handfesten Beweis, dass EPIC eine kriminelle Institution war, aber wie sollte es nun weitergehen? Was war das für eine Firma, die solche extremen Versuche an Menschen ausführte?

Als sie in ihre Küche lief, spielte der Newsticker erneut die Meldung der Selbstmörderin ab. Hastig griff sie nach der Fernbedienung und stellte den Ton an. Ein weiteres Mal sah sie sich wie gebannt den Ausschnitt aus dem Fernsehbericht an. Die Frau namens Anja zeigte aufgeregt ein Schreiben in die Kamera. Einen Vertrag, den sie unterschrieben hatte. Sie sagte, man habe ihren Körper gestohlen. Und dann erkannte Monica das Firmenlogo auf dem Briefkopf.

Mittig in vier großen Buchstaben stand:

EPIC
Humane Genforschung

Ein lauter Schrei entfuhr ihren Lippen. Hastig griff sie nach ihrem Telefon und rannte aus der Wohnung.

40

Als Diane die Tür öffnete, stürmte Monica außer Atem in ihre Wohnung hinein. Verschwitzt, ihre Haare zerzaust. Sie sah aus, als hätte sie ein Geist getroffen.

»Langsam. Bist du auf der Flucht?«

»Diane, setz dich bitte hin, ich muss dir eine krasse Geschichte erzählen! Wir haben keine Zeit zu verlieren.«

»Okay, okay, ich höre zu. Lass uns in die Küche gehen, ich koche Kaffee.«

Verwundert über Monicas Auftreten lief sie voraus. Wochenlang meldete sie sich kaum, machte sich rar und dann tauchte sie wie aus dem Nichts auf und alles sollte schnell gehen. Natürlich hatte sie Verständnis für ihre nun endlich ins Rollen gebrachte Liebe, aber manchmal fühlte sie sich ein wenig wie ein ausgedientes Spielzeug, das man in der Ecke liegengelassen hatte. Zum Glück war sie weise genug, um zu erkennen, dass ihre Freundschaft stark genug war, sie würde daran nicht zugrunde gehen. Was sie allerdings nicht wusste, war, dass Monica scheinbar Probleme hatte und das kränkte sie.

»Kann ich dir vertrauen?«, fragte Monica immer noch schnaufend.

Die Kaffeemaschine röchelte im Hintergrund.

»What the fuck? Willst du mich verarschen?« Diane zog eingeschnappt ihre Augenbrauen zusammen.

»Sorry für die Frage. Aber was ich dir jetzt erzähle, ist absolut geheim. Hast du verstanden?«

»Was ist denn mit dir los? Hast du jemanden mit dem Fahrrad überrollt?«

Monica holte weit aus, erzählte von Toms angeblichem Urlaub im Februar, seiner Behandlung in einem Versuchslabor, das er persönlich als eine Frischzellenkur beschrieb, bis zu dem Punkt, dass Toms Amnesie womöglich gar keine war, sondern seine Gedanken manipuliert wurden.

Diane starrte sie ungläubig an. Vorsichtig stellte sie den heißgebrühten Kaffee auf den Tisch.

»Die Firma heißt EPIC, sagst du?«

Es begann sie zu frösteln. Nie im Leben hätte sie geglaubt, diesen Namen in Verbindung mit ihrer besten Freundin bringen zu müssen.

»Ja. Sie arbeiten scheinbar im Gebiet der humanen Genforschung.«

»Frischzellenkur. Hat das etwa seine Narbe verschwinden lassen?«, fragte Diane vorsichtig.

»Du stellst fragen. Ich habe keine Ahnung.«

Besorgt inspizierte Diane ihre Freundin. Hatte sie etwa geweint?

»Also, laut Tom fand alles auf freiwilliger Basis statt. Aber in seinem Video behauptet er, gegen seinen Willen behandelt worden zu sein.«

»Was denn für ein Video?«

Ohne Diane aus den Augen zu verlieren, griff sie in ihre Hosentasche und klatschte erst den einen Datenträger auf den Tisch und dann einen zweiten.

»Es gibt zwei Videos! In einem erzählt er nur die halbe Wahrheit und in dem anderen sagt er, er wolle seine Vergangenheit vergessen machen. Nachdem er mich kennenlernte, wollte er alles abblasen, aber sie haben ihn nicht gelassen. Sie haben ihn gegen seinen Willen behandelt. Gegen seinen Willen! Was sind das für Zustände?« Monica kippte den Kopf auf den Tisch und verschränkte ihre Arme darüber. »Ich mag nicht mehr. Ich schnappe noch über.«

»Jetzt beruhige dich erst einmal«, erwiderte Diane und streichelte ihr sachte über die Schultern.

»Ich will dich nicht mit hineinziehen, bitte verzeih mir. Aber ich weiß mir nicht mehr zu helfen. Wie es aussieht, haben sie ihm eine Gehirnwäsche verpasst. Kannst du dir so etwas Irres vorstellen?«

Diane versuchte, sich zurückzuerinnern. Was sagte dieser John Scotland noch einmal? Menschen könnten ihr Leben verlängern, es noch einmal von vorne leben. Sie war eine schlechte Zuhörerin - damals glaubte sie, das sei alles Zukunftsgerede. Etwas, das sich wie aus einem Sciencefiction-Film anhörte, konnte doch nicht in so kurzer Zeit Realität werden.

Wie ferngesteuert nahm Monica den ersten Datenträger zur Hand und steckte ihn in Dianes Tablet. Fassungslos schauten sie sich den ersten Film an, in dem Tom seinen geschönten Lebenslauf erzählte. Und dann begannen sie mit dem Video, das Tom zu Hause in seinem Esszimmer aufgenommen hatte. Diane schüttelte immer wieder ungläubig den Kopf.

»Schau mal, da ist ja die Narbe«, sagte sie zwischendurch. Es war zu unwirklich. Wenn das alles tatsächlich schon machbar wäre, wie lang würde es dauern, bis EPIC anfangen würde, seine ersten bezahlenden Patienten zu behandeln? Sie wusste nicht, ob sie sich darüber freuen oder angsterfüllt davonrennen sollte. Wenn ihre Mutter davon erführe! Sie wäre die Erste, die sich behandeln lassen würde, so viel stand fest. Still rührte sie in ihrem Kaffeepott und betrachtete, wie sich die Flüssigkeit zu einem Strudel bewegte. Die Charité-Veranstaltung und Toms Ereignis. Wie lange lagen sie auseinander? Nie im Leben hätte sie es für möglich gehalten – als der CEO von EPIC von den Zukunftsmöglichkeiten schwärmte –, dass hinter verschlossenen Türen das Projekt bereits voll im Gange war.

Sie sollte besser vorsichtig sein. Wie würde es Monica aufnehmen, dass sie sich auf solchen grotesken Geldgeber Veranstaltungen aufhielt? Reichte es aus, ihr zu erklären, dass sie nicht freiwillig dagewesen war? Dass sie nur aus Pflichtgefühl zu ihren Eltern mitgegangen war? Und vor allem, wie konnte sie ihr ohne schlechtes Gewissen beibringen, dass ihre Eltern ein Vermögen an EPIC gespendet hatten? Sollte sie es ihr überhaupt erzählen?

Langsam zog sie den Löffel aus der Tasse und lutschte ihn ab.

»Du musst Tom auf jeden Fall den Film zeigen«, sagte sie entschlossen. Es tat ihr alles furchtbar leid. Lala hatte recht, Menschen sollten nicht Gott spielen.

»Ich weiß, aber ich habe eine wahnsinnige Angst vor seiner Reaktion«, erwiderte Monica. »Er wird nicht verstehen, was los ist.«

»Dann sind wir schon zu dritt. Aber egal, ob es dir gefällt oder nicht: Du bist es ihm schuldig. Er bittet dich ausdrücklich in dem Video um Hilfe. Verstehst du denn nicht, wie ernst die Lage ist?«

»Wie soll er verstehen, was mit ihm passiert ist? Ich kapiere
selbst nicht, was das bedeuten soll. Ist er tatsächlich geklont worden? Welcher Tom spricht überhaupt in dem Video zu mir?«

»Ich weiß, Babe. Geklont zu werden – das in zwei Wochen –
hört sich verrückt an. Aber aus welchem Grund sollte Tom dich
anlügen? So eine Geschichte erfindet man nicht.«

»Wo soll ich nur anfangen?« Monica war den Tränen nahe.
»Ich kann das nicht. Ich werde ihm damit das Herz brechen. Er ist
gerade so glücklich. *Wir* sind endlich glücklich. Diane, wir sind
kurz davor zusammenzuziehen. Ich würde damit alles zerstören.
Die ganze Tragödie, die er bereits durchgemacht hat, die schlaflosen Nächte, alles ginge wieder von vorne los.«

Diane tröstete Monica. »Natürlich schaffst du das. Du bist
eine starke Frau.« Sie lief um den Küchentisch herum und nahm
sie in ihre Arme. Gefühlvoll strich sie ihr durchs Haar. Bei Gott, sie
liebte dieses Mädchen! Monica bräuchte sie nur darum bitten, sie
würde alles für sie tun.

»Ich bin mir sicher, dass er mit der Lüge leben kann, dass er
sein Gedächtnis während eines Versuchs für eine banale Frischzellenkur verloren hat. Verdammt! Wie wird er reagieren, wenn ich
ihm erzähle, dass er gezielt daraufhin gearbeitet hat, zu vergessen?«, fragte Monica.

»Ich verstehe dich, aber ich würde eher die Wahrheit vorzie-
hen, als ihn anzulügen. Oder?«, erwiderte Diane und fühlte sich
mitschuldig. Sie musste sich entscheiden. Auf welcher Seite wollte
sie stehen? Auf der Seite von EPIC, die versprachen, ihrer Mutter
einen gesunden Körper und Geist zu ermöglichen, oder auf der
Seite ihrer besten Freundin?

»Eigentlich wusste ich bereits, dass er eine Tochter hat«, ge-
stand Monica. »Seine Mutter hat es mir bei unserem Besuch in Den
Haag erzählt.«

Diane fiel aus allen Wolken. »Wie bitte? Du wusstest das alles schon?«

»Nicht alles. Aber das.«

»Monica Weiss. Ich erkenne dich nicht mehr wieder! Seit wann reden wir nicht mehr miteinander? Du und ich, wir reden doch immer über alles.«

Monica ließ beschämt den Kopf hängen. »Es tut mir leid. Du hast recht, aber auf mich rieseln gerade so viele Dinge ein. Ich weiß gar nicht, wie ich das alles verarbeiten soll.«

»Und du hast seitdem nichts unternommen?«

»Sag du mir, was ich tun soll. Ich bin keine Psychologin. Was passiert mit ihm, wenn ich ihn damit konfrontiere? Ich habe tausend Fragen und zweitausend Antworten! Soll ich ihm die geschönte Wahrheit mitteilen oder die eiskalte und bitterböse? Würdest du mit dem Gewissen weiterleben wollen, dass du dir, aus einer tiefen Depression heraus, deine Erinnerungen an deine Frau und Kind hast löschen lassen?«

Was für eine verzwickte Lage. Diese Geschichte war selbst Diane eine Nummer zu groß.

»Hör zu«, sagte sie. »Tom hat die Wahrheit verdient. Egal wie schmerzvoll es werden wird. Überlege gut. Möchtest du ihm seine Bitte wirklich ausschlagen? Willst du mit dem Wissen weiterleben und so tun, als sei nichts geschehen? Du darfst die Augen davor nicht verschließen, nur weil es bequem ist!«

41

Sonnenstrahlen durchfluteten Monicas Küche. Sie saß bereits seit sechs Uhr morgens an ihrem Küchentisch und surfte nach Informationen über EPIC. Die Nacht hatte sie kaum geschlafen, immer wieder rollte sie sich unruhig hin und her, ihr Kopf hörte nicht auf zu arbeiten.

Der Memorystick lag versteckt in ihrer Kommodenschublade, genauso wie Toms traurige Vergangenheit ruhte er an einem dunklen Ort und wartete darauf, ans Tageslicht gebracht zu werden. Ihre Angst vor Toms Reaktion war zu übermächtig. Sie brauchte einen Plan, und zwar einen richtig guten. Auf keinen Fall wollte sie ihm unvorbereitet damit vor den Kopf stoßen. Bevor sie den entscheidenden Schritt wagen würde, hatte sie sich vorgenommen, sich ein Bild von dieser mysteriösen Firma zu machen.

Laut ihren Recherchen betrieb das Unternehmen seit Jahrzehnten humane Genforschung und war in der Schweiz ansässig. Sie hatten ihren Hauptsitz und die Verwaltung in Genf und eine Klinik im Berner Oberland. Monica gruselte es. Wer wusste, was sich in diesem Gebäude abspielte? Sie scrollte sich durch die weiteren Aufrufe und fand einen unscheinbaren Bericht einer medizinischen Fachzeitung.

GEKLONTE SCHIMPANSENDAME IM BERNER ZOO, las
sie. Zwischen dem Artikel und Tom konnte sie beim besten Willen
keinen Zusammenhang herstellen und so suchte sie weiter. In einem weiteren älteren Eintrag suchte EPIC nach Teilnehmern für
eine klinische Studie und bot eine beachtliche Geldsumme. Angestrengt bemühte sich Monica, aus den spärlichen Informationen
schlüssige Erkenntnisse zu gewinnen. Alles, was ihr bei Gentechnik in den Sinn kam, waren gentechnisch veränderte Pflanzen für
die Agrarwirtschaft oder gentechnisch veränderte Kühe, deren
Milch weniger Allergen-Eiweiße enthielt. Sie schüttelte unzufrie-
den den Kopf. Das reichte nicht aus, sie brauchte mehr. Was
meinte Tom damit, als er sagte, die Professorin würde ihn von seinen schlimmen Erinnerungen befreien? Mit welchen Mitteln
konnte sie ihm seine Erinnerungen nehmen?

Das aufgeschnittene Brötchen lag unberührt vor ihr, sie bekam keinen Bissen hinunter. Der Gedanke, dass Tom tatsächlich
geklont worden war, klang so surreal, dass sie es fast für unwahrscheinlich hielt. Er war nur vierzehn Tage fort gewesen. Vielleicht
hatte sie etwas missverstanden? Andererseits, warum ließ man Patienten eine Verschwiegenheitserklärung unterschreiben, wenn es
nichts zu verbergen gab? Die einzige plausible Erklärung war,
dass EPIC an etwas Geheimem arbeitete. Was hatten sie zu verheimlichen? Was wollten sie auf gar keinen Fall an die Öffentlichkeit geraten lassen?

Ihr Kopf war kurz vorm Zerbersten. *Gedächtnisstörung hin
oder her*, dachte Monica. Das konnte nicht alles sein. Tom war kein
Lügner, diese zwiespältige Firma verbarg irgendetwas vor ihnen.
Sie suchte weiter.

EPIC bezog Gelder aus verschiedenen Bereichen der Wirt-
schaft und arbeitete mit einigen medizinischen Fakultäten. Die
Universität in Heidelberg und das National Human Genome

Research Institute in den USA wurden namentlich genannt. Es war alles verworren und unübersichtlich und ihr blieb nichts anderes übrig, als sich einen eigenen Reim aus den zusammengeflickten Informationen zu machen.

Beiläufig nahm sie den ersten Bissen ihres Brötchens, als sie auf einen weiteren Artikel der Züricher Allgemeinen Zeitung stieß. Der Bericht war aus dem letzten Jahr und zeigte verärgerte Demonstranten mit Schildern in den Händen, wie sie in Genf vor der Zentrale von EPIC standen. Unter einem der Bilder fand sie ein kurzes Statement eines ehemaligen Klinikmitarbeiters.

Boris Stefanowitz stellt noch einmal klar, dass es zu keiner Zeit zu illegalen Handlungen im EPIC—Klinikum im Berner Oberland gekommen sei.

Der Ex-Mitarbeiter sagte wörtlich: »Ich entschuldige mich für mein Fehlverhalten und gebe zu verstehen, dass die Informationen, die ich an Außenstehende weitergegeben habe, falsch sind. Mein Motiv ist eigennützig gewesen, geprägt von Rachedurst und persönlicher Abrechnung, um meiner Enttäuschung über die Kündigung Luft zu verschaffen.«

Außerdem dementierte er seine Aussage, dass bei EPIC Menschen geklont werden würden …

Diese Aussage kam ihr überaus dubios vor. Hatte der Mann gelogen? Wurde er dazu genötigt? Etwas Böses geschah hinter den Mauern des Klinikums. Und sie wusste, sie musste etwas unternehmen. Ob ihr Diane helfen könnte, Kontakt zu Boris aufzunehmen?

Fest entschlossen, den Mut gefunden zu haben, Tom mit EPIC zu konfrontieren, setzte sie sich auf ihr Fahrrad und machte sich auf den Weg ins Büro. Sie fühlte sich fürchterlich angespannt, aber sie wollte das Richtige tun.

Montagmorgen, Tom sprühte förmlich vor Energie. Das ganze Wochenende hatten er und Monica sich nicht gesehen, dafür nutzte er die Zeit und packte seine Kisten. Vielleicht brauchte sie ein wenig Zeit für sich, jetzt, wo sie bald zusammenziehen würden. Ein wenig mulmig war ihm schon, nachdem Monica das Büro vorhin betrat und ihn oberflächlich begrüßte. Irgendetwas war komisch an ihr. Sie würde hoffentlich keinen Rückzieher machen. Es war ihm aufgefallen, wie wortkarg und abwesend sie wirkte. Er bekam kein Lächeln, keine freundlichen Worte, nichts. Warum schaute sie so ernst?

Mit einem Räuspern machte er auf sich aufmerksam.

»Monica? Auf ein Wort?«

Nun schaute sie endlich auf.

»Ist es etwas Wichtiges? Ich habe Hunderte E-Mails zu lesen«, sagte sie abweisend.

Toms anfängliche gute Laune verschwand.

»Ja, es ist etwas WICHTIGES!«, sagte er viel zu laut.

Ariana bemerkte die dicke Luft und schielte Monica misstrauisch an. Achselzuckend stand sie auf und lief Tom hinterher.

Energisch schloss er die Tür des Sitzungszimmers hinter sich und betätigte per Knopfdruck den Milchglas-Sensor, damit sie die ungewollten Zuschauer loswurden.

Tom kam direkt auf den Punkt.

»Was ist eigentlich mit dir los? Du hast das ganze Wochenende nichts von dir hören lassen«, sagte er vorwurfsvoll.

Sie standen sich wie zwei Salzsäulen gegenüber.

»Und? Wo ist das Problem?«, antwortete sie unterkühlt.

»Irgendetwas stimmt nicht mit dir. Los, raus damit!«

»Nicht jetzt. Lass uns heute Abend darüber reden«, entgegnete sie.

»Ich habe Zeit.«

»Ich aber nicht Tom!«

Sein Gesicht wirkte erstaunt. Woher kamen all die negativen Emotionen? »Sag schon, du siehst so zerstreut aus. Ich will dir helfen.«

»Ich weiß nicht«, druckste sie herum. Dann schnaufte sie wie eine Dampflok und wurde ernst. »Tom, ich kann nicht so tun, als sei nichts geschehen. Was ich jetzt sage, wird dir nicht gefallen, aber mit dir stimmt etwas nicht.« Sie ließ schlagartig die Bombe platzen.

»Woher kommt denn dieser Sinneswandel? Haben wir nicht gesagt, das Thema sei gegessen?«

»Für mich ist es das nicht. Hast du dich wirklich genug mit EPIC beschäftigt? Weißt du eigentlich, mit was für einer Firma du zu tun hast?«

»Warum hörst du nicht damit auf?! Ich will diesen Quatsch nicht mehr hören. Ich bin endlich auf dem Weg der Besserung, habe meine Amnesie überwunden und jetzt möchte ich nur noch nach vorne blicken.«

»Woher weißt du das? Hat dir das deine dusselige Therapeutin eingeredet?«

»Warum wirst du so ausfallend? Du hast das Video genauso wie ich gesehen. Alles ist geklärt.«

»Alles? Wirklich alles? Woher weißt du, dass das Video nicht manipuliert wurde?«

»Manipu-was? Monica, es reicht. Hör bitte auf. Du willst mir nicht allen Ernstes wahrmachen, dass EPIC so viel kriminelle Energien einsetzt und versucht, mich mit meinem eigenen Video zu belügen?«

»Was ist eigentlich eine Frischzellenkur?«

»So hat man den Versuch genannt, der an mir vollzogen wurde. Was spielt das für eine Rolle? An mir ist alles noch dran. Mir ist kein dritter Arm gewachsen und ich habe auch keine Fischhaut nach der Behandlung bekommen«, machte er sich lustig. »Können wir nicht einfach alles ruhen lassen und unser gemeinsames Leben genießen?«

Er suchte den Blickkontakt zu ihr. »Nehmen wir mal an, es gibt noch einige Erinnerungen, die mir fehlen, dann muss ich es so hinnehmen. Ich will endlich wieder zurück zur Normalität.«

Gefühlvoll trat er an sie heran. »Du und ich, wir werden zusammenziehen. Ist das nicht wunderbar?«

Seine Sätze, sie klangen so vielversprechend. So tröstend, als könnten sie alles Üble einfach beiseite räumen.

»Ich brauche dich. Bitte lass uns nach vorne sehen.«

»Bist du dir sicher, dass du alles über dein Leben in diesem Video erzählst?« Monica gab nicht klein bei.

»Warum sollte ich etwas weglassen?« Er schüttelte leicht seufzend den Kopf, er hatte keine Ahnung, auf was sie hinauswollte.

»Arianas Geschichte, sie hat …«

»Du hast doch nicht etwa schon wieder mit Ariana über mich gesprochen? Bist du von allen guten Geistern verlassen?«

»Sie hat nicht gelogen!«

»Stopp! Ich will das nicht mehr hören. Du richtest damit nichts Gutes an. Verstehst du mich?«

Monica ließ den Kopf hängen. »Es tut mir leid, wenn du wüsstest. Ich mache mir große Sorgen um dich.«

»Das brauchst du nicht. Jetzt ist Schluss mit Sorgen machen.«

Sein Schimpfen versackte. Dann öffnete er seine Arme und drückte sie fest an seine Brust.

Langsam lockerten sich ihre verspannten Muskeln. Zärtlich strich er über ihren Rücken und presste sein Gesicht an ihres.

»Ich liebe dich«, hauchte er ihr ins Ohr.

Das hatte Tom aus dem Video auch gesagt und ihre Gedanken ließen ihr keine Ruhe. Es war zum Verzweifeln. Sie sah sich gezwungen, einen anderen Weg zu finden, um mit ihm zu kommunizieren. Vielleicht war alles nur ein böser Traum. Ihr Leben wäre so viel einfacher. Was sollte sie unternehmen, falls er tatsächlich geklont worden war? Würde dann nicht noch ein zweiter Tom existieren? Und wenn dem so wäre, welcher von beiden war er? Monica bekam Gänsehaut und begann zu zweifeln, ob sie den richtigen Mann liebte.

42

Ihre Augen waren nur auf ihn gerichtet, alles andere spielte in diesem Augenblick keine Rolle. Zart, ganz zart liebkoste Christine die kräftigen Oberarme ihres Patienten. Er gehörte zu ihr und niemand könnte das ändern. Wenn sie in seiner Nähe war, wollte sie sich in ihm verlieren, selbst die Narbe in seinem Gesicht konnte ihm nichts anhaben. Narben im Gesicht eines Mannes riefen schon seit jeher eine Assoziation von Männlichkeit, Mut und Stärke hervor. Auch Christine konnte dem nicht widerstehen. Erhitzt von seiner Männlichkeit, stellte sie sich vor ihn und begann, ihn zu studieren. Wie jeden Tag lief er seine zehn Kilometer auf dem Laufband. Sein Körper strotzte vor Fitness und lenkte von seinem verkümmerten Geiste ab. Cyril würde sein neues Zuhause in einem Topzustand übernehmen. Der Schweiß lief an ihm herunter, seinem regungslosen Gesicht war keine Anstrengung anzumerken. Sie reichte ihm eine Flasche mit einem isotonischen Getränk und beobachtete sein Verhalten. Obwohl in seinem Gesicht kaum Züge von Emotionen wahrnehmbar waren, konnte man sagen, er war in einer hervorragenden Verfassung. Es war Neuland für ihn und sie. Was für ein Mann. Früher oder später sollte sie sich darauf vorbereiten, ihn bei seinem neuen Namen zu rufen. Der Name, den er ursprünglich getragen hatte, würde bald nicht mehr zu ihm passen. Und sowieso blieb Dank dem von ihr entwickelten Chip kaum noch etwas von dem alten Ich übrig. Von dem Mann, den man einst Thomas Verhoeven nannte, gab es nur noch eine Hülle. Hoffentlich würde Cyril an seinem neuen Körper genauso Gefallen finden wie sie selbst. Seine Abwesenheit war ihr unerträglich. Sie konnte es kaum erwarten, bis sie mit ihm ihre ersten Worte wechseln könnte. Ihr fehlten seine pragmatische Herangehensweise, die er während ihrer gemeinsamen Forschungsprojekte anwandte, die Leichtigkeit, mit der er altes und neues Wissen vereinte, und die Art und Weise, wie er mit ihr sprach, wenn sie wieder einmal dachte, dass sie in einer Sackgasse steckte. Die Zeit lief ihr davon, ewig konnte sie den Patienten nicht in seinem jetzigen Zustand verweilen lassen. Sie hatte keinerlei Erfahrungswerte, ob sein Gehirn von der langen Blockade der Großhirnrinde einen Schaden abbekäme. Er war momentan durch sein beschränktes Denkvermögen auf einer simplen Lebensart unterwegs. Der in seinem Hinterkopf verankerte Chip machte aus ihm einen Menschen ohne Erinnerungen. Er lebte im Augenblick und war nicht mehr fähig, auf frühere Ereignisse und Phasen seiner Persönlichkeit zurückzugreifen. Sein Sprachpensum war minimal, er wusste nicht, wer er war, und er hatte keinen blassen Schimmer, wo er war. Fragen stellte er kaum, dafür sorgten die Medikamente, die ihn stilllegten. Sein Gehirn hatte einzig und allein die Aufgabe, ihn am Leben zu erhalten.

Wenn sie weiterhin so hart arbeitete, dann wäre sie demnächst so weit, Cyrils Gedankengut in sein Gehirn einzupflanzen. Es war zum Greifen nah. Sie stand kurz vor dem Durchbruch, das wusste sie. Natürlich konnte niemand voraussagen, was passieren würde, wenn sie Cyrils konserviertes Bewusstsein in das Spendergehirn einspielen würde. Das Resultat könnte entweder ein großer

Erfolg sein oder in einer totalen Katastrophe enden. Viele Tage und Nächte fragte sie sich bereits, was das menschliche Gehirn anstellen würde. Konnte ein Geist einen anderen wie ein neu transplantiertes Organ abstoßen?

Es klopfte an der Tür des Therapieraumes. Ein unerwarteter Besucher? Ohne auf ihr Herein zu warten, öffnete sich die Tür und Alan trat ein. Christine erwischte das kalte Grauen. Wie hatte er sie gefunden? An seinem Gang erkannte sie, dass er nervös war. Misstrauisch warf er einen Blick auf den Patienten. Alan verengte seine Augen und quetschte seine Hände zu einer Faust.

»Du bist zu weit gegangen Christine«, sagte er mit bebender Stimme. »Du bist entschieden zu weit gegangen!«

»Was willst du hier, Al?«, entgegnete sie eisig.

»Du hast das Original von einem unserer Versuchspersonen behalten?« Er nickte in die Richtung des Mannes. »Bist du größenwahnsinnig geworden? Wie kannst du nur so skrupellos sein und dir einen lebendigen Menschen als Versuchstier halten?«

»Wie hast du es herausgefunden?«, fragte Christine und versuchte, Ruhe zu bewahren.

»Das spielt keine Rolle. Ich weiß es. Du bist ein Monster! Schau ihn dir an. Was hast du ihm gegeben, um ihn gefügig zu machen?«

Christine lachte ihn gehässig aus. »Du hast keine Ahnung, Al. Was hast du für ein Problem? Niemand wird ihn vermissen. Ich kann mit ihm machen, was ich will! Er gehört rein rechtlich EPIC. Er ist ein Abfallprodukt.« Sie zuckte gleichgültig mit den Schultern.

»Was machst du mit ihm? Lässt du ihn wie einen Hamster in seinem Rad laufen?« Er ging auf sie zu. »Du bist verrückt! Du bist total durchgedreht!« Er zeigte ihr den Vogel.

Alan beäugte neidisch Thomas' straffen Körperbau und lief einmal um das Laufband herum. Der Mann schien von ihrem Streitgespräch nichts mitzubekommen. Ohne Reaktion joggte er unentwegt auf dem Laufband, sein Blick war nach vorne gerichtet.

»Wenigstens ein T-Shirt könntest du ihm anziehen. Ist das hier eine Peepshow?«

Alan wirbelte mit seiner Hand vor dem Gesicht des Mannes.

»Er blinzelt kaum«, stellte er fest.

Sein Besuch in diesem Raum ging Christine entschieden zu weit. Wie abstoßend sie den Mann, mit dem sie bis vor kurzem noch das Bett teilte, fand. Überflüssig, er war total überflüssig, sie wollte ihn loswerden.

»Alan. Was willst du von mir?«

»Fickst du ihn?«, fragte er provokant und schaute ihr eifersüchtig ins Gesicht.

Er erntete bitterböse Blicke.

»Tatsächlich? Du treibst es mit einem willig gemachten Patienten? Du perverses Miststück!«

Sollte er glauben, was er wollte. Christine reichte es. Ohne Vorwarnung holte sie aus und gab ihm eine schallende Ohrfeige. Es klatschte laut und Alans Wange lief blitzartig blutrot an.

»Was glaubst du, wer du bist? Du kleiner, nichtsnutziger Weichspüler von einem Assistenten!«, fauchte sie ihn an. »Niemand interessiert sich für deine Meinung. Ich kann mit ihm machen, was ich will, ich bin dir keine Rechenschaft schuldig.« So hart hatte sie noch nie mit ihm gesprochen, ihre Nerven lagen blank.

»Du hast meine Frage nicht beantwortet«, erwiderte Alan wie ein trotziges Kind.

»Ich möchte, dass du nun diesen Raum verlässt. Dieses Gespräch hat nie stattgefunden. Hast du mich verstanden?«

Vernichtend zeigte ihm Christine den Weg zum Ausgang.

43

»Wow! Schau dir die vielen Disco-Bälle und Kronleuchter an der Decke an«, sagte Monica und lief mit Tom an der Hand in der Party-Location umher. Einmal wieder so richtig ausgiebig feiern, die Sorgen vergessen. Monica war in Stimmung. Die dunkle Seite des Verdrängens, sie hatte von ihr Besitz ergriffen. Die Verantwortung war ihr zu viel geworden, also setzte ihr Abwehrmechanismus ein und warf den überflüssigen Ballast einfach ab. Sie hatte es immer noch nicht fertiggebracht, ihm das Video zu zeigen. Vielleicht würde sie es ihm niemals zeigen. Warum auch? Gerade jetzt, wo sie beide so glücklich waren. Warum sollte sie all dies zerstören? Verdrängung war ein zweischneidiges Schwert.

Es würde für Tom viel schmerzhafter werden, falls er durch einen Zufall erführe, was ihm widerfahren war. Wie grausam, wenn er herausbekäme, einmal Ehemann und Vater einer kleinen Tochter gewesen zu sein. Wenn ihm klar werden würde, dass es noch ein Leben vor diesem gab. Monica war seine Lebensgefährtin, seine Liebe und sein Halt. Angesichts ihres Wissens hätte es ihre Verantwortung sein müssen, ihm behutsam zu offenbaren, was er an Erinnerungen verloren hatte, ungeachtet der bitteren und negativen Folgen. Wie würde sie sich entscheiden?

Heute Abend spielte das alles keine Rolle. Heute würde sie feiern, als ob es kein Morgen gäbe!

Einmal im Jahr ließ es Diane richtig krachen, dann feierte sie mit ihren Freunden in einer Scheune außerhalb der Stadt. Sie sparte keine Kosten und Mühen. Irgendwer musste schließlich das viele Geld ihrer Eltern ausgeben. Dieses Mal hatte sie sich selbst übertroffen!

Das Motto der Party war Studio 54. Dieser einst legendäre New Yorker Nachtclub glich heutzutage nur noch einem Mythos, den man sich erzählte. Die verschwenderischen Zeiten des letzten Jahrhunderts klangen in den Ohren der jungen Menschen wie ein Märchen. Als man noch mit Ressourcen aaste, sich keine Gedanken über Umweltschutz und seinen CO_2-Fußabdruck machte und auf Kosten der anderen lebte. Dieser damalige Lebensstil hatte heutzutage etwas Verruchtes, etwas Anstößiges an sich. Die verbreitete hedonistische Geisteshaltung der späten 1970er Jahre gefiel den Leuten, die einfach einmal abtauchen wollten. All die Gedanken, wie lange Mutter Erde die Menschheit noch ertragen könnte, all der Verzicht, um das Zusammenleben der Milliarden von Erdbewohnern möglich zu machen, all das wollten sie wenigstens für eine Nacht vergessen machen.

Unglaublich, was das Party-Team mit der schönen, alten Fachwerkscheune angestellt hatte. Es gab eine Licht- und Soundanlage, eine kleine Bühne wurde aufgebaut. Eine riesige LED-Videowand deckte die komplette längliche Seite der Scheune ab. Bilder wechselten zwischen einem Retro-Tapetenmuster und alten MTV-Musikclips hin und her. Es gab Aufnahmen von den Straßen Zürichs, wie sie vor mehr als einhundert Jahren aussahen, Bilder von der modischen Kleidung der 1970er Jahre und Einspieler alter Serien, die damals in waren. Die Gäste machten sich auf den Ledersofas bequem und ließen sich von leichtbekleideten Servierkräften mit venezianischen Gesichtsmasken bedienen.

Woher kannte Diane all diese interessanten Menschen? Das fragte sich Monica jedes Jahr aufs Neue. Sie trug ein hauchdünnes goldschimmerndes Minikleid mit nur einem Träger gebunden. Ihre Haare hatte sie sich hochtoupiert und ein Band hineingebunden. Toms eng anliegende Lederhose zog alle Blicke auf sich. Anlässlich zur Party hatte sich Tom tatsächlich einen Schnurrbart wachsen lassen! Monica hätte vor lauter Unfug, den er sich hatte einfallen lassen, schreien können.

Die Musik war laut, sie tanzten wie in Ekstase, voller Leidenschaft, hemmungslos und losgelöst. Um sie herum wimmelte es von großen bunten Brillen, Glitzer-Blazern und Schlaghosen, Plateau-Schuhen und wilden Perücken. Eine Person war sogar in Rollschuhen erschienen!

Toms Körper glänzte unter dem gefühlt bis zum Bauchnabel aufgeknöpften Hemd. Er konnte seine Finger nicht von Monica lassen. Übermütig griff er ihr beim Tanzen unter das Minikleid und kniff ihr in die Pobacken.

Kondenswasser lief an den Fenstern der Scheune entlang und viele der Gäste fingen an, sich zu entkleiden oder tanzten barfuß. Tom zog mit den Hüften wackelnd sein Hemd aus und schwang es mit kreisenden Bewegungen über seinem Kopf.

»Machst du jetzt einen auf Chippendales?« Monica lachte sich schlapp.

»Ich hätte bestimmt eine Chance, was meinst du?«, fragte er übermütig.

Sein halbnackter Anblick, sein gut gebauter Oberkörper strotzte vor Kraft. Er sollte niemals aufhören, sie in seinen Armen zu halten. Monica fragte sich, wie er als Ehemann war, bevor seine Frau starb. Hatte er sich mit ihr auch auf solchen Partys ausgetobt?

Sein Vergessen stand ihm gut. Sein Wesen begann, sich zum Positiven zu verändern. Er hatte losgelassen. Die Zweifel, die er so lange hegte – dass er sich an irgendwelche wichtigen Dinge nicht mehr erinnern könnte – waren fort.

Ob seine Frau mit ihrer Liebesbeziehung einverstanden wäre? Mit Sicherheit hatten die beiden nie diese Art von Gespräch geführt, diese Art von Gespräch, die Paare führten, wenn sie älter wurden. Wenn sie sich sagten, dass sie ihrem Partner noch ein glückliches und erfülltes Leben wünschten, falls sie zuerst ins Gras beißen sollten. Und dass man dem Partner gönnte, sich noch einmal neu zu verlieben, wenn man tot wäre. Silvia war noch viel zu jung, als sie ihm genommen wurde, um solche Gedanken zu pflegen. So oder so, niemand könnte sie fragen, ob sie es gut fände, dass Tom schon nach zwei Jahren eine neue Frau kennengelernt hatte. Eines wusste Monica allerdings genau: Wenn seine tote Frau Kontakt aufnehmen könnte, dann würde sie ihr gewaltig den Kopf waschen. Wie konnte sie es wagen, es zu verhindern, dass Tom die Wahrheit erfuhr? Sie gab ihm keine Chance, sich selbst dafür zu entscheiden, ob er sich um seine Tochter kümmern möchte oder nicht. Sollte das kleine Mädchen nicht Grund genug sein, um die Wahrheit zu offenbaren?

»Ich sterbe vor Hunger, lass uns etwas essen gehen«, sagte Tom und zog sie von der Tanzfläche herunter. Sein Rücken war schweißgebadet. Geschafft trocknete er sich mit seinem Hemd ab und legte es sich über seine Schulter. Erwartungsvoll lief er auf das niemals endende Buffet zu.

»Oh, wow!« Er musste zweimal hinsehen. »Sind die alle nackig?«

»Das nennt man ein *lebendes Erotikbuffet*«, meinte Monica wissend. Als Dianes beste Freundin war sie über einige Details der Party schon vorher informiert worden. Amüsiert beobachtete sie

Toms Reaktion, es schien ihm zu gefallen, die vielen halbnackten Frauen und Männer auf der langen Tafel zu sehen.

»Und das, was da auf den Körpern liegt, darf man essen?«, fragte er ungläubig. Frech nahm er sich Lachs-Sushi aus dem Bauchnabel einer brünetten Schönheit und steckte es sich direkt in den Mund. Er gluckste vor Vergnügen.

Monica griff nach ein paar Trauben, die rund um das Gemächt eines muskulösen Mannes lagen.

»Uuurgh! Na, wie schmeckt die Traube? Ein bisschen fischig?« Er würgte und streckte angeekelt seine Zunge heraus.

»Nein, sie schmeckt süüüß und prall«, sagte sie übertrieben und schaute ihn lüstern an, während sie die Traube mit ihrer Zunge ableckte und langsam in den Mund steckte. »Und außerdem hat der Mann einen Slip an!«

»Einen Slip? Das ist ein Strumpf, mehr nicht.«

Aus Protest griff sie direkt noch einmal hin. Tom versuchte, sie belustigt zu hindern. Dabei erhaschte er sich eine Frühlingsrolle und hielt sie sich in den Schritt. »Na? Willst du mal abbeißen?« Er wedelte mit der Rolle.

»Scherzkeks«, sagte Monica und erteilte ihm eine Abfuhr.

»I-i-ich möchte gerne abbeißen«, ertönte es hinter ihnen. Monica staunte nicht schlecht. Ein in schillernden Farben gekleidetes Mannsbild kniete sich zu Tom herunter und biss genüsslich von der Rolle ab. Tom schaute amüsiert an sich herunter und passte auf, dass ihm nicht die Finger abgebissen wurden.

»Siehst du, Schatz, ich könnte auch als lebendiges Buffet arbeiten«, sagte Tom und starrte gebannt auf den attraktiven Fremdling.

»Das heißt *lebendes Buffet*«, korrigierte sie ihn.

Der Mann richtete sich wieder auf, stand auf die Zehenspitzen und drückte Tom keck einen Kuss auf die Wange.

»Immer wieder gerne. Wir sehen uns, Süßer«, sagte er verheißungsvoll.

Tom schnalzte mit der Zunge. Erregt schielte er zu Monica. Fröhlich vor sich hin naschend, leckte sie genüsslich ihre Finger ab. Impulsiv riss er an ihrem Arm und zog sie hinter sich her.

»Wohin gehen wir?«, fragte sie überrascht.

»Du wirst schon sehen …«, antwortete er verschwörerisch.

Eilig schloss er die Damentoilette hinter sich und verriegelte sie von innen. Wild und ungestüm drückte er sie küssend an das Waschbecken, hauchte ihr verrücktgewordene Liebesworte ins Ohr. Ungezähmt strich er mit seinen Händen über ihre Brüste, ließ sie seitlich an ihrem Körper entlanggleiten. Dann griff er unter ihr Kleid und zog ihr den Slip aus. Monica stöhnte laut. Spielerisch stieß sie ihn von sich, als wollte sie ihn nicht heranlassen. Ein Biss auf ihre Unterlippe, ein anzüglicher Blick. »Herr Verhoeven, Sie sind mir vielleicht Einer!«

Tom ließ sich nicht beirren. Seine stürmischen Liebeshandlungen brachten sie komplett außer Kontrolle. Er hob sie eifrig an und setzte sie auf den Waschtisch. Energisch rissen sie beide an seiner Hose, um sich dann rau und heftig zu lieben.

Es war kurz vor Mitternacht. Eine ziemlich beschwipste und zugedröhnte Diane stand auf der Bühne und klopfte zum Test aufs Mikrofon. Monica konnte immer noch nicht fassen, was Tom mit ihr gerade eben auf der Damentoilette angestellt hatte. Er war alles, was sie wollte, er war perfekt, so wie er war. Sie wollte keinen anderen Mann außer ihn.

»Hello, Party People! Wie geht's euch?«, johlte Diane. Sie machte einen Ausfallschritt und entleerte dabei das Champagnerglas auf ihrem Trägershirt. Ihre Haare waren zerzaust, als hätte sie noch vor kurzem im Bett gelegen. Ihr Benehmen war befremdend, Monica fragte sich, was ihre Freundin vorhatte.

Lautes Jubeln und Pfeifen schallte durch die Location.

»Es ist gleich so weit. Es gibt ein LASER-FEUERWERK! Schnappt euch den Schampus und macht euch raus vor die Scheune. Na, kommt schon. YEEEAAAH!«

Mic-Drop. Diane ließ das Mikrofon fallen und sprang von der Bühne.

Laut zählte die Menge im Countdown die Zahlen herunter, bis das Spektakel losgehen sollte. Monica ließ den Abend noch einmal im Schnelldurchlauf Revue passieren.

10, 9, … Ihr gefiel der neue Tom … 8, 7, … aber es war ihre Aufgabe, ihn aufzuklären … 3, 2, 1, … Das war sie ihm schuldig.

44

Was hatte Monica unter ihrem Arm klemmen? Einen braunen Umschlag. Warum schaute sie so ernst?

»Gibt es irgendetwas, worüber ich mir Sorgen machen müsste?«

Ihr aufgelöstes Gesicht beunruhigte ihn. Sie konnte ihm kaum in die Augen sehen, so betroffen wirkte sie. Ein Fingerzeig und sie deutete die Richtung an.

»Lass uns ins Wohnzimmer gehen, ich muss dir etwas zeigen.« Sie lief voraus.

»Das hier kam vor einiger Zeit mit einem Kurier«, erklärte sie ihm.

»Bitte schau dir zuerst den Brief an.«

Tom erkannte seine Handschrift. »Er ist von mir. Ich habe diesen Brief geschrieben«, sagte er verdattert.

Sie nickte und er grübelte immer noch. Er kam einfach nicht darauf, was der Brief mit ihm zu tun haben könnte.

»Wenn du die Wahrheit über dich erfahren willst, dann solltest du dir das besser ansehen.« Sie fiel mit der Tür ins Haus und drückte ihm einen Memorystick in die Hand.

»Was du jetzt sehen wirst, könnte verstörend auf dich wirken, aber du bist nicht allein«, sagte Monica tröstend und griff nach seiner Hand.

Jetzt wurde Tom erst recht unruhig.

Das Video wurde auf dem großen Bildschirm an der Wohnzimmerwand abgespielt.

»Mein Name ist Thomas Verhoeven, ich wurde am 29. August 2066 in Den Haag geboren.« Das Video begann.

Tom schaute fasziniert in sein eigenes Gesicht, er hatte keine Ahnung, was sein anderes Ich ihm zu sagen haben könnte. Irgendetwas war anders an dem Mann, der vor ihm sprach. In diesem Video war seine Narbe ohne Filter viel deutlicher und realistischer zu erkennen. Er schaute zu Monica und sie nickte ihm wissend zu.

Hitze wallte in ihm auf, er fühlte eine aufkommende Panik, gehetzt zu werden. Verfolgt und befangen zugleich. Woher kam der Kummer, der sich in ihm ausbreitete? Woher kamen all diese Gefühle? Was er da hörte, klang befremdend, aber im tiefen Inneren wiederum so wahrhaftig, so lebensecht.

»Silvia und ich haben uns bei der Arbeit kennengelernt. Ich habe in der Kantonalbank in Luzern in der IT-Abteilung gearbeitet und sie in der Kreditoren-Abteilung. Es war Liebe auf den ersten Blick«, sagte Thomas aus dem Video.

Still saß er auf dem Sofa und bemerkte, wie Monica ihn beobachtete. Sie war genauso angespannt wie er, wenngleich sie nicht ganz so verwundert wie er reagierte, denn ihm war klar: Sie hatte das Video bereits gesehen. Wie verrückt alles klang. Das sollte seine Lebensgeschichte sein? Wie Silvia wohl aussah? Hatte sie mit Monica Ähnlichkeit?

»Nach dem Unfall war nichts mehr wie zuvor. Marie habe ich zu ihren Großeltern gegeben. Bei Laura und David ist sie in besten Händen ...«

Tom traf der Schlag. Er hatte eine Tochter? Er war Witwer? Was hatte er nur getan? Sein Gesicht war bleich wie Kreide, es gab kaum Worte zu umschreiben, was in ihm vorging. Ariana ... Er hatte sie zu Unrecht angegriffen. Der Streit mit Monica, die Beziehungspause. Es wäre alles nicht nötig gewesen. Und was war nur in ihn gefahren, als er sich entschied, seine Tochter sitzenzulassen?! Das kleine Mädchen ohne Mutter und Vater.

»Ich habe es nicht fertiggebracht, sie je besuchen zu gehen. Meine Depression saß zu tief, die wenigen Dinge, die ich noch zustande brachte, waren, mich zu ernähren, anzuziehen und zur Arbeit zu gehen.«

Aufmerksam hörte er zu, ohne es wirklich zu verstehen. Es fühlte sich für ihn an, als bekäme er die Geschichte eines fremden Mannes erzählt. Dann berichtete sein altes Ich darüber, dass er die Firma EPIC zur Rechenschaft ziehen müsse. Sie müsse sein Leben wieder in Ordnung bringen. Und er hörte auch, wie er Monica um Hilfe bat. Schweigend trafen sich ihre Blicke und das Video war zu Ende.

Monica legte schützend ihren Arm um ihn. Er versuchte, Ruhe zu bewahren, seine Muskeln zuckten vor Nervosität.

»Ich bin ein furchtbarer Mensch«, sagte er und starrte fassungslos ins Nichts. »Ich fühle rein gar nichts. Wie soll ich über meine tote Frau trauern, wenn ich nicht einmal weiß, wer sie war? Und ich habe eine Tochter?«

»Ja, sie lebt in Küsnacht am Vierwaldstätter See.«

»Was habe ich mir nur dabei gedacht? Und von was für einem neuen Körper spreche ich? Was soll das bedeuten? Wurde ich tatsächlich geklont? Ich verstehe nur noch Bahnhof!« Schutzsuchend drückte er seine Stirn an Monicas Schulter und fiel in sich zusammen. Eng umschlungen saßen die beiden eine ganze Weile auf dem Sofa.

»Was soll ich nur machen? Ich will meine Erinnerungen zurück! Was für ein egoistisches Arschloch ich bin. Ich erkenne mich nicht wieder.«

»Du hattest damals eine schwere Depression. Menschen machen verrückte Sachen«, versuchte sie, ihn zu beruhigen.

»Sich klonen und seine Erinnerungen löschen lassen, käme mir nicht unbedingt in den Sinn«, erwiderte Tom fassungslos.

Was auch immer ihn dazu geritten hatte, es überstieg seinen Horizont. Und wie unbegreiflich musste es erst für Monica klingen? Wie konnte sie für einen Mann wie ihn Verständnis zeigen? Jemanden, der zu solchen ungeheuerlichen Mitteln gegriffen hatte, um seinen Kummer vergessen zu machen, könnte man lieben? Er schämte sich unendlich.

»Ich war feige und rücksichtslos gegenüber meiner Tochter. Ich verstehe nicht, wie ich auf so eine Idee kommen konnte. Was ist das für ein bescheuerter Einfall, um seine Sorgen loszuwerden?«, fluchte er.

»Du wolltest vergessen«, meinte Monica.

»War ich vor dem Eingriff so viel anders?«

»Du warst zurückhaltender, eigenbrötlerisch und zugegebenermaßen kamst du mir oft traurig vor.«

»Und dann kamst du und hast alles besser gemacht.« Aus Dankbarkeit lächelte er sie an. »Nur warum haben sie mich nicht abspringen lassen? Ich hatte meine Meinung geändert. Ich wollte an dem Experiment nicht teilnehmen. Diese Macron! Sie hat von Anfang an alles gewusst«, schimpfte er.

Irgendetwas schien das Video in ihm auszulösen, nach und nach strömten Stücke von verborgenen Erinnerungen zurück in sein Gedächtnis. Ihm fiel sein Traum wieder ein. Er war gekidnappt worden. Man hatte ihn gegen seinen Willen in die Klinik abgeführt!

»Diese Ärztin, sie hatte mich darin bestärkt, dass sie mir alle Gedanken an meine Frau nehmen könnte. Damit wären meine Depressionen geheilt und ich könnte ein zufriedenes Leben führen. Sie sagte, sie hätte eine Technik dafür entwickelt, speziell für Menschen wie mich!«

Tom sprang aus seinem Sessel. »Diese Hexe! Bei unserem Abschlussgespräch, bevor ich die Klinik verließ, hatte sie mir einige Fotos unter die Nase gehalten und mich ausgefragt. Das war ein Test! Sie wollte prüfen, ob ich mich erinnere.«

»Halte dich besser von ihr fern.«

»Sie ist eine Scharlatanin!«, brüllte er wutentbrannt. »All meine verzweifelten Fragen, sie hat sie alle abschmettern lassen. Dabei hatte sie die Antworten parat.«

Verzweifelt sah er zu Boden und wurde immer leiser. »Wie konnte sie mir das nur antun? Gegen meinen Willen, sie hat mir meine Erinnerungen geraubt, mein Leben ruiniert.«

Sein Geschrei ging in ein stilles Weinen über.

45

Es war Punkt acht Uhr, als im Sitzungssaal der EPIC-Zentrale die Vorstandsmitglieder und geladenen Gäste eintrafen. Aus gegebenem Anlass hatte man die Pressesprecherin einberufen, denn das immer größer werdende Medieninteresse an EPIC und den Freitod einer ihrer Patientinnen warf einen großen Schatten auf das Unternehmen. Nichts gab es mehr zu verschleiern, ihr Name war in aller Munde, ein öffentliches Statement war fällig und sie alle wussten, sie waren nur noch ein Augenzwinkern davon entfernt, dass eine Lawine auf sie niederbrechen würde.

Die Luft im Raum war eisig, genauso wie die Stimmung, und die karge und trostlose Inneneinrichtung machte es auch nicht einfacher. Keinerlei Bilder hingen an den Wänden, lieblos hatte man ihnen eine Karaffe mit Wasser und einige Gläser auf einem Tablett hingestellt, immerhin die Stühle waren bequem.

Wenn sie durch die getönten Fensterscheiben nach draußen sah, wusste sie genau, wo sie in diesem Augenblick lieber gewesen wäre – am besten weit weg von diesem Ort. Die Themen auf der Agenda, sie waren heikel, ein unangenehmes Gespräch stand ihr zuvor.

Nach und nach nahmen die geladenen Gäste ihre Plätze ein. Die Atmosphäre, die sich um sie herum breitmachte, war toxisch, keiner sah dem anderen in die Augen. Zu prekär war die Lage, viel zu riskant, um irgendjemandem zu vertrauen. Alle verfolgten dasselbe Ziel: ihre Studie zum Erfolg zu bringen. Und doch war jeder nur auf sich bedacht. Ein Haufen eigenwilliger und egoistischer Menschen saß sich gegenüber. Sie hatten nur eines im Sinn: ihre eigene Haut retten.

Sogar McGregor verhielt sich zurückhaltend. Er, der immer auf alles eine Antwort hatte. Demonstrativ hatte er seinen Stuhl Richtung Fenster gedreht. So still hatte ihn Christine schon seit langem nicht mehr erlebt. Seit vielen Jahren kannten sie sich und dennoch waren sie sich nie ferner gewesen als heute. Ihr Selbstvertrauen hatte einen Kratzer abbekommen, das gab sie nicht gerne zu, aber so war es tatsächlich. Diese Existenzängste passten so gar nicht zu ihr. Ob demnächst einer von ihnen den Hut nehmen müsste? Beim aufsässigen Boris Stefanowitz waren sie gerade noch einmal mit einem blauen Auge davongekommen, aber nun standen sie vor dem Fall Anja. Was war nur in diese Frau gefahren? Der Kontrollverlust über ihre Patientin war allen ein Dorn im Auge. Alles, was nach RATNA kam, war außer Kontrolle geraten. Als ob ein Fluch an ihr haftete. Wie weit würde Keiths Loyalität gehen, wenn er von ihrem geheimen Projekt erführe? Oder wusste er bereits davon? Zu viel lag im Argen. Sie waren beide Alphatiere und das konnte auf Dauer nicht gut gehen. Würde sie Keith in ihrem Vorhaben unterstützen oder würde er sie wie eine heiße Kartoffel fallen lassen? Und jetzt, wo das Projekt in Schieflage geraten war, fragte sie sich, was er vorhatte. Eigentlich war er sich nicht zu schade, seine Dobermänner auszusenden, um Leute zum Schweigen zu bringen. Was würde er tun?

An dem ovalen Tisch saßen der Geschäftsführer Doktor John Scotland, die Finanzvorständin Sarah Klein, Keith, die Pressesprecherin Manuela Schröder, Isabella Cambelli in der Position als technische Leiterin und ihre Wenigkeit.

Da die Selbstmörderin die Dreistigkeit besessen hatte, ihre Firma namentlich in den Medien zu nennen, war die Zeit gekommen, alle beteiligten Mitglieder zusammenzurufen. Es war nur noch eine Frage der Zeit, bis die Staatsanwaltschaft an ihrer Tür klingelte. Man brauchte niemandem zu erklären, dass das Projekt mehr denn je geschützt und das kreisende Problem der toten Patientin aus dem Wege geräumt werden musste.

Erwartungsvoll saß der CEO am Kopfe des Tisches.

»Keith, klärst du uns bitte noch einmal über den Fall auf, so dass wir alle auf dem gleichen Nenner sind?«

John riss Keith aus seinen Tagträumen.

»Unsere Patientin Anja Zellweger, man muss nun sagen, unsere ehemalige Patientin Anja Zellweger«, korrigierte er sich. »Sie stellte in den sozialen Medien ihr Selbstmord-Video zur Schau. Darin behauptet sie, bei einem geheimen Forschungsprojekt geklont worden zu sein. Sie berichtet, von Alpträumen und mangelnder psychologischer Betreuung. Sie fühlte sich allein gelassen und kam mit dem Wissen, in einem geklonten Körper zu leben, nicht zurecht.«

Im Saal bemerkte man eine große Unruhe. Verstohlene Blicke wurden auf Christine geworfen, als sei der Selbstmord ihre Schuld.

»Außerdem klagt sie EPIC an. Sie wäre nicht ausreichend über die Spätfolgen aufgeklärt worden, und so weiter und so fort.« Prüfend schaute er in seinen Unterlagen, ob er auch nichts aus seinen Notizen vergessen hatte. »Auch wenn das Video durch den Selbstmord vor laufender Kamera verstörend wirkt, lassen sie sich von den geschilderten Szenarien der Dame nicht verunsichern. Diese Frau war geisteskrank und ihre Geschichte unrealistisch. Und genauso wird unser Statement lauten.«

»So viel also zur Schweigepflicht«, fiel ihm Sarah Klein bissig ins Wort.

John signalisierte ihr, dass er ihre Bemerkung fehl am Platz fand. Natürlich hatte sie recht, aber es wäre besser, diese komplizierte Situation ohne Panikmache anzugehen. Das Kind war bereits in den Brunnen gefallen, nun galt es, mit kühlem Kopf an die Aufgabe zu gehen.

»Das ist alles höchst unerfreulich«, sagte er so ruhig wie möglich. Vertieft nahm er seine Brille ab und begann, seine Gläser mit einem Taschentuch zu putzen. »Wir dürfen keine weiteren Informationen nach draußen sickern lassen. Auf gar keinen Fall können wir noch so ein paar wild gewordene Aktivisten vor unserer Tür gebrauchen«, sagte er und wendete sein Augenmerk auf Christine.

»Was können Sie als verantwortliche Neurologin und Therapeutin dazu beitragen, Professor Macron? Bitte teilen Sie Ihre Erfahrungen mit uns.«

Es sah nicht gut für sie aus. Die Anschuldigung von Anja Zellweger, eine unzureichende psychologische Betreuung erhalten zu haben, konnte sie nicht auf die leichte Schulter nehmen. Wurde sie etwa an den Pranger gestellt? Sie ließ einige Sekunden verstreichen, bevor sie auf die gestellte Frage von John reagierte.

»Die Patientin hat vor ihrem Tod zwei Termine nicht wahrgenommen«, versuchte sie, sich aus den Fängen zu befreien. »Und mit Sicherheit kann ich Ihnen sagen, dass es keinerlei Anzeichen für einen Suizid gab. Jedoch muss ich eingestehen, dass die Frau in letzter Zeit desorientiert wirkte und immer wieder nach ihrem alten originalen Körper fragte.«

War diese Antwort ausreichend? Christine packte noch ein paar Fakten dazu. Niemand sollte die Chance bekommen, ihr schlechte Arbeit vorweisen zu können.

»Ich weiß, dass sie sich nach dem Versuch einer religiösen Gemeinschaft angeschlossen hatte. Und ich habe das Gefühl, dass sie diese Menschen zu ihrem Negativen beeinflusst haben. Ob Sie es glauben oder nicht, aber sie bat mich tatsächlich darum, ihren Spenderkörper beerdigen zu dürfen! Diesen Wunsch konnte ich ihr natürlich nicht gewähren, wie wir alle wissen.«

John seufzte schwerfällig.

»Diese gottverdammte Studie«, fluchte er leise vor sich hin. »Es ist bedauernswert, dass wir nun eine Testperson weniger haben, aber wir müssen nach vorne blicken und vor allem dafür sorgen, dass wir so schnell wie möglich aus den Schlagzeilen verschwinden! Wir müssen alles, was in unserer Macht steht, dafür tun, um der Staatsanwaltschaft ein sauberes Image von unserem Institut zu vermitteln!« Seine Stimme wurde mit jedem gesprochenen Wort lauter. »Das kann doch nicht alles so kompliziert sein!«

Fraglose Gesichter, es wurde mucksmäuschenstill im Saal.

»Ich habe bereits eine Stellungnahme für alle namhaften Medien verfasst«, erwiderte die Pressesprecherin kleinlaut.

John nickte und hakte sichtlich angeschlagen den Punkt auf seiner langen Liste ab. »Auf der Agenda haben wir noch einen weiteren unerfreulichen Punkt stehen.« Er schnaubte. »Könnte mir jemand erklären, mit was wir uns hier beschäftigen? Ich hoffe, dieser Patient lebt noch.« Er klang sarkastisch und setzte seine Brille wieder auf.

»Thomas Verheuven«, las er laut vor.

»Verhoeven«, korrigierte Keith.

»Was gibt es hier zu berichten?« John spähte gespannt zu ihm hinüber.

Die beiden Männer kannten sich seit beinahe zehn Jahren. John behauptete gerne, Keith sei sein bestes Pferd im Stall. *Was für ein überhebliches Gehabe zwischen erwachsenen Männern*, dachte Christine.

»Na ja, wir haben keine direkten Probleme mit dem Patienten, außer einigen Hindernissen, die wir wegschaffen sollten«, erklärte Keith.

»Du sprichst seinen Wunsch an, den Versuch abbrechen zu wollen. Korrekt?«, fragte John wissend.

Keith nickte bejahend.

»Hat er nicht sogar noch kurz vor seiner Behandlung mit einem Anwalt gedroht?«

»Ja, ja, aber daraus wurde nichts«, erwiderte Keith.

»Das ist außerdem der Mann, der hier vor einigen Monaten bei uns in der Zentrale auftauchte.« John war genau im Bilde. »Also, was für Hindernisse gibt es sonst noch, die wir aus dem Weg räumen müssen?«

Jetzt wurde es brenzlig. Christine schluckte und brachte sich ins Gespräch mit ein. Überrascht über das Wissen, das John bereits über den Patienten erlangt hatte, versuchte sie, die Kontrolle über die Lage zurückzugewinnen. Verhoeven war auch ihr Patient. Warum ließ man nicht *sie* eine Erklärung abgeben? Es ärgerte sie, dass sich Keith überall einmischte. Sie versuchte sich abzuregen, sie brauchte einen kühlen Kopf, damit sie durch dieses Schlamassel ohne Blessuren käme.

»Nach meinen regelmäßigen Unterhaltungen mit Herrn Verhoeven kann ich Ihnen versichern, dass er ungefährlich ist. Er hat zwar in den letzten Wochen immer wieder erwähnt, dass ihm nicht erklärbare Bild-Frequenzen erscheinen und dass ihn sein Gedächtnisverlust plage, aber das habe ich ihm alles plausibel erklären können«, sagte sie gespielt gelassen. »Er hat keinen blassen Schimmer, dass er geklont wurde.«

»Moment! Erklären Sie mir bitte noch einmal, welcher Behandlung Herr Verhoeven sich hat unterziehen lassen«, erkundigte sich John. »Wenn ich richtig informiert bin, haben wir Patienten, die wissen, dass sie geklont wurden und Patienten, die es nicht wissen. Und dieser Verhoeven, was genau für ein Patient ist er?«

Keith räusperte sich. »Sagen wir mal so: Er ist ein spezieller Patient.«

Christine verdrehte genervt die Augen. Es war genug, dass ihr die Patientin Zellweger ein Haar in die Suppe geworfen hatte, sie würde es nicht so weit kommen lassen, dass dasselbe mit Thomas Verhoeven passieren würde. Sie musste auf alles gefasst sein. Wollte Keith sie womöglich vorführen? Alle Fehler auf sie schieben, um damit fein aus der Misere zu geraten? Am Tisch saßen kaum Fachleute, wie könnte sie ihnen mit einfachen Worten erklären, was mit Verhoeven geschehen war?

»Herr Verhoeven gehörte ursprünglich zu den zwei auserwählten Kandidaten, die wir darüber informieren wollten, dass sie geklont wurden. Wie Sie wissen, hatten wir für unsere Arbeit fünf Männer und fünf Frauen ausgewählt. Acht der Versuchspersonen haben wir nicht darüber informiert, dass sie geklont wurden. Sie leben in dem Glauben, dass ihnen eine Frischzellenkur verabreicht wurde. Was ihr neues Wohlbefinden nach dem Klonen erklären soll.«

»Was meinen Sie damit, Herr Verhoeven gehörte ursprünglich zu den auserwählten Kandidaten?«, hakte John nach.

»Es gab Komplikationen. Herr Verhoeven hatte seine Meinung geändert und uns kurz vor dem Start eröffnet, dass er aus dem Projekt aussteigen wollte. Wir teilten ihm mit, dass wir so kurzfristig seine Absage nicht genehmigen könnten.«

»Warum nicht? Wie kamen Sie auf die Idee, ohne Absprachen mit dem Vorstand diese Entscheidung allein zu treffen?« John starrte sie entsetzt an. »Er hat uns mit einem Rechtsanwalt gedroht! Haben Sie überhaupt eine Vorstellung, was alles auf dem Spiel steht?«

»Was zum Glück nur eine leere Drohung geblieben ist«, fiel ihm Christine ins Wort.

»Also, Sie meinen, er habe nichts gegen uns in der Hand?«

»Ja und nein«, antwortete Christine. »Er wurde mündlich und schriftlich darüber aufgeklärt, dass es, nachdem der Vertrag abgeschlossen wird, kein Zurück gibt. Dass unsere Verträge mit den Versuchspersonen astrein sind und sich mit der Erklärung des eigentlichen Behandlungsprozesses vage halten, brauche ich Ihnen nicht zu erklären«, sagte Christine und erkannte in den Gesichtern ihrer Zuhörer, dass alle im Bilde waren. »Auf den Punkt gebracht, in unserem Vertrag werden Sie nirgendwo das Wort klonen finden. Es basiert lediglich auf einem mündlichen Einverständnis, welches Herr Verhoeven uns anfänglich gab.«

»Wie konnten Sie sicherstellen, dass er, nachdem er das Klinikum verlassen hat, nicht direkt zu einem Anwalt rennen und uns verklagen würde? Es ist uns allen klar, wenn man eins und eins zusammenzählt, dass er sich nicht freiwillig hat behandeln lassen.« Sarah Klein klang beunruhigt.

»Das ist eine berechtigte Frage«, antwortete Christine.

»Er kann sich nicht an die Abmachung erinnern …«, nuschelte Keith vor sich hin.

»Sagen wir so: Ich habe in meine Trickkiste gegriffen.«

Macron erntete fragende Blicke.

»Thomas Verhoeven ist, wie Keith bereits sagte, ein spezieller Patient. Wir haben ihn nicht nur geklont, sondern an ihm eine neuentwickelte Software getestet.«

»Eine was?«, rutschte es aus Sarah heraus.

»Bitte erläutern Sie uns genauer, mit was wir es hier zu tun haben.« John war fassungslos, wie alle anderen in dem Raum.

»Er hat sich als erste Versuchsperson bereit erklärt, dass ich ihm Erinnerungen, derer er sich entledigen wollte, entferne.«

Ein Raunen ging durch den Saal.

»Er hatte ein traumatisches Erlebnis, das er aus seinem Kopf gestrichen haben wollte und ich habe dafür gesorgt, dass es geschieht.« Christine war bereit für eine positive Resonanz. Sie legte eine kurze künstlerische Pause ein, um festzustellen, dass nichts dergleichen geschah.

»Wie Sie bereits wissen, hat meine Arbeit mit der Schimpansin bereits zu hundert Prozent funktioniert. Also gab es für mich keine große Besorgnis, dass dieser Eingriff auch bei einem Menschen möglich sein könnte.«

Sie war ein Genie und jetzt wussten es alle in diesem Raum!

»Nebenbei habe ich ihm die Erinnerungen, die sich mit dem Prozess des Klonens verbinden, einfach weggenommen. Problem beseitigt. Der Mann hat keine Ahnung, was mit ihm geschehen ist«, sagte sie kurz und knapp.

Es gab einen kurzen einvernehmlichen Blickkontakt zwischen Keith und Christine. Sie wussten beide, dass sie sich auf dünnem Eis bewegten. Niemand hatte ihnen die Erlaubnis für solch einen Eingriff erteilt. Aber sollten sie ihr für ihr Geschick nicht dankbar sein?

»Also haben Sie somit den Patienten Verhoeven ohne sein Wissen zum Schweigen gebracht«, stellte Sarah pragmatisch fest.

»So ist es«, antwortete Christine stolz.

»Und dementsprechend gab es nur eine Person, die mit dem Wissen gelebt hat, geklont worden zu sein«, schlussfolgerte Sarah.

»Korrekt.«

»Und diese Person hat sich umgebracht.« Ihre Tonlage wurde leicht süffisant. »Wäre die Frau womöglich noch am Leben, wenn sie nie erfahren hätte, geklont worden zu sein? Frau Professor Macron, haben Sie das Leben dieser Frau auf dem Gewissen?«

»Wie bitte?!«, fuhr Christine sie an.

»Also, Frau Klein, bitte. Bewahren Sie Ruhe. Professor Macron befindet sich nicht auf der Anklagebank«, tadelte sie John.

War das wirklich so? Christine merkte, wie sie zu schwitzen begann. Sie redete sich ein, alles würde gut werden. Diese Finanzvorständin, was hatte sie schon für eine Ahnung?

»Wir arbeiten hier an einem Institut der humanen Genforschung, Frau Klein«, sagte sie belehrend. »Versuche können schiefgehen und ich bedauere den Verlust einer meiner Patientinnen zutiefst. Aber wer wären wir, wenn wir uns niemals wagen, über den Tellerrand zu schauen? Opfer müssen in der Medizin gebracht werden, um Erfolge zu erzielen!«

»Und wer sagt uns, dass er vor dem Versuch keine Informationen gesammelt hat und sie nun gegen uns verwenden wird?«, fragte Isabella ängstlich.

»Wir haben seine Wohnung durchsucht«, platzte es aus Keith heraus.

»Ach, du liebe Zeit!«, sagte jemand.

Die Zuhörer begannen, mit der Situation überfordert zu sein. Würden sie sich mit den wenigen Informationen bereits strafbar machen? Es dauerte nur den Bruchteil einer Sekunde und sie schüttelten die unangenehmen Gedanken ab.

»Gut«, sagte John und versuchte, sich Luft zu verschaffen. »Haben Sie einen Plan, wie Sie den Patienten bei uns behalten können? Er hat zwar einen Vertrag mit uns abgeschlossen, aber ich sehe hier eine erhebliche Überzeugungsarbeit, die geleistet werden muss.«

»Machen Sie sich keine Sorgen. Wir werden ihn schon so weit bekommen, dass er weiterhin aktiv mit uns arbeiten wird«, versicherte ihm Christine.

»Ich bin mir nicht sicher, dass das einfach wird«, sagte Keith ohne Vorwarnung.

Christine erschrak. Was war in ihn gefahren?

»Seine Lebensgefährtin hat mit uns Kontakt aufgenommen und meiner Meinung nach sehr gezielte Fragen gestellt. Sie weiß irgendwas, da bin ich mir sicher.«

»Ich habe gehört, ihr Name ist Monica Weiss«, sagte John wissend.

Immer und immer wieder ging ihr der Gedanke nicht aus dem Kopf, dass man sie hier vorgeladen hatte, um ihr eine Standpauke zu halten. Hatten sie und Keith nicht vereinbart, diesen Vorfall für sich zu behalten? Sie hatte alles im Griff. Nur weil diese Monica versucht hatte, sie am Telefon auszufragen, musste man noch lange keine Panik bekommen. Dazu war sie viel zu professionell.

»Ja, sie hat sich telefonisch bei mir gemeldet und versucht, Informationen über Verhoevens Befinden zu bekommen«, beichtete sie nun.

»Also, nun haben wir eine Patientin, die einen Videofilm von ihrem Selbstmord ins Netz gestellt hat, einen Patienten, der aussteigen möchte und eine zu neugierige Lebensgefährtin«, platzte es aus Sarah heraus. »Und im schlimmsten Fall wird sie anfangen, Gerüchte über uns zu verbreiten. Noch so ein Ding und wir sind geliefert!« Sie drehte ihren Kopf in die Runde und suchte nach Bestätigung. Sie blieb aus. Das machte Sarah noch wütender.

»Sind Sie, liebe Professorin Macron«, sagte sie überzogen, »sind Sie bereit, unseren Geldgebern zu erklären, dass Sie durch Ihre rücksichtslosen Handlungen alles ins Wanken gebracht haben?« Sie wartete nicht auf eine Antwort. »Ich rate Ihnen, sich ab sofort keine Fehler mehr zu leisten! Wir haben bereits Spendengelder in Millionenhöhe verbraucht. Was glauben Sie, was unsere Gläubiger für eine Meinung dazu haben werden, wenn wir ihnen nichts liefern, als einen Haufen negativer Schlagzeilen und verrücktgewordener Patienten?«

Es brodelte in Christine. Was bildete sich diese Giftspritze eigentlich ein, so mit ihr zu reden?

»Ich bin ganz Ihrer Meinung, Sarah. Wir dürfen es nicht so weit kommen lassen«, mischte sich John ein. »Also, Christine, Sie werden Ihrem Patienten Verhoeven ab sofort mit etwas mehr Vorsicht begegnen. Denken Sie daran, alles kann gegen uns verwendet werden«, fügte er noch hinzu.

»Danke für Ihr Vertrauen«, sagte Christine mit einer gepressten Stimme. »Ich kann Ihnen versichern, dass wir den Patienten unter Kontrolle haben.«

Das war eine Lüge. Erfreulicherweise wusste niemand in diesem Saal, dass Thomas Verhoeven seine letzten drei Therapiestunden nicht wahrgenommen hatte.

»So, dann noch zu unserem letzten Punkt für heute.«

Man merkte, John ging die Sitzung schon wieder entschieden zu lang.

»Christine und Keith. Ich mache es kurz und schmerzlos. Der Vorstand hat gestern Abend einstimmig entschieden, dass die Spenderkörper, die Originale sozusagen, sofort beseitigt werden müssen. Es ist zu riskant, sie weiterhin zu behalten.«

»Aber«, sagte Christine fassungslos.

»Wir können kein Risiko mehr eingehen«, erklärte John.

Christine merkte ein Unbehagen. Wie könnte sie eine plausible Erklärung abgeben, damit sie die Körper der Originalpatienten noch länger behalten konnten?

»John, wir haben die Studie noch nicht abgeschlossen. Die Körper könnten noch eine wichtige Bedeutung haben. Geben Sie uns bitte noch etwas Zeit, wir haben noch nicht genügend Erkenntnisse sammeln können …«, erklärte sie und wurde direkt von John über den Mund gefahren.

»Christine«, sagte John. »Wenn demnächst die Staatsanwaltschaft mit einem Durchsuchungsbefehl vor dem Eingang steht, dann möchte ich nicht in Erklärungsnot geraten. Wie sollen wir die zehn Komapatienten in unserem Klinikum erklären? Tut mir leid für Ihre Studie, aber es muss dann ohne Originale weiter gehen. Unser Entschluss ist gefasst.«

Vor Wut biss sich Christine auf die Zunge. Woher kam auf einmal die Eile? War sie die Einzige, die wusste, dass sich nur neun Originale im Komazustand befanden? Hatte sie Alan verraten?

46

Mit dem Schließfachschlüssel in der Hand stand Tom zögernd vor der Bank. Seit gestern kamen immer mehr verlorene Erinnerungen zurück. Leider meistens nur unwichtige und kurze Gedankenfetzen. Außer einer Sache, da war er sich nun ganz sicher. Sein Albtraum, in dem er gegen seinen Willen in die Klinik mitgenommen wurde, war definitiv keine Einbildung gewesen. Nur leider an die Gesichter der Kidnapper erinnerte er sich nicht. Jede neue Erinnerung versuchte er, wie ein Puzzleteil zu einem Gesamtbild zusammenzusetzen. Bild-Fragmente von den letzten Tagen, bevor er abgeholt wurde, erschienen ihm vor Augen. Er fühlte die Wut, dass EPIC nicht auf seine Absage reagiert hatte, die Ohnmacht, als er sich bewusstwurde, dass es kein Zurück gäbe und Bedauern, dass er Monica alles verschwiegen hatte. Es war unbeschreiblich, was sie mit ihm durchmachte. Mehr und mehr begann er, seinen Riesenfehler zu erkennen und trotzdem hielt sie immer noch an ihm fest. Nach all diesem Chaos schenkte sie ihm immer noch ihr Vertrauen.

Sein Leben war eine Farce. Der Gedanke, dass er in einem Körper lebte, der nicht von Beginn an zu ihm gehörte, war so unglaublich schwer zu begreifen. Was für einen Sinn ergab sein Dasein? Er war sich nicht mehr sicher, ob er Monicas Liebe verdiente.

Die automatische Schiebetür der Züricher Kantonalbank öffnete sich mit einem leisen Surren, nun war er nur noch wenige Schritte von seinem alten Leben entfernt.

Das nüchterne matte Silber der Schließfächer, die schier unendlich langen, sterilen Gänge, der trist-graue Steinboden und das kalte Licht der Deckenstrahler gaben ihm ein unwohles Gefühl. Es hatte etwas Gefängnisartiges, ein Gefängnis, das er sich selbst erschaffen hatte.

Die Schließfachschatulle stand geschlossen vor ihm. Unentschlossen starrte er sie an. Und obgleich sein Wunsch nach Aufklärung ihm schon fast übermächtig vorkam, konnte er seine Angst, sie zu öffnen, nicht beiseitelegen. Diese große silberne Kassette kam ihm vor wie die Büchse der Pandora. Alles wehrte sich in ihm. Wollte er wirklich wissen, wer er einmal war? In seinen Unterlagen hatte er gelesen, dass er hier in der Box persönliche Dinge aufbewahrte. Sein altes Ich sagte, der Inhalt könnte ihm verhelfen, wieder zurück in sein vorheriges Leben zu finden, sein neues Ich wollte lieber alles vergessen lassen.

Er faltete den Deckel auf. Da lagen sie, die letzten Überbleibsel seines alten Lebens. Wahrheiten, die er versucht hatte, vergessen zu machen. Dinge, an die er sich nicht mehr erinnern wollte und es doch nicht fertiggebracht hatte, sich von ihnen zu trennen. Erinnerungen, die zu schmerzhaft waren, um sie je wieder herauszuholen. Also schloss er sie tief im dunklen Keller ein. Trotz seines starken Wunsches, alles hinter sich zu lassen, gab es keinen Weg daran vorbei. Es war sein Leben, alles, ob gut oder schlecht, war Teil von ihm. Langsam drehte er einen verkehrtherum liegenden Bilderrahmen zu sich. Der Akku des Rahmens war fast leer, das

Foto dadurch verblasst. Seine Augen wanderten auf dem Bild auf und ab, hin und her, als wollte er es abscannen. Ein Familienfoto aus glücklichen Zeiten. Er wartete ab, ob ihm in der Annahme ein weiterer Erinnerungsfetzen erscheinen würde. Nichts. Es geschah rein gar nichts. Das kleine Mädchen lachte breit. Das Bild musste in einem Garten aufgenommen worden sein, vielleicht bei seinen Schwiegereltern. Sie saßen im Partnerlook, blaue Jeans und weißes Shirt, auf einer großen braunen Holzbank. Marie in der Mitte, Tom hatte seinen Arm um sie gelegt. Die Frau auf dem Bild war außergewöhnlich hübsch. Sie trug einen Pagenschnitt und ihr Haar war genauso hellblond wie das ihrer Tochter. Seiner Tochter. Er bedauerte es, keinerlei Erinnerungen an sie zu haben. Was hatte er sich nur dabei gedacht? Er war nicht fähig sich hineinzuversetzen, wie man so verzweifelt sein konnte, sich dafür zu entscheiden, alles vergessen zu wollen. Dieser Mann, der er einmal gewesen zu sein schien, war ihm fremd. Scham und Ekel vor sich selbst stiegen in ihm hoch. Zaghaft streichelte er über das Foto, als könnte er das kleine Gesicht seiner Tochter berühren. Tränen rannen seine Wangen entlang. Sein eigenes Kind. Im Stich gelassen. Was wohl seine Schwiegereltern über ihn dachten? Hatte er ein gutes Verhältnis zu ihnen gehabt? Wohl kaum, wenn er Marie einfach abgeschoben hatte.

In Gedanken vertieft streifte er wahllos in der Schatulle umher. Dort fand er eine goldene Kette mit zwei Ringen. *Für immer dein *30.05.2093** zeigte die Gravur. Ja, er war einmal verheiratet gewesen. Es war für ihn alles nicht fassbar, das machte ihn zu konfus. Wie sollte er sich fühlen? Wie sollte er über etwas trauern, wenn er sich nicht erinnerte? Mit den Ringen immer noch in der Hand ballte er eine Faust. Nun war der Moment gekommen, zu kämpfen und endlich das Richtige zu tun. Entschlossen klappte er die Schatulle zu und ging zurück in Monicas Wohnung.

47

»Lass den Anwalt darüber grübeln. Das ist ein Fass ohne Boden, wir werden nicht schlau daraus«, sagte Monica.

Seit gefühlt einer Stunde lasen sie die Papiere durch, die Tom auf einem Datenstift in der Schließfach-Schatulle gefunden hatte. Erschrocken stellten sie fest, dass dieser Vertrag dem von EPIC per Drohne ausgehändigten nicht im Entferntesten ähnelte!

»Ach, verdammt! Das nimmt mir doch keiner ab.« Tom scrollte weiter in dem vor ihnen liegenden Dokument. »Wer zum Teufel soll dieses ganze Paragrafen-Geschwafel verstehen?«, fluchte er.

»Hier, schau.« Monica zeigte auf den nächsten Absatz der Verschwiegenheitserklärung.

»Die Vertragsparteien verpflichten sich gegenseitig zur Wahrung der Vertraulichkeit in Bezug auf alle nicht allgemein bekannten Informationen. Halt! Das muss ich zweimal lesen.« Sie murmelte den Satz noch einmal vor sich hin, dann las sie wieder laut weiter: »Diese Pflicht bleibt, solange daran ein berechtigtes Interesse der betroffenen Vertragsparteien besteht, auch nach Beendigung des vorliegenden Vertrages erhalten.«

Tom verzog sein Gesicht. »Das ist zufällig ein Absatz, den man in beiden Verträgen findet. Ich frage mich, ab wann es kein berechtigtes Interesse mehr gibt. Wenn ich tot bin?«

Monica stieß ihm mit ihrem Ellenbogen in die Rippen. »Sag nicht so etwas!«

»Und schau hier«, fuhr er fort. »EPIC haftet in keinem Fall für Schäden jeglicher Art, die durch die Teilnahme an der von uns verabreichten Frischzellen-Therapie verursacht wurden. Ich bin am Arsch!«

»Dabei wissen diese Halunken genau, dass es keine solche Therapie gegeben hat!«

EPIC hatte laut dem Vertrag die Erlaubnis, seinen Körper mit einem neu entwickelten Gerät modifizieren zu lassen.

»Was soll das heißen, wenn sie schreiben, mein Körper wurde modifiziert? Bin ich nun geklont oder nicht? Dieser Vertrag sagt alles und nichts zugleich!«

»Na ja, sie wissen genau, dass Klonen illegal ist, also geben sie dem Kind einen anderen Namen. Schau, hier ist der Text kleingedruckt mit einer Nummer versehen!«

Monica wischte bis ans Ende des Dokuments. Sie las die Klausel laut vor. »Die Testperson bestätigt mit ihrer Unterschrift, jegliche Ansprüche auf den originalen Torso abzutreten und somit der Firma EPIC zu überlassen.«

»Wie bitte?«, kam es gleichzeitig aus ihnen heraus.

»Ansprüche auf den Torso abtreten?« Tom blinzelte ungläubig. Monica wurde zunehmend ängstlicher. Lange hatte sie versucht, sich vor der Wahrheit zu verschließen, leider ohne Erfolg. Wieder fragte sie sich: Wer war der Mann, der neben ihr saß? Es war einfach gewesen, das Leben so hinzunehmen, wie es kam, insbesondere weil Tom ihr so vertraut vorkam. Der Gedanke war zu schmerzhaft. Könnte es sein, dass sie den falschen Mann liebte?

Dennoch war es Liebe, was könnte daran falsch sein? Sie versuchte, sich zu sammeln. Welcher Mensch könnte mit so einem Ereignis leichtfertig umgehen? Kein Wunder, dass sich die junge Frau umgebracht hatte.

Tief und eindringlich sah sie zu Tom, etwas in seiner Haltung ließ sie vermuten, dass auch er gegen Dämonen ankämpfte.

»Ich bin nur ein Duplikat«, sagte er trocken. »Also, was bin ich? *Wer* bin ich?« Er griff sich an die Brust. »Du heilige Scheiße! Das ist nicht zum Aushalten.« Er stand auf und lief aufgewühlt durch den Raum.

»Tom. Bitte. Beruhige dich doch. Woher willst du wissen, dass du der Klon bist? Sie haben deine Gedanken manipuliert! Lass uns die Dokumente morgen in Ruhe mit dem Anwalt durchsehen.«

Er schien total außer Kontrolle zu sein. Wutentbrannt kickte er gegen das Sofa und wandte sich, ohne ein weiteres Wort zu verlieren, von ihr ab. Fluchend führte er Eigengespräche im Flur. Laut und aufgebracht hallte seine Stimme durch den Raum. Völlig unerwartet wurde die Wohnungstür zugeschlagen. Der laute Knall ließ Monica erschrocken zusammenzucken und in der darauffolgenden Stille war nur noch das Nachhallen seiner Wut und Verbitterung zu spüren.

48

Wie in einen Rausch verfallen, hatte sie alles Unwichtige vergessen, selbst zu essen war zweitrangig geworden. Fokussiert saß sie vor ihrem Bildschirm, sie schien Zeit und Raum verloren zu haben. Ihr Programmierer hatte ihr gestern freudig die in Auftrag gegebene Software ausgeliefert. Voller Erwartungen und Hoffnungen saß sie nun hier in ihrem Büro und wartete, dass Cyrils Gedankengut auf den Datenchip geladen wurde.

Die Anzeige des Downloads stand auf vierundachtzig Prozent.

In geschätzten zehn Minuten wäre es so weit. Christine tippte ungeduldig mit ihren Fingern auf den Tisch. Ihr ganzes Leben hatte sie darauf hingearbeitet, einmal etwas Einzigartiges für die Menschheit zu erschaffen. Für manch einen ein sicherlich hochgestecktes Ziel, jedoch nicht für Christine. Bereits in jungen Jahren zeigte sie Fleiß und Wissbegierde. Sie wollte stets die Beste von allen sein. In ihrem Kinderzimmer waren die Wände mit Auszeichnungen tapeziert. Mit Stolz erinnerte sie sich, wie ihr Vater eine Extravitrine im Esszimmer aufstellte, damit sie die vielen Pokale für Science-Wettbewerbe, Schachturniere und Biologie-

Olympiaden zur Schau stellen konnten. Alles in ihrem Leben drehte sich um das Studieren, den Hunger nach Wissen zu stillen.

Es fiel ihr nicht leicht, als Frau mit einem IQ von 182 einen passenden Gefährten zu finden. Die meisten Männer, mit denen sie sich traf, waren ihr zu einfältig, zu selbstgefällig und schlimmstenfalls unterwürfig. Als Cyril in ihr Leben trat, da brauchte es keine zweite Begegnung. Sie kamen und sahen sich und sie wussten, nichts würde sie je voneinander trennen können. Außer der Tod. Und daran arbeitete sie Tag und Nacht. Sie würde es nicht zulassen, sie würde den Tod besiegen, denn sie war immer die Beste in allem, was sie tat!

Es war, als hätte die Zeit ihren Atem angehalten. Noch drei Prozent und der Ladeprozess wäre erledigt. Christine warf einen prüfenden Blick zu ihren Zimmerpflanzen. Sie stand auf und nahm sich eine Gießkanne. Vorsichtig goss sie ihre Orchideen. Ihre Praxis war geschmackvoll eingerichtet, bei den endlos weißen Wänden der Klinikgänge eine willkommene Abwechslung. Der Raum hatte große Fenster mit Blumenampeln, die Möblierung war gemischt von alt bis neu. Ihre Liebelei zu ägyptischen Artefakten war nicht zu übersehen. Bilder, Vasen, Bronzefiguren, sowie bemalte Stuckmasken waren überall in dem Raum verteilt. An der Wand hinter ihrem Schreibtisch hing ein Bild mit einer ägyptischen Gottheit. Das Abbild des Sonnengottes Re. Er war der mächtigste Gott der alten Ägypter und Erhalter und Beherrscher der geschaffenen Welt. Sie liebte die Goldkette, die ihren Hals schmückte. Cyril schenkte sie ihr zu ihrem fünfzehnten Hochzeitstag. Der Anhänger hatte die Form eines Anch Kreuzes, das Symbol, das für das Weiterleben im Jenseits steht. Allerdings war Christine zu aufgeklärt, um irgendeiner Religion Glauben zu schenken, das fehlte ihr gerade noch. Wenn es nach ihrer Vorstellung ging, dann war dieser Ort nicht in irgendeinem Himmelreich, sondern hier auf Erden. Gott – oder wie auch immer man ihn nannte – konnte ihr gestohlen bleiben. Sie glaubte an die Macht des eigenen Wirkens.

DATEN 100% geladen, las sie auf ihrem Bildschirm. Hoffentlich würde alles nach Plan laufen. Was, wenn nicht? Es könnte sie Kopf und Kragen kosten, sollte sie dabei erwischt werden. Nachdem der Vorstand den Auftrag erteilt hatte, alle Originale zu eliminieren, war kein Tag vergangen, an dem sie angsterfüllt aufgestanden war. Jedes Mal, wenn sie die Zimmertür ihres Patienten öffnete, rechnete sie mit dem Schlimmsten.

Ihr schweigsamer Patient saß bereits im Behandlungszimmer. Typisch Christine, sie war bis ins letzte Detail vorbereitet und hatte ihrem Probanden zur Sicherheit ein Beruhigungsmittel injizieren lassen. Ein Blick auf ihn genügte, um festzustellen, dass alles bestens war. Die Spannung stieg, was würde sie als Nächstes erwarten? Den Chip zu wechseln, wäre schnell erledigt. Der Blockade-Chip würde entfernt werden und der Chip mit Cyrils Gedankengut eingesetzt. Sie zögerte. Was, wenn die Software nicht funktionierte? Was wäre, wenn sie das Gehirn des Probanden überforderte und womöglich einen Kollaps heraufbeschwor? Sie hatte nur diesen einen Körper zur Verfügung.

Konzentriert trat sie auf den Mann zu. Die langverfolgte Idee, sein Bewusstsein zu löschen, hatte sich als eine aussichtslose Aufgabe herausgestellt. Das Gehirn eines fünfunddreißigjährigen Mannes war bereits zu komplex. Diese Arbeit käme einem Himmelfahrtskommando gleich. Es könnte mehr schiefgehen, als es Gutes anrichten würde.

Und dann kam wie aus dem Nichts eine Rückmeldung von einem Kollegen aus den USA. Jemand, der sich mit einem ähnlichen Forschungsthema wie sie beschäftigte. Er empfahl ihr, Cyrils Gedanken-Chip einzusetzen und abzuwarten. Seiner Meinung nach würde sich Cyrils Bewusstsein der Spenderperson überordnen. Es hörte sich zu einfach an, um wahr zu sein. Falls der Kollege recht behielt – denn der Patient war durch sein wochenlanges künstliches Wachkoma geschwächt –, hätte Cyrils Geist tatsächlich ein leichtes Spiel und könnte im Nu die Oberhand gewinnen.

Der Chip war im Handumdrehen gewechselt. Als sie sich zu ihm hinüberbeugte, drang sein männlicher Körpergeruch in ihre Nase. Lustvoll schnupperte sie an ihm und streichelte sachte über seine Wange. Sie konnte es kaum erwarten, Cyrill willkommen zu heißen.

49

»Lass uns ein wenig Platz schaffen und diese ganzen Altkleidersäcke herausbringen«, schlug Diane vor.

Die Wohnung glich einem Schweinestall. Der Umzug zog sich schon viel zu lange hin. Wann würden sie endlich fertig werden? Überall standen halb ausgepackte Kisten herum, über dem Esszimmerstuhl hing ein Berg Hosen und auf dem Boden lag ein Gewirr aus Badehandtüchern, Bettwäsche und lose herumliegenden Schuhen. Es war eindeutig, Monica hatte aufgegeben, sich über die Unordnung zu ärgern. Sie hatte die Kontrolle verloren.

»Ich bin so froh, dass du da bist! Ich halte es hier nicht mehr aus«, sagte Monica und schnappte sich zwei große Säcke, bevor sie die Haustür öffnete.

»Keine Ursache, Schätzchen. Wir werden das Kind schon schaukeln.«

Auf dem Weg zum Recyclingbehälter atmete Monica tief durch. Die frische Luft schien sie freizumachen. Es war kurz nach zehn und der blaue Himmel kündigte einen sonnigen Tag an.

»Tom ist ein nervliches Wrack. Man kann mit ihm keinen richtigen Satz zu Ende sprechen. Er versteht alles falsch, es spielt keine Rolle, was ich versuche, wieviel Mühe ich mir gebe und auf ihn eingehe«, klagte sie. »Er ist gestern einfach abgehauen und kam nachts um drei blutverschmiert zurück. Sturzbesoffen ist er auf dem Sofa eingeschlafen!«

»Hatte er eine Schlägerei?«

»Was weiß ich? Vielleicht ist er auch gegen eine Laternenlampe gerannt. Er ist unkontrollierbar.«

Monica stellte die Säcke vor dem Altkleiderbehälter ab. Der erste Container quoll bereits über, im danebenstehenden fanden sie noch Platz.

»Er sieht aus wie ein Schlägertyp mit seiner Platzwunde im Gesicht.«

Die Armbanduhr von Diane blinkte auf. Still warf sie einen kurzen Blick darauf.

»Und gestunken hat er, als ich ihn heute Morgen fand. Ekelhaft. Er sollte sich schämen.«

»Lass es gut sein, Monica. Er hat viel zu verarbeiten. Ich denke, wir können uns nicht im Entferntesten vorstellen, wie es ihm gerade geht.«

»Einfach abzuhauen macht es auch nicht besser. Ich habe mir wahnsinnige Sorgen gemacht. Wenn man weiß, was er mit sich selbst angestellt hat, hat man ständig Angst, wozu er sonst noch fähig sein könnte.« Sie öffnete die quietschende Kleiderklappe, legte beide Beutel hinein und ließ den Deckel zuschnappen.

»War das deine Mum?«, fragte sie und zeigte auf Dianes Smartwatch.

»Ja. Wie immer einer ihrer Selbstfindungs-Sprüche. Sie sendet sie mir bald täglich.«

»Geht es ihr denn gut?«

»Alles gut. Sie hat eine tolle Selbsthilfegruppe gefunden.«

»Deine Mutter ist so wahnsinnig stark. Ich bewundere sie.«

»Ich weiß nicht, ob das die richtige Bezeichnung für meine Mutter ist.«

Ein paar Straßen weiter hörte man Sirenen. Diane griff Monica an die Schulter. »Schau mal in dich selbst hinein. Du wirst dich wundern, zu was du fähig bist.«

»Es ist alles so verwirrend. Ich frage mich ständig, was wir hier überhaupt machen.«

»Willkommen im Leben, Babe«, sagte Diane und hakte sich bei ihr ein.

»Ich fühle mich so unendlich müde. Nicht nur, dass ich kaum geschlafen habe, aber ständig zerbreche ich mir den Kopf darüber, wie ich Tom besser unterstützen könnte. Wir brauchen diesen Anwalt, es geht nicht anders.«

»Ich bin für euch da. Und es war eine weise Entscheidung, einen Anwalt einzuschalten. Wir werden gleich hören, was er Tom für Chancen einrechnet. Glaube mir, es wird nicht einfach werden, gegen so einen Riesen anzugehen.«

»Hoffentlich gibt es eine Möglichkeit, aus diesem Dschungel herauszufinden«, murmelte Monica vor sich hin. »Ich möchte endlich ein normales Leben führen können.«

»Habe Vertrauen, das wirst du!«

»Ich weiß nicht. Schau mich an. Ich bin fünfundzwanzig, verdammt noch mal! Und ziehe zum ersten Mal mit einem Mann zusammen. Ist das nicht schon aufregend genug?«

»Komm, gehen wir zurück. Sonst verpassen wir noch das Gespräch«, sagte Diane und griff nach ihrer Hand.

»Konnten Sie meine Unterlagen bereits einsehen? Was sagen Sie dazu?«, begann Tom das Gespräch ohne großartige

Begrüßungsformel. Sein Gesicht war angeschwollen und um sein rechtes Auge bildete sich ein schwarz-blauer Fleck. Er trug seine Blessuren, ohne zu klagen, und versuchte, sie so gut es ging zu ignorieren. Selbstbeherrscht positionierte er den Glas-Pad-Empfänger auf einem Hocker vor allen, damit sie einen guten Blick auf das Hologrammbild des Anwalts bekamen.

»Ich habe mir alles angesehen. Das von Ihnen zugesendete Material, muss ich zugeben, ist unglaublich schwer zu deuten. Das wird ein kniffeliger Fall«, erwiderte er ohne Umschweife. »Ehrlich gesagt, die Verschwiegenheitserklärung ist so gut wie unantastbar. Da kann ich Ihnen keine großen Hoffnungen machen. Wobei der Probandenvertrag, den Sie mit EPIC abgeschlossen haben, eine andere Geschichte ist«, erklärte er. »Egal, was EPIC versucht, Ihnen unterzuschieben, in Ihrem Fall tritt das bürgerliche Probandenrecht in Kraft. Menschliche Körper zu modifizieren, wie es hier heißt, ist bis zu einem gewissen Grad in der Forschung erlaubt. Zum Beispiel, wenn ein Mensch seinen Arm oder seine Nase verloren hat, darf man dieses Körperteil mit einem künstlichen oder gespendeten ersetzen. Wobei, einen ganzen menschlichen Körper zu modifizieren, ist weiterhin illegal.«

»Was meinen Sie, soll das heißen? Modifizieren?«, hinterfragte Tom neugierig.

»Gute Frage. Was könnte das in Ihrem Fall heißen?« Der Anwalt faltete seine Hände zu einer Raute und wirkte konzentriert. »Diese neuartige Technologie, von der hier die Rede ist, kenne ich nicht. Nehmen wir mal an, Ihr Körper ist tatsächlich reproduktiv geklont worden, was ich für extrem unwahrscheinlich halte, dann müsste es sich um ein außergewöhnliches Verfahren handeln! Von so etwas habe ich noch nie gehört.« Er machte eine kurze Pause, studierte die Dokumente vor ihm und schüttelte bedächtig seinen Kopf.

»Ich muss zugeben, ich bin im Gebiet des Klonens nicht zu Hause. Aber wer ist das schon?«, sagte er und grunzte leicht, als sei es ein Scherz gewesen. »Also, einmal unter uns: Wie man einen ausgewachsenen Mann in so kurzer Zeit zum Leben erwecken kann, überschreitet meinen Horizont.« Der Anwalt lachte verlegen.

Monica schaute den Juristen böse an. Verspottete er sie etwa?

»Ganz ehrlich, Herr Verhoeven, wenn es wirklich so wäre, dann müsste es Sie nach Adam Riese jetzt zweimal geben. Wissen Sie, welcher der beiden Männer Sie überhaupt sind? Und Entschuldigung für meine Frage, aber wo ist der andere?«

Und da waren sie wieder, die wirren Gedanken in Monica. Die ganze Geschichte klang absurd. Bis an ihre Grenzen wurde sie von finsteren und bedrückenden Fragen geplagt. Wollte sie wirklich wissen, was mit Tom passiert war? Sie betrachtete den Mann, den sie aus tiefster Seele liebte, von der Seite. War er tatsächlich noch derselbe? Und wenn nein, was dann? Was, wenn es Tom tatsächlich zweimal gäbe? Konnte man dann so einfach herausfinden, wer der Echte und wer der Falsche war? Wären nicht beide Männer identisch?

Toms Beine zappelten unruhig. Nervös sprang er auf und lief zum Fenster. Ein dumpfes Geräusch ertönte, als er seine Stirn gegen die kühle Glasscheibe schlug. Es zerriss sie innerlich, ihn so zerbrechlich zu sehen. Wenn sie bloß etwas für ihn unternehmen könnte. Mitfühlend stellte sie sich hinter ihn, umschloss ihn beschützend und lehnte ihr Gesicht sanft an seinen Rücken.

»Es tut mir alles so leid. Gib dich nicht auf«, tröstete sie ihn. »Komm, lass uns hören, was Herr Möller zu sagen hat. Setzen wir uns wieder hin.« Behutsam nahm sie ihn am Arm und führte ihn zurück zur Couch.

»Wie wir nun festgestellt haben, gibt es in den beiden Videos einige Widersprüche. Daraus könnte man schließen, dass bei Ihrer Behandlung etwas schiefgelaufen ist. Oder dass Sie in einem der Videos schlicht und einfach die Unwahrheit sagen«, mutmaßte Herr Möller. »Wurden Sie eventuell dazu genötigt, diese Aussagen zu tätigen oder versuchen Sie, etwas zu vertuschen?«

Herr Möller wollte provozieren. Ihm war anscheinend nicht bewusst, wie falsch er mit seiner Herangehensweise lag. Die Nerven von Tom und Monica lagen blank, sie hatten keine Kraft für weitere Aufregungen. Unbeachtet zog der Advokat sein Programm durch, als wäre alles nur ein Spiel.

»Ich weiß, Herr Verhoeven, Sie werden aufgrund Ihrer Amnesie behandelt. Sie wollten Ihre Vergangenheit vergessen machen, aber wie wollen Sie es dem Gericht klarmachen, Sie seien einer Gehirnwäsche unterzogen worden? Niemand kann in Ihren Kopf hineinsehen. Vielleicht behaupten Sie das alles nur. Gibt es eventuell etwas, was Sie zu verbergen versuchen?«

Jetzt war es so weit. Tom verlor endgültig seine Fassung.

»Was soll das heißen? *Ich behaupte es?* Bezichtigen Sie mich einer Lüge? Glauben Sie, ich habe diese Geschichte erfunden? Aus welchem Grund sollte ich mir so eine verrückte Story einfallen lassen?«

Herr Möller gab ihm ein Zeichen, dass er noch nicht fertig war.

»Na ja, es gibt genug Leute, die Firmen verklagen, um eine schöne Geldsumme zu erhalten.«

Empört schlug Tom mit der Faust auf den Tisch. »Wen vertreten Sie hier eigentlich? Mich oder das Institut?« Monica zuckte vor Schreck zusammen und es war Diane, die ihn daran hinderte, wieder aufzuspringen.

Unbeeindruckt sprach Herr Möller weiter. »Das Gute daran, falls es so etwas wie eine Gehirnwäsche gibt«, brabbelte er vor sich hin, »dann hat sich EPIC gegen die allgemeine Erklärung der Menschenrechte auf jeden Fall strafbar gemacht. Niemand hat das Recht, Sie psychologisch zu manipulieren, in Ihr Gedankengut einzudringen oder es abzuändern, geschweige denn, etwas zu löschen. Auch nicht mit Ihrer Erlaubnis«, sagte er.

»Und das war's? Mehr haben Sie nicht auf Lager?« Tom war außer sich. Das ganze Gerede des Anwalts schien ihn konfus zu machen. War der Anwalt nun auf seiner Seite oder nicht? Er raufte sich die Haare. »Was soll das jetzt genau heißen? Können wir EPIC verklagen oder nicht?«

Der Anwalt starrte gleichgültig in die Kamera.

»Jetzt kommt das Schlechte daran. Ja, wir können versuchen, EPIC zu verklagen. *Aber* wir brauchen mehr Beweismaterial. Sonst haben wir keine Chance. Sollte ich bereits bei der abstrusen Science-Fiction-Geschichte meine Bedenken haben, wie viel mehr dann erst ein Gericht? Ich sehe auch ein Problem mit Ihren beiden unterschiedlichen Verträgen, denn unabhängig davon, in welchem, es gibt keine schriftliche Festlegung, dass ein Eingriff in Ihr Gedankengut stattgefunden hat. Man bekommt hier zu lesen, dass Sie sich freiwillig für einen Versuch namens Frischzellenkur zur Verfügung stellen und der Rest ist so schwammig ...« Der Anwalt hob entschuldigend die Schultern. »Herr Verhoeven, ich will Ihnen keine zu großen Hoffnungen machen. Das wird ein schwieriges Unterfangen.«

»Das kann doch nicht wahr sein! Aber ich habe die Videos. Ich sage in meinem Video klar und deutlich, dass EPIC meine traumatischen Erinnerungen löschen wird.«

»Das stimmt«, unterbrach ihn der Anwalt, »aber ich kann Ihnen schon jetzt voraussagen, dass EPIC alles abstreiten wird. Sie werden mit den besten Anwälten des Landes kommen, Lügen über Sie verbreiten und versuchen, es auf Ihre Amnesie zu schieben. Oder darauf, dass Sie einst schwer depressiv waren. Was weiß ich! Sie werden behaupten, Ihr eigenes Video sei gefälscht. Et cetera, et cetera.«

»Was ist mit der Frau, die sich vor laufender Kamera umgebracht hat?«, erwiderte Tom.

»Was soll mit ihr sein?«

»Sie behauptet dasselbe. Sie sagt, dass EPIC sie geklont habe«, erklärte Tom.

»Die tote Frau kann erstens nicht mehr reden und wurde zweitens für verrückt erklärt.« Herr Möller strich sich nachdenklich mit seinem Daumen und Zeigefinger über die Nase.

»Gehen wir davon aus, dass Sie an einer wissenschaftlichen Studie für, nennen wir es, das Klonen im Schnelldurchlauf, teilgenommen haben, dann werden Sie und die tote Frau sicherlich nicht die einzigen Versuchspersonen gewesen sein. Wenn wir noch mehr Patientinnen und Patienten finden können, die sich für den gleichen Versuch gemeldet haben, dann hätten wir mehr Beweise und eine größere Erfolgschance.«

Alle begannen, durcheinander zu quasseln, es herrschte eine große Aufregung im Wohnzimmer.

»Herr Verhoeven«, versuchte sich der Anwalt – ohne Erfolg – eine Stimme zu verschaffen. »HERR VERHOEVEN! Ich bin als Anwalt nicht nur dafür da, Sie vor Gericht zu vertreten. Ich fühle mich schlicht und einfach auch dazu berufen, Ihnen mitzuteilen, dass Sie sich das Ganze noch einmal überlegen sollten.«

»Was soll denn dieser Spruch?!«, schrie Monica dazwischen und wurde vor Wut ganz rot im Gesicht.

»Lassen Sie mich ausreden. Ich möchte, dass Sie noch einmal in sich gehen. Stellen Sie sich die Frage, ob es diesen ganzen

Aufwand wert ist. Dieser Prozess wird schwierig. Er wird an Ihnen nagen, Sie im schlimmsten Fall auffressen. Wenn Sie verlieren, werden Ihnen nur hohe Prozesskosten und ein Scherbenhaufen verbleiben und mehr nicht. Sind Sie zu solch einem Opfer bereit? Oder können Sie mit Ihrem jetzigen Leben einfach fortfahren und glücklich werden?«

»Was glauben Sie eigentlich, wer Sie sind?!«, schimpfte Monica. »Haben Sie überhaupt im Entferntesten eine Ahnung, was wir durchmachen?«

Die einzige Person im Raum, die es schaffte, Ruhe zu bewahren, war Diane. Sie saß im Schneidersitz auf dem Ohrensessel links von den beiden und versuchte bereits, Pläne zu schmieden.

»Ich habe gelesen, dass die Familie der Selbstmörderin versucht, an das Passwort ihres Social-Media-Kontos zu gelangen!«, rief sie in den Tumult hinein. »Um die letzten Stunden, bevor sie sich umbrachte, zu rekonstruieren. Aber die Mediengesellschaft weigert sich zu kooperieren.«

Diane Dubois war wieder einmal einen Schritt weiter als alle anderen.

»Was wäre, wenn die Frau noch weitere Informationen gesammelt hat, die hilfreich sein könnten? Vielleicht hatte sie die gleichen Ideen wie du und hat Dokumente aufbewahrt, die uns weiterhelfen könnten. Meiner Meinung nach sollten wir uns – und ihre Familie – gegenseitig unterstützen. Es kann definitiv nicht schaden!«

Tom verstand sofort, auf was Diane anspielte. »Ich habe einen Kumpel aus Studienzeiten … Der könnte uns unter die Arme greifen. Er ist der beste Hacker, den ich kenne«, sagte er ohne Umschweife.

Der Anwalt hüstelte gespielt empört.

»Davon habe ich jetzt nichts gehört. Seien Sie sich bitte im Klaren, dass Sie sich damit in eine riskante Situation bringen. Es wäre besser, Sie engagieren einen Privatdetektiv. Ich kann Ihnen gerne eine Empfehlung aussprechen.«

Gleichgültig sprang Diane auf und drückte, ohne sich von Herrn Möller zu verabschieden, auf den roten Knopf des Hologramm-Pads und würgte das Gespräch damit ab. Es war genug. Sie würden den Fall erst einmal selbst in die Hand nehmen.

»Gebt mir ein bisschen Zeit und ich werde mich auf die Suche nach der Familie machen. Versprochen. Ich kann schnüffeln wie ein Jagdhund«, sagte Diane zuversichtlich. »Wer braucht schon einen Detektiv, wenn man Diane Dubois an seiner Seite hat?«

Nicht jeder in diesem Raum war der gleichen Auffassung. Auch wenn es Monica schwerfiel zuzugeben, dass der Anwalt recht hatte. Mit einem einzigen Video gegen einen Giganten wie EPIC anzutreten, wäre viel zu wenig. Vielleicht wäre ein Detektiv tatsächlich die bessere Wahl. Sie grübelte. Ein Detektiv könnte nicht nur nach Informationsmaterial suchen, sondern auch nach einer vermissten Person …

»Wenn es wirklich stimmt«, sprach sie ihre Gedanken Richtung Tom laut aus, »und du geklont worden bist.« Monicas Stimme zitterte vor Erregung. »Wo ist dann der andere Tom?« Sie erntete entsetzte Blicke.

»Babe, das ist die Eine-Million-Dollar-Frage«, antwortete Diane nüchtern.

Monica konnte es nicht mehr halten. Hatte Tom eventuell genau das von ihr verlangt, als er in dem Video sagte: *Finde mich*? Wollte er, dass sie sich auf die Suche nach ihm machte?

»Wir müssen ihn finden! Vielleicht kann ein Detektiv uns dabei helfen«, schäumte sie auf.

Tom schaute sie entsetzt an. »Was soll das heißen? *Wir müssen ihn finden?* Und was wird dann aus mir? Willst du mich dann eintauschen?«, schnauzte er sie an.

»Niemand will dich eintauschen. Aber du musst zugeben, dass meine Gedanken keinesfalls falsch sind«, verteidigte sie sich.

»Weißt du eigentlich, was du von mir verlangst? Meinst du, ich bin nur eine minderwertige Kopie, die man wieder zurückgeben kann?«

»Nein, das habe ich nicht behauptet, aber …«

Gereizt winkte er ab und rannte wieder einmal davon.

Diane stand auf und streckte ihre Beine lang.

»Lass ihn«, sagte sie. »Ich muss zugeben, mir raucht auch der Kopf. Ich will nicht wissen, wie es in seinem gerade aussieht.«

»Aber was ist, wenn irgendwo der echte Tom auf Hilfe wartet?«, antwortete Monica verzweifelt.

»Du musst zugeben, das ist schon ein verrückter Gedanke. Ein echter und ein unechter Tom?« Diane zischte skeptisch durch ihre Zähne. »Nur wo willst du anfangen zu suchen? Er könnte überall sein.«

»Vielleicht ist er noch in der Klinik?«

»Du weißt, ich bin immer für eine Schandtat bereit«, flüsterte Diane ihr zu. »Vielleicht hast du recht und ich habe den richtigen Ansprechpartner für dich.« Sie ging auf sie zu und hielt ihr das Telefon hin.

»Du hast Boris Stefanowitz' Nummer!«, antwortete Monica.

50

Die Augen des Mannes wurden hellwach.

»Où suis-je?«, fragte er entgeistert in seiner Muttersprache. Christine hielt sich vor Freude die Hände an die Brust, sie hatte so lange auf diesen Moment gewartet.

»Chéri. Alles ist gut«, versicherte sie ihrem Mann und versuchte, ruhig durchzuatmen. »Ich bin's. Christine. Erkennst du mich?«

Sein französischer Akzent war immer noch derselbe. Es war geschehen, sie hatte es geschafft. In diesem Mann vor ihr steckte tatsächlich Cyril.

Er sah sie an, seine Augen suchten ihr Gesicht ab. »Christine? Qu'est-ce que je fais ici?«, fragte er leise.

»Was du hier machst?« Was sollte sie ihm darauf antworten? Es hatte funktioniert! Am liebsten wollte sie die ganze Welt umarmen.

Seine Hände begannen zu zittern, unheimlich starrte er sie an. Er griff sich ins Gesicht, strich aufgeregt über seine Bartstoppeln, berührte den ihm fremden Mund mit seinen Fingern und zog fassungslos an seinen Ohrläppchen, bevor er seine Hände schlaff auf seinen Schoß fallen ließ.

»Christine«, sagte er erneut, aber dieses Mal klang es befremdend. Seine Stimme war nicht dieselbe, das würde sie niemals werden. Daran müsste sie sich gewöhnen.

»Que s'est-il passé?«

»Du bist wieder hier, du lebst! Das ist passiert«, antwortete sie gerührt. Ihre Beine wurden weich wie Pudding, wackelig kniete sie sich zu ihm nieder und legte ihren Kopf in seinen Schoß.

»Endlich habe ich dich zurück. Du bist wieder da. Du bist bei mir.«

Eine schwere Last fiel von ihr ab, die starke Frau, die sie ständig sein musste, konnte nun endlich wieder einmal Schwäche zeigen. Cyril war ihr Fels in der Brandung, der einzige Mann, zu dem sie je aufsah. Eine winzige Träne rann ihre Wange hinab und landete auf seiner Jogginghose. Langsam zog sie sich an ihm hoch, streichelte hingebungsvoll durch sein langes Haar und begann, ihn zu küssen. Mit Bedauern stellte sie fest, dass selbst mit geschlossenen Augen und aller angeregten Fantasie ein Kuss nicht gleich ein Kuss war. Er schmeckte nicht, sie hatte seine Lippen anders in Erinnerung, es war alles nur eine Illusion.

Cyril drehte den Kopf verärgert weg. »Was hast du mit mir gemacht?«, fragte er in einem aggressiven Ton.

Christine verstand die Frage nicht. War das wirklich Cyril, der zu ihr sprach? »Was ich mit dir gemacht habe? Ich habe dich zurückgeholt!«

»Warum?«

»Warum?« Ihre Stimme wurde ganz schwach. Enttäuscht ließ sie den Kopf hängen. Sie hatte zu große Erwartungen auf sein Comeback gesetzt. Sie hatte einen begeisterten und dankbaren Cyril erwartet, ein Wiedersehen mit Freude. Und nun wurde sie so bitter enttäuscht.

Ihr Herz begann sich zu verhärten, wie versteinert trat sie einen Schritt zurück und betrachtete ihn. Die Hülle war prächtig, ein Bild von Mann, der voll im Saft stand. Und sein Verstand war scharfsinnig, raffiniert, er war überdurchschnittlich intelligent und sein Charakter lebenserfahren und reif. Alles, was man sich als Mann hätte wünschen können. Konnte er das nicht verstehen? Sie führte ihn zu einem großen Wandspiegel. Vielleicht musste er es mit seinen eigenen Augen sehen, damit er verstand.

Sein Blick verhieß nichts Gutes. Cyril berührte seine Brust, seine Arme und schaute entsetzt an sich hinunter.

»Wer ist das?«, fragte er geschockt. »Dieser Körper? Wem gehört dieser Körper?« Er war außer sich. Schon fast manisch nahm er seine Gestalt im Spiegel wahr.

»Das ist«, sie korrigierte sich, »das war der Körper eines meiner Patienten. Wir haben ihn dupliziert. Er braucht ihn nicht mehr. Es gibt keinen Grund zur Sorge.«

»Wer war er? Wo kommt er her? Wie heißt er?«, fragte Cyril.

»Sein Name? Was spielt das für eine Rolle? Er war ein fünfunddreißigjähriger Mann mit niederländischen Wurzeln. Sein Name war Thomas.« Christine konnte mit seinen dusseligen Fragen nichts anfangen. »Was soll das Ganze? Du bist wieder da. Das ist alles, was zählt.«

Cyril drehte sich zu ihr und verengte seine Augen.

»Cherie! Was hast du nur gemacht? Glaubst du etwa, du bist Gott?«

»Du undankbarer Narr!«, schimpfte sie ihn aus. »Verstehst du denn nicht, was für eine Chance du bekommst? *Wir* bekommen?«

»Was für eine Chance soll das sein? Meine Zeit war abgelaufen!«

»Aber wer sagt uns, dass wir das akzeptieren müssen?«

»Wir?« Cyril wurde laut. »Du willst es nicht akzeptieren. Sei ehrlich zu dir selbst! Warum bist du so selbstsüchtig?«

»Cyril.« Christines Stimme klang verunsichert. »Weißt du eigentlich, wie unglaublich ich dich vermisst habe? Wie hart ich daran gearbeitet habe, dich zu mir zurückzuholen?«

»Merde! Du bist entschieden zu weit gegangen. Ich habe dich nicht darum gebeten, mich zurückzuholen. Wir hatten uns verabschiedet. Erinnerst du dich nicht mehr?«

Es begann, in Christine zu brodeln. Aufgebracht griff sie, ohne Vorwarnung, an seinen Hinterkopf und riss gewaltsam an der langen Kordel, die mit dem Chip verbunden war. Kreischend wie eine Furie schmiss sie ihn an die Wand und ihre Enttäuschung ging in Tränen unter. Welch ein Reinfall. Schnell atmend starrte sie wütend auf die zerbrochenen Teile am Boden. »Warum?!«, schrie sie ihren Patienten an. »Warum willst du nicht bei mir sein?!«

Er reagierte nicht.

Verbittert entdeckte sie Blut an ihren Händen. Ein letztes Mal begutachtete sie Thomas. Sein Körper war, nachdem sie den alten Chip wieder eingesetzt hatte, zurück in seine Marionettenform gefallen. Er zwinkerte nervös und seine zusammengezogenen Augenbrauen verrieten ihr, dass er unter Schmerzen litt. Das kümmerte sie nicht weiter. Viel mehr beschäftigte sie die Frage, was sie mit ihm anstellen sollte. Es war noch zu früh, um ihn aufzugeben. Nur wie weit sollte sie gehen? Zum ersten Mal in ihrem Leben hatte sie keinen Plan. Fragen, die sie sich schon längst hätte stellen sollen, begannen an ihr zu nagen. Wo wollte sie mit ihm hin, wenn es ihr gelänge, ihn zurückzuholen? Wollte sie ihn wie einen Kanarienvogel im Käfig einsperren? Sie schniefte und schluckte ihre Frustration hinunter. Unachtsam schmiss sie den blutverschmierten Einmalwaschlappen, mit dem sie sich die Hände abgewischt hatte, in den Eimer. *Kommt Zeit, kommt Rat,* sagte Cyril oft zu ihr. Für wen hatte sie diese grandiose Software entwickeln lassen, wenn sie sie nicht anwenden würde? Es gäbe mit Sicherheit einen Weg, Cyril mehr Begeisterung für seine Rückkehr einzutrichtern. Oh, ja, sie würde einen Weg finden. Der Spenderkörper könnte gewiss noch ein bisschen länger auf seinen Einsatz warten. Nein, es war noch nicht der Zeitpunkt gekommen aufzugeben. Die Giftspritze, die den anderen neun Patienten ins Jenseits verholfen hatte, konnte noch warten.

51

Die gesamte Kinderschar trällerte Marie ein Geburtstagsständchen. Im Garten fehlte es an nichts, was das Herz eines sechsjährigen Mädchens hätte höherschlagen lassen können. Bunte Stoffgirlanden waren von Baum zu Baum gespannt. Eine Hüpfburg in Form eines Prinzessinnenschlosses stand bereit, eine Seifenblasenmaschine produzierte Hunderte von Blasen und natürlich gab es einen langen Tisch für die mitgebrachten Geschenke.

Das für sein Alter zierliche Mädchen trug ein zartviolettes Kleid. Was war sie für ein süßes Ding? Und ziemlich aktiv dazu. Ihre gebundenen Zöpfe hingen zerzaust über ihre Schultern. Wie es sich für ein naturverbundenes Mädchen gehörte, waren ihre Füße bereits schwarz und auf ihrem Kleid gaben sich Grasflecken und braune Kleckse von dem Schokoladeneis ein Rennen.

Sie holte tief Luft und blies die sechs brennenden Kerzen auf ihrer Geburtstagstorte mit einem Mal aus. Schnell schloss sie die Augen mit ihren hübschen langen Wimpern, dann faltete sie ihre Hände wie zu einem Gebet. Als sie ihre Äuglein wieder öffnete, schaute sie forschend um sich. Ob auch niemand von ihrem geheimen Wunsch Notiz genommen hatte?

Oma Laura, eine gutmütig aussehende silber-blonde Frau, begann, den Kuchen anzuschneiden. Marie sauste schon wieder weg. Sie hatte keine Zeit zum Kuchenessen. Ein Teil der Kinder sprang ihr hinterher.

»Sie ist ein Wirbelwind«, sagte Laura lachend.

Monica hielt Toms Hand. Seine Nervosität war ihm anzumerken. Was für eine bemerkenswerte Frau sie war. Es war ihre Idee gewesen, sie hatte ihn davon überzeugt, zu Maries Geburtstagsparty zu gehen. Anstatt den Kopf in den Sand zu stecken, hatte sie ihn dazu ermutigt, regelrecht bestärkt, dem Mädchen den Besuch abzustatten. Sie war so stark. Ohne sich zu beklagen, blieb sie an seiner Seite. Er hatte sie nicht verdient.

Wie befürchtet, waren seine Schwiegereltern fremde Leute für ihn. Keinerlei Erinnerungen wurden wach, als er vor ihnen stand. Ein weiteres schwarzes Loch aus seinem Leben.

An ihrem Verhalten merkte man, sie waren über seine Amnesie im Bilde. Ihre Begrüßung war höflich, aber distanziert. Das war verständlich, schließlich hatte er die beiden mit Marie allein gelassen. Er war dem Ehepaar dankbar, dass es ihm keine Vorwürfe machte, dass er sich so lange bei ihnen nicht hatte blicken lassen.

Mitgenommen schaute er auf den reichlich gedeckten Gabentisch. Ohne Monica wäre er niemals in der Lage gewesen, Maries Geburtstagsgeschenk auszusuchen. Wie hätte er als frisch gebackener Vater auch wissen sollen, was eine Annabell-Puppe ist? Annabell war eine robotergesteuerte Reborn-Baby-Puppe, gerade das beliebteste Spielzeug für Kinder in Maries Alter. Sie gab Töne von sich, man musste sie füttern und sie hatte einen Tages- und Nachtrhythmus. Im Grunde genommen verhielt sie sich genauso wie ein echtes Neugeborenes. Der einzige Unterschied zu einem echten Baby: Sie konnte per Knopfdruck abgeschaltet werden. Die

Technik, die dahintersteckte, war genial und gruselig zugleich. Annabell-Puppen stammten von einem Konzern, der Androiden-Babys für Menschen herstellte, die durch einen tragischen Unfall ihr eigenes Kind verloren hatten. Es gab auch Leute, die sich so ein Baby zulegten, um zu üben, bevor sie Eltern eines echten Menschenkindes wurden. Er fragte sich, wie viel Ähnlichkeit er mit dieser Puppe hatte. War er nicht auch das künstliche Erzeugnis eines absonderlichen Forschungsprojekts? Er war nur eine Kopie. Wie viel Mensch steckte eigentlich noch in ihm? War er wirklich identisch mit dem Original? Oder war es nur seine DNA? Hatte er die gleichen Gedanken wie sein Spender, hegten sie dieselben Gefühle? Sie liebten beide Monica, so viel stand fest. Was könnte er unternehmen, falls sein anderes Ich auf einmal auftauchte? Und vor allem, wie würde Monica reagieren? Für wen von ihnen würde sie sich entscheiden? Würde sie sich überhaupt entscheiden? Oder würde sie vor lauter Panik davonlaufen? Er war ein Monster – und je mehr er darüber nachdachte, desto klarer wurde ihm, dass er keine Daseinsberechtigung hatte. Sollte der originale Thomas Verhoeven noch am Leben sein, dann würde er sich zurückziehen. Er liebte Monica mehr als alles auf der Welt und er wusste, das würde der echte Thomas auch. Er würde alles für sie tun, wirklich alles, selbst wenn es bedeutete, sich dafür aufzugeben. Von der Schwermut träge geworden, verfolgte er Marie auf der Spielwiese.

»Wie geht es deinen Eltern?«, fragte sein Schwiegervater.

»Es geht ihnen den Umständen entsprechend«, antwortete er. »Sie sind so traurig, dass sie nicht an Maries Geburtstag dabei sein können. Aber meine Mutter hat sich von ihrer Sommergrippe immer noch nicht komplett erholt.«

Verrückt, dachte er. Genau genommen waren es nicht seine Eltern. Er fühlte sich ihnen verbunden, weil sein Geist ihm das einredete. Aber sein Körper war nie im Laib seiner Mutter herangewachsen, sie hatte ihn nie in den Schlaf gesungen oder ihm bei den Hausaufgaben geholfen. Der Gedanke machte ihn krank. Er musste damit aufhören, er würde sonst daran zugrunde gehen.

Wenige Meter von ihm entfernt saß Marie auf ihrer Schaukel und trällerte aus voller Kehle ein Kinderlied.

»Alli mini Äntli schwümmd uf em See, schwümmd uf em See,

d Köpfli händs is Wasser, d Schwänzli händs i d höö.«

Wie ein kurzer Stromschlag schlug es in ihn ein und verschwand genauso schnell, wie es gekommen war.

»Geht's dir nicht gut?«, fragte Monica besorgt.

»Alles okay, mach dir keine Sorgen«, lenkte er von sich ab. Es war das Lied, es löste Gefühle in ihm aus. Wie aus der Ferne hörte er eine Frauenstimme mitsingen und er wusste, es war Silvias. Ihr Lachen schallte in seinen Ohren.

Marie, dieses kleine süße Mädchen, das aus den Lenden seines Spenders entstanden war. Er wusste nicht, ob er irgendwann aufhören könnte, sie als fremdes Kind anzusehen. Hoffentlich könnte er sie irgendwann als sein Eigen annehmen.

Als spürte sie es, kam Marie auf ihn zugerannt. Sie ergriff seine Hand und forderte ihn auf, zur Spielwiese zu kommen.

»Wir brauchen einen Freiwilligen«, lispelte sie mit ihrer niedlichen Stimme. Tom schaute auf die Zahnlücke der beiden fehlenden oberen Schneidezähne. Er wollte sie am liebsten knuddeln.

Lächelnd stand er auf und ließ sich von Marie auf einen Klappstuhl setzen. Es wurde getuschelt, ein Mädchen nach dem anderen stellte sich im Halbkreis um ihn herum.

»Du bist wirklich hübsch«, sagte ein Mädchen und lief rot an.

»Olivia! Das ist mein Papa«, entgegnete Marie.

»Na und? Er ist ein hübscher Papa.«

Alle fingen an, verlegen zu kichern und quietschen.

Tom war peinlich gerührt, er wusste mit so viel geballter Mädchenpower nichts anzufangen.

»Und was machen wir jetzt?«, fragte er.

»Jetzt bisch du unser Model«, sagte ein braunhaariges Mädchen und gluckste verschwörerisch.

Als Tom zwischen der Schar hindurchblickte, entdeckte er auf einem Beistelltisch einen breiten Kasten mit Schminkfarben …

52

Küssnacht lag bereits seit fünfzehn Minuten hinter ihnen. Die lauwarme Sommernachtluft fand ihren Weg durch das geöffnete Fenster des autonomen Taxis. Nacheinander gingen die ersten Sterne am Himmel auf. Sachte wirbelte der Fahrtwind Monicas langes Haar auf und sie merkte, wie es sie glücklich stimmte.

»Was für ein gelungener Nachmittag«, sagte sie verträumt, und als sie in Toms Gesicht sah, konnte sie sich ein lautes Grunzen nicht mehr verkneifen.

»Ich muss schon sagen, die Mädchen haben ganze Arbeit geleistet«, begann sie zu lästern.

»Du bist ja nur neidisch.«

»So? Wie kommst du darauf?«

»Na ja. Weil ich nun so gut aussehe!«

Monica lachte laut auf. Sein Mund war immer noch von dem Schminkstift, den Marie weit über die Konturen seiner Lippen gezogen hatte, rot verschmiert. »Und der Mascara betont deine Augen so schön«, feixte sie.

Tom grinste verschwörerisch. Was führte er im Schilde? Nach all den aufreibenden Tagen, die sie bereits hinter sich gelassen hatten, wollte sie einfach nur noch in seinen Armen liegen und alles vergessen machen. Es war wunderbar mitanzusehen, wie die Kinder es geschafft hatten, seine Laune anzuheben. Ohne weitere Worte beugte er sich zu ihr herüber und küsste sie. Aber o nein! Er war ein durchtriebener Kerl. Ganz ungeniert wischte er den Lippenstift an ihrem Mund ab. Chancenlos versuchte sie, ihn laut kichernd abzuwehren.

»Rote Lippen stehen dir auch hervorragend«, sagte er leicht vergnügt. Dann ließ er von ihr ab und sank zurück in die Autositzlehne der Rückbank.

Das Fröhlichsein schien ihn nicht gänzlich erreicht zu haben. Irgendetwas beschäftigte ihn.

»Danke«, sagte er. »Du warst mir eine große Hilfe, um diesen Tag zu meistern.«

Ihre Finger verschlungen sich zärtlich miteinander. Niemand konnte sagen, was noch auf sie zukommen würde, und es würde nicht wenig sein, dennoch mussten sie keine Angst haben, denn sie wussten beide, dass sie sich bedingungslos aufeinander verlassen konnten.

»Die nächste Feier wird bestimmt einfacher«, ermutigte ihn Monica.

Er zuckte mit den Achseln. »Das hätte alles nie passieren dürfen«, sagte er traurig.

»Bitte sag so etwas nicht. Ab jetzt wird alles gut. Gibt dich nicht auf.« Sie küsste seine Handfläche hingebungsvoll.

»Was ist mit dem Hacker? Meinst du, es ist einen Versuch wert?«

»Ich denke, ja«, bestätigte Tom. »Sein Name ist Kiran. Er lebt seit einigen Jahren in Siena.«

»Wie gut ist er?«

Tom zog eine Augenbraue hoch. »Auf einer Skala von eins bis zehn ist er eine Elf!«

»Das klingt vielversprechend.«

»Du hast keine Ahnung. Er ist ein pfiffiges Kerlchen und ein Schlitzohr zugleich. Zu seinen Freunden ist er immer loyal, das kann man nicht anders sagen.«

Tom lachte in sich hinein, viele heitere Erinnerungen aus seiner Studienzeit wurden in ihm wach.

»Er bewegt sich mit seinen IT-Fähigkeiten und kreativen Ideen, wie er seine Arbeit zu gerne nennt, oft einmal auf gefährlichem Terrain. Falls du verstehst, was ich meine.«

»Scheint ein verrückter Freund zu sein.«

»Im Grunde genommen macht er nichts anderes als ich. Nur auf einer etwas unkonventionellen Art. Du weißt auch, um Hackerangriffe abzuwehren, kann es nicht schaden, wenn man sich auf der dunklen Seite genauso gut auskennt wie auf der hellen.«

Wie recht er hat, dachte Monica. Manchmal musste man sich tatsächlich etwas mehr als gewohnt hinauslehnen, um ans Ziel zu gelangen. Ihr Plan, den sie seit einigen Tagen ausheckte, war beschlossene Sache. Könnte sie mit ihm darüber sprechen? Darauf gab es ein klares Nein.

»Hauptsache, es bringt uns ein Stückchen weiter«, sagte sie und grübelte vor sich hin.

»Ich werde mich so schnell wie möglich auf den Weg nach Siena machen«, entgegnete er.

Monica nickte. Sie mochte es nicht, vor ihm Geheimnisse zu haben, aber sie hatte Angst, er würde versuchen, es ihr auszureden.

53

»Guten Tag, Herr Schneider«, grüßte Monica den Pförtner freundlich. Seinen Namen kannte sie von Boris' Instruktionen. Selbstbewusst schritt sie an die Theke der Rezeption heran. Sie lächelte süßlich, versuchte, dem Mann einen positiven Eindruck von sich zu vermitteln.

»Grüezi Frau ... ääh ...«

»Frau Weber, Monica Weber. Ich freue mich, Sie kennenzulernen«, antwortete sie fröhlich und strich noch einmal über ihre schwarze Perücke. Sie saß perfekt.

»Wir hatten noch nicht das Vergnügen.« Sie reichte ihm die Hand über den Empfang. »Als ich meine Einweisung bekam, ist Ihr Kollege hier am Empfang gestanden. Der Herr Muser. Korrekt?«

Sie hatte ihre Hausaufgaben gemacht, Boris' Informationen waren Gold wert. Präzise hatte er ihr genaue Anweisungen gegeben, er beschrieb ihr den Lageplan des Gebäudes, alle zu beachtenden Sicherheitsvorkehrungen, Namen der Personen, die sie an einem Wochenende im Klinikum womöglich antreffen könnte und Details zu der Gebäudetechnik, die sie zu beachten hatte.

»Genau, der Anton. Er hatte letzte Woche Wochenendschicht. Sehr erfreut, Frau Weber«, antwortete der Mann und beäugte sie lüstern. »Was kann ich für Sie tun?« Lässig stützte er sich auf der Theke ab.

»Ich bin die neue Praktikantin von Frau Professor Macron.«

»Eine neue Praktikantin, wie schön.«

Als wäre sie Frischfleisch, starrte er, ohne in Verlegenheit zu geraten, auf ihre Brüste. Ein weiterer unglaublich wertvoller Tipp von Boris. Dieser Typ vor ihr war die Wollust in Person. Sie hatte sich für ihn eine extratief ausgeschnittene weiße Bluse angezogen. Sie würde ein leichtes Spiel mit ihm haben.

»Ich habe ein Problem«, vertraute sich Monica ihm an und bückte sich ganz dicht zu ihm hinüber. Im Flüsterton säuselte sie ihm ins Ohr. »Ich habe gestern mein Tablet im Aufenthaltsraum liegen lassen! Ich Dussel. Morgen habe ich eine Vorlesung … und ohne sehe ich alt aus. Könnten Sie mir bitte helfen?« Sie schaute auf seine auf dem Tresen liegende Hand und ergriff sie geschickt.

Herr Schneider reagierte verwundert, ließ sie aber gewähren und Monica hätte wetten können, er fand Gefallen daran.

Ihre Hände waren kühl und ihre zarte junge Haut fing an, ihre Wirkung zu zeigen.

»Ja, haben Sie denn noch nicht ihren biometrischen Scan hinter sich?«, fragte er.

Monica schüttelte den Kopf.

»Nein, bis jetzt bin ich immer mit jemandem unterwegs gewesen. Das wollte ich nächste Woche erledigen.«

Monica merkte, wie ihr Puls höher zu schlagen begann. »Können Sie mir helfen, in die zweite Etage zu gelangen? Ich muss einfach nur schnell hoch und mir das Tablet schnappen und bevor irgendjemand etwas bemerkt, bin ich schon wieder zurück.«

»Tut mir leid, aber so einfach geht das nicht.«

»Bitte, Herr Schneider, Sie würden mir einen großen Gefallen erweisen!«

Man merkte es ihm an, er war hin- und hergerissen.

»Ich sage das wirklich ungern, aber ich kenne Sie nicht und ich darf Sie hier nicht einfach so hereinlassen. Ich muss die Hausregeln befolgen. Außerdem haben die meisten Mitarbeiter heute frei, ich kann Sie als Neuling nicht ohne Begleitung im Gebäude herumlaufen lassen. Sie verlaufen sich womöglich. Ich werde Frau Professor Macron anrufen und sie kann Ihnen das Tablet herunterbringen.«

»Professor Macron ist im Haus?«, stotterte Monica. Das fehlte ihr gerade noch!

»Bitte tun Sie das nicht! Sie reißt mir den Kopf ab.«

»Aber, aber.« Urs Schneider betrachtete sie mitleidig. »Ich verstehe, was Sie meinen«, tuschelte er hinter vorgehaltener Hand. »Unsere Frau Professor kann ein ganz schönes Biest sein!«

Beide kicherten, das Eis begann zu brechen.

»Wissen Sie was? Am besten begleite ich Sie. Hier ist eh nicht viel los«, sagte er unverhofft.

»Das ist überaus freundlich«, sagte Monica. Und dann fiel ihr auf, dass das gar nicht zu ihrem Plan passte.

Während sie der Lift nach oben fuhr, überlegte sie, wie sie ihn abschütteln könnte. Was sollte sie sagen, wenn es im Pausenraum kein Tablet aufzufinden gäbe?

Der Aufzug öffnete sich. Mit jedem Fuß, den sie vor den anderen setzte, wurde ihr vor Aufregung ein wenig mehr schwindelig. Der Pausenraum war laut Boris' Beschreibung nur noch wenige Meter von ihnen entfernt. Rechts, etwa zehn Meter vor ihnen, bemerkte sie eine angelehnte Tür. Fieberhaft suchte sie nach einer Lösung. Plötzlich klingelte die Smartwatch des Pförtners. Konzentriert tippte der Mann auf das Display.

»Oh, das tut mir leid, aber ich muss zur Anlieferung. Kommen Sie von hier aus allein zurecht?«, fragte er bedauernd.

Herr Schneider lief eilig zurück zum Lift und Monica merkte, wie sich ihre Anspannung zu lösen begann.

»Und bitte, Frau Weber, wenn Sie von der Vorlesung zurück sind, gehen Sie auf direktem Wege zu unserer IT, die speisen dann ihre biometrischen Daten ein und danach haben Sie freien Einlass. Verstanden?«, rief er ihr zu.

»Klaro! Mache ich, Urs.«

Er grinste wohlgefällig und Monica triumphierte innerlich.

»In Zukunft müssen Sie dann nur noch hier hineinsehen und der Lift bringt sie hinauf.« Er deutete mit seinem Zeigefinger auf eine Kamera. »Und das Gute daran: Sie brauchen es nur zum Hinauffahren. Hinunter geht ohne.«

Gespielt dankend gab sie ihm ein Zeichen. Allmählich schloss sich die Aufzugstür und Monica stellte mit Erschrecken fest, dass sich an der Decke überall Überwachungskameras befanden. Eine scheinbar unausführbare Aufgabe stand ihr bevor. Hier unerkannt durch dieses Gebäude zu streifen, war schier lebensmüde! Ihr blieb nichts anderes übrig. Jetzt hieß es: alles oder nichts. Vorsichtig betrat sie den Aufenthaltsraum, es roch nach versprühtem Deo und auf einem Tisch entdeckte sie drei gebrauchte Kaffeetassen und eine große Sporttasche auf dem Boden in der Ecke. Wie viele Personen befanden sich heute tatsächlich im Gebäude? Bevor sie der Mut verlassen sollte, griff sie nach einem sauberen Kittel und knöpfte ihn zu. Es ging los. Die Beweissuche konnte starten.

Der lange weiße Gang, der sich fortwährend in einem Halbkreis schlang, löste ein Unbehagen in ihr aus. Wie viele Patienten wohl hinter diesen verschlossenen Türen lagen? Wurden sie womöglich gequält? Missbraucht? Versteckt? Und die wichtigste

Frage aller Fragen: War Tom auch hier? Wie ein Kind, das durch ein Spukschloss geschickt wurde, machte sie sich auf den Weg, bis sie ruckartig vor einer langen Glaswand stehen blieb. Wie ein Panoramafenster erstreckte sich die etwa vier Meter lange Scheibe, von der man vermutlich Mitarbeiter observierte. Rechts daneben führte sie eine Flügeltür, die sich automatisch öffnete, in einen Saal.

Der große und bedeutungsvolle weißgekachelte Raum hinterließ bei Monica einen bleibenden Eindruck. Immer wieder schaute sie sich um, um sicherzugehen, dass sie nicht verfolgt wurde. Die vielen blinkenden Lichter erinnerten sie an die Schaltzentrale eines Raumschiffes. Die Temperatur war mindestens fünf Grad kühler als im Gang und ein eigenartiger Geruch lag in der Luft. Es roch nach einem Gemisch aus Desinfektionsmittel und Elektrosmog. Ohne zu wissen, wonach sie suchte, begann sie, alles, was ihr in die Quere kam, zu fotografieren. Ein langer Tisch – er ähnelte einem OP-Tisch –, die für sie undefinierbaren Maschinen und aufgebaute Geräte, die teilweise leise surrten, ließen ihren Atem stocken. Sie fragte sich, welche Art von Experiment hier ausgeführt wurde. Außerdem machte sie Fotos vom Elektroenzephalografen, von langen Kabeln, die über einem Beistelltisch hingen und von der gesamten Technik, die sie in der Nähe des riesigen Bildschirms fand. Natürlich würde das nicht ausreichen, sie würde mehr brauchen als ein paar Bilder von einem Operationssaal. Sie würde schriftliches Material benötigen. Gehetzt drückte sie auf eine große Glasbildschirmfläche, in der Hoffnung, das Bild würde anspringen. Es passierte nichts.

Sie ging ein paar Schritte weiter, bis sie in einem weiteren Raum landete. Unfassbar! Da stand ein langer Glaskasten – er glich einem Brutkasten für Neugeborene – in einer Größe, in die ein erwachsener Mensch hineinpasste. Äußerst wachsam lief sie einmal um das Gerät herum. Ob Tom auch darin gelegen hatte? Sie fand es unheimlich und faszinierend zugleich, wie die Wissenschaftler es fertiggebracht hatten, einen Menschen in so kurzer Zeit zu klonen. Allein das Wissen und die Macht zu besitzen, war ungeheuerlich.

Menschen sollten geboren werden, alt werden und, wenn die Zeit gekommen war, sterben. Niemand sollte der Natur ins Handwerk pfuschen.

Sie verließ den Saal. Der Gedanke, dass sich Tom noch hinter einer dieser Türen aufhielt, ließ sie nicht los. *Finde mich*, hatte er gesagt. Wie? Es gab Hunderte von Türen auf mehreren Etagen. Es würde Stunden, wenn nicht sogar Tage, dauern, jemanden hier zu finden. Angespannt lief sie den Klinikflur entlang und begann, eine Tür nach der anderen vorsichtig zu öffnen, in der Hoffnung, etwas zu entdecken. Alles glich sich, die sterilen Gänge, der matte Vynilboden, die meisten Türen hatten nur Nummern, es war zum Verzweifeln. Wie sollte man sich hier zurechtfinden? Leider blieb ihr der Zugang der meisten Räume verwehrt. Beinahe wollte sie aufgeben und dann, nach unzähligen Versuchen, fand sie schlussendlich eine offene Tür. Wie ernüchternd. Als sie sich darin umsah, war es nur ein kleiner dunkler, nichtssagender Raum. Plötzlich hörte sie Stimmen auf dem Gang. Hastig schloss sie die Tür hinter sich.

»Was soll das, Keith? Natürlich habe ich darüber nachgedacht …«, hörte Monica jemanden sagen. Sie erkannte die Stimme. Es war eindeutig die von Professor Macron.

»Ich werde mir eine glaubhafte Geschichte einfallen lassen. Mache dir keinen zu großen Kopf!«

Das Klackern der Stöckelschuhe wurde leiser, bis das Geräusch komplett erlosch. Angespannt verließ Monica den Raum, der sich nur als Besenkammer herausstellte.

Irgendwann vergaß sie, wie viele Türen sie bereits geöffnet hatte. Sie ärgerte sich. Was hatte sie sich dabei gedacht? Der anfängliche Plan, den sie sich zurecht geschmiedet hatte, bei EPIC hinein zumarschieren und Informationen zu besorgen, hatte sich so einfach in ihrem Kopf abgespielt. Wie naiv von ihr zu glauben, sie konnte hier wie Sherlock Holmes herumspazieren, Daten klauen und Beweisfotos knipsen. *Lass den Kopf nicht hängen*, dachte sie. *Tom würde dasselbe für dich tun.* Sie waren ein Team und wenn er von Siena zurückkäme, wollte sie auf gar keinen Fall mit leeren Händen dastehen.

Unerwartet befand sie sich in einem Krankenzimmer. Es war niemand da, aber dennoch machte es den Anschein, dass es belegt war. Auf einem Stuhl hing ein dunkelblauer Kapuzenpullover. Nach der Größe beurteilt, musste das Kleidungsstück einem korpulenten oder großgewachsenen Mann gehören. Ahnungslos schritt sie auf das Kleidungsstück zu und griff nach dem herunterhängenden Ärmel. Der Pullover war ihr unbekannt, enttäuscht ließ sie los und schweifte in dem Zimmer herum. Laufschuhe standen unter dem Bett, dieser Patient hatte also große Füße. Mit jedem Atemzug zog sie dieser angenehme Geruch des Zimmers in seinen Bann. Was war nur los mit ihr? In ihrer Magengrube begann es zu kribbeln. Irgendetwas stimmte nicht. Ein Hoffnungsschimmer erklomm ihr Herz. Tom kam ihr in den Sinn. Könnte dies sein Zimmer sein? Ein weiteres Mal griff sie nach dem Ärmel und roch schließlich daran. Es war ein angenehmer männlicher Geruch, der in ihr vertraute Gefühle erweckte.

»Tom«, flüsterte sie. »Wo bist du?«

Von einer Ohnmacht ergriffen, dieses Problem nicht lösen zu können, begann sie zu erblassen.

»Was kann ich tun?«, sprach sie mit sich selbst. »Vielleicht eine Nachricht hinterlassen? Eine geheime Botschaft, damit du weißt, dass ich hier war?« Planlos griff sie in ihre Hosentaschen. Eine ziemlich zerknitterte Kaugummipackung kam zum Vorschein. Es waren Wrigley's Boomer Strawberry, diese Geschmacksrichtung fand Tom schon immer abscheulich und zog sie damit ständig auf.

»Dieses Aroma, sollte eine Warnung aufgedruckt bekommen«, scherzte er einmal. Alles, was ihr einfiel, war, diese Packung auf dem Nachttisch zu hinterlassen.

PROF. Dr. CHRISTINE F. MACRON stand auf dem Schild an der nächsten Tür. Endlich, sie hatte ihr Ziel erreicht. Vorsichtig legte sie ihr Ohr an die Tür und lauschte. Es war ruhig im Innern.

Zum Glück, der Raum war leer. In Windeseile machte sie sich an Macrons Computer zu schaffen.

»Frau Monica Weber. Bitte melden Sie sich beim Pförtner!«

Ihre Zeit war abgelaufen. Der Aufruf aus der Sprechanlage verhieß nichts Gutes. So ein Mist! Das Klinikum war ab jetzt auf der Suche nach ihr. Nur noch wenige verbleibende Sekunden und die Daten wären geladen. *Monica, bleib cool*, dachte sie, *bleib cool, du schaffst das!* Gehetzt riss sie den Memorystift aus dem Rechner und steckte ihn ein.

»Hey! Sie da. Was hatten Sie in meinem Büro zu suchen?«, schrie eine Frauenstimme hinter ihr her.

Nur nicht umdrehen. Monica versuchte, die Fassung zu bewahren. Macron durfte auf gar keinen Fall ihr Gesicht zu sehen bekommen.

Sie begann zu rennen. Ihre Lunge brannte vor Anstrengung – alles oder nichts – sie durfte nun keine Fehler machen.

Der Aufzug kam und kam nicht. Nervös drückte sie unaufhörlich ihren Finger auf den Knopf. In wenigen Atemzügen würde sie ihre Verfolgerin ergreifen.

Macrons Stöckelschuhe schallten durch den langen Gang.

»Security!«, schrie sie.

Wie verrücktgeworden, schlug Monica gegen die Fahrstuhltür.

»Komm schon, geh endlich auf, du Scheißding!«, schimpfte sie.

»Eine unbekannte Person spaziert durch unsere Klinik!«, kreischte Macron hysterisch.

Wie in Zeitlupe schob sich die Aufzugtür auf. Monica sprang wie eine Besessene hinein.

»Stopp!«, schrie Christine, sie knickte vor Aufregung um und schmiss ihr Telefon auf den Boden. Ihr Versuch, noch in den Lift hineinzusteigen, scheiterte. Die Tür schloss sich vor ihrer Nase. Schäumend vor Wut, schickte sie ihre Flüche den Fahrstuhlschacht hinunter.

Die Zeit wurde knapp. Ausweg. Monica suchte nach einem Ausweg. Das Adrenalin bauschte sich zur Höchstform auf. Sie würde es schaffen. Es war für Tom. Niemand könnte sie stoppen, denn sie konnte rennen wie der Wind.

54

Pünktlich zur Öffnungszeit stand Monica an der Kasse des Züricher Zoos. Auf der Suche nach einem Ort der Entspannung war sie hier gelandet. Die Träume der letzten Nacht, der gesamte gestrige Tag hielten sie fest umklammert und es hörte nicht auf, in ihr zu arbeiten. Ihr Leben war aus dem Gleichgewicht geraten, sie fühlte sich unruhig, rastlos und verloren.

Mehrere Schulklassen hatten sich bereits am Eingang eingefunden, das laute Geschwätz der Kinder hallte bis zu ihr herüber. Die Lehrerin, etwa in ihrem Alter, versuchte, die Rasselbande im Zaum zu halten. Zerstreut beobachtete sie die kleinen Racker. Eigene Kinder zu haben, der Gedanke war mit Tom an ihrer Seite durchaus lohnenswert. Er war ein guter Mann, ein Mann, mit dem sie ihre Zukunft sah, egal wie chaotisch das Leben ihr gerade vorkam.

Schritt für Schritt schlenderte sie durch den Eingangsbereich. Die Anspannung in ihr war unerträglich, zum Glück war der Andrang, abgesehen von den Schülern, heute nicht sonderlich groß, so dass sie relativ zügig durch den Kassenbereich kam. Es war so viel geschehen, es war einfach zu viel. Eine lautschallende digitale Werbewand warb für eine Tierpatenschaft. Für schlappe fünftausend Schweizer Franken konnte man Pate von einem Kamel werden. Der beliebte Pandabär, der mittlerweile in der freien Wildbahn ausgestorben war, wurde für fünfzehntausend Schweizer Franken angeboten. Monica fragte sich, wie weit ihre Tierliebe gehen müsste, um dazu bereit zu sein, solch einen Batzen Geld liegenzulassen.

Sie ließ den Haupteingang mit seinem imposanten weißen Vordach, das wie ein Ufo über den Besuchern schwebte, hinter sich und ging geradewegs Richtung Aquarium. Auf dem Weg dorthin betrachtete sie die wunderschönen Blumenbeete und sprang gewagt über eine Pfütze, die sich von dem Gießwasser des Gärtners vor ihr gebildet hatte. Der Mann im grünen Overall sah zufrieden aus. Mit einer unglaublichen Sorgfalt goss er Pflänzchen für Pflänzchen und zupfte hier und da ein paar gelbe Blätter ab. Es musste eine befriedigende Aufgabe sein, den gesamten Arbeitstag an der frischen Luft zu verbringen. Mit einem Elektro-Caddy im Zoo herumzudüsen, Blumen zu pflegen und exotischen Tieren zu begegnen. War das nicht ein Traum von Beruf? Sie selbst hatte, die letzten Tage jedenfalls, den blauen Himmel kaum gesehen. Um sich von all der Aufregung abzulenken, hatte sie sich ins Büro verkrochen und stürzte sich in die Arbeit. Und als wäre es nicht schon genug, kam heute Morgen eine weitere schwierige Situation auf sie zu. Verunsichert grübelte sie, was sie als Nächstes tun sollte. Bei ihr stand alles kopfüber. Sie wusste nicht, mit wem sie darüber sprechen könnte. Es war schon schlimm genug, dass sie beinahe in der Berner Klinik gefasst worden wäre. Nein. Es kam noch viel dicker. Sie war seit fünf Tagen überfällig …

Heute hatte sie sich freigenommen. Sie würde einfach versuchen, nicht zu viel darüber nachzudenken, wenn das nur so einfach wäre. Der Schwangerschaftstest von heute Morgen war jedenfalls eindeutig. Immerfort beschäftigte sie der Vorfall bei EPIC, es ließ sie nicht mehr los. Es machte sie fassungslos, zu was sie sich hatte treiben lassen. Und dann, als sie hoffte, ihre beste, ihre einzige Freundin würde ihr Beistand leisten, geriet alles außer Kontrolle.

»Du hast was gemacht?«, hatte Diane sie angefahren, als sie ihr euphorisch von ihren gesammelten Beweisstücken erzählte. *»Bist du noch zu retten? Weißt du eigentlich, dass du dafür verhaftet werden kannst? Woher hast du eigentlich so viel kriminelle Energie?«*

»Wer hat mir denn die Nummer von Boris besorgt?«, wehrte sie sich.

»Aber doch nicht, um dich zu einem solchen verbrecherischen Akt zu treiben!«

War sie das? Eine Verbrecherin? Zumindest eine Diebin. Sie hatte versucht, Diane zu erklären, wie gut sie sich verkleidet hatte, dass sie bestimmt niemand erkannte. Zu gerne hätte sie damit geprahlt, wie einfach es war, in das Gebäude hineinzukommen. Aber weit gefehlt. Diane war nicht begeistert und so langsam begann sie, ihre ganze Tat zu begreifen. Wie gefährlich und draufgängerisch ihr Verhalten war. Sie erschrak darüber, dass ihre Liebe zu Tom sie zu so einer Handlung veranlasst hatte. Zum Teufel mit all dem Durcheinander! Bis Tom heute Abend aus Siena zurückkäme, war der Datenstick mit den erbeuteten Informationen erst einmal in ihrer Schublade gelandet. Hätte er für ihre Aktion Verständnis? Sie war keine Diebin. Doch sie war eine!

Zwischen den hohen Bäumen blinzelten Sonnenstrahlen hindurch. Der Geruch des Krankenzimmers kam ihr zurück in Erinnerung. Und auch wenn der Gedanke verrückt klang, konnte sie nicht aufhören zu hoffen, dass ihre Botschaft angekommen war. Ihr Plan war nicht zu Ende gedacht. Was sollte sie tun, wenn er, der zweite Tom, unverhofft an ihrer Tür klingelte? Es war ihr unbegreiflich, wie der eine Tom für zwei Wochen weggehen konnte und ein anderer Tom zurückkam. Gelegentlich versuchte sie, sich selbst zu beruhigen, indem sie alles als einen schrecklichen Albtraum abtat, doch egal wie sehr sie sich bemühte, dieses Gefühl der Unsicherheit ließ nicht nach. Zweifel nagten an ihr. War sie mit ihrer Aktion zu fahrlässig gewesen? Sie hatte keine Ahnung, zu was EPIC alles fähig wäre, wenn sie erst einmal herausfänden, wer sie ist. Mit einem mulmigen Gefühl in der Magengrube trat sie in das Gebäude des Aquariums ein. Für einen kurzen Augenblick war ihr schwarz vor Augen, bis sie sich an die Lichtverhältnisse gewöhnt hatte. Der Innenraum war dunkel und es kam ihr ein klein wenig wärmer vor als draußen. Die riesigen Terrarien strahlten ihr mit einem satten Grün entgegen und Monica versuchte, die neuen Eindrücke auf sich wirken zu lassen. Sie wusste, es müsse ihr gelingen, den angesammelten Stress abzubauen, sonst würde sie früher oder später daran zugrunde gehen. Nun galt es, den unzähligen Bewohnern, den wunderschönen Pflanzen und den kreativ erschaffenen Landschaften ihre Aufmerksamkeit zu schenken. Sie hätte Stunden hier verbringen können. Langsam bummelte sie durch die finsteren Gänge, die sie durch die künstlich geschaffenen Welten führten. In ihrem Kopf ging es hin und her. Sorgen versus Ablenkungsmanöver, der Versuch, sich fröhlicher zu stimmen. Trotz ihrer Anstrengungen konnte sie die unheimliche Stille im Gebäude nicht übersehen, die drohte, sie zu verschlucken. Mit wachsender Unsicherheit blickte sie immer wieder über ihre Schulter. War sie wirklich ganz allein hier?

Dann, kaum merkbar, erklang ein leises quietschendes Geräusch der Schiebetür weit hinter ihr. Aus Reflex drehte sie ihren Kopf in das grelle Licht, das von außen eindrang. Die Umrisse eines eintretenden Mannes entfachten ein leichtes Unbehagen in ihr, sie bog rechts ab und lief zum nächsten Aquariumbecken. Der Herr hinter ihr lief auffällig langsam. Bildete sie sich das nur ein oder stoppte er jedes Mal, wenn sie es auch tat? *Was für ein Blödsinn,* dachte sie. Sicherlich würde er genauso wie sie die Fische bestaunen und nur weil er das gleiche Tempo wie sie hinlegte, brauchte das noch lange nichts zu bedeuten. *Diebin, du bist eine Diebin und Einbrecherin,* schallte es in ihren Ohren. Bedrückt verließ sie das Gebäude, um die Elektrobahn weiter Richtung Sumatra Regenwald zu nehmen. Ihr Ablenkungsversuch begann zu bröckeln, es wollte ihr nicht gelingen, sie konnte den Ausflug nicht genießen. Zu zweit war es definitiv schöner, vor allem die Orang-Utans, sie waren bei jedem Besuch ein Highlight für beide.

Tom. Was er wohl gerade machte?

Beim Betreten des Glashauses stockte ihr der Atem. Die feuchte Luft roch erdig und nach Torf. Einige Schmetterlinge flatterten um ihren Kopf herum, das Potpourri der bunten Mischung aus allen möglichen Grüntönen beflügelte ihre Sinne. Der Wunsch kam in ihr auf, wieder einmal in einem exotischen Land Urlaub zu machen. Wer wusste, wann sie das nächste Mal dazu käme? Was sollte sie bloß tun? Unbewusst strich sie sich über ihren noch flachen Bauch. Ein Kind. In ihr wuchs ein Kind heran. War sie bereit dafür? Was würde Tom dazu sagen? Mit leerem Blick betrachtete sie den rauschenden Wasserfall vor ihr. Es war aussichtslos, vor Gefühlen konnte man nicht davonrennen und schon gar nicht vor einer Schwangerschaft. Weit oben in den Baumkronen raschelte es. Ein Löwenäffchen mit seinem Jungen auf dem Rücken sprang von Ast zu Ast. Sie atmete einmal tief aus und stieß sich schwerfällig von dem Geländer der Brücke ab.

Als sie Richtung Ausgang lief, konnte sie bereits die viel angenehmere, trockenere Luft, die von draußen hineindrang, spüren. Verunsichert drehte sie sich erneut um, das Gefühl, verfolgt zu werden, nahm nicht ab. Und tatsächlich, etwa zwanzig Meter von ihr entfernt entdeckte sie einen Mann, der den Umrissen des Schattenbildes im Aquarium nahekam. Eine tosende Schulklasse kam ihr entgegen, die Kinder johlten und rannten auf den Zoolino, den Streichelzoo, zu. Sie nutzte das rege Treiben und versuchte mit etwas Tempo, den Abstand zu dem unheimlichen Verfolger zu vergrößern.

Vor ihr eröffnete sich eine verlassene und unübersichtliche Strecke, die mit vielen dichten Bäumen und Sträuchern durch verwinkelte Wege führte. Monica atmete schwer, sie fasste sich an die Brust, als könnte sie damit ihren wilden Herzschlag beruhigen. Ein Windstoß rasselte durch die Bambusstauden, bedrohlich wehten ihr die langen dünnen Stangen entgegen.

Wie aus dem Nichts stand der Mann plötzlich vor ihr. Seine auffälligen stahlblauen Augen nagelten Monica fest. Sie konnte seine Gesichtszüge nicht deuten. War er ihr gut oder böse gesinnt?

»Hallo, Monica«, sagte er.

»Woher kennen Sie meinen Namen?«

»Es spielt keine Rolle, woher ich deinen Namen kenne«, duzte er sie unverschämt. »Doch ich werde dir jetzt sagen, was eine Rolle spielt, und zwar eine entscheidende Rolle!«

Drohend kam er auf sie zu und bäumte sich vor ihr auf.

Monica musterte seine Körperhaltung. Er war nicht besonders groß, knapp einen Kopf größer. Mit einem Freund wie Tom an ihrer Seite schienen alle anderen Männer sowieso klein im Vergleich. Seine Statur war schlank und kernig. Es gab an sich nichts Bedrohliches an ihm, wären nicht seine kühlen Augen gewesen. Anfänglich noch eingeschüchtert, begann Monica, ihre Einstellung zu ändern. Sie entschied sich, standhaft zu bleiben, ungeachtet dessen, was nun kommen mochte. Sie würde sich nicht wie ein kleines ängstliches Mädchen einschüchtern lassen. Er könnte sich seine Drohungen sparen.

Mit einem tiefen Atemzug pumpte sie ihren Brustkorb auf und schaute dem Mann unerschrocken in die Augen.

»So? Dann mal raus damit! Was spielt denn eine Rolle?« Sie gab ihm Kontra.

Der Mann öffnete erstaunt seinen Mund und schnappte ihn irritiert wieder zu. Er holte ein zweites Mal aus. »Ich warne dich! Wir wissen, was du getan hast. Wenn du nicht damit aufhörst, deinem Freund Flausen in den Kopf zu setzen, dann wird es ein böses Ende für dich nehmen!«

Er packte sie grob am Kinn. »Hast du das verstanden, Schätzchen?«

In einem Anfall von nichtsahnender Unbeherrschtheit schlug sie seine Hand weg, griff seine Schultern, holte mit ihrem rechten Bein aus und schlug ihm mit voller Kraft ihr Knie in seine Genitalien!

»Einen Scheiß muss ich!«, brüllte sie zurück.

Der Mann krümmte sich vor Schmerzen und ging zu Boden.

»Sag deinen Auftraggebern, sie können sich warm anziehen. Wir lassen uns nicht einschüchtern! Wir wissen ganz genau, was hier läuft«, drohte sie zurück.

Entschlossen drehte sie sich um und rannte, so schnell sie konnte, Richtung Ausgang.

55

»Wir haben es geschafft! Wir haben das Passwort geknackt«, sagte Tom überglücklich und ballte die Fäuste siegesgewiss in die Höhe. »Und du wirst es nicht glauben. Anja hatte die gleiche Idee wie ich.«

Er bekam sich kaum ein, legte seine Jacke auf den Barhocker und schnappte sich aufgeregt ein paar Kartoffelchips aus der Schüssel.

»Kiran und ich haben auf ihrer Cloud ein Video gefunden, das sie aufgenommen hat, bevor sie geklont wurde. Sie hatte genauso wie ich Gewissensbisse gehabt und sich zur Sicherheit alle wichtigen Ereignisse aus ihrem Leben notiert. Willst du das Video sehen?«

Das alles ging Monica viel zu schnell. Seine Begrüßung war so oberflächlich, nicht einmal einen Kuss gab er ihr. Alles drehte sich nur um das blöde geknackte Passwort. Anja Zellweger hatte die gleiche Idee wie er … Welches *Er* das wohl sein sollte? Er hatte diese Idee bestimmt nicht. Denn diesen Einfall hatte der richtige Tom, der echte! Wo auch immer der war. Sie schnaufte. Es war genug. Sie hatte eine fürchterliche Wut im Bauch. Auf ihn, auf Diane, auf sich.

Während er im Schlafzimmer verschwand, schmierte sie sich lustlos ein Sandwich. Pfeifend kam er frisch geduscht zurück an den Küchentresen und schnappte sich eine Hälfte ihres Brötchens. Mit großen Bissen verschlang er es und wischte sich mit dem Handrücken den Mund ab.

»Mir ist nach Bier. Willst du auch etwas trinken?«

Gerne, und zwar wieder in neun Monaten, dachte Monica und lehnte stumm ab.

Es zischte, als er die Flasche öffnete.

Immer noch kein »*Schön, wieder hier zu sein*« oder »*Ich habe dich vermisst, mein Schatz. Was hast du gemacht, während ich fort war?*« Seine überschwängliche Fröhlichkeit ging ihr auf den Zeiger. In ihr spielten sich ganz andere Dinge ab als Passwörter und Bier. Angestrengt überlegte sie, was sie ihm zuerst erzählen sollte. Von ihrem abenteuerlichen Besuch im Züricher Zoo und dann von ihrem Spionageakt in der Klinik? Oder besser der Reihenfolge nach.

Ihre selbsterschaffene Unordnung begann, sie zu übermannen. Und dann war da noch ein anderes kleines Geheimnis. Eines, das in ihr heranwuchs. Wie sollte sie ihm all das nur erklären?

Auffordernd wedelte er mit einem Memorystick in seiner Hand. Monica blickte bedrückt auf das Ding und dachte an den Datenträger, der in ihrer Schublade schlummerte. Hatten sie wirklich eine Chance gegen EPIC? Sie hatte so viel riskiert und jetzt verließ sie der Mut.

»Ich weiß nicht, Tom. Ist das wirklich in Ordnung, solch persönliche Dinge von einer wildfremden Frau durchzusehen? Vor allem noch, bevor ihre eigene Familie die Chance dazu bekommt?«

»Woher kommt auf einmal dein Sinneswandel? Hatten wir das nicht alles vorher besprochen?« Tom sah sie verdattert an.

»Weißt du was? Wir sollten unbedingt Diane dazu holen. Ich funke sie sofort an. Schließlich hat sie dazu beigetragen, dass es erst so weit kam.«

Hastig lief Monica um den Küchentresen herum und hinderte ihn am Wählen. »Warte!«, rief sie. »Ich muss dir etwas erzählen.«

»Du hast was gemacht?« Tom verschlug es die Sprache. Er schaute sie ungläubig an und legte das Telefon zur Seite. Aufgewühlt fasste er nach ihren Händen. Seine Reaktion verunsicherte sie. Monica machte sich darauf gefasst, die nächste Schelte einzufahren. Wie ein geprügelter Hund stand sie vor ihm und wartete. Prustend wischte sich Tom über sein Gesicht und dann, ganz unverhofft, verwandelte sich sein gerade noch verärgerter Ausdruck in eine besorgniserregende Miene.

»Der Mann hat er dir wehgetan?« Er begutachtete sie von oben bis unten, als könnte er irgendetwas Auffälliges, wie eine Schramme, an ihr entdecken.

»Nein. Mir geht's gut. Ich hab nichts abbekommen.«

»Hast du die Polizei dazu gezogen?«

Sie runzelte verständnislos ihre Stirn.

»Was soll ich denn der Polizei erzählen? Entschuldigen Sie, aber ich möchte einen Mann anzeigen, der mich bedroht hat, weil ich in eine Klinik eingebrochen bin, um Informationen über meinen geklonten Freund zu finden?« Sie verschränkte die Arme vor ihrem Brustkorb. »Mach dir keine Sorgen um mich. Ich lasse mich von niemandem einschüchtern«, sagte sie trotzig.

»Es tut mir leid«, stammelte er vor sich hin, »wenn ich dir das jetzt sagen muss – und auch wenn ich mich brennend für meine Patientenakte interessiere –, aber deine gesammelten Informationen sind noch illegaler als meine.«

Getrieben davon, sich ein weiteres Mal in Abwehrposition zu begeben, trat sie einen Schritt zurück.

»Wir werden sie uns später trotzdem ansehen und dann entscheiden. Versprochen.«

Sie nickte. Das war schon mal ein Anfang. »Aber nicht, wenn Diane dabei ist. Ich habe keine Lust auf ihre blöden Kommentare.«

Tom berührte ihre Wange flüchtig, als es an der Tür klingelte. Sehnsüchtig lächelte er sie an. Wo würde sie das Ganze hinführen?

Mit einem erstickten Hallo und einem Kopfnicken lief Diane an Monica vorbei und nahm direkt neben Tom am Esszimmertisch Platz. Sie war immer noch sauer. Demonstrativ blieb Monica am Küchentresen sitzen und beobachtete das Geschehen mit etwas Abstand aus der Ferne. Es sträubte sie innerlich, die Daten einer verstorbenen Frau zu durchforsten. Es gehörte sich ihrer Meinung nach nicht, es war voyeuristisch. Wie konnte Diane sie für ihre Tat verurteilen und dann bei der nächsten Gelegenheit die privaten Notizen einer einst verzweifelten Frau durchsehen? Ob Diane sich noch dazu bequemen würde, sich bei ihr zu entschuldigen? Es war okay, wenn man sich unter Freunden die Meinung sagte, aber Diane hatte es entschieden zu weit getrieben. Was hatte sie schon für eine Ahnung, in was für einer Gefühlslage sie sich gerade befand? Als beste Freundin könnte sie sich wenigstens ein bisschen Mühe geben und es versuchen. Konnte sie denn nicht verstehen? Sie würde alles für Tom machen, er war ihre große Liebe.

Jedes Mal, wenn die Zwei am Nachbartisch lauter wurden, schaute Monica neugierig auf. Sie saß lustlos an ihrem Hologramm-Projektor und spielte Candy Crush. Mit einem Ohr bekam sie mit, wie die beiden diskutierten und prahlerische Pläne schmiedeten. *Wie lächerlich*, fand Monica. Sie schaukelten sich gegenseitig hoch und stellten sich vor, wie sie EPIC fertigmachen könnten. Was für ein dummes Gehabe.

»Findet ihr es wirklich in Ordnung, was ihr da macht?«, rief sie zum Tisch herüber. Sie reagierten nicht. »Das ist die Privatsphäre einer fremden Frau.«

»Genau Monica und sie ist T O T«, knurrte Tom, »und wir brauchen ihre Hilfe. Verstehst du denn nicht, wie wichtig das für mich ist? Komm schon herüber und wir schauen uns das Video gemeinsam an«, forderte er sie auf.

Monica hatte es satt, sie nahm den kleinsten Nenner des Widerstandes und stellte sich zurückhaltend hinter Tom. Zweifelnd lugte sie auf die Bildfläche.

Anja berichtete in ihren Lebenslauf, angefangen mit ihrem Geburtsdatum, weiter über ihren beruflichen Werdegang, bis hin zu ihrem Vorhaben, als Versuchsperson bei EPIC mitzuwirken. Sie beschrieb, dass EPIC an ihr studieren wolle, wie ein Mensch zurechtkäme, wenn er in einem neuen, anderen Körper weiterleben würde.

»Was für eine ausgeklügelte Forschungsarbeit hat diese Firma auf die Beine gestellt? Ich frage mich, wie viele es da draußen von euch bereits gibt«, sagte Diane.

»Gruselig, ich weiß«, sagte Tom. »Was meint ihr? Reicht das Material aus, um die Schweine zu packen?«

»Aber sowas von«, entgegnete Diane überzeugt.

Er bot ihr ein High-Five an und sie schlug ein.

Tom hielt auch Monica die Hand zum Abklatschen hin, doch weit gefehlt, sie reagierte nicht.

»Wäre es nicht besser, mehrere Zeugen aufzutreiben oder handfestere Informationen zu besitzen? Wie der Anwalt bereits sagte, Tote können sich nicht mehr wehren«, zweifelte sie.

»Der Anwalt, der Anwalt«, äffte Diane Monica nach. »Du hast ihn selbst gehört. Er glaubt nicht an Tom.«

»Beruhigt euch meine Lieben«, versuchte Tom zu schlichten. »Immerhin hat Herr Möller ein Schreiben an EPIC versandt und angekündigt, dass ich mich aus dem Projekt zurückziehen werde.«

Monica schmollte. Ihre gesammelten Informationen waren tausendmal besser, nur schien es in diesem Raum niemanden zu interessieren. Ja, sie waren geklaut, aber sie würden ihnen eine große Hilfe sein. Sie war es satt. Sie war müde. Was war nur geschehen? Wo war sie falsch abgebogen? Das sollte nun ihr Leben sein? Das hatte sie nicht verdient. Ihr Leben sollte ganz anders verlaufen. Sie wollte mit Tom nach Feierabend in einer schönen Kneipe verweilen, sich beschwipst auf den Nachhauseweg machen, auf der Straße singen und tanzen. All das, was man tat, wenn man jung und verliebt war.

Verdammt noch mal, sie erwartete ein Kind von ihm! Wie sollte sie ihm das beibringen? All diese verrückten und absurden Ereignisse. Wie sollten sie das alles in Griff bekommen? Dubiose Machenschaften einer biomedizinischen Firma, geklonte Menschen, Videos von einer toten Frau und gelöschte Erinnerungen. Deprimiert wandte sie sich von den beiden ab.

»Was willst du als Nächstes machen?«, fragte Diane.

»Das Video habe ich bereits kopiert und ein paar andere wichtige Informationen. Ich denke, als Nächstes spreche ich mit Anjas Familie. Wir werden gemeinsam den Kampf gegen EPIC angehen.«

»Ich kann mir vorstellen, dass die Familie mit den Daten nun viele offene Fragen klären kann«, sagte Diane zufrieden. Sie gluckste. »Ich kann es kaum erwarten, meinen Artikel der

Züricher Tageszeitung anzubieten. Ich kann die Schlagzeile schon genau vor mir sehen. *Was geschah tatsächlich im mysteriösen Klinikum namens EPIC?«*

»Mach erst mal halblang«, erwiderte Tom. »Monica hat schon recht, wenn sie sagt, wir sollten versuchen, weitere Testpersonen aufzutreiben. Es gibt mit Sicherheit mehr als zwei Teilnehmer, die an diesem Projekt mitgewirkt haben.«

Er suchte nach Monica. Höchstwahrscheinlich hatte sie sich ins Schlafzimmer verkrochen. Sie kam ihm so launisch vor. Was war nur los mit ihr?

»Lass mich das übernehmen. Ich werde es über die sozialen Medien versuchen.«

»Bitte sei vorsichtig mit deiner Wortwahl«, warnte er sie. »Nicht, dass es mit EPIC Ärger gibt!«

»Vertraue mir. Ich bin ein Profi.«

Als die Wohnungstür ins Schloss einklinkte, stand Tom bereits bei Monica vor dem Bett. Er hatte sie auf seiner Reise fürchterlich vermisst. Ihr zugewandter Rücken signalisierte ihm, dass sie verärgert war. Er hoffte, die dicke Luft zwischen Diane und Monica würde sich bald wieder legen. Ihre Freundschaft war etwas Besonderes und er wollte auf gar keinen Fall der Grund dafür sein, dass sie kaputtging. Seufzend entledigte er sich seiner Kleidung und schmiss sie über einen Stuhl.

Er wollte nicht den Rest seines Lebens in Reue und schlechten Erinnerungen schwelgen. Er musste nach vorne blicken und sich darauf konzentrieren, Dinge, die man ändern konnte, anzupacken und wieder geradezubiegen. Es gab ein Ziel vor seinen Augen: Monica glücklich zu machen. Er war bereit, alles zu riskieren, selbst wenn es bedeuten sollte, dabei draufzugehen.

Nur noch in Boxershorts bekleidet legte er sich ganz dicht hinter sie und begann, sie zu streicheln.

»Ich bin froh, wieder bei dir zu sein«, sagte er sanft. Er küsste ihre Schulter und kuschelte seinen warmen Körper an ihren. »Du hast mir gefehlt«, hauchte er ihr hinter das Ohr.

Sie wandte sich ihm zu und ihre Reaktion offenbarte ihm, wie tief ihre Erwiderung seiner Liebe war. Sachte legte er sich auf sie und schob ihre Beine auseinander. Gefühlvoll schlang sie ihre Arme um ihn und erwiderte seine Berührungen. Der Sex mit ihr war so einfühlsam, als verschmolzen ihre beiden Seelen zu einer.

»Ich verspreche dir«, sagte er liebevoll, »wenn dieses ganze Theater vorbei ist, dann packen wir unsere Koffer und hauen für eine Weile ab. Irgendwohin, weit weg von all diesem Wahnsinn.«

56

Es war spät, als Diane nach Hause in ihre dunkle Wohnung kam. Nachdem sie Tom verlassen hatte, war ihr nach einem Martini gewesen. Sie war in Feierlaune und noch bevor sie sich umsah, landete sie in ihrem Stammlokal bei ihr in der kleinen Seitenstraße um die Ecke. Lala war da. War das Zufall? Wie immer sah sie umwerfend aus. Sie hatte ihre langen silber-blonden Haare zu einem zotteligen Pferdeschwanz gebunden. Ihre üppigen Brüste hatte sie in ein weißes Midikleid gequetscht, das mit Cutouts an Körperstellen versehen war, dass ihr Hören und Sehen verging. Nach all dem Verrückten war ihr eine Ablenkung mehr als Willkommen. Lalas olivbraune Hautfarbe begann, das künstliche Grün zu verdrängen. O Mann, sie war ein richtiger Hingucker, diese Frau. Diane wollte sie haben. Ihr gesamtes Erscheinungsbild war Wollust pur. So gesehen war nichts an ihr echt. Egal, sie war nicht auf Brautschau, heute Nacht wollte sie einfach nur Spaß, zügellosen Sex mit einer Frau, die dafür geboren schien. Diese Nacht sollte ihr gehören und sie nahm sich, was sie brauchte, weil sie es verdiente.

Lala war beschwipst und eine leichte Beute gewesen. Sie war hemmungslos, heiß und ihre Küsse schmeckten nach mehr.

Nachdem sie erschöpft in ihren Armen eingeschlafen war, verließ Diane ihr Bett und kehrte nach Hause. Es war Freitagnacht und das, was sie gerade erlebte, war alles andere als langweilig. Sich inmitten eines Falles zu befinden, bei dem es um geklonte, gedanken-manipulierte Menschen ging, war genau das, was sie brauchte. Die Welt, in der sie lebten, war verdorben. Es gab kaum etwas Schlimmeres, als seiner eigenen Mutter zuzusehen, wie sie sich selbst verlor, wie Kummer und Leid sie auffraßen, bis nichts mehr von ihr übrig bleiben würde. Der Fisch stank vom Kopf, das Vorhaben von EPIC war äußerst fraglich und sie würde dabei helfen, den Fall aufzudecken.

Reiche Menschen meinten, sich alles erlauben zu dürfen und davon schloss sie sich nicht aus. Doch sollten unschuldige Menschen sterben, damit man das Leben von nimmersatten Menschen verlängern könnte? Es war unverkennbar. Das, was EPIC auf die Beine zu stellen versuchte, würde niemals für die Massen bereitgestellt werden. Diese Firma wollte sich mit einer irren Idee bereichern und Menschen, die eh schon alles hatten, noch mehr Optionen bieten.

Lala hatte recht, sie waren keine Götter. Sie sollten nicht fähig dazu sein, alles, was nicht der Norm entsprach, fixen zu können. Wo sollte das hinführen? Die Menschen hatten ein Recht darauf, nicht perfekt zu sein. Diane war sich sicher, selbst wenn es ihren Untergang bedeuten sollte: Dieses Vorhaben musste ein für alle Mal gestoppt werden.

Sie ging zu ihrem Weinregal und schnappte sich eine Flasche Bordeaux. Die Nacht war noch jung. Beflügelt von ihren Plänen öffnete sie den Rotwein und goss sich großzügig ein.

»Auf dich Diane«, prostete sie sich zu. »Auf, dass dieser Post ein Erfolg wird!«

57

Vor Wut außer sich machte sich Christine auf die Suche nach Keith. Auf dem Klinikgang war es ruhig. Samstags waren die meisten Angestellten zu Hause.

Etwa in den frühen Morgenstunden war ein Beitrag einer ihr unbekannten Journalistin wie ein Lauffeuer in der Welt der Medien von einem Land zum nächsten übergeschwappt. Es war geschehen. Der Aufruf der Frau namens Diane Dubois hatte schlafende Wölfe geweckt.

Natürlich konnten die Medienanstalten eins und eins zusammenzählen und so hatte es gefühlt Sekunden gedauert, bis die Verbindung zu der geklonten Selbstmörderin hergestellt worden war. Und wieder war EPIC in den Negativschlagzeilen.

Im Netz starteten heikle Verschwörungstheorien, es wurden Fragen gestellt: *Was steckt hinter dem Schweizer Unternehmen namens EPIC? EPIC klont also doch Menschen! Wie viele Menschen hat EPIC verdoppelt?*

Der Flur kam ihr heute unendlich lang vor. Was würde sie gleich erwarten? Entgegen allen Differenzen: Sie war auf Keiths Unterstützung angewiesen. Lange Diskussionen waren gefolgt, nachdem sie ihm verkündet hatte, sich gegen die Anweisungen des Vorstands zu stellen und das Original des Patienten Verhoevens, nicht wie angewiesen, zu entsorgen. Und was machte Keith? Er hatte sich entschieden, ihr eine Moralpredigt zu halten. Was für ein Aberwitz, in ihrem Metier über Moral zu sprechen. Sie merkte immer noch, wie in ihr die Wut aufstieg, wenn sie über sein Geschwafel nachdachte. Was hatte er schon für eine Ahnung? Woher wollte er wissen, wie es sich anfühlte, einen geliebten Menschen zu verlieren? Er war überhaupt nicht fähig zu lieben. Sein Leben bestand nur aus Arbeit und seinem blöden Hobby, angeln zu gehen. Wann hatte er sich das letzte Mal freigenommen? Hatte er überhaupt ein Privatleben?

Es war bitter. Mehr denn je wusste sie, dass sie nicht mehr weit davon entfernt war, genauso wie er zu enden. Sie war eine Vierzigjährige, für die sich niemand mehr interessierte. Nein, sie bereute es nicht, Alan zum Teufel gejagt zu haben. Sie hatte noch ein paar gute Jahre vor sich und die würde sie nutzen. Dieses Projekt mit dem Probanden namens Thomas – sie hasste es, ihn so zu nennen – hatte großes Potenzial. Aufgeben war keine Option. Niemals! Kostete es, was es wollte. Sie wollte Cyril zurück. Und Streit hin oder her, es spielte alles keine Rolle. Nun galt es, das Unternehmensgeheimnis zu schützen. Diplomatie kam an erster Stelle. Den Ärger mit Keith schluckte sie herunter, dafür war sie viel zu professionell.

Als sie in Keiths Büro eintrat, kam ihr ein Duft von frisch aufgebrühtem Kaffee entgegen. Von ihm keine Spur. Vorausahnend lief sie einmal quer durch den Raum und folgte dem Geruch des Röstaromas. Auf der anderen Seite angekommen, öffnete sie die Zwischentür zum Labor. Sie müssten sofort handeln, sonst würde eine Katastrophe ausbrechen. Keith stand am Arbeitstisch vor seinem vollautomatischen Mikroskop. Wie so oft war er in seine

Arbeit vertieft, so dass er die Welt um sich herum vergaß. Christine räusperte sich und begann, ohne zu grüßen, direkt loszureden.

»Ich hoffe, du hast diesmal auch einen Plan B parat?«

Keith reagierte nicht, schenkte weiterhin seine volle Konzentration dem Okular. Christine kam sich vor wie Luft.

»Keith? Hörst du mich?«, blaffte sie ihn an.

Selbstkontrolliert erhob er seinen Kopf und schenkte ihr allmählich seine Aufmerksamkeit.

»Gibt es ein Problem?« Er versuchte, sie zu reizen.

»Hast du denn noch nicht die Schlagzeilen des Tages gelesen?«

»Nein, das habe ich nicht«, sagte er lässig. »Aber deinem Gesicht nach zu urteilen, hätte ich es schon längst tun sollen.« Keith schob die Brille auf seine Nasenspitze und schaute sie über den Rahmen scharf an.

Was für ein arroganter Zeitgenosse er war. Mit aller Disziplin versuchte sie, sein Gehabe zu übergehen, spürte, wie es in ihr brodelte. Wie konnte man so eine Abneigung gegen Medien jeglicher Art haben? Er war der sturste Eigenbrötler auf Gottes Erdboden. Genervt hielt sie ihm ihr Tablet unter die Nase.

»Hier, lies es selbst!«

Ein paar Minuten lang stand er da und durchstöberte die Nachrichtenzeilen. Zu ihrem Erstaunen fing er an zu lachen.

»Was soll das sein? Seit wann liest du Gossip-Nachrichten? Dieser Journalistin wird keiner Glauben schenken. Alles nur leere Worte.«

»Ach, meinst du wirklich? Dann zeige ich dir mal die Nachrichten auf dem SRF-Ticker und die von BBC News. Verdammt noch mal, Keith, wie konnte es nur so weit kommen?«

Nachdenklich setzte er seine Brille ab und rieb sich die Augen.

»Sag doch endlich einmal etwas dazu! Glaubst du, ich lasse mir meine jahrelange Arbeit durch eine naseweise Journalistin kaputt machen? Diese verdammten Medienleute meinen, die Weisheit mit dem Löffel gefressen zu haben. Und woher hat diese Dubois diese ganzen Insider-Informationen?«, schimpfte sie.

»Dreimal darfst du raten.«

Christine wurde hellwach.

»Der Eindringling im Klinikum. Wer ist sie?«

»Was denkst du?«

Macron hatte keinen blassen Schimmer. Abwartend stand sie vor Keith. »Wirst du es mir nun endlich sagen?« Sie hasste seine überhebliche Art, wenn er durch die Redepausen seine Zuhörer dazu zwang, wie hungrige Bettler an seinen Lippen zu hängen, bis er schlussendlich seine Weisheiten vollendete.

»Die Sicherheitsabteilung hat die biometrischen Daten der schwarzhaarigen Einbrecherin eindeutig mit Monica Weiss identifiziert.«

»Dieses dreiste Miststück!«

»Es wird noch schlimmer. Sie hat deinen Computer gehackt. Es sind Dateien geöffnet worden. Und wie soll es auch anders sein? Es waren Daten von dem Patienten Thomas Verhoeven. Wir müssen mit dem Schlimmsten rechnen. Womöglich hat sie sich die komplette Patientenakte kopiert.«

»Warum erfahre ich erst jetzt davon?« Christine verkrampfte ihre Lippen zu einem schmalen Strich.

»Sie hat sich nicht einschüchtern lassen«, gab Keith zu.

»Sie hat sich was?«, fragte Christine.

»Ich habe jemanden zu ihr geschickt. Sie hat dem Mann ganz schön zugesetzt und Drohungen ausgesprochen.«

»Keith, was ist hier los?«, fragte sie enttäuscht. »Warum redest du nicht mehr mit mir? Das sind wichtige Informationen, die du mir vorenthalten hast. Was gedenkst du, jetzt zu tun?«

Normalerweise hatte er immer alles unter Kontrolle. Wie konnte auf einmal alles so schieflaufen? Mit hängendem Kopf stützte sie sich auf dem Labortisch ab.

»Wir hätten sofort reagieren sollen, als der Brief vom Anwalt kam«, sagte Keith resigniert.

»Ach, Anwälte. Sie senden leere Drohungen und stopfen sich die Taschen mit Geld voll«, knurrte sie ihn an.

»Du siehst, wo es uns hingeführt hat. Erst weigerte er sich, an weiteren Therapiesitzungen teilzunehmen und dann lässt er per Anwaltsschreiben mitteilen, dass er sich ganz aus dem Projekt verabschieden möchte.«

»Es ist eine prekäre Situation, aber sie ist zu lösen«, sagte sie, ohne sich dabei verantwortlich zu fühlen, eine Lösung zu finden.

Keith winkte ab. »Das Übel begann schon viel früher. Wir hätten Verhoeven niemals in unsere Klinik lassen dürfen. Wir hätten ihn ziehen lassen müssen. Einen Patienten gegen seinen Willen zum Versuchskaninchen zu machen, das konnte nicht gutgehen.«

Christines Gesichtsausdruck verdunkelte sich.

»Ach, daher weht der Wind. Willst du mir etwa die Schuld in die Schuhe schieben? Warum fängst du schon wieder mit diesem Thema an?«

»Wer von uns beiden war denn so besessen davon, diesen Holländer in unser Labor zu ziehen?«

»Und seit wann hast du deinen Forschungsgeist verloren?«

»Christine, alles hat seine Grenzen.«

»Was für Grenzen? Grenzen muss man überschreiten, wenn man Erfolge erzielen möchte! Muss ich dir das wirklich noch erklären?«, erwiderte sie abgebrüht.

»Lass uns nicht streiten«, entgegnete Keith versöhnlich. »Wir müssen jetzt handeln. Keine leeren Drohungen mehr. Mit deinen Fähigkeiten sollte es ein Klacks sein.«

»Wie meinst du das?«

Er grinste verschwörerisch. »Nun, liebe Christine«, sagte er überzogen, »ist die Zeit gekommen, dass auch du dir einmal die Finger schmutzig machen darfst.«

Seine Worte gefielen ihr nicht. Sie legten sich wie eine Schlinge um ihren Hals.

»Keine Erinnerungen, keine weiteren News in den Medien«, erwiderte er eiskalt.

Es dauerte ein paar Sekunden, bis sie zu verstehen begann. »So weit würdest du gehen?«

»*Ich? Du*, meine Liebe. Du wirst so weit gehen. Das Grab hast du dir ganz allein geschaufelt.«

58

Durch die abgedunkelten Jalousien im Schlafzimmer drang kaum Licht. Toms Kopf steckte tief im Kopfkissen. Warum wollte es einfach nicht aufhören zu klingeln?

Monica gab ihm einen Stoß.

»Tom, dein Telefon«, nuschelte sie schläfrig.

Er stöhnte genervt, zog die Bettdecke beiseite und begann, sich seine Boxershorts anzuziehen.

Das Display auf dem Küchentisch zeigte *Herr Möller*, den Anwalt, an. Zögerlich überlegte er, ob er abnehmen sollte. Hatte der Typ kein Privatleben? Es war früher Samstagmorgen.

»Herr Möller. Gibt es ein Problem? Gönnen Sie sich mal eine Pause.« Tom bemerkte seine dunkle und kratzige Stimme und versuchte, sich durch ein Räuspern davon zu befreien.

Die Person auf der anderen Seite der Leitung klang gar nicht erfreut.

»Habe ich Ihnen nicht gesagt, Sie sollen vorsichtig sein, wenn sie an die Öffentlichkeit gehen?«

»Wie meinen Sie das?«

»Es war nicht klug, direkt mit so vielen Informationen die ganze Welt in Aufruhr zu bringen. Vor allem nicht, bevor ich die Anklageschrift bei der Staatsanwaltschaft eingereicht habe.«

»Öffentlichkeit? Herr Möller, könnten Sie mir bitte sagen, was los ist. Sie sprechen in Rätseln für mich.«

Von Toms lautem Geschimpfe wach geworden, stand Monica mit einem fragenden Ausdruck vor ihm.

»Sie wollen mir also klarmachen, dass Sie keine Ahnung haben, was sich gerade abspielt? Also, Herr Verhoeven. Das war einfach saudumm! Um es einmal auf den Punkt zu bringen: Sie stehen kurz davor, einen Shitstorm losbrechen zu lassen.«

»Wa-a-as? Moment, ich stelle Sie auf Lautsprecher. Das sollte sich Monica anhören.«

Sie war ihm bereits einen Schritt voraus. Mit weit aufgerissenen Augen übergab sie ihm das Tablet. Tom überflog den Bericht.

»Verflucht! Was ist nur in Diane gefahren? Ich schwöre Ihnen, das ist niemals meine Idee gewesen.« Etwas grob gab er Monica das Gerät zurück in die Hand. »Frau Dubois hat von mir lediglich den Auftrag bekommen, einen Aufruf in einigen sozialen Netzwerken zu starten, damit wir weitere Personen finden, mehr nicht. Ich habe ihr nicht geraten, gleich eine komplette Story daraus zu machen. Verdammt! Dieses durchgeknallte Frauenzimmer«, fluchte er.

Man konnte den Anwalt seufzen hören. »Das sollten Sie schleunigst klären. Zum Glück waren Frau Dubois' Äußerungen alle ziemlich unbestimmt und sie hatte immerhin die Vorsicht, Ihren Namen nicht zu nennen. Aber Sie müssen ihr unbedingt Schreibeverbot erteilen. Nicht, dass wir EPIC noch unser Ass in die Hand spielen.«

Im Wohnzimmer herrschte ein Gewitter, Monica flüchtete in die Küche. Tom schmiss das Telefon auf das Sofa und tobte wie ein wildgewordener Hund.

»Wie konnte sie so eine Dummheit begehen? Ich könnte sie schütteln!«, schrie er.

Letztendlich hatten sie alle zu dick aufgetragen. Diane, mit ihrem losen Mundwerk, war noch die Harmloseste von allen. Tom war klar, dass es strafbar war, das Passwort der Verstorbenen zu knacken und Monica stand quasi mit einem Bein im Gefängnis. Ein Plan musste her. Wie könnten sie das Blatt für sich noch zum Guten wenden? Der Medienrummel gepaart mit dem Wissen, das Monica und er im Besitz wichtiger Patienteninformationen waren, könnte EPIC eventuell vorsichtig werden lassen. *Scheiß drauf,* dachte er, *jetzt heißt es, Zähne zusammenbeißen und durch.*

Er lief in die Küche und griff nach einer Tasse.

»Lass uns heute einen Blick auf die Daten werfen, die du mitgebracht hast«, sagte er und schenkte ihnen Milch in die Tassen ein. »Aber nicht, bevor ich ein Hühnchen mit Madame Dubois gerupft habe.«

»Lass mich zuerst mit ihr reden«, sagte Monica.

»Nein. Auf gar keinen Fall. Du bist viel zu weich. Sie hat eine Abreibung verdient.«

»Genau deswegen werde ich zuerst mit ihr reden. Denn du bist viel zu aufgewühlt. Ich kenne Diane seit vielen Jahren, ich weiß, wie man mit ihr reden muss.«

»Das geht mir sonst wo vorbei. Ich rede, wie es mir passt. Sie hat mich auch nicht gefragt, ob mir ihre Wortwahl für den Bericht gefällt.«

Er nahm sein Telefon und wählte Dianes Nummer. Ungeduldig lauschte er dem Freizeichen. »Nimm schon ab, du Feigling«, knurrte er.

»Hi, hier ist Diane, ich bin zurzeit nicht erreichbar, sprechen Sie bitte nach dem Piiiiep.«

Tom legte auf, zornig machte er sich auf den Weg zum Kleiderschrank.

»Tom. Bitte!«, rief Monica hinter ihm her. »Muss das sein? Beruhige dich, nicht dass du Dinge sagst, die du hinterher bereust.«

Unnachgiebig zog er sich ein Shirt über den Kopf und griff nach seiner Trainingshose.

»Ich will mich aber nicht beruhigen. Sie soll meine ganze Wut abbekommen.« Mit einem gepressten Brüller streifte er sich die Hose über und rannte aus dem Schlafzimmer.

»Ich bin schwanger!«, schrie sie ihm hinterher.

59

12:00 UHR IM CAFÉ BALTASAR!
UND KEINE AUSREDEN!

Toms Textnachricht war eindeutig eine Ankündigung für Ärger. Diane zog sich entschlossen ihre Gummistiefel über, schnappte sich ihren Regenschirm und trat aus der Haustür. Was für ein Sauwetter. Während sie die Straße entlanglief, grübelte sie über das vor ihr liegende Treffen. Es war sicherlich nicht ihr Verschulden, dass einige Journalisten-Kollegen auf die Idee gekommen waren, ihren Post mit dem Tod der Anja Zellweger in Verbindung zu bringen. Und wenn doch, drauf geschissen. So lief das nun mal in der Welt der Medien. Die Leser wollten ein bisschen Spekulationen hier und ein bisschen Gossip dort - Geheimnisse waren dazu da, um aufgedeckt zu werden. Was war schon dabei? Um Herrgotts Namen, das nannte man Journalismus.

Leichter Regen tröpfelte auf ihr Gesicht, sie spannte ihren Schirm auf und überquerte die kaum befahrene Straße. Ohne sich rechts oder links umzusehen, fasste sie geistesabwesend in ihre Hosentasche. Ihr Telefon, sie hatte es auf der Kommode in der Wohnung liegen lassen. Wenn sie jetzt umdrehen würde, käme sie zu spät zum Café. *Was soll's?*, dachte sie. Die Zwei hatten sie eh auf dem Kieker, da käme es auf fünf Minuten auch nicht mehr an.

〜

Gefährlich nah rauschte ein Sprinter an Tom und Monica vorbei, sodass das Wasser der Straße in einer hohen Fontäne auf den Gehweg schoss.

»Hey, du Idiot!«, schrie Tom dem Auto hinterher. Er war schon wieder so schnell gereizt.

»Es wird Zeit, dass es endlich verboten wird, den Autopiloten abzuschalten. Es sind immer dieselben. Diese Scheißkuriere rasen wie die Wahnsinnigen durch die Straßen«, schimpfte er.

Von den vielen Ereignissen erdrückt, hielt Monica inne. Es war ihnen nicht viel Zeit geblieben, sich auf ihr Baby zu freuen. Der Moment, als Tom sie freudestrahlend in seine Arme nahm, war zu kostbar. Sie wollte ihn konservieren, nie wieder loslassen. Sie hatte ihn vor lauter Glück zum Weinen gebracht. Oder war es vor Kummer?

Sie fragte sich, wie lange es im Café dauerte, bevor er Diane an die Gurgel spränge. An seinem Hals pulsierte eine dicke Ader. Was war nur los mit ihm? Rote Flecken zogen sich auf seiner Haut bis unter sein rechtes Ohr. *Bitte kein weiterer Anfall*, dachte Monica. Zügig überquerten sie den Kreuzplatz und bogen in die Wagnergasse ein. Die dunklen Wolken am Himmel versprachen nichts Gutes. Kaum merkbar bremste derselbe Sprinter vor ihnen ab und fuhr langsamer, bis er nach einigen Metern zum Stehen kam. Ein gefundener Anlass für Tom, seiner Wut freien Lauf zu lassen.

»Na warte! Die werde ich mir jetzt vorknöpfen«, drohte er.

»Mensch Tom, lass es gut sein«, erwiderte Monica.

Tom packte sie am Arm und zog sie mit schnellen Schritten hinter sich her. Monica war genervt, dass Tom auch nicht einmal Fünfe gerade sein lassen konnte. Wenig erfolgreich wehrte sie sich, sie wollte nicht in den nächsten Ärger mit hineingezogen werden, doch sein kräftiger Körper riss sie einfach mit.

Zwei dunkelgekleidete Männer stiegen, wie koordiniert, aus dem weißen Fahrzeug aus. Es gab keine Werbeaufschrift auf der Lackierung, nur ein Berner Kennzeichen. Routiniert liefen sie um den fensterlosen Wagen herum und auf der Höhe der Ladefläche angekommen, öffnete der eine die Flügeltüren und der andere zog zwei revolverähnliche Geräte aus seiner Jackentasche. Er reichte seinem Komplizen eine davon. Ab jetzt ging alles rasend schnell. Ohne die geringste Ahnung von dem, was da folgen würde, liefen Monica und Tom ihnen direkt in die Arme.

Tom war gerade richtig in Fahrt. Er war bereit, seiner Wut freien Lauf zu lassen, ging sogar dem Mann noch einen Schritt entgegen, als dieser ihn ohne Vorwarnung packte und die Narkosespritze an seinen Hals setzte. Vor Entsetzen riss Monica ihren Mund weit auf. Sie erkannte einen der Männer. Seine kalten blauen Augen starrten sie an. Sie war unfähig, sich zu bewegen, nicht einmal ein Schreien kam aus ihrer zu ersticken drohenden Kehle. Wissend grinste der Mann sie fies an. Angsterfüllt schnappte sie nach Luft, vor ihr brach Tom in sich zusammen, seine Beine – weich wie Butter – verloren den Halt. Dann ein Stich und im Bruchteil einer Sekunde verlor auch sie das Bewusstsein.

Ihre schlaffen Körper wurden auf die Ladefläche gelegt, die Türen verschlossen und genauso schnell wie der Sprinter in der Gasse angehalten hatte, rauschte er auch schon wieder davon. Der Beifahrer warf einen prüfenden Blick nach hinten in das Fahrzeug.

Er hoffte, die Narkose würde lange genug anhalten. Sie hätten eine zweistündige Fahrt vor sich.

〰

Mittlerweile war es halb eins. Diane suchte die Tische des Cafés ab und konnte weder Monica noch Tom entdecken. Ein schlechtes Gewissen packte sie. Hatten die Zwei das Café eventuell schon wieder verlassen? Während sie noch einmal ihre Textnachrichten überprüfte, bestellte sie sich einen Cappuccino an der Bar.

Draußen schüttete es jetzt in Strömen. Der Regen peitschte auf die Straße ein. Zum Glück hatte sie es gerade noch rechtzeitig ins Café geschafft. Während zwei klitschnasse Passanten durch die Eingangstür traten, hallte ein lautes Donnergrollen mit ihnen in das Café hinein und ließ das Gebäude vibrieren. Sie hatten ihre Jacken über den Kopf gestülpt und für eine Minute glaubte Diane, Monica zu erkennen. Die Frau streifte ihre langen Haare aus ihrem Gesicht und spätestens als sie zur Bar herübersah, war ihr klar, dass ihre Sinne sie getäuscht hatten. Ein heller Lichtblitz durchflutete die lange Schaufensterscheibe des Cafés, darauf folgte ein lauter Knall. Die Leute zuckten zusammen. Der Blitz hatte irgendwo eingeschlagen. Das Wetter war unheimlich.

Diane begann zu grübeln. Wo waren ihre Freunde abgeblieben?

»Sie haben nicht zufällig einen zwei Meter großen Mann und eine schlanke Dunkelblonde hier hereinlaufen sehen?«, fragte sie den Kellner hinter der Theke.

〰

Der Sprinter nahm Kurs Richtung Thun. Michel schaute ungeduldig auf die Straße, die Hälfte der Fahrt hatten sie bereits geschafft. Er fragte sich, ob sie den Sturm hinter sich gelassen hatten oder er sie noch einholen würde. Er hasste Gewitter, eine schlechte Erinnerung aus Kindheitstagen.

Auf der Ladefläche war es ruhig. So sollte es auch bleiben. Zur Sicherheit hatten sie den Boden mit Teppichen ausgelegt und zusätzliche Wolldecken zum Einwickeln ihrer Passagiere eingepackt.

»Hörst du das?«, fragte Michel.

»Wa-a-as?«, fragte Roger fordernd.

»Da klingelt ein Telefon!«

»Lass es klingeln«, erwiderte Roger.

»Was ist, wenn sich jemand Sorgen macht, weil der Anruf nicht angenommen wird?«

Roger lachte. »Sorgen machen, weil der Anruf nicht angenommen wird? Der Anrufer sollte sich ganz andere Sorgen machen. Die beiden werden in der Klinik gleich gegrillt werden.«

»Gegrillt?« Michel verstand nicht.

»Na, was meinst du, was die mit denen machen werden? Nett zureden, damit sie aufhören, Gerüchte über die Klinik zu verbreiten? Manchmal stehst du echt auf dem Schlauch.«

»Zumindest sollten wir ihnen die Telefone abnehmen und jemandem in der Klinik übergeben. Sollen die dann entscheiden, was damit geschieht.«

Roger musste gestehen, das klang plausibel. Er setzte den rechten Blinker und fuhr bei der nächsten Gelegenheit auf einen Parkplatz.

60

Düster wirkende Gewitterwolken zogen an Keiths Fensterfront vorbei. Die kalte Luft, die durch den Temperaturabsturz in sein Büro hineinströmte, erfrischte seine müde Seele. Das Gewitter war heftig gewesen, es hatte schon fast etwas Apokalyptisches an sich gehabt. Die Erschöpfung von all den Strapazen der letzten Monate schlug voll auf ihn ein. Alles an ihm, sein ganzes Wesen war stets ruhig und ausgeglichen, aber nun war es geschehen, es war aus damit, er wollte nicht mehr. Seine Akzeptanz, immer den Kopf für alles hinhalten zu müssen, war verebbt.

Er wischte sich übers Gesicht und stand schwerfällig von seinem Arbeitsplatz auf. Sein Telefongespräch war erstaunlich gut verlaufen, beruhigt atmete er einmal tief durch. Sein nächster Schritt musste gut durchdacht sein, aber er war zuversichtlich, dass alles seinen richtigen Weg gehen würde. In etwa einer Stunde kämen die außerplanmäßigen Patienten an. Für ihn gäbe es nicht viel zu tun, dafür hatte er seinen Leuten bereits Anweisungen gegeben. Christine würde eine ganze Weile beschäftigt sein und das war auch gut so, denn nur so könnte er die Zeit nutzen, um sein Vorhaben zu erledigen.

Jetzt, nachdem er bei John sein Gewissen erleichtert hatte, fühlte er sich entschieden besser. Es war ihm erstaunlich leichtgefallen, Christine als schwarzes Schaf darzustellen. Dass er eine Teilschuld an all den Geschehnissen mitzutragen hatte, stand für ihn außer Frage. Die Zeit war reif, um zu handeln. Es war durch und durch töricht von Christine gewesen. Was sie hinter verschlossenen Türen zu verstecken versuchte, war nicht nur für ihn seit langem kein Geheimnis mehr, die Leute begannen zu reden. Wie lange noch, bevor der nächste Mitarbeiter mit Betriebsgeheimnissen an die Öffentlichkeit ginge? Boris Stefanowitz sollte ihnen allen eine Lehre gewesen sein. Selbst für einen Mann wie er, der Wissenschaft verfallen und leidenschaftlicher Forscher, war das eine Nummer zu viel. Es war unmoralisch, den Geist eines unwissenden Mannes abzutöten und sein Gehirn wie einen Datenträger mit den Erinnerungen eines anderen Menschen zu überschreiben. Damit konnte und wollte er nicht einverstanden sein. Der Mann hatte keine Ahnung, was mit ihm geschah, er hatte niemals sein Einverständnis dazu gegeben. So etwas würde er in seiner Klinik nicht dulden.

Roger und Michel sahen schon von weitem, wie der Sprinter hin und her schwankte. Ein lautes Brüllen und Klopfen kamen ihnen entgegen! Vollkommen aufgelöst rannten die Männer vom Toilettenhäuschen zurück zum Fahrzeug. Was war geschehen? Prüfend observierten sie die Lage. Die Gegend war wie ausgestorben, keine Menschenseele war in der Nähe zu sehen.

»Wie kann das sein?«, fragte Michel verwundert. »Er sollte noch mindestens für weitere zwei Stunden betäubt bleiben.«

»Vielleicht hat sich das Team mit der Dosierung verrechnet. Er ist ein ganz schönes Kraftpaket, dieser Typ«, mutmaßte Roger.

Michel gab ihm ein Zeichen. »Du weißt, was zu tun ist?«

Roger nickte.

»Hier!«, rief Michel und warf seinem Gefährten eine kleine Flasche zu. »Das sollte reichen.«

Geschickt drückte Roger das Gefäß mit dem Narkosemittel in die Pistole und öffnete die Ladeklappe.

Genau in dieser Sekunde sprang ihn Tom ohne Vorwarnung wie ein tollwütiges Tier an! Ein Stöhnen, ein undefinierbares Fluchen und dunkles Gurgeln kamen aus seiner Kehle. Seine Sinne waren von dem Narkosemittel betäubt, seine Gliedmaßen unkoordiniert. Sein Verhalten war unvorhersehbar.

Von dem Angriff und der Heftigkeit überrascht, fiel Roger rückwärts zu Boden und rollte sich mit Tom auf dem Asphalt. Vom harten Aufprall schlug es ihm die Luft aus den Lungen. Verzweifelt versuchte er, die Impfpistole an den Hals des Mannes zu setzen. Toms heftiges Gerangel gab ihm keine Chance. Im hohen Bogen schlug er ihm die Spritze aus der Hand.

Michel bekam Panik, gehetzt suchte er den Boden ab. Wo war die Narkosepistole? Etwa drei Meter von dem kämpfenden Knäuel entfernt fand er sie. Höchst konzentriert betrachtete er das hektische Geschehen und begann zu kalkulieren, wie er bestmöglich an den wildgewordenen Mann herankäme.

Blitzartig löste sich Tom aus Rogers Fängen. Er richtete sich auf und taumelte benommen Richtung Rastplatzwiese. Sein schweres Schnaufen verhieß nichts Gutes. Schmerzverzerrt hielt er sich seine Rippen fest. Seine Füße stolperten über den Bordstein, fluchtartig trugen sie ihn über die mit Gänseblümchen übersäte Wiese. Er beugte sich vorne über und spuckte Blut. Noch bevor er sich seiner erkämpften Freiheit bewusstwurde, packte Michel ihn

von hinten im Würgegriff. Verzweifelt schlugen seine Arme um
sich. Sein Schreien erstickte, als das Narkosemittel durch seine Ve-
nen zu fließen begann.

61

Alan stand im Keller des Klinikums. Er fragte sich, wann es so weit gekommen war, dass er sich zu solch niederen Dienstboten-Aufgaben degradieren ließ. In letzter Zeit hatte man ihm immer mehr und mehr Verantwortungsbereiche entzogen. Die Antwort lag auf der Hand. Es war die feige Reaktion auf sein Aufbäumen gegen Thomas Verhoevens Behandlungsweise. Wie lange wollte er dieses Spiel noch mitspielen?

Schweren Schrittes marschierte er durch die fensterlosen Gänge. Das elektrische, über Sensoren geschaltete Licht sprang jedes Mal an, sobald er sich dem Abschnitt näherte und dimmte beim Weitergehen kurze Zeit später wieder hinter ihm ab. Hier unten befand sich auch das Kühlhaus. Es war kein gewöhnliches Kühlhaus. Es war das Leichenkühlhaus. Hier hatten bis vor kurzem noch alle Versuchspersonen gelegen, die Überbleibsel oder Originale, wie sie auch gerne genannt wurden. Die toten Körper waren wie ausgeschlachtete Karosserien auf einem Autofriedhof zwischengelagert worden, bis sie schlussendlich dem Krematorium ausgesetzt wurden.

Niemand hatte ihnen die letzte Ehre erwiesen. Es gab keine Abdankungsfeier, keine Verabschiedung, sie wurden ganz einfach wie übrig gebliebener Abfall beseitigt. Manchmal fragte er sich, ob er der Einzige in diesem Gebäude war, der das unmenschlich fand. Natürlich wusste er, dass nicht alle verbrannt worden waren. Einer fehlte. Einem hatte Macron nicht die Todesspritze verpasst. Dieser Mann hatte keine Ahnung davon, wo er war, wahrscheinlich nicht einmal, wer er war. Er fragte sich, was Christine mit ihm vorhatte. Warum war der Mann nicht ansprechbar gewesen? Hatte sie ihn unter Drogen gesetzt?

Tiefer Ekel kam in ihm hoch. Er fühlte sich von ihr benutzt und entsorgt wie ein paar alte Schuhe, welche man nicht mehr tragen wollte. Diese Zweifel, die er hegte, ob er für diesen Job geeignet wäre, sie sollten nicht sein. Als er als Student davon träumte, in der Genforschung zu arbeiten, hatte er etwas ganz anderes im Sinn gehabt. Und hier war er nun.

Seine Härchen an den Armen stellten sich auf, als er an der Tür des Leichenhauses vorbeilief.

»Du bist und bleibst ein Weichei!«, hörte er Christine in seinen Ohren schallen.

»Besser ein Weichei als so eine skrupellose und selbstsüchtige Person, wie du es bist«, sprach er laut mit sich selbst.

In seiner Kitteltasche befanden sich zwei Telefone. Keith hatte ihm den Auftrag erteilt, die beiden Geräte zu beseitigen. Wollte er ihn tatsächlich für blöd verkaufen? Das war ein Ablenkungsmanöver. Was bildete sich dieser Mann ein? Ihn wie einen Lehrling in den Keller zu schicken, er war keineswegs blind. Ihm war sehr wohl bewusst, was hier vor sich ging. Der Van, der vor der Tür stand und dann zwei Personen, die man auf Tragebarren ins Klinikum hineingeschoben hatte. Was für ein krimineller Laden nur aus EPIC geworden war. Oder ging es hier schon immer so zu und es war ihm nicht aufgefallen?

Die beiden Geräte sollten in den Krematoriumsofen geschmissen werden. Dort würden sie verschmelzen, wie vor kurzem die Originale, und mit ihnen alle Spuren, die ins Klinikum führen könnten.

Als Alan den Raum betrat, war niemand zu sehen. Er griff in seine Kitteltasche und legte die Apparate auf den vor ihm stehenden Tisch. Der riesige Ofen schindete Eindruck auf ihn. Nach ein paar kurzen Untersuchungen hatte er den Hebel zum Öffnen gefunden.

Ein leises Vibrieren war auf dem Tisch hinter ihm zu vernehmen. Es war ihm nicht aufgefallen, dass die Geräte nicht abgeschaltet waren. Wäre es somit nicht möglich, die Personen zu orten?

Der Anrufer gab nicht auf. Auf dem Display stand DIANE. Der Name sagte ihm etwas. Könnte es sich womöglich um die Journalistin Diane Dubois handeln? Seine Gedanken hörten nicht auf zu kreisen. Irgendetwas in ihm forderte ihn auf, das Gespräch entgegenzunehmen. Mit zitternden Händen legte er das Gerät an sein Ohr.

»Hi, Moni, na endlich erreiche ich dich! Was ist denn los?«, sagte eine aufgebrachte Frauenstimme.

Alan schwieg. Tief im Inneren fühlte er, dass das vielleicht seine letzte Chance sein könnte.

»Hier ist nicht Moni«, antwortete er stockend. Seine Stimme war leise, er wusste auch nicht, warum er flüsterte. Wer sollte ihn hier unten schon hören?

»Hä? Wer bist du dann? Hast du das Telefon gefunden?«

»Nein. Sie hat es nicht verloren«, erwiderte Alan wahrheitsgetreu. »Man hat es ihr weggenommen.«

»Wie bitte? Du Scherzkeks. Gib mir sofort Monica ans Telefon!«

»Das ist kein Scherz. Hören Sie jetzt bitte gut zu, denn ich werde es nur einmal sagen.« Alan räusperte sich. Es fühlte sich an, als müsste er einen festsitzenden Kloß in seinem Hals lösen.

»Monica Weiss wurde entführt. Sie liegt in einer Art Narkose in unserer Klinik. Und ich glaube, Sie wissen, von welcher Klinik ich spreche.«

»Was? Ich will sofort wissen, was hier los ist«, schimpfte Diane.

»Lassen Sie mich bitte ausreden«, erwiderte Alan. »Alles, was ich verraten kann, ist, dass Frau Weiss und ihrem Freund etwas Ungerechtes geschehen wird. Mehr kann ich dazu nicht sagen. Es tut mir leid!«

Ein kurzes verzerrtes Geräusch und dann war die Verbindung plötzlich abgebrochen. Das Gerät hatte keinen Empfang mehr.

Alan ließ zitternd das Telefon sinken. Kalte Schweißperlen rannen seine Schläfen entlang. Seine Arme schlaff an seinem Körper hängend, war er nicht fähig, seine aufwühlenden Gefühle zu beschreiben. Es war ein Gemisch aus Panik und Erleichterung. Denn nun war er nicht mehr allein mit diesem schrecklichen Wissen. Er hatte sich eine unbekannte Komplizin geschaffen. Vielleicht hätte das Paar eine Chance und die Frau namens Diane würde jemanden zur Hilfe rufen. Er nahm die beiden Telefone, öffnete die Ofentür und schmiss sie hinein. Ab jetzt gab es kein Zurück mehr. Den Weg, den Alan von nun an eingeschlagen hatte, kannte keine Entschuldigung mehr. Ein ungewöhnlicher Energieschub durchströmte seinen Körper, erweckte seinen zu lange müde gebliebenen Verstand. Alles, worauf er hoffte, war, dass Diane Dubois die Polizei alarmieren würde.

Wie aus dem Nichts kam ihm eine Idee. Er könnte dem schaurigen Schauspiel ein Ende setzen, auch wenn er nur eine geringe Chance hätte, aber er müsste es wagen. Entschlossen machte er sich auf die Suche nach Monica Weiss.

62

Sorgfältig wusch Schwester Sofia dem Patienten das angetrocknete Blut aus dem Gesicht. Der im vierten Obergeschoss befindliche Operationssaal war hell erleuchtet. Sofia kannte die Vorgeschichte des Mannes nicht und es hatte sie auch nicht zu interessieren. Geschickt begann eine zweite Frau, die Elektroden an seinem Kopf anzubringen. Man drehte ihn zur Seite und führte ihm im Nacken eine fünf Millimeter lange Anschlussbuchse ein, die es möglich machen würde, sein Rückenmark anzuzapfen. Der Patient stöhnte leise.

Die Blicke der Frauen trafen sich. Irgendetwas stimmte nicht, der Mann sollte nach ihrem Ermessen tief und fest schlafen. Sie drehten ihn zurück auf den Rücken. Toms Augenlider flackerten und waren leicht geöffnet. Er verhielt sich unruhig, als sei er kurz vorm Aufwachen. Wie war das möglich? Prüfend nahm Sofia eine kleine Taschenlampe zur Hand und leuchtete damit abwechselnd in seine Augen.

Blitzartig erweiterten sich seine Pupillen! Sie erschrak, trat einen Schritt zurück und schon begann sich der Mann zu regen, riss grob einige der Elektroden von seinem Kopf und versuchte, sich aufzusetzen. Alarmiert griff eine der Frauen nach seiner um sich schlagenden Hand. Der Mann war kaum zu bändigen. Ein tiefes animalisches Knurren schallte durch den OP-Saal. Sein rasender Puls ließ das EKG laut aufschlagen.

Die Schwestern schrien um Hilfe und versuchten energisch zu zweit, seine Arme festzuhalten. Mit einer gewaltigen Kraft riss er alles, was nicht niet- und nagelfest war, mit sich. Umstehende Gegenstände kippten von dem Hilfswagen, es schepperte und klirrte. Das Chaos war perfekt. Unaufhaltsam versuchte er, dem OP-Tisch zu entkommen. Seine weit aufgerissenen Augen zeigten Angst. Pure Angst!

Hastig kamen zwei bullige Sanitäter angerannt. Einer hielt Toms Arme und der andere seine Beine fest. Hektisch spritzte die Anästhesistin ein Beruhigungsmittel in seinen Katheter hinein. In Sekunden erschlafften seine Muskeln und er sank ruhig in sich zusammen. Vorsorglich schnallten sie zuerst seine Arme und dann seine Beine am Bett fest.

Während das Personal sorgfältig die Spuren der Schlacht beseitigte, trat Professor Macron herrisch in den OP-Saal ein. Tiefe dunkle Ringe umrundeten ihre müden Augen. Zu viele schlaflose Nächte und zu viel Raubbau an ihrem Körper hinterließen ihre Spuren. Noch vor wenigen Minuten hatte sie sich gönnerhaft eine doppelte Dosis Modafinil verabreicht, ein beliebtes Aufputschmittel für Menschen wie sie, die ständig unter Leistungsdruck standen. Schleichend begann die Droge zu wirken. Mit einem kontrollierenden Blick passierte sie den OP-Tisch. Die auf dem Boden liegenden Überreste des Kampfes schienen sie nicht zu interessieren. Kein Wort, sie sagte nichts. Hier war ihr Reich. Gebieterisch stand sie vor ihrer ein Meter fünfzig großen Glasbildschirmfläche und studierte die grafischen Darstellungen des Elektroenzephalogramms.

Routiniert griff sie sich das herumhängende Kabel und schloss den Stecker an Toms Hinterkopf an. Sie wollte keine Zeit verlieren. Ein Klicken ertönte und während sie sich zum Bildschirm zurückbegab, erweckten die Fenster auf der Fläche zum Leben.

Ihre Sinne spielten mit ihr ein böses Spiel. Niemand schien es zu bemerken, sie war high und das nicht zu knapp. War es das Modafinil? Sie musste zugeben, dass sie es mit der Einnahme etwas übertrieben hatte. Aber bis jetzt hatte sie nie großartig mit Nebenwirkungen zu kämpfen gehabt. Sie schaute auf den Mann vor ihr. Welcher der beiden war er? Noch vor kurzem hatte sie den anderen in seinem Krankenzimmer besucht. Sie blinzelte nervös. Überreizt schlug sie sich selbst ins Gesicht. Sie musste wieder nüchtern werden. Verdammt! Dieser Mann war nur die Kopie.

Mittig öffnete sich der 3D-Navigator auf der Bildschirmfläche. Schritt für Schritt setzte sich die Anatomie des Patienten-Schädels Pixel für Pixel zusammen. Das selbstentwickelte Programm, ihr ganzer Stolz, stellte die einzelnen Teile des Gehirns grafisch dar. Bei Berührung der Fläche nannte die Software den Namen des Feldes und, wenn man wollte, auch, wofür diese Region zuständig war. Christine tippte mit ihrem Zeigefinger auf die Gehirnlandschaft und fing an, die einzelnen Zonen zu untersuchen. Die farblichen Abgrenzungen der Gebiete vereinfachten ihr die Arbeit. Mit einem Fingerwisch zog sie ein Teilstück zur Seite und begann, sich ihm intensiver zu widmen. Dann diktierte sie dem Computerprogramm per Sprachbefehl Suchwörter wie: EPIC, Klonen und Frischzellenkur.

Der Hochleistungsrechner begann zu arbeiten. Es würde Stunden dauern, um alles auszuwerten, vielleicht sogar einen

ganzen Tag. Danach würde Tom EPIC und alles, was man damit
hätte in Verbindung bringen können, für immer vergessen haben.

63

Monica lag entspannt auf einem Liegestuhl am Strand. Ihre gebräunte Haut ließ die Farben ihres Bikinis leuchten. Die Sonne gab ihr ein wohliges Gefühl und sie spürte, wie ihr Körper von der Wärme auftankte. Ihre Füße waren in den warmen Sand eingebuddelt, sie konnte die vielen Sandsteinchen auf ihrer Haut spüren. In ihrer rechten Hand hielt sie ein Cocktailglas mit Schirmchen. Die Eiswürfel klackerten, als sie mit dem Strohhalm darin herumrührte. Langsam tropfte das Kondenswasser ihres Tequila Sunrise am Glas entlang und landete auf ihrem Schoß. Das kalte Nass ließ sie erschaudern.

Zu ihrer Rechten saß Tom. Er sah zufrieden und relaxt aus. Die Brandung rauschte in ihren Ohren, niemals könnte sie sich an dem herrlich leuchtenden Blau des Meeres sattsehen. Der Schein trog. Nach und nach begann sich, ihr Unterbewusstsein an dem Gesamtbild zu stören. Als sie zum Himmel aufsah, kamen ihr Hunderte von kreischenden Vögeln entgegen, ungewöhnlich große schwarze Wolken bauschten sich am Horizont auf. Aus der noch angenehmen Brise entwickelte sich eine heftige Bö. Der Himmel verdunkelte sich sekundenschnell in ein unheilvolles Dämmerlicht. Das feuchte Glas rutschte ihr aus der Hand, sie

versuchte, es noch zu retten, doch es war zu spät. Um sie herum
fing alles an, sich zu drehen. Ein zerstörerischer Wirbel, der die gesamte Umgebung ins Zwirbeln brachte, riss alles mit sich. Vor ihr
öffnete sich ein tiefes schwarzes Loch. Leute kreischten und Liege-
stühle, Sonnenschirme, Kühlboxen und zappelnde Menschen wurden durch den Sog immer weiter hineingezogen. Unfähig, das Gesehene zu verarbeiten, schaute sie besorgt zu Tom herüber, auch
sein Liegestuhl fing an, sich in Richtung des Strudels zu bewegen.
Nach Hilfe flehend, streckte er seine Hand nach ihr aus. Monica
griff nach ihr, versuchte, sie festzuhalten, doch sie rutschte ab und
entglitt ihr. Verzweifelt brüllte sie seinen Namen und versuchte,
sich zu ihm durchzukämpfen. Keine Chance, der Sog war zu übermächtig.

Erschöpft gab sie auf und musste mit ansehen, wie er in das
Chaos mit hineingezogen wurde. Verzweiflung in ihren Augen, er
verschwand genauso wie alles andere, er war weg, die Gegend
war wie leergefegt. Gerade noch echote der unerträgliche Lärm in
ihren Ohren und im nächsten Moment wurde es still. Um sie
herum eine Einöde, es gab nichts als Sand, eine unendlich leere
Wüste, selbst das Meer war verschluckt worden. Fassungslos
starrte sie auf das schwarze Loch, das sich vor ihr Stück für Stück
zu schließen begann wie die Blende eines altertümlichen Fotoap-
parats.

Sie war ganz allein.

Ihre schrillen Schreie weckten Monica aus dem Alptraum auf.
Allmählich öffnete sie ihre verquollenen Augen. Ihr Herz raste.
Langsam drehte sie den Kopf zur Seite und versuchte, sich ein Bild
von ihrem Aufenthaltsort zu machen. Sie hatte keine Ahnung, wo
sie sich befand. Minute um Minute verstrichen, dann irgendwann,
als ihr Verstand zu arbeiten begann, fiel ihr auf, dass sie in einem

Krankenbett lag. In einem für sie unbekannten Raum. Es war dunkel. Wo war sie? Sie setzte sich im Schneckentempo auf und zog ein Bein nach dem anderen aus der Bettdecke heraus.

Sie fühlte sich benommen, ein Brennen in ihrem Magen, ein säuerlicher und kotziger Geschmack im Mund, ihr war speiübel. Aufgeregt suchte sie nach einem Eimer oder etwas Ähnlichem. Nichts in Reichweite. Würgend übergab sie sich auf den Boden vor sich.

Ihr war kalt. Ihre Finger ertasteten im Halbdunkeln den Stoff ihrer Kleidung. Sie trug ein dünnes OP-Hemd, das vor der Brust zusammengebunden worden war. Nervös versuchte sie, sich zu orientieren, zu erinnern was geschehen war. Wie wild hämmerte ihr Verstand ununterbrochen auf sie ein. Sie versuchte, sich zu konzentrieren, die Kontrolle über ihren Geist und Körper zurückzugewinnen. In ihren Armen und Beinen kribbelten Tausende Ameisen. Langsam löste sie sich aus ihrer Sitzposition und streckte die Beine vor sich aus.

Eine weit von ihr entfernte Deckenleuchte schenkte ein schwach ankommendes Licht. Krampfhaft versuchte sie, die Umrisse des Raumes zu deuten. Sie befand sich in einem dunklen, fensterlosen Raum, vielleicht einem Keller?

Vorsichtig tastete sie sich ihren Weg nach vorne. Sie stolperte. Das metallene Geräusch einer Blechschüssel ertönte. Der Lärm der scheppernden Schüssel stach wie ein Messer in ihre Schläfen. Gequält von Schmerzen lief sie weiter, bis sie zu einer Reihe von Regalen kam, ab hier wurde es schon etwas heller und sie begann, sich zu orientieren. Der bittere Geschmack in ihrem Mund brannte in ihrer Speiseröhre wie Feuer, sie wünschte, sie könnte ihren Mund von dem Erbrochenen ausspülen. Wo war sie? Immer wieder versuchte sie, es sich zu erklären. Der Raum, in dem sie sich befand, war mit allen möglichen Dingen zugestellt. Es gab viele beschriftete Kisten, alle in derselben Größe, die fein säuberlich auf den Ablagen deponiert waren. Sie entdeckte Laborinstrumente, sowie Textilien und Arbeitskleidung. Was konnte das sein? Vielleicht eine Art von Magazin? Warum war sie hier? Und vor allem, was war passiert? Ihre Gehirnzellen arbeiteten noch träge und sie versuchte, Teile von wiederkehrenden Erinnerungen zusammenzusetzen. Wer hatte sie hierhergebracht? Wo war Tom? Er war mit ihr auf dem Weg ins Café. Und was war dann geschehen?

»Tom?«, rief sie leise. Dann noch einmal lauter. »TOM? Kannst du mich hören? Bist du hier irgendwo? Sag bitte etwas.« Keine Antwort, der einzige Laut, den sie hörte, war das Surren einer flackernden Deckenleuchte. Was, wenn sie hier nicht herauskäme? Würde sie jemand vermissen? Diane. Sie wartete im Café Balthasar auf sie. Wer wusste, wie lange sie hier schon eingesperrt war? Auf der Suche nach ihrer Armbanduhr ertastete sie ihr linkes Handgelenk, stattdessen spürte sie eine Venenkanüle auf ihrer Handoberfläche.

Augenblicklich wurde der Raum erhellt, wahrscheinlich ein Lichtsensor. Das grelle Licht schmerzte in ihren Augen, dann entdeckte sie eine Tür. Sie rüttelte so kraftvoll wie möglich und drehte an dem Türknopf. Vergebens. Diese Tür war verschlossen.

»Hallo?!« Sie boxte mit ihrer Faust gegen die Stahltür. Nichts geschah. Die enorme Größe des Raumes schüchterte sie ein. Durch die Mitte hindurch, zwischen den hohen Regalen, erstreckte sich ein endloser Korridor. Alles war chaotisch und so sehr mit Gegenständen überfüllt, dass das Ende nur eine vage Vermutung war. *Nicht aufgeben*, dachte sie. *Ich darf nicht aufgeben. Irgendwo in der Ferne wird es einen Weg nach draußen geben.*

64

Im Operationssaal brach Unruhe aus. Der Patient auf dem Behandlungstisch bekam ungewöhnliche, undefinierbare Zuckungen. Das Elektrokardiogramm schlug Alarm. Zwei OP-Schwestern traten aufgeregt ein und begannen, nach der Ursache zu forschen. Doktor Macron analysierte vertieft die Daten auf ihrer Bildschirmfläche, den zuckenden Patienten ließ sie links liegen.

Die 3D-Anzeige ihrer Übersicht leuchtete rot auf. Die Auswertungen der Patientendaten zeigten es klar und deutlich an. *EPILEPTISCHER ANFALL* blinkte in großen, fetten Buchstaben auf der Anzeige. Als wäre sie in Trance, nahm Christine das hektische Treiben wahr. Dann ein kurzer, lichter Moment und sie zuckte zusammen. »Verflixt und zugenäht! Was rennen Sie hier wie die wildgewordene Hühner umher?!«, schrie sie die Damen an. »Er hat einen epileptischen Anfall.« Sie zeigte auf Schwester Sofia. »Sie da, binden Sie den Patienten sofort los!«

Die Frau löste unter Anspannung, wie ihr befohlen, mit wenigen Handgriffen die Fixierung. Toms Schütteln verstärkte sich und führte zu einem unkontrollierbaren Krampfanfall. Seine Hände und Finger verbogen sich, das Weiß seiner Augäpfel ließ nichts Gutes erahnen und schon gar nicht der Schaum, der aus seinem Mund floss.

»Los! Spritzen Sie dem Patienten sofort eine Dosis Lorazepam!« Christine war außer sich. »Was stehen Sie hier so blöd herum? Holen Sie das Präparat.«

Die sichtlich nervöse Frau rannte aus dem OP-Saal.

Toms Anfall dauerte nun schon mehrere Minuten an.

»Der Patient hat aufgehört zu atmen! Wir brauchen ein Beatmungsgerät. Schnell!«, rief Sofia.

Der blanke Horror war ausgebrochen. Das Gewusel der Mitarbeiter, die lauten Signaltöne der Maschinen, gepaart mit den vielen Achtzig-Stunden-Wochen, der fehlende Schlaf, Christine fühlte sich dem Druck nicht mehr gewachsen. Kopflos schmiss sie alles hin und entfloh dem Chaos aus dem OP-Saal. Sie brauchte frische Luft zum Atmen. Auf direkter Ziellinie rannte sie Richtung Dachterrasse.

Als sie die Tür zum Dach öffnete, keuchte sie vor Erschöpfung. Wie konnte das ganze Verfahren so schiefgehen? Es hatte keinerlei Anzeichen dafür gegeben. Ihr war nicht bekannt, dass der Patient unter Anfällen litt. Sie fand keine plausible Erklärung.

Oben angekommen, fiel Alan auf, wie das Pflegepersonal aufgeregt durch die Station rannte. Eine Person schob gehetzt ein Beatmungsgerät vor sich her. Irgendetwas Schlimmes musste passiert sein.

Mit Glück konnte er sagen, dass er es geschafft hatte, die junge Frau vor den Fängen der Klinikleitung verstecken zu können. Der ausgesuchte Ort war bestimmt nicht der vorteilhafteste, aber ihm war auf die Schnelle nichts Besseres eingefallen.

Spannungsgeladen folgte er dem wütenden Bienenschwarm von Helfern. Als er kurz vor dem Behandlungszimmer ankam, ahnte er nichts Gutes. Sofia war eine erfahrene Krankenschwester, sie hatte Tom bereits die Beatmungsmaske aufgesetzt. Gleichmäßig strömte die sauerstoffhaltige Luft in seine Lungen und schenkte dem Patienten Beruhigung. Die Anzeigen auf den Überwachungsgeräten gingen zurück auf Normalstand.

Alan stand am Fuße des OP-Tisches und beobachtete das wirre Geschehen, als sich Dominik, der leitende operationstechnische Angestellte, zu ihm umdrehte. Sein Gesicht war bleich wie Kreide.

»Er hat unerwartet einen Anfall bekommen«, sagte er, ohne gefragt zu werden. »Wir haben die Ursache noch nicht gefunden.« Dominik schaute ihn hilfesuchend an.

»Wo ist Professor Macron?«, fragte Alan verwundert.

»Sie hat den Saal verlassen, wir wissen nicht genau, wohin sie gegangen ist«, antwortete Sofia. »Sie sagte, sie bräuchte frische Luft.«

»Sie hat euch mit dem Patienten einfach allein gelassen?« Alan konnte es nicht fassen. Er machte sich Vorwürfe.

Ein lautes Piepen ertönte. Schlagartig schlugen die Kurven auf dem Überwachungsgerät verrückt. Gebannt starrten alle auf den Bildschirm. Die Krampfanfälle gingen erneut los. Toms kompletter Körper bebte, ein andauerndes, heftiges Zittern und Zucken seiner Arme und Beine durchfuhr ihn und schien unmöglich zu bändigen sein.

Alan begutachtete den Patienten. Es war eindeutig.

»Er hat einen Status, einen Status Epilepticus!«, rief er aufgebracht.

»Wie viel Lorazepam haben Sie ihm injiziert?«

»Zwei Milligramm«, antwortete Dominik. »Das ist alles, was wir hatten.«

»Was? Das darf doch nicht wahr sein!« Machtlos sah er auf den schwerkrampfenden Mann. Sein Körper schüttelte sich wie wild auf dem Behandlungstisch. Die Pflegekräfte versuchten verzweifelt, dem Leidenden Linderung zu verschaffen. Sie würden nicht in der Lage sein, diesen Anfall in den Griff zu bekommen. Nicht hier, nicht in dieser Klinik. Sie waren schlicht und einfach medizinisch nicht für solche Fälle ausgerüstet.

65

Ihre Sinne waren auf jedes noch so kleine Zeichen eingestellt. Jeden weiteren Meter, den sie voranschritt, hoffte sie, einen Ausweg zu finden. Eine weitere Tür, ein Fenster, eine Treppe, egal was. Hauptsache, sie käme hier heraus. Ein leises Wimmern entwich ihren Lippen, ein Ausdruck der Erschöpfung und des Schmerzes, der in der Dunkelheit widerhallte. Nun befand sie sich hier in einem Keller, der ihr wie ein Verlies vorkam. Hatte sie möglicherweise alles verloren, wofür sie so unermüdlich gekämpft hatte? Tief in ihrem Herzen war sie sich sicher, dass Aufgeben keine Option war. Nicht in diesem Moment und nicht an diesem Ort. Alles, was sie tat, tat sie für Tom. Für die Liebe ihres Lebens. Endlich war sie am anderen Ende des Raumes angekommen und hier befand sich tatsächlich eine weitere Tür. Zögerlich drückte sie die Klinke der schwarzen Sicherheitstür nach unten. Zu ihrem Erstaunen ließ sie sich tatsächlich öffnen. Die Deckenlichter gingen an. Der Raum war leer, es war ein kurzer Flur oder ein Vorraum zu einem weiteren Zimmer. Zwei etwa drei Meter breite Glastüren bauten sich vor ihr auf. Sie hatten keine Griffe, durch das verspiegelte Glas konnte sie nicht hindurchsehen. Entschlossen trat sie davor und wie aus dem Nichts schoben sich die Scheiben nach rechts und links auf. Der Weg war frei. Wo würde er sie hinführen?

Hier war es außerordentlich kühl und sie spürte, wie sich ihre Haut, die nur von einem dünnen Krankenhemd eingehüllt worden war, mit Gänsehaut bedeckte. Das schwache Licht und die düstere Atmosphäre beunruhigten Monica. Sie war ganz allein und dennoch fühlte es sich nicht so an. Die Wände waren weißgekachelt. Der Linoleumboden war grau und in der Mitte befand sich ein metallener länglicher Edelstahltisch mit einem Ablauf und einem angebrachten Duschschlauch am Kopfende. An der linken Seite gab es eine Kommode mit allerhand Utensilien. Ein Kanister mit Desinfektionsmittel, Flüssigseife, Schwämme und Handtücher lagen auf einem Beistellwagen. An der Wand hingen lange Kittel, fein säuberlich an dafür vorgesehenen Haken aufgehängt. Monica fiel es wie Schuppen von den Augen. Es gab keine Zweifel, sie stand ganz eindeutig in einem Leichenwaschraum. Entsetzt schaute sie sich ein weiteres Mal um. Wenn man tote Menschen hier hereinbrachte, dann musste es auch einen Weg nach draußen geben.

Ein leises Hüsteln, kaum wahrnehmbar, kam aus dem dunklen hinteren Teil. Monica hörte auf zu atmen. Während sie versuchte, ihre wildgewordenen Emotionen zu sortieren, bewegte sie sich vorsichtig in die Richtung, aus der sie das Geräusch zuerst geortet hatte. Dort in der Ecke befand sich jemand, sie war sich hundertprozentig sicher. Ihre Nerven lagen blank. Noch ein weiterer Schritt, Sekunden fühlten sich an wie Stunden. Nun konnte sie es deutlich erkennen: An der Wand stand eine unachtsam abgestellte Tragbahre auf Rädern. Das schiefstehende Bett bekam ihre volle Aufmerksamkeit. Ein Bettlaken hing seitlich bis zum Boden herab. Es kam ihr vor, als hätte vor kurzem noch jemand darin gelegen.

»Hallo?«, rief sie. »Ist hier jemand?« Ein Beben durchfuhr ihren Körper. Vorsichtig schob sie die Bahre zur Seite.

〜

Die Zeit war reif für einen Kurswechsel. Ein weiteres Mal prüfte Keith die spezielle Giftmischung, die er gleich einem ganz besonderen Patienten verabreichen würde. Im Gegensatz zu Christine hatte er keine persönliche Beziehung zu ihm aufgebaut. Es war zum Verrücktwerden, mit was er sich alles beschäftigen musste.

Konzentriert packte er alle nötigen Utensilien auf einen Schiebewagen. Die letale Injektion vorzunehmen, wäre die einzige vernünftige Reaktion auf den langen Leidensweg des Mannes.

Um Christine brauchte er sich keine Sorgen zu machen, sie war im OP-Saal mit der geklonten Version des Thomas Verhoeven beschäftigt.

Nichtsahnend wartete der Mann bereits im Untergeschoß auf seine letzte Behandlung. Es war ein Leichtes gewesen, ihn nach unten in den Keller zu befördern. Sein Geist, wie benebelt, durch den Chip blockiert, würde er nicht einmal mitbekommen, wie ihm geschah.

Es war seine Endstation. Von dort aus ging es ab ins Jenseits. Was auch immer das bedeutete. Im Grunde genommen glich der ganze Ablauf der Vollstreckung einer Todesstrafe. Das tödliche Gift wurde dem Menschen injiziert, nach Feststellen des Todes wurde der Leichnam seiner Kleidung entledigt und dann für das Krematorium vorbereitet. Es war eine saubere, geradlinige Aufgabe.

Wie absurd diese Geschichte klang, neue Regeln mussten her. Diese Heimlichtuerei hinter seinem Rücken, ungenehmigte

Projekte durchzuführen und Menschen gegen ihren Willen zu behandeln, musste aufhören.

Erleichtert, dass es bald vorbei wäre, wählte er die Nummer seines Gehilfen. Es war so weit. Es war der Anfang vom Ende.

Noch während die Trage wegrollte, entdeckte Monica, wie ein paar nackte Füße hervorblitzten. Sie stieß Stoßgebete zum Himmel! *Bitte lass den Menschen noch leben, bitte keine Leiche.* Das könnte sie nicht auch noch ertragen.

Ein ihr bekannter, zusammengekauerter Mann saß an die Wand gelehnt und verdeckte das Gesicht mit seinen Armen.

»Tom!«, rief sie aufgebracht und kniete sich zu ihm hin. Alles, was er am Leibe trug, war ein Krankenhauskittel. Er stöhnte und hustete, hatte seine Beine wie ein Fötus an seinen Leib gepresst. Was hatte man mit ihm angestellt?

»Was ist los mit dir?«, sprach sie ihn an. Er blieb stumm. An seinem rechten Unterarm trug er, genauso wie sie, eine Venenverweilkanüle. Seine Haut war blass, als hätte er seit Monaten das Tageslicht nicht mehr gesehen. Wie konnte das sein? Vorsichtig kontrollierte sie seine Körpertemperatur, er war eiskalt. Es machte alles keinen Sinn, sie erkannte ihn kaum wieder.

»Tom«, sprach sie ruhig auf ihn ein. »Ich bin da, ich bin für dich da. Mach dir keine Sorgen, ich bring uns hier raus.«

Leblos, ohne einen Muckser von sich zu geben, saß er vor ihr. Grübelnd über seinen Zustand, erinnerte sie sich, wie sie sich noch vor kurzem fühlte, als sie in ihrem Krankenbett erwachte. Sie ahnte Böses. Man hatte sie betäubt, als sie auf dem Weg zum Café waren, sie gekidnappt und hierhergebracht. Was würde als Nächstes geschehen? Mussten sie um ihr Leben fürchten?

Von einer Ohnmacht ergriffen, gegen die sie sich nicht zu schützen wusste, entdeckte sie, ganz unscheinbar, ein circa dreißig Zentimeter langes Kabel von seinem Hinterkopf herabhängen. Entgeistert griff sie in ihren eigenen Nacken, nichts. Bei ihr war nichts. Vorsichtig nahm sie den Strick zwischen ihre Finger und betastete ihn, suchte nach dem anderen Ende des Kabels, als sie bemerkte, dass es fest an Toms Hinterkopf angebracht war. Was würde passieren, wenn sie daran zöge? Es war einen Versuch wert und als sie es tat, ertönte, während sich der Mechanismus löste, ein leises Klicken. Das Ding in ihren Händen, sie hatte keine Ahnung, was es war – und ganz sicherlich hatte es nichts in Toms Kopf zu suchen – musste weg. Achtlos schmiss sie es zur Seite und nahm langsam die Arme vor seinem Kopf weg.

Die Leere in seinem Gesicht erschütterte sie zutiefst. Seine Pupillen waren weit geöffnet, als wäre er unter Drogen gesetzt worden. Benommen drehte er den Kopf von ihr weg. Warum war er so teilnahmslos? Behutsam nahm sie sein Kinn in ihre Hände und betrachtete ihn. Sie suchte ihn ab, versuchte, ihn zu lesen.

»Bitte sag doch etwas, irgendetwas.«

Als hielte sie eine heiße Kartoffel in ihren Händen, ließ sie plötzlich von ihm ab.

Eine längliche Narbe durchzog seine rechte Gesichtshälfte. Was hatte das zu bedeuten?

66

Unzählige Blaulichter steuerten das Gelände des Klinikums an, die Fahrzeuge parkten wild durcheinander. Dicht gedrängt waren sie die von Bäumen gesäumte Eichenallee entlanggefahren, bis sie schließlich an der Lichtung ankamen. Etwa zur selben Zeit landete ein Helikopter auf der Wiese vor dem Haupteingang.

Der Pförtner staunte nicht schlecht, als er die lauten Rotorblätter hörte und sah, wie das fein geschnittene Gras platt geweht wurde. Bis er schließlich aus seiner Starre erwachte und die schwarz maskierten Gestalten, die aus dem Hubschrauber sprangen, entdeckte. Unverhofft begannen sie, das Gelände zu sichern und die Klinik von allen Seiten zu umzingeln. Während er noch überlegte, den Alarm zu betätigen, stürmten bereits die ersten Einsatzkräfte das Gebäude. Mit erhobenen Händen ergab er sich.

In der Klinik war es still. Nichts schien darauf hinzuweisen, was gleich geschehen würde.

Nachdem der Anruf von Diane Dubois im Polizeipräsidium Zürich eingegangen war, fackelten diese nicht lange und sendeten, ohne zu zögern, die Spezialeinheit ENZIAN, die älteste

Spezialeinheit der Schweizer Polizei. Monatelang hatte man auf diesen einen Moment gewartet, endlich gab es einen handfesten Beweis, um die Firma hochnehmen zu können. Es war zum Verzagen, diese hinterhältige Organisation hatte es immer wieder geschafft, sich aus der Schlinge zu befreien.

In einer rasanten Geschwindigkeit betrat die schwerbewaffnete Einheit das Gebäude. Perfekt aufeinander abgestimmt, begannen sie, sich zu verteilen. Niemand sollte entkommen können, alle möglichen Fluchtwege mussten versperrt werden, jede Tür wurde geöffnet und der Raum dahinter durchforstet. Die Truppe hatte den Befehl bekommen, nach mindestens zwei Geiseln zu suchen und drei Personen in diesem Gebäude zu verhaften.

»Erste Etage sicher«, meldete ein Polizist durch sein Headset-Mikrofon. »Wir gehen weiter in die zweite.«

Seine Smartglasses, eine transparente Brille mit eingeblendeter Augmented-Reality-Funktion, gab ihm alle nötigen Informationen. Die Brille war fähig, gesuchte Personen zu identifizieren und gleichzeitig Hinweise für den Brillenträger einzuspielen.

Das Klinikum bestand aus mehreren Etagen und unzähligen Räumen, man rechnete damit, gegen einige Hindernisse ankämpfen zu müssen.

Monica stieß auf eine offene Tür, die nach draußen führte. Nur ein flüchtiger Blick genügte und sie war sich sicher, einen Fluchtweg gefunden zu haben. Wie ein gehetztes Tier lief sie zu Tom zurück. Sie waren in Lebensgefahr, es brauchte keine weiteren Hinweise, um zu begreifen, wozu EPIC alles fähig sein konnte. Die Drohungen im Züricher Zoo, sie hätte sie ernster nehmen müssen. Raus, sie mussten so schnell wie möglich von hier verschwinden.

Mitfühlend betrachtete sie Tom. Er saß mittlerweile wieder auf der Trage. Seine langen nackten Beine hingen bis zum Boden hinab. Immer noch kein Wort von ihm. Vielleicht war es besser so. Was konnte sie ihm schon erklären? Warum er hier unten festgehalten wurde, war ihr genauso ein Rätsel, wie, dass er so viele Monate das Klinikum nicht mehr verlassen hatte. Ihr Herz wurde schwer. Was für abscheuliche Versuche hatten sie an ihm vorgenommen? Und vor allem, wo war sein Klon? Was hatten sie mit ihm angestellt? Es war ihr unbegreiflich. Der Mann vor ihr: Kannte er sie überhaupt noch? Es war so viel Zeit seit ihrer letzten Begegnung verstrichen. Und doch war er in derselben Gestalt ständig bei ihr gewesen. Ihre Gefühle sagten ihr, er war ihre große Liebe und ihr Verstand widersprach. Äußerlich sahen beide Männer identisch aus, aber nur mit einem von ihnen war sie intim geworden. Sie hatte mit seinem Klon Bett und Stuhl geteilt und so viel Liebe und Zuneigung erfahren. Und das war noch nicht alles, denn sie trug sein Kind unter ihrem Herzen. Was sollte sie bloß tun? Sie und er, ihre Beziehung war nie über eine Freundschaft hinausgegangen. Voller Qualen überlegte sie, wie sie ihn dazu bewegen könnte, mit ihr zu gehen. Egal wie verrückt es klang, sie konnte es nicht abstreiten, sie spürte eine unglaubliche Zuneigung zu ihm. Ja, sie liebte beide Männer. Wie sollte es auch anders sein? Unbewusst schaute sie an sich hinab. Ein Kind wuchs in ihr heran. Sie musste kämpfen. Sie würde kämpfen! Jetzt, hier, für das Baby, für sich, für Tom und für alles, was darauf folgen würde.

»Tom«, sprach sie ihn an. Kannte er überhaupt seinen Namen? Sachte berührte sie seine Schulter.

In einem Dunst der Verwirrung versuchte er, sie zu identifizieren. »Monica«, hauchte er mit schwacher Stimme und

verstummte wieder. Ein kleiner Hoffnungsschimmer loderte in ihr
auf. Er hielt ihr seine zu einer Faust geballten Hand entgegen. Fragend schaute sie ihn an. Was hatte das zu bedeuten? Unter großer
Anstrengung drehte er sein Handgelenk nach oben und öffnete
seine Finger. Ein stummer Schrei entglitt ihre Lippen, auf seinem
Handteller erkannte sie die Wrigley Kaugummis. Ihre Tränen
brannten wie Feuer auf ihrer Haut, er hatte ihre Botschaft gefunden. Gerührt schlang sie ihre Arme um ihn, ihre Worte der Erleichterung gingen in einem Schluchzen unter.

Vielleicht könnte er rennen? Sein Körper machte auf uner-
klärlicher Weise den Anschein, durchtrainiert zu sein. Minuten
vergingen und dann, ganz unerwartet, sah er ihr in die Augen und
sie spürte, wie seine Finger zaghaft über ihre Haut zu streicheln
begannen.

»Monica«, sagte er erneut.

Hoffnung lag in diesem einem Wort.

»Wir werden hier jetzt herausgehen«, erklärte sie ihm zuversichtlich. »Verstehst du mich, Tom?«

Er nickte.

67

Die Herztöne auf der Anzeige des EKGs wurden schwächer und schwächer, bis ein langes Piepen ertönte.

Herzstillstand!

Sofia öffnete den Krankenhauskittel des Patienten und Dominik setzte die Elektroden des Defibrillators an seinen Brustkorb. Das Gerät lud sich auf, der Schock setzte ein.

Toms Oberkörper bäumte sich auf und fiel wieder zurück auf den Behandlungstisch. Alan warf besorgniserregt einen Blick auf das EKG. Nichts.

»Nächster Versuch!«, rief er.

Eine weitere Pflegerin überwachte das Beatmungsgerät und der Defibrillator lud sich erneut. Ein kurzes Knallen ertönte. Sie warteten. Wieder nichts. Alan zwängte sich zwischen die Pflegekräfte. »Wir dürfen ihn nicht verlieren«, sagte er angespannt und krempelte seine Ärmel hoch. Konzentriert begann er mit der Herzmassage. »Eins, zwei, drei, vier, fünf, sechs …«, zählte er, während ihm die Schweißperlen die Schläfen entlangrannen. Er gab Dominik ein Zeichen. »Bitte, setzen Sie noch einmal den Defibrillator ein.« Erneut ein kurzes Knallen, ein Aufbäumen. Wartend starrte das gesamte OP-Personal auf den Patienten, keine Regung war erkennbar. Es wurde still im Raum. Der Schock saß tief, einige Leute verließen den Saal.

Wie gelähmt sagte Sofia nach einer längeren Pause: »Aktuelle Sterbezeit des Patienten Verhoeven, 16:05 Uhr.«

»Keith McGregor?«, sprach ihn die Polizistin an. Es war eigentlich keine Frage, denn sie wusste genau, wer vor ihr stand. Ihre Smartglasses hatten Keith bereits identifiziert und als den Gesuchten auf dem Display des rechten VR-Glases dargestellt.

»Für Sie immer noch Herr Doktor McGregor«, korrigierte er die Frau überheblich.

Die Polizistin ging nicht auf das Schauspiel ein.

»Sie werden verdächtigt, Monica Weiss, sowie Thomas Verhoeven in diese Klinik entführt zu haben. Es liegt ein Haftbefehl gegen Sie vor.«

McGregor gab ein leises Gelächter von sich, er war nicht von gestern. Er wusste, alles, was er nun sagen würde, könnte gegen ihn verwendet werden. Wie man es von ihm gewohnt war, blieb er ruhig und gelassen. Die Polizei könnte ihm nichts anhaben. Was hatte er schon verbrochen? Niemand wäre in der Lage, ihn mit irgendwelchen unerlaubten Dingen in Verbindung zu bringen. Dafür war er viel zu clever, dafür hatte er seine Handlanger.

Unaufgefordert legte er die Arme hinter seinen Rücken und signalisierte, dass er keinen Widerstand leisten würde.

Autoritären Schrittes ging die Polizistin mit ihren Handschellen auf Keith zu und klärte ihn über seine Rechte auf.

Währenddessen spielten sich im vierten Obergeschoss tragische Szenen ab.

»Nein, nein, nein! Das dürfen wir nicht zulassen. Er darf nicht sterben.« Alan wollte es nicht wahrhaben. Hilflos schlug er mehrmals mit der Faust auf Toms Brustkorb ein, bis ihn Dominik wegzog und ihn zu beruhigen versuchte.

»Sie können es nicht ändern, Alan. Er ist und bleibt tot«, sagte er streng. Niedergeschmettert streifte er seine Schutzhandschuhe ab und schmiss sie in den Mülleimer.

Beim Verlassen des Behandlungszimmers klopfte er Alan solidarisch auf die Schulter und ließ ihn allein zurück.

Alan saß erschöpft neben der Bildschirmfläche und starrte verloren auf die stille Anzeige des EKGs. Er versuchte, sich zu erklären, wie es so weit kommen konnte. Wie er seine Seele an so eine kriminelle Firma verkaufen konnte. Warum hatte er die Zeichen nicht rechtzeitig gesehen? Oder wollte er es einfach nicht wahrhaben und etwas vom Stückchen Ruhm abhaben, ohne den Konsequenzen ins Auge zu sehen?

Draußen vor dem Saal ertönten laute Rufe. Unerwartet stand ein bewaffneter Polizist vor ihm. Ohne Alan aus den Augen zu verlieren, untersuchte der Mann den leblos aussehenden Körper auf dem OP-Tisch.

»Er ist tot«, antwortete Alan dumpf. »Wir haben ihn verloren.«

Der Polizist versuchte, Alan mit seiner Brille zu analysieren. »Herr Alan Welch, gegen Sie liegt ein Haftbefehl vor«, sagte er kurz und knapp.

»Also hat Sie Diane Dubois erreicht«, entgegnete er und es klang so, als fühlte er sich erlöst. Es war vorbei, ein kurzes Klicken und er wurde abgeführt. Bevor er den Raum verließ, warf er im Dämmerzustand einen letzten Blick auf den leblosen Thomas Verhoeven. »Es tut mir leid, mein Freund, aber du hättest niemals sein dürfen«, flüsterte er ihm zu. Er war voller Schuldgefühle. Leise folgten Tränen der Verbitterung.

68

Oben auf dem Dach der Klinik ging es dramatisch her. Drei bewaffnete Polizistinnen stellten sich vor Christine Macron.

»Ergeben Sie sich!«, rief eine der Frauen im Befehlston.

Christines Pupillen weiteten sich aufgeregt. Erschrocken hielt sie ihre Hände in die Höhe. Sie war nicht in der Lage zu erklären, woher diese bewaffneten Leute kamen. Würden sie schießen? Erschreckende Bilder ihres unten im OP-Saal liegenden Patienten spielten sich vor ihr ab. Wieso war alles schiefgelaufen? Szenen des zuckenden Mannes, der Schaum, der aus seinem Mund sprudelte, und die verzerrten Körpergliedmaßen begannen, sie zu quälen. In einer Art Wachtraum ging sie mit erhobenen Händen einige Schritte rückwärts und näherte sich somit dem Ende des Daches.

»Bleiben Sie stehen!«, wurde sie gewarnt. »Wir tun Ihnen nichts.«

Christine reagierte nicht, sie war nicht mehr aufnahmefähig.

»Er hat aufgehört zu atmen«, murmelte sie, als würde sie sich das Geschehene selbst erklären. Neun Menschen. Sie hatte neun Menschen im Namen der Wissenschaft das Leben genommen.

»Geht es ihm gut?«, erkundigte sie sich.

Und die Polizistinnen schauten sie fragend an. Christine ging einen weiteren Schritt zurück.

»Frau Macron, bitte bleiben Sie stehen. Wir legen jetzt unsere Waffen nieder.«

Und noch einen weiteren Schritt. Bis sie merkte: Ab jetzt war Schluss. Sie stand am Ende des Daches.

»Frau Macron, bitte seien Sie vernünftig, wir wollen Ihnen nur helfen.« Verzweifelt versuchte man, auf sie einzureden.

»Ich weiß, Cyril«, sprach Christine mit sich selbst. »Sie werden mir nichts antun.«

»Wir können über alles reden, machen Sie bitte keinen dummen Fehler«, sagte die Polizistin.

Christine klang verzweifelt. »Ich wollte einfach nur helfen, ich hatte keine bösen Absichten. Ich bin keine Mörderin. Ich habe Leben erschaffen. Ich kann leidenden Menschen eine neue Chance geben.« Ihre Stimme wurde leiser. »Bitte, Chérie, vergebe mir«, flehte sie kaum hörbar. »Ich habe versagt. Du hättest mich nicht allein lassen dürfen! Ich hatte noch so viele Fragen. Wie sollte ich das alles ohne dich bewältigen?«

Mit einem der Welt entrückten Blick drehte sie sich um und stieg auf die Kante, die das Dach umrundete.

»Stopp!«, schrien die Einsatzkräfte gleichzeitig.

Der Weg nach unten war tief.

Mit einem befreiten Lächeln öffnete Christine ihre Arme und schaute gen Himmel. Sie fühlte sich frei, unendlich frei.

»Attends, ma puce, j'arrive«, sagte sie und stürzte sich in den Abgrund.

69

Die Nachrichtenagenturen berichteten wochenlang über das Geiseldrama und von den Ereignissen, die sich im Berner Oberland abgespielt hatten. Die rätselhaften Versuche der diabolischen Firma und ihrer Angestellten bewegten die Menschen für eine lange Zeit. Bei einem gemeinsamen Gottesdienst organisierte man eine Abdankungsfeier für die verstorbenen Versuchspersonen.

Nach einer langen, umfassenden Ermittlung wurde schlussendlich die Leiche von Thomas Verhoeven nach Zürich überführt.

Alle Vorstandsmitglieder von EPIC wurden festgenommen. Der Staatsanwalt forderte für sie mehrere Jahre Freiheitsstrafe. Doktor Keith McGregor wurden fünfzehn Jahre Gefängnis für vorsätzliche Tötung und ein lebenslanges Berufsverbot angedroht. Alan Welch war geständig und der Justiz eine große Hilfe bei der Aufklärung. Mit etwas Glück bekäme er drei Jahre und könnte dann endlich diese dunkle Seite seines Lebens hinter sich lassen. Er träumte davon, auf einer kleinen Insel in Griechenland als Meeresbiologe zu arbeiten.

Professor Doktor Christine Macron wurde im Stillen beerdigt. Ihre Asche verstreute man im Genfersee.

Nur wenige Versuchspersonen meldeten sich zu Wort, die überwiegende Mehrheit schwieg. Die Möglichkeit, einen Menschen binnen vierzehn Tagen zu klonen und wieder auferstehen zu lassen, wurde heiß diskutiert.

Die kleine und versteckte Klinik im Berner Oberland wurde während der Ermittlungen geschlossen. Im Hintergrund standen bereits neue Investoren in den Startlöchern. Die Idee, die Professor Macron und Dr. McGregor ins Leben gerufen hatten, war zu vielversprechend. Bald wäre über die ganze Sache Gras gewachsen. Man hatte sogar schon einen neuen Namen für die Klinik.

Monica saß an Toms Krankenbett. Leise säuselte sein Atem. Hier an seiner Seite zu sein und zu wissen, dass der Alptraum vorbei war, gab ihr ein ernüchterndes Gefühl. Auch wenn ihr Toms Ärzte sagten, alles würde gut werden: Den Kummer über den Tod seines Klons zu verarbeiten, schien ihr fast unmöglich. Eine tiefe Wunde, die auf ihrer Seele haftete, schwächte sie nach wie vor. Monica fühlte sich wie ein verängstigtes Kind, das den Weg aus einem dunklen Wald herausgefunden hatte. Und so paradox es klang: Der Einzige, der sie heilen konnte, war der Mann, der vor ihr, hier in diesem Krankenbett, lag.

Still hatte sie seinen Klon auf einem anonymen Friedhof beerdigt. Seine Asche unter einer Eiche vergraben.

Manchmal glaubte sie, verrückt zu werden. Auch wenn ihre Widersacher eingesperrt waren, EPIC der Geschichte angehörte und Professor Macron tot war, war es noch lange nicht vorbei. Eine Herkulesaufgabe stand ihr bevor: Tom in sein neues Leben zu begleiten.

Sie hoffte innig, dass die harten Drogenrückstände in seinem
Blut keine größeren gesundheitlichen Schäden angerichtet hätten.
Außer eine unerklärliche Unruhe, die ihn ab und zu aufsuchte,
und einer kleinen Wunde am Hinterkopf konnten die Ärzte nichts
Weiteres finden. Das wäre nichts Bedenkliches, sagte man ihr, und
nachdem die Verkrustung verheilt wäre, würde er eine kleine
Narbe davontragen. Ein weiteres Andenken an ein schreckliches
Ereignis.

Morgen könnte er wieder nach Hause gehen. Wo sollte sie
mit ihm anknüpfen? Ihre letzte Begegnung vor dem Eingriff war
Monate her. Die ganze Geschichte, was genau mit ihm geschehen
war, nachdem er in die Fänge von EPIC geraten war, würde wahrscheinlich nie aufgeklärt werden. Inwiefern die EPIC-Mitarbeiter
zu reden bereit wären, war noch nicht gewiss. Wie sollte sie damit
umgehen? Wie konnte sie die Trauer bewältigen, ohne ihn zu sehr
zu verunsichern?

Tom öffnete seine Augen. Er lächelte sie glückselig an.
»Du bist ja immer noch da.« Er schmunzelte.
»Wo soll ich denn hingehen?«, entgegnete sie. »Ich verlasse
diesen Ort nur noch mit dir zusammen. Nicht, dass sie mir den
Falschen mitgeben!«
»Du hast eine komische Art von Humor«, erwiderte er.
»Es ist schön, deine Stimme zu hören«, gab sie zu. »Bist du
bereit, dein neues Zuhause kennenzulernen?«
Vorsichtig richtete er sich auf.
»Ich kann es kaum erwarten. So langsam habe ich genug Zeit
in Krankenhäusern verbracht. Monica Weiss, bitte lass mich nie
wieder los«, sagte er.

Und dann zog er sie verheißungsvoll an sich heran und küsste sie zum allerersten Mal.

Epilog

Die Wellen schlugen gleichmäßig an die Küste von Cape Coral. Voller Zufriedenheit spähte Tom Richtung Horizont. Monica lehnte ihren Kopf an seine Brust, zärtlich streichelte er über ihren kugelrunden Bauch und küsste ihr Haar. Nur noch wenige Wochen und sie würde ihrem Kind das Leben schenken. Sie erwarteten einen Jungen und seine große Schwester konnte es kaum erwarten, ihn kennenzulernen. Das Leben meinte es gut mit ihnen. Die Momente, in denen Monica Dinge durcheinanderbrachte, weil sie ihn fälschlicherweise mit seinem Klon verwechselte, wurden weniger und Tom wusste, ihre gemeinsamen Erlebnisse würden bald die alten Geschichten überdecken. Seitdem er aus dem Krankenhaus entlassen worden war, hatten sie unzählige Gespräche geführt. Alles war Neuland. Seine alte Wohnung existierte nicht mehr, er schlief mit einer Frau, mit der er bis vor kurzem nur eine platonische Freundschaft pflegte, in einem Ehebett, besaß Dinge, die er nicht kannte, weil sie sein Klon angeschafft hatte. Sie war von ihm schwanger, noch bevor er das erste Mal Sex mit ihr hatte und als es so weit war, kam es ihm vor, als wäre es das Natürlichste der Welt.

Ihr Leben war oft verrückt, aber Dank Monica fiel es ihm etwas leichter. Er genoss es mit jedem Atemzug, nicht mehr allein zu sein. Ihr Bauch wuchs, genauso wie ihre Liebe, und nachdem Marie den Wunsch äußerte, sie wollte dort wohnen, wo ihr Brüderchen sein würde, wurde es deutlich, dass sie ab sofort eine kleine Familie waren.

Marie kam nun in das Alter, in dem sie Fragen über ihre leibliche Mutter stellte. Wenn er über Silvia sprach, dann spürte er immer noch ihren Geist an seiner Seite. Es gab unzählige rührende Geschichten, die er ihr aus der Vergangenheit erzählte und kein Tag verging, an dem er nicht dankbar darüber war, dass sich alles zum Guten gewendet hatte. In den kommenden Jahren würde seine Tochter zu einer selbstständigen jungen Frau heranwachsen und ihn stolz machen.

»Papi, Papi! Schau mal, was ich für eine riesige Muschel gefunden habe. Die muss ich nachher unbedingt Oma Heather zeigen.«

Tom hielt Marie einen Eimer hin, damit sie ihre Schätze des Strandes hineinlegen konnte.

»Hast du denn schon so eine Schwarze gesammelt?«, fragte er und hielt ihr eine Muschel entgegen. Das Mädchen nahm sie ihm aus der Hand und betrachtete sie mit einem geschulten Blick.

»Ja, so eine habe ich schon tausend Mal. Die gibt's hier überall«, sagte sie unbeeindruckt. Marie schaute zu ihrem Vater, der bei ihr am Boden kniete. Sie ging einen Schritt näher an ihn heran. Einfühlsam hielt sie seinen Kopf mit ihren kleinen Händchen fest.

»Sei nicht traurig, Papi, irgendwann findest du auch einen Schatz.«

Tom grinste sie an.

»Aber den habe ich doch schon längst gefunden! Weißt du das denn nicht?«

Marie sah ihren Vater ahnungslos an. Er zwickte und kitzelte sie neckisch, bis sie laut zu kichern begann. Dann nahm er sie in die Arme und wirbelte sie wie ein Flugzeug durch die Luft.

Ein paar Worte zum Schluss

Wann habe ich eigentlich angefangen, diesen Roman zu schreiben? Habe ich mich gerade eben gefragt. Es ist fast auf den Tag genau drei Jahre her. Vergessen und Verzeihen war mein erstes Manuskript, das ich auf Papier verfasste. Die Idee war komplex und nachdem ich bereits 300 Seiten geschrieben hatte, schmiss ich alles zur Seite und gab auf. Aber der Schreib-Virus hatte mich erwischt und so fing ich an einen neuen Roman zu schreiben, namens ‚Nina kocht!', den ich 2023 veröffentlichte.

Zu schade wäre es gewesen, das Manuskript für Vergessen und Verzeihen nicht wieder herauszuholen. Und voilà, nun ist es so weit, der Roman ist fertig.

Ein großes Dankeschön geht an meine treuen Testleserinnen: Frauke, Lea, Yvonne, Isabell und meine liebe Mama. Eure ehrliche und wertvollen Rückmeldungen sind Gold wert!

Bedanken möchte ich mich auch bei meiner lieben Korrektorin Kim. Du hast meinen Text sozusagen veredelt und es war mir eine Freude, mit dir zu arbeiten. Auch einen herzlichen Dank an meine Grafik-Designerin Constanze, die dieses fantastische Cover mit ihrem Pinsel gezaubert hat.

Und zu guter Letzt sage ich danke an meine beiden Jungs zu Hause. Ich weiß, es ist nicht immer leicht mit mir, wenn ich mal wieder vor lauter Schreiben alles um mich herum vergesse. Danke, dass ihr ab und zu an meiner Bürotür klopft und mich auf einen unserer wunderbaren Ausflüge entführt, damit ich nicht am Schreibtisch anwachse. Ich liebe euch.